NAOMI NOVIK



# Téméraire

* * *

## Par les chemins de la soie

Traduit de l'anglais (américain)
par Guillaume Fournier

ÉDITIONS FRANCE LOISIRS

L'édition originale de cet ouvrage est parue en langue anglaise (américaine) sous le titre :
*Black Powder War*

Édition du Club France Loisirs,
avec l'autorisation des Éditions Le Pré aux Clercs

Éditions France Loisirs
123, boulevard de Grenelle, Paris
www.franceloisirs.com



ISBN : 978-2-298-02525-5

*À ma mère,*
*en modeste remerciement*
*pour ses nombreux* bajki cudowne

# Prologue

Même en contemplant les jardins à la nuit tombée, Laurence ne parvenait pas à s'imaginer chez lui ; trop de lanternes brillantes pendaient aux arbres, rouge et or sous les coins de toit retroussés, et les rires qui éclataient derrière lui avaient une sonorité étrangère. Le musicien n'avait qu'une seule corde à son instrument, dont il tirait une mélodie légère, ondulante, pareille à un fil entre-tissé à la discussion, laquelle prenait à son tour une tournure presque musicale : Laurence n'avait acquis que d'infimes notions de chinois, et les mots perdaient rapidement toute signification pour lui dans un tel brouhaha de conversations. Il se contentait de sourire à quiconque s'adressait à lui, masquant son incompréhension derrière une tasse de thé vert. À la première occasion, il s'éclipsa discrètement derrière le coin de la terrasse. Hors de vue, il reposa sa tasse à moitié pleine sur l'appui de la fenêtre ; ce thé avait un goût d'eau parfumée et lui donnait des envies de thé noir allongé d'une bonne dose de lait, ou mieux encore, de café ; il y avait deux mois qu'il n'avait plus savouré de café.

Le pavillon d'observation lunaire, perché sur un

promontoire rocheux à flanc de montagne, offrait un point de vue imprenable sur les jardins impériaux en contrebas : plus élevé qu'un balcon, sans être aussi haut que le dos de Téméraire, depuis lequel les arbres se changeaient en allumettes et les grands pavillons en jouets d'enfants. Il quitta l'abri du toit pour s'avancer jusqu'à la rambarde : une fraîcheur agréable avait succédé à la pluie, et l'humidité ne le gênait pas ; après des années en mer, la brume sur son visage lui était plus familière que tout le reste du décor. Le vent avait obligeamment chassé les derniers bancs de nuages ; le brouillard se déroulait lentement au-dessus des vieilles pierres arrondies du sentier, lisses, grises et claires sous la lune aux trois quarts pleine, et la brise charriait une odeur d'abricots trop mûrs, tombés des arbres pour s'écraser sur les galets.

Une autre lumière clignotait entre les arbres vénérables – mince pinceau blanc qui passait derrière les branches, tantôt masqué, tantôt visible, cheminant lentement vers la berge du lac ornemental voisin, accompagné d'un bruit de pas étouffés. De prime abord, Laurence ne distingua pas grand-chose mais, bientôt, il vit une étrange procession s'avancer à découvert : une poignée de serviteurs courbés sous le poids d'un cercueil de bois et d'un corps emmailloté dans son linceul ; deux jeunes garçons trottinaient derrière eux, portant des pelles et jetant des regards anxieux par-dessus leur épaule.

Laurence les suivit du regard, intrigué ; puis la crête des arbres frissonna et s'écarta devant Lien, qui déboucha dans la clairière à la suite des serviteurs, la tête basse et les ailes plaquées contre ses flancs. Les arbres minces ployaient devant elle ou se brisaient, laissant sur ses épaules de longues traînées de feuilles de saules. C'était là son seul ornement : dépouillée de tout son or et de ses rubis, elle paraissait livide, curieusement vulnérable, sans ses joyaux pour rehausser la blancheur translucide de sa peau ; ses yeux écarlates semblaient noirs et caverneux dans l'obscurité.

Les serviteurs déposèrent leur fardeau pour se mettre à creuser en ahanant au pied d'un saule majestueux, rejetant la terre meuble sur le côté ; de sombres filets de sueur coulaient sur leurs visages ronds et pâles. Lien faisait les cent pas autour de la clairière, déracinant de jeunes sapins qui poussaient sur la berge, pour les jeter en tas. On ne voyait personne d'autre, sinon un homme en robe bleu foncé sur les talons de Lien ; il y avait quelque chose de familier chez lui, dans sa démarche, mais Laurence ne parvenait pas à distinguer son visage. L'homme vint se poster à côté de la tombe, regardant creuser les serviteurs en silence ; il n'y avait pas de fleurs, ni de long cortège funèbre comme Laurence avait pu en croiser dans les rues de Pékin : familles déchirant leurs habits, moines au crâne rasé portant des encensoirs et diffusant des nuages de fumée odorante. Cette curieuse affaire nocturne aurait pu être l'enterrement d'un mendiant, sans les pavillons impériaux aux toits d'or à moitié dissimulés entre les arbres, et Lien qui dominait la scène tel un fantôme blafard, immense et terrible.

Les serviteurs ne déroulèrent pas le linceul avant de le mettre en terre ; mais plus d'une semaine avait passé depuis la mort de Yongxing. C'était une étrange cérémonie pour un prince impérial, même s'il avait conspiré un meurtre et voulu usurper le trône de son frère ; Laurence se demanda si son inhumation n'avait pas été interdite jusqu'ici, ou même si elle n'était pas clandestine. Le corps emmailloté glissa dans le trou avec un bruit sourd ; Lien gémit une fois, de manière presque inaudible, produisant un son qui fit se dresser les cheveux sur la tête de Laurence avant de se fondre dans le bruit des feuilles froissées. Il eut soudain l'impression d'être un intrus, même s'il passait sans doute inaperçu dans le flamboiement des lanternes derrière lui ; mais il risquerait d'attirer l'attention en s'éloignant maintenant.

Les serviteurs avaient entrepris de reboucher le trou, jetant la terre à grandes pelletées. Le travail avançait vite ; bientôt, ils aplanirent le sol sous leurs pelles et il ne resta rien pour marquer l'emplacement de la fosse, sinon une portion de terre meuble à l'abri des branches basses du saule. Les deux garçons s'enfoncèrent sous les arbres afin de ramasser des brassées de débris, vieilles feuilles pourries et aiguilles sèches, qu'ils répandirent jusqu'à ce qu'on ne puisse plus distinguer la tombe. Cela fait, ils reculèrent en hésitant ; faute de célébrant pour conférer quelque solennité à la cérémonie, ils ne savaient que faire. Lien ne leur adressa aucun signe ; recroquevillée au sol, elle s'était repliée sur elle-même. Les hommes finirent par remettre leurs pelles à l'épaule et se retirèrent sous les arbres, en contournant largement la dragonne blanche.

L'homme en robe bleue s'avança au-dessus de la

tombe et fit un signe de croix sur sa poitrine ; quand il se retourna, la lune tomba sur son visage et Laurence le reconnut : de Guignes, l'ambassadeur français, la dernière personne qu'il se serait attendu à voir là. L'antipathie farouche que vouait Yongxing à toute influence de l'Occident ne faisait aucune exception, et s'étendait sans distinction aux Français, aux Britanniques ou aux Portugais. De Guignes n'eût jamais été admis dans l'intimité du prince de son vivant, pas plus que Lien n'eût toléré sa présence. Mais on ne pouvait se méprendre sur son long visage aristocratique, si typiquement français ; son allure était aussi facilement reconnaissable qu'indescriptible. De Guignes s'attarda encore un instant dans la clairière, en s'adressant à Lien dans des termes inaudibles à cette distance, mais clairement interrogatifs. La dragonne ne répondit pas, n'émit pas le moindre son, perdue dans la contemplation de la tombe cachée comme si elle voulait graver son emplacement dans sa mémoire. Après un moment, il s'inclina gracieusement et s'éloigna.

Lien demeura sans bouger devant la tombe, sa peau rayée par l'ombre des nuages qui traversaient le ciel et celle des arbres qui s'allongeaient progressivement. Il avait beau ne pas regretter la mort du prince, Laurence ressentit une pointe de pitié ; personne ne voudrait plus de Lien comme compagne, désormais. Il l'observa longtemps, accoudé à la rambarde, jusqu'à ce que la lune finît par se coucher et que la dragonne disparût dans le noir. Des rires et des applaudissements éclatèrent derrière la terrasse : le concert prenait fin.

# Livre I

# 1

Il soufflait sur Macao un vent tiède et paresseux qui, loin de rafraîchir, se contentait de brasser des remugles de sel pourri, de carcasses de poissons et de monceaux d'algues rouges et noires, auxquels s'ajoutaient les effluves des déjections humaines et draconiques. Même les marins venaient s'asseoir en masse contre la lisse de l'*Allegiance* afin de respirer un peu d'air en mouvement, serrés les uns contre les autres pour avoir de la place. Une brève bousculade éclatait de temps à autre, un échange de bourrades sans conviction, mais ces querelles s'éteignaient presque aussitôt sous la chaleur impitoyable.

Téméraire gisait tristement sur le pont d'envol, le regard fixé sur la brume blanche de l'océan, tandis que les aviateurs de service somnolaient à demi dans son ombre. Laurence lui-même avait sacrifié toute dignité au point d'ôter sa veste, profitant de ce qu'il était assis au creux de la patte avant de Téméraire et dissimulé à la vue.

— Je suis sûr que je pourrais tirer le vaisseau hors du port, affirma Téméraire pour la dixième fois depuis une semaine.

Il soupira de voir ce plan refusé une fois de plus : par temps calme, il aurait peut-être pu tracter le gigantesque navire de transport, mais contre un vent de face, il n'aurait fait que s'épuiser en vain.

— Tu ne pourrais pas nous tirer très loin de toute façon, ajouta Laurence pour le consoler. Quelques milles feraient peut-être une différence en pleine mer mais, pour l'instant, mieux vaut rester au port, où nous sommes un peu plus à notre aise ; nous n'avancerions guère, même si nous parvenions à sortir.

— Il est vraiment dommage de devoir continuellement attendre le vent, alors que tout le monde est prêt et nous aussi, déplora Téméraire. Je voudrais rentrer chez nous *bientôt* ; nous avons tant de choses à faire.

Il martela le pont avec sa queue pour souligner son propos.

— Ne t'attends pas à des miracles, je t'en prie, lui dit Laurence sans se faire d'illusions – ses incitations à la modération n'avaient guère été suivies d'effet jusqu'ici, et il ne pensait pas qu'il en irait différemment cette fois-ci. Tu dois apprendre à endurer de longues attentes ; chez nous comme ici.

— Oh ! je saurai me montrer patient, dit Téméraire.

Mais il s'empressa de dissiper le maigre espoir qu'aurait pu nourrir Laurence à l'énoncé de cette promesse en ajoutant – sans y voir la moindre contradiction :

— Mais je suis tout à fait convaincu que l'Amirauté se rendra très vite à la justesse de notre argument. Il n'est que justice que les dragons soient payés, après tout, puisque nos équipages le sont.

Ayant pris la mer dès l'âge de douze ans, avant que les caprices de la fortune le fissent capitaine d'un dragon plutôt que d'un vaisseau, Laurence connaissait bien les gentilshommes du conseil de l'Amirauté qui supervisaient aussi bien la Navy que les Corps ; or le sens aigu de la justice n'était pas leur caractéristique dominante. Leurs responsabilités semblaient plutôt les dépouiller de toute bienséance comme de vraies qualités humaines : simples créatures politiques sournoises et mesquines, presque tous autant qu'ils étaient. La condition infiniment plus enviable des dragons chinois avait contraint Laurence à ouvrir les yeux sur les défauts de leur traitement en Occident, mais quant à faire partager ces vues à l'Amirauté, surtout si elles devaient coûter le moindre penny, il n'était guère optimiste.

Quoi qu'il en fût, il ne pouvait s'empêcher d'espérer secrètement qu'une fois de retour en Angleterre dans leur base de la Manche, engagé de nouveau dans l'honnête labeur consistant à défendre leur pays, Téméraire pourrait, sinon renoncer à ses objectifs, du moins les tempérer. Laurence ne trouvait rien à redire à ses récriminations, qui lui paraissaient naturelles et parfaitement fondées ; mais l'Angleterre était en guerre, après tout, et contrairement à Téméraire, il était conscient de l'impudence qu'il y aurait à exiger des concessions de la part de leur gouvernement dans de telles circonstances : cela s'assimilait presque à de la mutinerie. Néanmoins, il avait promis son soutien et ne le retirerait pas. Téméraire aurait fort bien pu rester en Chine, à jouir du luxe et de la liberté qui étaient son héritage en tant que Céleste. C'était pour Laurence qu'il retournait en Angleterre, ainsi que pour améliorer le sort de ses compagnons d'armes : en dépit de ses doutes, Laurence pouvait difficilement soulever une objection directe, même si, par moments, le fait de se taire lui semblait presque malhonnête.

— Il est très astucieux de ta part d'avoir suggéré que nous commencions par la question de la solde, continua Téméraire, remuant le couteau dans la plaie. (Laurence avait fait cette proposition surtout parce qu'elle lui paraissait moins radicale que beaucoup d'autres émises par Téméraire, comme la démolition de quartiers entiers de Londres afin de les reconstruire à l'échelle des dragons, ou l'envoi de représentants draconiques au Parlement, qui, outre la difficulté de les faire entrer dans le bâtiment, aurait certainement pour conséquence la fuite immédiate de tous ses membres humains.) Une fois que nous serons payés, je suis sûr que tout le reste deviendra plus facile. Nous aurons de l'argent, que les gens apprécient tellement, pour nous acheter tout ce que nous voudrons ; comme ces cuisiniers que tu as engagés pour moi. Cette odeur est délicieuse, ajouta-t-il, passant du coq-à-l'âne.

La riche odeur de viande calcinée devenait si forte qu'elle en noyait la puanteur du port. Laurence fronça les sourcils en baissant les yeux : la cuisine se situait directement sous le pont d'envol, et des rubans de fumée, larges et plats, s'échappaient d'entre les planches.

— Dyer, appela-t-il en faisant signe à l'un de ses

cadets d'approcher, allez donc voir ce qu'ils fabriquent là-dessous.

Téméraire avait pris goût à une alimentation à la chinoise que le maître de timonerie britannique, accoutumé à fournir uniquement du bétail fraîchement abattu, était bien incapable de lui procurer. Laurence avait donc dû dénicher deux cuisiniers chinois prêts à quitter leur pays en contrepartie de gages substantiels. Ne parlant pas un mot d'anglais, ces nouvelles recrues savaient néanmoins s'affirmer ; la jalousie professionnelle du cuisinier du bord et de ses assistants avait failli déclencher une bataille rangée pour le contrôle des fourneaux, et engendré une certaine atmosphère de compétition.

Dyer descendit au petit trot l'escalier du pont d'envol et ouvrit la porte de la cuisine : un énorme nuage de fumée se déversa au-dehors, immédiatement suivi d'une clameur et de cris « Au feu ! » des vigies postées dans la mâture. L'officier de quart secoua frénétiquement la cloche, faisant tinter et résonner le battant.

— Aux postes d'incendie ! cria Laurence, envoyant ses hommes à la manœuvre.

Toute léthargie brusquement dissipée, les marins se ruèrent sur les seaux et les bassines ; deux gaillards intrépides plongèrent dans la cuisine et en ressortirent des corps inertes : ceux des aides cuisiniers, des deux Chinois et de l'un des mousses. Aucun signe du cuisinier lui-même, en revanche. Les seaux passaient déjà de main en main, remplis à ras bord, sous les rugissements du bosco qui martelait le mât de misaine avec sa canne pour donner le rythme, avant d'être vidés l'un après l'autre par les portes de la cuisine. Mais la fumée continuait à s'échapper en volutes, plus épaisse désormais, par les moindres interstices du pont, et les bittes du pont d'envol devinrent brûlantes : un cordage enroulé autour de l'une d'elles commençait à fumer.

Le jeune Digby, prompt à réagir, prit la tête des enseignes : les garçons s'empressèrent de détacher le cordage, ravalant des cris de douleur lorsque leurs doigts entraient en contact avec le métal. Le reste des aviateurs s'alignaient contre la lisse, hissant le long de la coque des seaux d'eau qu'ils renversaient directement sur le pont d'envol : de la vapeur s'élevait en nuages blancs, laissant une croûte de sel grise sur les planches qui se déformaient en craquant et gémissant comme une foule de vieillards. Le goudron fondait entre les fissures, roulant sur le pont en longues traînées noires d'où montait une odeur âcre de calcination. Téméraire, dressé sur ses quatre pattes, dansait d'un pied sur l'autre afin d'éviter de se brûler ; pourtant, Laurence l'avait vu s'étendre avec délices sur des pierres recuites au soleil de midi.

Le capitaine Riley s'agitait parmi ses hommes en sueur, criant des encouragements au milieu du ballet des seaux, mais le timbre de sa voix trahissait son désespoir. Le feu était trop fort, le bois trop sec après son long séjour au port sous une chaleur accablante ; et les cales regorgeaient de marchandises en vue du voyage de retour : porcelaines délicates emballées dans des caisses bourrées de paille, balles de soie, toile de voile toute neuve destinée aux réparations. Que l'incendie s'étende quatre ponts plus bas et le navire ne tarderait pas à s'embraser jusqu'à la sainte-barbe, et à exploser.

Les hommes du premier quart, envoyés dormir en bas, s'efforçaient maintenant de remonter des ponts inférieurs, la bouche ouverte, pantelants, pourchassés par la fumée. Dans leur panique, ils perturbaient les chaînes de porteurs d'eau : l'*Allegiance* avait beau être un mastodonte, son équipage entier ne pouvait tenir sur le pont, pas avec le pont d'envol en flammes. Laurence agrippa un hauban et se hissa sur la lisse, cherchant ses hommes parmi la foule. La plupart se trouvaient sur le pont d'envol, mais quelques-uns demeuraient introuvables : Therrows, dont la jambe était toujours entre deux attelles depuis la bataille de Pékin ; Keynes, le chirurgien, vraisemblablement avec ses livres dans l'intimité de sa cabine ; ainsi qu'Emily Roland, son deuxième cadet : elle venait à peine d'avoir onze ans et aurait eu bien du mal à se frayer un chemin au milieu de la bousculade.

Un sifflement de bouilloire jaillit des cheminées de la cuisine, dont les capots métalliques commençaient à s'incliner vers le pont, lentement, pareils à des fleurs montées en graines. Téméraire siffla en retour, d'instinct, dressant la tête de toute sa hauteur, la collerette aplatie contre le cou. Son arrière-train se tendait pour bondir ; il avait déjà une patte sur la lisse.

— Laurence, es-tu en sécurité ici ? demanda-t-il anxieusement.

— Oui, nous nous en sortirons très bien, envole-toi, répondit Laurence. (Il fit signe à ses hommes de descendre sur le gaillard d'avant ; il s'inquiétait pour la sécurité de Téméraire, en voyant le plancher sur le point de céder.) Nous éteindrons les flammes plus facilement lorsqu'elles auront crevé le pont, ajouta-t-il surtout pour encourager son auditoire.

En vérité, si le pont d'envol s'écroulait, il voyait mal comment ils réussiraient à mater l'incendie.

— Très bien, dans ce cas je vais vous aider, dit Téméraire avant de s'envoler.

Une poignée d'hommes moins soucieux de sauver le navire que leurs propres vies avaient déjà mis un canot à la mer en poupe, espérant que leur fuite passerait inaperçue des officiers trop affairés à lutter contre le brasier ; ils s'égaillèrent, pris de panique, lorsque Téméraire fit brusquement le tour du navire pour fondre sur eux. Sans prêter attention aux hommes, le dragon referma ses griffes sur le canot, l'enfonça sous l'eau comme une louche, puis le souleva dans les airs en laissant tomber une pluie de gouttes et d'avirons. Le tenant précautionneusement, il reprit de la hauteur afin de renverser son contenu au-dessus du pont d'envol : la brusque averse siffla et crépita sur les planches, avant de rouler en cascade au bas des escaliers.

— Apportez des haches ! cria Laurence d'une voix pressante.

Ce fut un travail désespéré dans une chaleur infernale, à taillader les planches fumantes, avec le fer des haches qui glissait sur le bois humide et imbibé de goudron, tandis que la fumée sortait de chaque trou qu'ils parvenaient à percer. Ils devaient lutter pour conserver l'équilibre chaque fois que Téméraire revenait les asperger ; mais cette douche régulière était la seule chose qui leur permettait de poursuivre leurs efforts, sinon la fumée aurait été trop épaisse. Épuisés, plusieurs hommes vacillèrent et s'évanouirent sur le pont : le temps manquait pour les descendre sur le gaillard d'avant, la moindre minute étant trop précieuse pour être gaspillée. Laurence travaillait aux côtés de l'armurier, Pratt ; de longues traînées de sueur noirâtre maculaient leurs chemises tandis qu'ils abattaient leurs haches à tour de rôle. Soudain, les planches craquèrent avec fracas et un pan entier du pont d'envol s'effondra dans la fournaise.

Pendant un moment, Laurence vacilla au bord du trou ; puis son premier lieutenant, Granby, vint le tirer en arrière. Ils reculèrent en trébuchant ; à demi aveuglé, Laurence faillit s'écrouler dans les bras de Granby. Il respirait à grand-peine, le souffle court et rapide, les yeux brûlants. Granby l'entraîna dans l'escalier, puis une nouvelle averse les précipita au bas des marches, contre l'une des caronades de quarante-deux du gaillard d'avant. Laurence parvint à gagner la lisse à temps pour vomir par-dessus bord ; le goût amer qui lui resta dans la bouche était moins fort que la puanteur âcre prise dans ses cheveux et ses vêtements.

Le reste des hommes abandonnaient le pont d'envol, et les torrents d'eau pouvaient désormais s'abattre directement sur les flammes. Téméraire avait trouvé un rythme régulier, et les nuages de fumée diminuaient déjà : une eau grasse et noire s'écoulait par les portes de la cuisine. Laurence se sentait étrangement faible, nauséeux, prenant de grandes inspirations sans parvenir à se remplir les poumons. Riley lançait des ordres d'une voix rauque dans son porte-voix, à peine assez fort pour se faire entendre par-dessus le sifflement de la fumée. Le bosco n'avait plus de voix : il alignait les hommes en les poussant, en leur indiquant les écoutilles. Il eut bientôt organisé une chaîne, qui entreprit de remonter les hommes ayant perdu connaissance ou s'étant fait piétiner en bas ; Laurence fut heureux de voir émerger Therrows. Téméraire versa un autre canot sur les dernières braises fumantes ; puis le barreur de Riley, Basson, passa la tête par l'écoutille principale et cria :

— Cela ne fume plus, monsieur, et les planches au-dessus du carré sont à peine chaudes ; je crois que c'est fini.

Des acclamations éparses mais enthousiastes saluèrent cette nouvelle. Laurence commençait à croire qu'il parviendrait à retrouver son souffle, même s'il continuait à expectorer une bile noirâtre à chaque quinte de toux ; grâce à l'appui de Granby, il put se remettre debout. Une fumée résiduelle semblable à celle d'une canonnade noyait le pont. En remontant les escaliers, il découvrit au centre du pont d'envol un trou noir et béant, aux bords friables comme du papier brûlé. Le corps calciné du malheureux cuisinier gisait au milieu des décombres, le crâne noirci, ses jambes de bois réduites en cendres, ne laissant apparaître que ses pauvres moignons.

Ayant reposé son canot, Téméraire continua à voler

en rond un petit moment, avant de finir par se laisser tomber dans l'eau à côté du navire : il n'avait plus la place de se poser à bord. S'approchant en nageant, il posa les pattes avant sur la lisse et hissa son énorme tête par-dessus bord.

— Comment vas-tu, Laurence ? Mon équipage est-il sain et sauf ?

— Oui ; j'ai compté tout le monde, répondit Granby avec un hochement de tête à l'adresse de Laurence.

Emily, ses cheveux blond-roux mouchetés de cendres grises, leur apporta une cruche qu'elle avait remplie au tonnelet de mât : l'eau croupie, imprégnée de l'odeur du port, leur parut plus délicieuse que du vin.

Riley grimpa les rejoindre.

— Quel désastre, dit-il en se penchant au-dessus du trou. Enfin, nous avons au moins sauvé le navire, le ciel soit loué ; mais je préfère ne pas penser au temps qu'il faudra pour que nous soyons prêts à reprendre la mer. (Il accepta avec reconnaissance la cruche que lui tendait Laurence et prit une longue gorgée avant de la passer à Granby.) Et je suis bougrement désolé ; je suppose que toutes vos affaires sont fichues, ajouta-t-il en s'essuyant la bouche – les aviateurs avaient leurs quartiers à la proue, juste sous la cuisine.

— Grand Dieu, s'écria Laurence d'une voix blanche, et je ne sais même pas ce qu'il est advenu de ma veste !

— Quatre ; quatre jours, annonça le tailleur dans son anglais balbutiant, levant quatre doigts afin d'être certain de se faire comprendre.

Laurence soupira et dit :

— D'accord, très bien.

Il pouvait toujours se consoler en se disant qu'il avait tout son temps : il faudrait deux mois ou davantage pour réparer le navire et, jusque-là, ses hommes et lui rongeraient leur frein sur le rivage.

— Pouvez-vous réparer l'autre ?

Ils se penchèrent ensemble sur la veste que Laurence avait apportée à titre de modèle : plus noire que vert bouteille désormais, avec un étrange dépôt blanchâtre sur les boutons et une forte odeur de fumée et d'eau de mer. Le tailleur ne répondit pas franchement « non », mais son expression était éloquente.

— Prendre ça, dit-il à la place, en rapportant de son arrière-boutique un autre vêtement.

Ce n'était pas exactement une veste, mais l'une de ces tuniques matelassées que portaient les soldats chinois, ouverte sur le devant avec un col droit.

— Oh ! Eh bien… dit Laurence en l'examinant avec réticence.

Le vêtement était en soie, d'un vert beaucoup plus clair que celui de sa veste, et joliment brodé d'or et d'écarlate le long des coutures : au mieux pouvait-on dire qu'il n'était pas aussi ornementé que d'autres robes officielles qu'il avait déjà dû porter.

Mais Granby et lui devaient dîner avec les commissaires de la Compagnie des Indes orientales ce soir-là ; il ne pouvait pas se présenter en chemise, ni engoncé dans le lourd manteau qu'il avait mis pour se rendre à l'échoppe du tailleur. Il fut bien content d'avoir pris la tunique lorsque, regagnant ses nouveaux quartiers à terre, il apprit de Dyer et de Roland qu'on ne pouvait trouver la moindre veste appropriée en ville, quel que fût le prix que l'on était disposé à payer. Cela n'avait rien d'étonnant, car les gentilshommes respectables ne s'habillaient pas en aviateurs, et le vert foncé de leur habit n'était pas une couleur en vogue au sein de l'enclave occidentale.

— Peut-être allez-vous lancer une nouvelle mode, dit Granby, entre la gaieté et la consolation.

Étant lui-même dégingandé, il portait une veste empruntée à l'un des malheureux aspirants, lesquels, logés dans les ponts inférieurs, n'avaient pas eu à déplorer trop de dégâts parmi leurs effets. Ses poignets qui dépassaient d'un pouce en dehors des manches, ses joues pâles marquées de coups de soleil comme à son ordinaire lui donnaient une allure juvénile en dépit de ses vingt-six ans ; mais au moins, personne ne se retournerait sur son passage. Laurence, beaucoup plus large d'épaules, n'avait pu dépouiller ainsi l'un de ses jeunes officiers. Et bien que Riley eût eu l'élégance de le lui proposer, il ne voulait pas se présenter en habit bleu, comme s'il avait honte d'être aviateur et regrettait l'époque où il était encore capitaine de la Navy.

Son équipage et lui logeaient désormais dans une demeure spacieuse sur le front de mer, propriété d'un marchand hollandais local qui la leur avait abandonnée de bonne grâce pour se retirer avec toute sa maisonnée dans des appartements plus loin en ville où il n'aurait pas un dragon sur son seuil. La destruction du pont d'envol avait en effet obligé Téméraire à dormir sur la plage, à la grande consternation des habitants occidentaux ; à son propre dégoût également, car le sable était sillonné de petits crabcs des plus irritants qui insistaient pour le considérer comme l'un des rochers dans lesquels ils avaient coutume de nicher, et tentaient de se dissimuler dans ses replis pendant son sommeil.

Laurence et Granby s'arrêtèrent pour le saluer en allant dîner. Téméraire au moins approuva le nouvel uniforme de Laurence ; il trouva la couleur très jolie, ainsi que les boutons et le galon doré.

— Cela va magnifiquement avec ton épée, ajouta-t-il, après avoir fait pivoter Laurence du bout du nez afin de mieux l'admirer.

L'épée en question, cadeau de sa part, représentait naturellement l'élément le plus important à ses yeux ; c'était également le seul dont Laurence n'avait pas à rougir. Quant à sa chemise, heureusement cachée sous la tunique, toutes les lessives du monde ne l'eussent pas sauvée de la disgrâce. Ses culottes n'auraient pas résisté non plus à un examen attentif ; et ses bas, il avait dû y renoncer et se contenter de ses hautes bottes de cuir.

Ils laissèrent Téméraire à son propre repas sous la garde vigilante de deux aspirants et d'une troupe de soldats portant les armes de la Compagnie des Indes orientales, appartenant à ses forces privées ; sir George Staunton les leur avait prêtés pour qu'ils protègent Téméraire, non pas contre un quelconque danger, mais contre l'enthousiasme des badauds. Contrairement aux

Occidentaux qui avaient fui leurs maisons trop près du rivage, les Chinois n'avaient pas peur des dragons, qui vivaient parmi eux depuis toujours. Et les Célestes étaient si peu nombreux et quittaient si rarement l'enceinte du palais impérial qu'en voir un, et mieux encore le toucher, était non seulement un grand honneur, mais aussi un porte-bonheur.

Staunton avait organisé ce dîner pour offrir aux officiers une occasion de se distraire, de se délasser après les affres de l'incendie. Il était loin de se douter de l'embarras dans lequel il plaçait les aviateurs en matière d'habillement. Laurence n'avait pas voulu refuser son invitation pour un motif aussi trivial, espérant jusqu'au bout parvenir à mettre la main sur une tenue plus respectable ; il ne lui restait plus qu'à régaler la compagnie par le récit de sa quête infructueuse à la table du dîner, en se résignant à être l'objet de la risée générale.

Son entrée fut d'abord accueillie par un silence poli, quoique abasourdi ; mais à peine eût-il échangé les politesses d'usage avec sir George et accepté un verre de vin que les murmures commencèrent. L'un des commissaires les plus âgés, un gentilhomme qui aimait à se faire passer pour sourd lorsque cela l'arrangeait, déclara d'une voix claire :

— Les aviateurs et leurs lubies ! Qui sait ce qui leur passera par la tête la prochaine fois ?

Ce qui fit briller de colère les yeux de Granby. D'autres personnes émirent des remarques moins sciemment indiscrètes, mais tout à fait audibles également.

— Que signifie cette pose, à votre avis ? s'enquit M. Chatham, un gentilhomme récemment arrivé des Indes, tout en dévisageant Laurence avec intérêt depuis la fenêtre voisine ; il discutait à voix basse avec M. Grothing-Pyle, personnage corpulent dont l'attention était plutôt centrée sur l'horloge, et sur la question de savoir dans combien de temps on passerait à table.

— Hmm ? Oh ! Il a parfaitement le droit de s'habiller en prince oriental désormais, si cela lui chante, répondit Grothing-Pyle en haussant les épaules, après avoir jeté un regard indifférent derrière lui. Cela fait bien nos affaires, d'ailleurs. Sentez-vous ce fumet de venaison ? Voilà un an que je n'ai pas savouré de venaison.

Laurence se détourna vers la fenêtre ouverte, partagé entre la consternation et l'indignation. Une telle interprétation ne lui était même pas venue à l'esprit. Son adoption par l'empereur avait été purement et simplement pragmatique – une manière de sauver la face de la part des Chinois, pour lesquels un Céleste ne saurait avoir comme compagnon qu'une personne directement liée à la famille impériale ; tandis que dans le camp britannique, on l'avait acceptée comme un moyen commode de résoudre le différend né de la capture de l'œuf de Téméraire. Commode, ça l'était donc pour tout le monde, sauf pour Laurence qui avait déjà un père, fier et impérieux, dont il anticipait avec appréhension la réaction à cette nouvelle. Certes, cette considération ne l'avait pas retenu : il aurait accepté n'importe quoi, hormis la trahison, pour ne pas être séparé de Téméraire. Mais il n'avait certainement pas recherché ni désiré une distinction honorifique si étrange, et qu'on pût le croire avide de reconnaissance sociale au point de faire passer un titre oriental avant sa propre naissance le mortifiait profondément.

L'embarras le rendit muet. Il aurait volontiers partagé l'histoire qui se cachait derrière son habillement incongru, mais à titre d'anecdote ; à titre d'excuse, jamais. Il répondit sèchement aux quelques remarques qu'on lui adressa directement ; la colère le rendait livide et, sans qu'il en fût conscient, lui donnait un air glacial, presque menaçant, qui faisait mourir aussitôt toute conversation. Il se montrait d'ordinaire d'humeur affable, et bien qu'il soit naturellement clair de peau, les nombreuses années de service au soleil lui avaient conféré un hâle chaleureux ; les rides de son visage étaient principalement creusées par des sourires : ce qui contrastait d'autant plus avec son expression du moment. Ces hommes devaient, sinon leur vie, du moins leur fortune au succès de la mission diplomatique à Pékin, grâce auquel une guerre ouverte et la rupture des liens commerciaux avec la Chine avaient été évitées. Et ce succès avait coûté à Laurence quelques pintes de sang et la vie de l'un de ses hommes. Il ne s'attendait pas à des effusions de gratitude, qu'il aurait d'ailleurs repoussées, mais pas non plus à être accueilli avec autant de dérision et d'impolitesse.

— Passons à table, voulez-vous ? proposa sir George plus tôt que de coutume.

À table, il ne ménagea pas ses efforts pour briser

l'atmosphère de gêne qui s'était installée : le major-dome fut envoyé une demi-douzaine de fois à la cave, en rapportant chaque fois des vins de plus en plus extravagants, et la nourriture était excellente en dépit des ressources limitées dont disposait le cuisinier de Staunton. Figuraient parmi les plats une splendide carpe frite disposée sur un ragoût de petits crabes – désormais victimes à leur tour –, et comme plat principal, deux cuissots de venaison rôtie accompagnés d'un énorme saladier de gelée de groseilles rouge rubis.

La conversation reprit ; Laurence ne put rester insensible aux efforts réels et sincères de Staunton pour mettre tout le monde à l'aise, lui qui n'avait jamais été d'un tempérament implacable ; à plus forte raison lorsqu'il était encouragé à l'indulgence par un délicieux bourgogne qui venait d'atteindre sa pleine maturité. Personne ne fit plus de remarques sur son habillement ou ses relations impériales et, après plusieurs services, Laurence s'était suffisamment radouci pour apprécier un savoureux diplomate constitué de biscuits de Naples et de mousseline, accompagné d'une épaisse crème anglaise parfumée à l'orange, lorsque des éclats de voix se firent entendre à l'entrée de la salle à manger. Un hurlement perçant, pareil à un cri de femme, finit par interrompre les discussions de plus en plus fortes et indistinctes.

Le silence s'abattit, les verres s'immobilisèrent à mi-chemin des lèvres, quelques chaises furent repoussées en arrière ; Staunton se leva, en titubant un peu, et s'excusa auprès de ses convives. Avant qu'il puisse aller s'enquérir de ce qui se passait, toutefois, la porte s'ouvrit brusquement et un domestique chinois entra à reculons tout en protestant avec véhémence. Il fut doucement mais résolument repoussé de côté par un autre Oriental, vêtu d'une tunique matelassée et d'une coiffe ronde en forme de dôme au-dessus d'un épais bandeau de laine sombre ; les vêtements du nouvel arrivant étaient poussiéreux, marqués de taches jaunes par endroits, et ne ressemblaient guère au costume local ; sur sa main gantée il tenait un aigle à l'air furibond, aux plumes brun et or ébouriffées et à l'œil menaçant : le rapace fit claquer son bec et s'agita maladroitement sur son perchoir, enfonçant ses serres dans le cuir épais du gant.

Lorsqu'ils l'eurent tous dévisagé à loisir, et que lui-même les eut observés longuement, l'étranger stupéfia l'assistance une fois de plus en disant, dans l'anglais de salon le plus pur :

— Je vous demande pardon, messieurs, d'interrompre ainsi votre dîner ; mais l'affaire qui m'amène ne saurait attendre. Le capitaine William Laurence est-il ici ?

Ébahi par le vin et la surprise, Laurence resta d'abord sans réaction ; puis il se leva et s'approcha du nouveau venu, qui lui tendit une enveloppe cachetée enveloppée dans de la toile cirée, sous le regard inamical de son aigle.

— Merci, monsieur, dit Laurence.

Au second examen, le visage maigre et anguleux n'était pas entièrement chinois : les yeux, quoique foncés et légèrement obliques, avaient une forme plus occidentale, et le hâle de la peau, évoquant la couleur du bois de teck, devait plus au soleil qu'à la nature.

L'étranger inclina poliment la tête.

— Je suis heureux d'avoir pu rendre service.

Il ne sourit pas, mais une lueur dans sa prunelle suggéra un certain amusement face à la réaction de l'assemblée, qu'il était certainement habitué à provoquer ; il jeta un dernier regard à la compagnie, s'inclina brièvement devant Staunton et repartit aussi abruptement qu'il était venu, passant directement entre deux autres serviteurs accourus en renfort.

— Allez donc offrir quelque rafraîchissement à M. Tharkay, s'il vous plaît, dit Staunton à mi-voix à ses domestiques.

Pendant ce temps, Laurence se penchait sur son enveloppe. La cire s'était ramollie sous la chaleur estivale, le sceau était presque illisible et, au lieu de se décoller facilement ou de se briser, le cachet s'étira comme du caramel mou, en lui poissant les doigts. Elle ne contenait qu'un seul feuillet, rédigé à Douvres de la main de l'amiral Lenton, dans le style abrupt des instructions officielles : un simple regard lui suffit à embrasser le texte.

*... et êtes sommé et requis de vous rendre à Constantinople sans perdre un instant afin d'y recevoir dans les services d'Avraam Maden, au nom de Sa Majesté Selim III, trois œufs désormais propriété des Corps de Sa Majesté en vertu d'un accord, et de les convoyer avec toutes les précautions requises pour les ramener directement aux officiers qui leur ont été*

*assignés, lesquels vous attendront à la base de Dunbar...*

Suivait l'habituelle et sinistre formule de conclusion :

*À ceci ni vous ni personne ne pourra manquer, au risque d'y répondre à ses risques et périls.*

Laurence tendit la lettre à Granby puis, d'un signe de tête, lui indiqua de la faire passer à Riley et à Staunton, qui les avaient rejoints dans l'intimité de la bibliothèque.

— Laurence, dit Granby après avoir transmis le feuillet, nous ne pouvons pas lambiner ici jusqu'à la fin des réparations ; nous devons partir sur-le-champ.

— Par quel autre moyen voudriez-vous partir ? demanda Riley, levant les yeux de la lettre qu'il lisait par-dessus l'épaule de Staunton. Aucun des autres navires présents dans le port ne saurait soutenir le poids de Téméraire, même pour quelques heures ; et vous ne pouvez pas survoler l'océan d'une traite sans escale.

— Ce n'est pas comme si nous voulions rallier la Nouvelle-Écosse et que la mer fût le seul chemin possible, rétorqua Granby. Nous allons devoir emprunter la route continentale.

— Allons, soyons sérieux, s'impatienta Riley.

— Pourquoi pas ? insista Granby. Même en dehors des réparations, la voie maritime représente un détour considérable ; nous perdrions des siècles à contourner l'Inde. Au lieu de quoi, nous pourrions survoler directement la Tartarie…

— Oui, comme vous pourriez sauter à l'eau et tenter de regagner l'Angleterre à la nage, dit Riley. Mieux vaut tôt que tard, mais tard vaut mieux que jamais ; l'*Allegiance* vous conduira à bon port plus vite que ça.

Laurence ne suivait la conversation que d'une oreille, relisant la lettre avec une attention soutenue. Il était difficile de déceler le véritable degré d'urgence dans cette suite d'instructions. Mais, si les œufs de dragon mettaient parfois très longtemps à éclore, ils demeuraient imprévisibles et l'on ne pouvait les faire attendre indéfiniment.

— Vous savez comme moi, Tom, dit-il à Riley, que nous pouvons facilement en avoir pour cinq mois de traversée jusqu'à Bassora, pour peu que les vents nous soient défavorables, et qu'ensuite, nous serons bien obligés de voler jusqu'à Constantinople de toute manière.

— Pour y trouver trois dragonnets parfaitement inutiles, en lieu et place de nos trois œufs, prédit Granby.

Quand Laurence lui posa la question, il affirma avec assurance que l'éclosion ne saurait tarder ; du moins, pas suffisamment pour qu'ils pussent envisager la situation avec sérénité.

— Peu d'espèces passent plus d'un an ou deux dans leur coquille, expliqua-t-il. Et l'Amirauté n'achèterait pas des œufs qui ne soient pas à mi-chemin de la maturation : en deçà, l'éclosion ne saurait être garantie. Il n'y a pas une minute à perdre ; je ne comprends pas pourquoi on nous envoie, nous, au lieu d'un équipage basé à Gibraltar.

Laurence, moins familier avec les divers centres d'affectation des Corps, n'avait pas songé à cette possibilité ; en y réfléchissant, il trouvait frappant lui aussi qu'on leur eût attribué cette mission, à eux qui étaient si loin.

— Combien de temps faudrait-il pour gagner Constantinople de là-bas ? s'enquit-il, troublé.

Même si la majeure partie de la côte méditerranéenne était contrôlée par les Français, il ne pouvait y avoir de patrouilles partout, et un dragon isolé aurait dû être en mesure de trouver des endroits où se reposer.

— Deux semaines, un peu moins en forçant l'allure tout le long du chemin, répondit Granby. Alors que je serais surpris que nous mettions moins de deux mois, même en prenant la route la plus directe.

Staunton, qui avait suivi leurs délibérations avec anxiété, intervint :

— Dans ce cas, la teneur même de ces ordres n'indique-t-elle pas une certaine absence d'urgence ? J'ose dire qu'il a fallu au moins trois mois à cette lettre pour parvenir jusqu'ici. Quelques mois de plus ne devraient rien changer à l'affaire ; autrement, les Corps auraient envoyé quelqu'un de plus proche.

— À condition qu'ils aient eu quelqu'un de disponible, remarqua Laurence d'un ton lugubre.

L'Angleterre manquait trop de dragons pour se passer aisément d'un ou deux spécimens en cas de crise – pas pour un voyage d'un mois aller et retour, et certainement pas d'un dragon lourd de la classe de Téméraire. Peut-être Bonaparte menaçait-il une fois de plus de franchir la Manche, ou de lancer des attaques contre la flotte de Méditerranée, ne laissant de disponibles que Téméraire et la poignée de dragons stationnés à Bombay et à Madras.

— Non, conclut Laurence après avoir passé en revue ces possibilités funestes. Je ne crois pas que nous puissions faire un tel calcul. Quoi qu'il en soit, il n'y a pas trente-six façons d'interpréter « sans perdre un instant ». D'autant que Téméraire est parfaitement en état de voler. Je sais ce que je penserais d'un capitaine qui traînerait au port en dépit de tels ordres, alors que le vent et la marée sont avec lui.

Le voyant prendre sa décision, Staunton dit :

— Capitaine, je vous supplie de réfléchir encore avant de vous exposer à un danger pareil.

Tandis que Riley, qu'une camaraderie de neuf ans autorisait à ne pas prendre de gants, s'exclamait :

— Pour l'amour du ciel, Laurence, vous n'envisagez pas sérieusement une folie pareille ? Et je n'appellerais pas « traîner au port » le fait d'attendre que l'*Allegiance* soit prête, ajouta-t-il. Prendre la route continentale reviendrait plutôt à foncer tête baissée dans un coup de tabac, alors qu'une semaine de patience vous amènerait le beau temps.

— À vous entendre, on croirait que nous ferions aussi bien de nous trancher la gorge plutôt que d'entreprendre un tel voyage, protesta Granby. Je ne nie pas qu'avec une caravane, il serait dangereux de transporter des marchandises d'un bout à l'autre de la Création ; mais avec Téméraire, personne ne nous fera de difficultés. Il nous suffira de trouver des emplacements pour passer la nuit.

— Ainsi qu'assez de nourriture pour un dragon de la taille d'un vaisseau de ligne, rétorqua Riley.

Staunton, hochant la tête, s'engouffra dans la brèche.

— Je crois que vous n'imaginez pas le dénuement extrême des territoires à traverser, ni leur immensité.

Il fouilla parmi ses livres et ses papiers afin de montrer à Laurence plusieurs cartes de la région : un lieu inhospitalier même sur le parchemin, avec tout juste quelques bourgades isolées venant rompre la monotonie d'une désolation sans nom, vaste désert engoncé entre des montagnes ; et sur une carte poussiéreuse qui s'effritait, on avait griffonné en pattes de mouche « icii pas d'eau pendant 3 semènes » dans la cuvette jaunâtre du désert.

— Pardonnez ma franchise, mais ce serait de la plus grande imprudence, et je suis persuadé que personne à l'Amirauté ne voudrait vous voir tenter cela.

— Et moi, je suis convaincu que Lenton n'imaginait pas que nous perdrions six mois à siffloter dans le vent, rétorqua Granby. D'autres ont déjà effectué ce voyage par la terre ; rappelez-vous ce fameux Marco Polo, il y a près de cinq siècles.

— Oui, et rappelez-vous l'expédition Fitch et Newbery, qui a voulu suivre ses traces, dit Riley. Trois dragons disparus dans la montagne sous un blizzard de cinq jours, tout cela à cause d'une imprudence semblable à celle que vous...

— Cet homme, ce Tharkay, qui nous a apporté la lettre, dit Laurence à Staunton, interrompant un échange qui donnait tous les signes de devoir mal finir, le ton de Riley devenant de plus en plus sec tandis que le teint pâle de Granby prenait une rougeur révélatrice. Il est bien venu par la terre, n'est-ce pas ?

— J'espère que vous n'avez pas l'intention de l'imiter, dit Staunton. Un homme peut emprunter des pistes impraticables pour un groupe, et survivre avec très peu de moyens, en particulier un aventurier endurci tel que lui. Surtout, il risque uniquement sa propre vie : alors que vous avez la responsabilité d'un dragon d'une valeur inestimable, dont la perte serait plus importante même que cette mission.

— Oh ! partons de suite et que tout soit dit, déclara le dragon d'une valeur inestimable lorsque Laurence, toujours indécis, lui eut soumis le problème. Cela m'a l'air très excitant.

Téméraire, pleinement réveillé maintenant dans la relative fraîcheur du soir, agitait la queue avec enthousiasme, soulevant de part et d'autre deux monticules de sable sur la plage, presque à hauteur d'homme.

— Quel genre de dragons donneront les œufs ? Le genre qui crache du feu ?

— Oh ! Seigneur, si seulement ils nous cédaient un Kazilik, dit Granby. Mais il s'agira plutôt de poids moyens ordinaires : ce genre de marchandage permet d'injecter un peu de sang neuf dans les lignées.

— Ne serions-nous pas de retour chez nous beaucoup plus vite ? demanda Téméraire, inclinant la tête d'un côté de manière à pouvoir focaliser un œil sur les cartes que Laurence avait étalées sur le sable. Il suffit de voir le détour que nous impose la navigation, Laurence, et puis ce n'est pas comme si j'avais besoin du vent en permanence, comme le navire : nous pourrions être rentrés avant la fin de l'été.

Estimation aussi optimiste qu'improbable, Téméraire n'appréciant pas très bien l'échelle des cartes ; néanmoins, ils pourraient revoir l'Angleterre d'ici la fin septembre, et cela constituait une incitation suffisamment puissante pour envoyer au diable toute prudence.

— Et pourtant, je ne peux pas m'y résoudre, dit Laurence. On nous a dépêchés sur l'*Allegiance*, et Lenton a dû considérer que nous rentrerions à son bord. Partir à l'aventure sur les chemins de la soie paraît bien impétueux. Et n'essaie pas de me dire, ajouta-t-il sévèrement à l'adresse de Téméraire, que je n'ai aucune raison de m'inquiéter.

— Cela ne *peut pas* être si dangereux, insista Téméraire sans se laisser intimider. Ce n'est pas comme si je te laissais y aller tout seul te faire du mal.

— Je ne doute pas que tu affronterais une armée entière pour nous défendre, dit Laurence, mais tu ne pourrais rien contre une tempête en pleine montagne.

Le rappel de Riley concernant la funeste expédition dans le col de Karakorum résonnait désagréablement à son oreille. Laurence n'imaginait que trop clairement les conséquences s'ils devaient affronter une tempête mortelle : Téméraire écrasé par un vent réfrigérant, avec la glace qui se formerait au bout de ses ailes, trop loin pour qu'un homme d'équipage puisse la briser ; les tourbillons de neige qui leur masqueraient les falaises environnantes, les obligeant à voler en cercles ; la chute de température qui rendrait peu à peu le dragon de plus en plus lourd, de plus en plus engourdi – et victime du gel, incapable de se mettre à l'abri. Face à une telle situation, Laurence devrait soit lui ordonner de se poser, en le condamnant à une mort rapide dans l'espoir de sauver la vie de ses hommes, soit les laisser continuer ensemble jusqu'à leur perte ultime : horrible choix, au regard duquel la mort au combat s'envisageait avec une sérénité parfaite.

— Dans ce cas, plus tôt nous partirons, plus il nous sera facile de franchir les cols, fit valoir Granby. Nous aurons moins de blizzard au mois d'août qu'au mois d'octobre.

— En revanche, vous rôtirez dans le désert, riposta Riley.

Granby pivota face à lui.

— Je ne voudrais pas donner l'impression de penser, déclara-t-il avec dans le regard une lueur belliqueuse qui contredisait ses paroles, que toutes ces objections ressemblent fort à des inquiétudes de grand-mère…

— … car ce n'est pas le cas, le coupa sèchement Laurence. Vous avez raison, Tom ; le danger ne tient pas uniquement au blizzard, mais au fait que nous ignorons tout des difficultés de ce voyage. Il nous faut d'abord remédier à cela, avant de choisir de partir ou d'attendre.

— Si vous lui offrez de l'argent pour vous servir de guide, bien sûr que le gaillard dira que la route est sûre, dit Riley. Pour mieux vous abandonner ensuite au milieu de nulle part, sans recours.

Staunton essaya encore une fois de dissuader Laurence, lorsque ce dernier voulut prendre conseil auprès de Tharkay le lendemain matin.

— Il nous apporte parfois du courrier, ou rend quelques menus services à la Compagnie des Indes, dit-il. Son père était un gentilhomme, un officier supérieur, je crois, et lui a donné quelques rudiments d'éducation ; néanmoins, en dépit de ses manières civilisées, je ne peux pas dire que ce soit quelqu'un de fiable. Sa mère était une indigène, tibétaine, népalaise ou je ne sais quoi ; et il passe la plus grande partie de sa vie à sillonner les régions les plus sauvages.

— Pour ma part, je préfère un guide de double culture à un Asiatique à peine capable de baragouiner l'anglais, dit Granby après coup, alors que Laurence et lui s'en revenaient par les petites rues de Macao ; les dernières pluies stagnaient encore en flaques dans le caniveau, recouvertes d'une fine pellicule verdâtre. Et si Tharkay n'était pas le vagabond qu'il est, il ne nous serait d'aucune utilité ; nous serions malvenus de nous en plaindre.

Ils finirent par trouver le domicile temporaire de Tharkay : une misérable masure à un étage dans le quartier chinois, au toit tombant, qui tenait debout grâce aux maisons mitoyennes de part et d'autre, les trois baraques s'appuyant les unes contre les autres comme de vieux ivrognes. Le propriétaire les dévisagea d'un air renfrogné, avant de les laisser entrer en bougonnant.

Tharkay était assis dans la cour centrale de la maison, en train d'offrir à son aigle de petits morceaux de viande crue qu'il piochait dans un plat ; les doigts de sa main gauche étaient striés de cicatrices blafardes là où le bec redoutable les avait entaillés lors de repas précédents ; quelques entailles récentes saignaient, sans qu'il y prît garde.

— Oui, je suis venu par la terre, répondit-il à la question de Laurence, mais je ne vous le recommande pas, capitaine ; le voyage n'a rien de confortable, comparé à un trajet par la mer.

Il ne s'interrompit pas, mais tendit un autre morceau de viande à son aigle, lequel le lui arracha des doigts en fusillant du regard les visiteurs, le bec rougi de sang.

Il était difficile de savoir comment s'adresser à lui : ce n'était pas un serviteur ni un gentilhomme, ni un indigène, et les raffinements de son discours offraient un contraste curieux avec sa mise incongrue et la modestie du cadre – à moins qu'il n'eût pas trouvé à se loger ailleurs, en raison de son aspect étrange et de l'aigle hostile qui lui tenait lieu de compagnon. Il ne faisait aucun effort non plus pour lever l'ambiguïté de son statut ; il affichait une certaine présomption dans les manières, moins formelles que Laurence ne se le serait permis face à une nouvelle connaissance, les mettant presque au défi de le considérer avec la même distance qu'un domestique.

Pourtant, Tharkay répondit volontiers à leurs nombreuses questions, et lorsqu'il eut nourri son aigle et l'eut posé de côté, encapuchonné pour dormir, il ouvrit les fontes qu'il avait apportées afin de leur permettre d'examiner son équipement de survie : une sorte de tente spéciale pour le désert, doublée de fourrure et comportant des trous renforcés de cuir à intervalles réguliers le long de la bordure, qui permettaient, expliqua-t-il, de la fixer à d'autres tentes afin de pouvoir abriter un chameau, voire un dragon, contre une tempête de sable, de grêle ou de neige. Il leur montra également une cantine bien hermétique, recouverte de cuir et cirée afin d'éviter la moindre fuite, avec une petite tasse en fer-blanc attachée au moyen d'une ficelle, ciselée à mi-hauteur jusqu'au bord ; une petite boussole dans un casier en bois, ainsi qu'un épais journal rempli de cartes tracées à la main et d'indications griffonnées d'une écriture nette et précise.

Tout ce matériel montrait les signes d'un usage intensif et d'un entretien soigneux ; il connaissait visiblement son affaire et, contrairement à ce que redoutait Riley, il ne manifesta pas un enthousiasme excessif à seule fin de leur plaire.

— Je ne comptais pas retourner à Constantinople, leur dit-il au contraire, quand Laurence se résolut à lui demander s'il accepterait de leur servir de guide. Je n'ai aucune affaire qui m'appelle là-bas.

— En avez-vous qui vous appellent ailleurs ?

rétorqua Granby. Nous aurions bien du mal à parvenir là-bas sans vous, et vous rendriez un fier service à votre pays.

— Sans compter que vous seriez joliment payé pour votre peine, ajouta Laurence.

— Ah ! dans ce cas... concéda Tharkay avec un sourire torve.

— Ma foi, j'espère seulement que vous ne vous ferez pas trancher la gorge par les Ouïgours, capitula Riley sur un ton profondément pessimiste, après avoir passé le dîner à tenter une fois de plus de les convaincre de rester. Dînerez-vous à bord avec moi demain, Laurence ? demanda-t-il en grimpant dans son canot. Très bien. Je vous enverrai le cuir brut et le forgeron du vaisseau, lança-t-il par-dessus le clapotis des avirons.

— Je ne laisserai personne vous trancher la gorge, s'insurgea Téméraire, indigné. Quoique j'aimerais bien voir un Ouïgour ; est-ce une race de dragon ?

— D'oiseau, je crois, dit Granby.

Laurence était dubitatif, mais n'osa pas le contredire sans être sûr de rien lui-même.

— C'est une tribu, leur apprit Tharkay le lendemain matin.

— Oh ! fit Téméraire, désappointé, car il avait déjà vu des nomades. Cela n'a pas l'air très excitant. Mais peut-être sont-ils particulièrement féroces ? s'enquit-il avec espoir.

— Avez-vous suffisamment d'argent pour acheter une trentaine de chameaux ? demanda Tharkay à

Laurence, lorsque ce dernier eut réussi à se dérober à un interrogatoire soutenu au sujet des nombreuses autres réjouissances de leur voyage, telles que les tempêtes de sable et les cols gelés.

— Nous voyagerons par air, précisa Laurence, perplexe. Téméraire nous portera, ajouta-t-il, se disant que Tharkay avait peut-être mal compris.

— Jusqu'à Dunhuang, oui, répondit Tharkay d'une voix égale. Mais ensuite, nous devrons nous procurer des chameaux. Un seul chameau peut emporter assez d'eau pour une journée pour un dragon de cette taille ; après quoi, bien sûr, on peut toujours le manger.

— Est-il indispensable de procéder ainsi ? demanda Laurence, consterné à l'idée de cette perte de temps (il avait compté franchir le désert rapidement, par les airs). Téméraire peut couvrir une centaine de miles par jour, si besoin est ; nous pourrons certainement trouver de l'eau sur une distance pareille.

— Pas dans le Takla-Makan, répondit Tharkay. Les routes des caravanes sont en train de mourir, et les bourgades avec elles ; les oasis dépérissent. Nous devrions trouver de quoi nous abreuver, ainsi que les chameaux, mais tout juste. À moins que vous ne vouliez courir le risque de mourir de soif, nous emporterons nos propres réserves d'eau.

Cela mit naturellement fin au débat. Laurence fut contraint de solliciter l'assistance de sir George, ne se doutant pas, quand il avait quitté l'Angleterre, qu'il lui faudrait disposer de fonds suffisants pour acheter trente chameaux ainsi que les provisions nécessaires à un long voyage par terre.

— Ne soyez pas ridicule, ce n'est qu'une broutille, dit Staunton en refusant la reconnaissance de dette qu'on lui proposait. Lorsque tout sera réglé, j'aurai bien dégagé cinquante mille livres de bénéfices en conséquence directe de votre mission. J'espère seulement ne pas hâter votre perte. Laurence, pardonnez-moi cette suggestion déplaisante ; je ne voudrais pas semer de soupçons infondés dans votre esprit, mais cette possibilité me taraude depuis que vous avez décidé de partir. Se pourrait-il que la lettre soit contrefaite ?

Laurence le dévisagea d'un air surpris, et Staunton poursuivit :

— Rappelez-vous que s'ils sont authentiques, ces ordres ont dû être rédigés bien avant que la nouvelle de votre succès en Chine ait pu atteindre l'Angleterre – si tant est qu'elle l'ait déjà fait. Réfléchissez aux conséquences, si Téméraire et vous aviez brusquement tiré votre révérence au beau milieu des négociations qui viennent seulement de se conclure : vous auriez dû fuir le pays comme des voleurs, pour commencer, et une insulte d'une telle gravité aurait certainement entraîné une guerre. J'ai peine à imaginer les raisons qui auraient pu pousser le ministère à émettre des ordres pareils.

Laurence envoya chercher la lettre ainsi que Granby ; à eux trois, ils étudièrent le document une nouvelle fois à la lumière éclatante qui se déversait par les fenêtres orientées à l'est.

— Que je sois damné si j'y connais quoi que ce soit en contrefaçon, mais en ce qui me concerne cela ressemble bien à l'écriture de Lenton, déclara Granby d'un ton dubitatif.

Laurence était du même avis ; l'écriture était penchée et mal assurée, mais ce genre de défaut, cacha-t-il à Staunton, n'avait rien de rare ; les aviateurs entraient dans le service à l'âge de sept ans et les plus prometteurs passaient souvent messagers à dix, négligeant tristement leurs études au profit de l'entraînement : ses propres cadets ne se privaient pas de maugréer devant son insistance à leur enseigner une écriture élégante ainsi que la trigonométrie.

— Qui se donnerait cette peine, de toute manière ? demanda Granby. Cet ambassadeur français à Pékin, ce de Guignes, est parti bien avant nous, et doit déjà se trouver à mi-chemin de la France à l'heure qu'il est. Par ailleurs, il sait fort bien que les négociations sont terminées.

— Ce pourrait être l'œuvre d'autres agents français moins bien renseignés, fit valoir Staunton, ou pire, informés de votre succès récent, et qui tentent de vous entraîner dans un piège. Il suffirait d'une petite prime pour convaincre des brigands de vous attaquer dans le désert, et il y a quand même une curieuse coïncidence entre l'arrivée de ce message et l'incendie de l'*Allegiance*, alors que l'on peut s'attendre que vous piaffiez d'impatience.

— Ma foi, je ne vous cache pas que j'aimerais autant partir, en dépit des avis contraires et de toutes ces mises en garde, déclara Granby tandis qu'ils regagnaient leur résidence à pied (l'équipage avait déjà entamé une folle course aux préparatifs, et les paquetages commençaient à s'empiler au petit bonheur sur la plage). Qu'importe si c'est dangereux ; nous ne sommes pas les nourrices d'un poupon pris de coliques, que je sache. Les dragons sont faits pour voler, et si Téméraire reste neuf mois de plus à se prélasser à terre ou sur un pont d'envol, il perdra tout le bénéfice de sa formation.

— La moitié des garçons également, si ce n'est déjà fait, approuva Laurence d'un air maussade en observant l'agitation des jeunes officiers qui ne s'étaient pas encore replongés entièrement dans le travail et se comportaient de manière beaucoup trop tapageuse pour des hommes en service.

— Allen ! aboya Granby. Faites un peu attention à vos foutues sangles si vous ne tenez pas à ce qu'on vous fouette avec !

Le malheureux enseigne n'avait pas bouclé correctement son baudrier et ses longues sangles traînaient dans la poussière derrière lui, prêtes à le faire trébucher, lui ou le premier équipier qui croiserait sa route.

Le maître de l'équipe au sol, Fellowes, était toujours en train de travailler avec ses hommes sur le harnais de Téméraire, qui avait gravement souffert de l'incendie : bon nombre de sangles raidies par le sel, pourries ou brûlées, avaient besoin d'être remplacées ; également, plusieurs boucles s'étaient déformées sous la chaleur, et l'armurier Pratt suait et soufflait devant sa forge improvisée sur le rivage pour les redresser.

— Donnez-moi une minute, dit Téméraire lorsqu'on lui eut enfilé son harnais afin qu'il l'essaie. (Il bondit en soulevant un nuage de sable, décrivit un petit circuit puis revint se poser directement devant l'équipage.) Resserrez un peu la sangle d'épaule gauche, s'il vous plaît, et allongez la croupière.

À l'issue d'une douzaine d'autres réglages mineurs, il se déclara enfin satisfait de l'ensemble.

Ils remisèrent le harnais de côté pour le laisser manger : on lui servit un énorme bœuf cornu rôti à la broche, accompagné de monceaux de piments rouges et verts à la peau noircie, ainsi qu'un gros plat de champignons, qu'il avait appris à apprécier lors de leur passage au Cap ; pendant ce temps, Laurence envoyait dîner ses hommes et se rendait à bord de l'*Allegiance* pour prendre avec Riley un ultime repas, convivial quoique assez calme ; ils burent fort peu, et au moment de sortir de table, Laurence lui remit quelques dernières lettres à l'intention de sa mère et de Jane Roland, le courrier officiel ayant déjà été échangé.

— Bonne route, lui dit Riley en le raccompagnant jusqu'à l'échelle.

Le soleil bas disparaissait déjà derrière les bâtiments tandis qu'un canot ramenait Laurence jusqu'à la plage. Téméraire avait sucé les derniers os, et les hommes sortaient de la maison.

— Paré partout, annonça Téméraire lorsqu'on l'eut harnaché de nouveau.

L'équipage grimpa sur son dos, chacun bouclant son baudrier sur le harnais.

Tharkay, le chapeau maintenu en place par une lanière sous le menton, se hissa en souplesse avant de s'installer dans un coin près de Laurence, à la base du cou de Téméraire ; son aigle, encapuchonné, se tenait dans une petite cage fixée contre sa poitrine. Le grondement de tonnerre d'une canonnade leur parvint brusquement de l'*Allegiance* : un salut officiel, auquel Téméraire répondit par un rugissement joyeux tandis qu'un fanion de signalisation montait au grand mât : *bon vent*. Une brève tension des muscles et des tendons, une inspiration caverneuse sous la peau, et Téméraire, les poches d'air gonflées en grand, prit son envol ; le port et la ville rapetissèrent sous lui.

## 2

Ils filaient vite, très vite ; Téméraire savourait l'occasion de se dégourdir les ailes sans compagnon de vol pour le ralentir. Laurence eut beau demeurer sur ses gardes dans un premier temps, Téméraire ne montrait aucun signe de fatigue, pas d'échauffement dans les muscles des épaules et, après les premiers jours, il le laissa mener le train à sa guise. Des fonctionnaires ébahis venaient les accueillir en hâte chaque fois qu'ils se posaient près d'une bourgade pour refaire leurs provisions de bouche, et Laurence se vit contraint plus d'une fois d'endosser la lourde robe dorée brodée de dragons que lui avait offerte l'empereur ; aux questions et vérifications de papiers succédaient alors moult courbettes et salamalecs, et au moins se sentait-il mieux habillé qu'avec sa tunique verte. Ils évitaient autant que possible les agglomérations ; ils préféraient acheter les repas de Téméraire directement à des bergers au pâturage, et passer la nuit dans des temples isolés, des pavillons de bord de route ou, une fois, dans un avant-poste militaire abandonné dont le toit s'était écroulé depuis longtemps, mais dont les murs tenaient encore debout : ils tendirent un auvent par-dessus les ruines en liant leurs tentes les unes aux autres, et ramassèrent les morceaux de poutres pour faire un feu.

— Plein nord, le long des monts Wudang, jusqu'à Luoyang, dit Tharkay.

Il s'était montré jusqu'ici un compagnon discret et peu communicatif, se contentant le plus souvent de pointer le doigt en se fondant sur la boussole montée dans le harnais de Téméraire, laissant à Laurence le soin de transmettre ses indications au dragon. Mais ce soir-là, à la demande de Laurence, il esquissa leur route dans la poussière alors qu'ils étaient tous assis à l'extérieur autour du feu, et que Téméraire se penchait sur le tracé avec intérêt.

— Ensuite, nous obliquerons vers l'ouest en direction de Xi'an, l'ancienne capitale.

Ces noms étrangers ne disaient rien à Laurence. Il possédait sept cartes où le nom de chaque ville s'orthographiait de sept manières différentes ; Tharkay y avait jeté un simple coup d'œil avant de les ignorer complètement. Mais Laurence pouvait apprécier leur progression d'après le soleil et les étoiles, qui se levaient chaque jour à un endroit différent à mesure que le vol de Téméraire dévorait les miles.

Bourgs et villages défilaient l'un après l'autre ; des enfants couraient au sol dans l'ombre de Téméraire, agitant les bras en poussant des petits cris aigus jusqu'à ce qu'ils disparaissent à l'horizon ; des rivières serpentaient sous eux tandis que les montagnes sombres s'élevaient sur leur gauche, verdies par la mousse et coiffées de nuages incapables de s'arracher aux pics. Les dragons qu'ils croisèrent les évitaient, descendant respectueusement à une altitude inférieure afin de céder le pas à Téméraire, sauf un Dragon-de-Jade, l'un de ces courriers impériaux aux allures de lévrier qui volaient dans un air trop raréfié et trop froid pour les autres races : il plongea à leur rencontre avec un salut joyeux, voleta comme un colibri autour de Téméraire, puis reprit sa route en filant comme une flèche.

À mesure qu'ils continuaient vers le nord, les nuits se firent moins étouffantes pour devenir agréablement tièdes et douces ; le gibier abondait, quand ils ne rencontraient pas d'immenses troupeaux en liberté, et la chasse les nourrissait facilement. À moins d'un jour de vol de Xi'an, ils firent halte de bonne heure et dressèrent le camp au bord d'un petit lac : trois cerfs de bonne taille furent mis à rôtir pour leur dîner ainsi que celui de Téméraire, pendant que les hommes grignotaient un peu de biscuits et quelques fruits apportés par un paysan des environs. Granby fit asseoir Roland et Dyer près du feu afin de leur faire travailler l'écriture, tandis que Laurence s'efforçait de déchiffrer leurs exercices de trigonométrie. Ces derniers ayant été effectués en plein vol, sur des ardoises soumises à toute la pression du vent, cela représentait un véritable défi en soi, mais au moins eut-il le plaisir de constater que leurs calculs n'aboutissaient plus à des hypoténuses plus courtes que les autres côtés de leurs triangles.

Téméraire, débarrassé de son harnais, plongea aussitôt dans le lac : plusieurs torrents de montagne l'alimentaient et son lit était tapissé de galets ; l'eau n'était guère profonde, en plein mois d'août, mais il parvint néanmoins à s'asperger le dos et il s'ébattit et se tortilla sur les galets avec beaucoup d'enthousiasme.

— C'était très rafraîchissant ; mais il est sûrement l'heure de dîner maintenant, non ? dit-il en sortant de l'eau, avec un regard appuyé en direction du cerf en train de rôtir.

Toutefois, les cuisiniers n'étaient pas encore satisfaits de leur travail et lui agitèrent leurs énormes broches sous le nez de manière menaçante.

Il soupira un peu, s'ébroua les ailes en arrosant tout le monde, y compris le feu qui se mit à siffler, puis s'allongea sur la berge à côté de Laurence.

— Je suis bien content que nous n'ayons pas attendu pour rentrer par la mer ; c'est merveilleux de pouvoir voler tout droit, aussi rapidement qu'on le souhaite, pendant des miles et des miles, déclara-t-il en bâillant.

Laurence baissa les yeux ; il était certain que cela n'aurait pas été possible en Angleterre : une semaine de vol comme celle qui venait de s'écouler les aurait conduits à l'autre bout des îles, et retour.

— As-tu bien profité de ton bain ? s'enquit-il pour changer de sujet.

— Oh ! oui ; ces pierres sont très agréables, répondit Téméraire d'un air rêveur. Quoique pas *tout à fait* aussi agréables que Mei.

Lung Qin Mei, charmante dragonne Impériale, avait été la fiancée de Téméraire à Pékin ; depuis leur départ, Laurence redoutait qu'elle manquât secrètement à Téméraire. Mais cette remarque inattendue tombait comme un cheveu sur la soupe ; Téméraire n'avait pas employé non plus le ton d'un amoureux transi. C'est alors que Granby s'exclama :

— Oh ! mon Dieu !

Il se leva d'un bond et cria à travers le camp :

— Monsieur Ferris ! Monsieur Ferris, dites aux garçons de jeter cette eau et d'aller en puiser de la fraîche dans le torrent, s'il vous plaît.

— Téméraire ! s'écria Laurence, écarlate, en comprenant soudain.

— Oui ? (Téméraire le dévisagea d'un air surpris.) Eh bien, ne trouves-tu pas plus agréable d'être avec Jane, toi aussi, que de…

Laurence s'empressa de se lever pour déclarer :

— Monsieur Granby, vous pouvez appeler les hommes pour dîner, maintenant.

Il fit semblant de ne pas entendre l'hilarité contenue qui faisait trembler la voix de Granby quand celui-ci répondit : « À vos ordres, monsieur », avant de filer.

Xi'an était une vieille cité, ancienne capitale de la nation, chargée d'histoire ; seuls quelques charrettes et voyageurs solitaires cheminaient sur les routes envahies d'herbe folle qui menaient jusqu'aux portes. Ils survolèrent ses hautes murailles de briques grises dominant un fossé, ses tours en pagodes qui se dressaient, sombres et désertes, avec à peine quelques gardes en uniforme et deux dragons écarlates en train de bâiller. Vues d'en haut, les rues découpaient la ville à la manière d'un échiquier. Des temples d'une douzaine de formes différentes la jalonnaient, ainsi que des minarets incongrus jouxtant des pagodes aux toits pointus. De minces peupliers et de très vieux sapins aux aiguilles fragiles bordaient les avenues. Ils furent accueillis dans une cour de marbre devant la pagode principale par le magistrat de la ville, à la tête de tous ses fonctionnaires en robe officielle, qui s'inclinèrent profondément : la nouvelle de leur arrivée les avait précédés, probablement grâce au Dragon-de-Jade. On les régala sur les berges de la rivière Wei, dans un pavillon vénérable surplombant des champs de blé ondulants, d'une soupe chaude laiteuse et de brochettes de mouton ; trois moutons avaient été mis à rôtir sur la même broche à l'intention de Téméraire. Après quoi, le magistrat rompit cérémonieusement des branches de saule en signe d'adieu lorsqu'ils repartirent : c'était une manière de leur souhaiter bon retour.

Deux jours plus tard, ils dormirent à proximité de Tianshui, dans des grottes pleines de bouddhas sévères et silencieux dont les mains et le visage sortaient des parois, drapés à tout jamais dans la pierre rouge, tandis qu'un rideau de pluie tombait à l'extérieur. Ces personnages monumentaux les suivirent du regard à travers la brume quand ils reprirent leur vol, remontant la rivière ou ses affluents qui s'enfonçaient désormais au cœur de la montagne, à travers d'étroits défilés à peine plus larges que l'envergure des ailes de Téméraire. Ce dernier se plaisait à y foncer à vive allure en prenant tous les risques, effleurant du bout des ailes les sapins rabougris accrochés aux falaises, jusqu'à ce qu'un matin, une rafale inopinée s'engouffrât dans la passe en sifflant, cueillant Téméraire alors qu'il relevait les ailes et manquant le plaquer contre la paroi rocheuse.

Poussant un glapissement dépourvu de dignité, il parvint à se tortiller en plein vol pour s'agripper désespérément à la falaise presque verticale ; l'argile et la roche s'effritèrent aussitôt sous son poids, insuffisamment maintenues par les petits sapins et les touffes d'herbe.

— Rentre les ailes ! lui cria Granby dans son porte-voix.

Car Téméraire, d'instinct, tentait de reprendre son envol et ne faisait qu'accélérer leur chute.

Repliant ses ailes, Téméraire réussit à maîtriser plus ou moins sa dégringolade le long de la pente ; il finit par se réceptionner tant bien que mal dans le lit du torrent, hors d'haleine.

— Ordonnez aux hommes de dresser le camp, glissa Laurence à Granby, très vite, en débouclant les sangles de son baudrier.

Il se laissa glisser en une succession de chutes à moitié contrôlées, se retenant au harnais du bout des doigts, avant de sauter les vingt derniers pieds puis de courir à la tête du dragon. Téméraire frémissait des barbillons et de la collerette, le souffle court, les jambes tremblantes, mais resta debout le temps que les pauvres hommes de ventre et ceux de l'équipe au sol descendent en titubant, à demi asphyxiés par la poussière grise soulevée par cette folle descente.

Bien qu'ils fussent partis depuis une heure à peine, tout le monde se réjouit de faire halte et de se reposer.

Les hommes s'affalèrent en même temps que Téméraire sur les berges recouvertes d'une herbe jaunâtre.

— Es-tu certain de n'avoir mal nulle part ? s'enquit anxieusement Laurence tandis que Keynes grimpait en bougonnant sur les épaules de Téméraire, examinant la jointure des ailes.

— Non, je vais bien, lui assura Téméraire, qui paraissait plus embarrassé que meurtri.

Il fut néanmoins heureux de se baigner les pieds dans le torrent, puis de les tendre afin qu'on les lui brosse, car un peu de terre et des petits cailloux s'étaient incrustés sous la crête de peau dure autour des griffes.

Après quoi, il ferma les yeux et posa la tête pour une petite sieste, sans manifester la moindre envie de bouger ne serait-ce que d'un pouce.

— J'ai mangé hier ; je n'ai pas très faim, répondit-il quand Laurence lui proposa d'aller chasser, ajoutant qu'il préférait dormir.

Mais quelques heures plus tard, Tharkay réapparut – si tant est qu'on puisse parler de réapparition, alors que son absence initiale était passée totalement inaperçue – et lui offrit une douzaine de lapins bien gras qu'il avait capturés avec son aigle. D'ordinaire, le dragon n'en aurait fait que quelques bouchées, mais les cuisiniers chinois les préparèrent en ragoût avec du porc salé, des navets et quelques légumes verts, et Téméraire les dévora avec suffisamment d'enthousiasme, les os et tout le reste, pour démentir son prétendu manque d'appétit.

Il se montra un peu craintif le lendemain matin,

s'asseyant sur son arrière-train pour goûter l'air avec sa langue aussi haut qu'il put dresser la tête, tâchant de bien sentir le vent. Il y eut ensuite un petit souci avec son harnais, qu'il eut du mal à définir, mais qui réclama de nombreux et laborieux réglages. Puis il eut soif, mais l'eau était subitement devenue trop boueuse durant la nuit, de sorte qu'il fallut empiler des pierres afin d'ériger un barrage de fortune et de former un bassin plus profond. Laurence commençait à penser qu'il avait eu tort de ne pas insister pour repartir aussitôt après l'incident. Mais soudain, Téméraire déclara à brûle-pourpoint : « Très bien, allons-y. » Il s'élança dans les airs dès que tout le monde eut embarqué.

La tension dans ses épaules, tout à fait palpable de là où se tenait Laurence, s'estompa au bout d'un moment. Mais Téméraire se montrait plus prudent désormais, volant lentement tant qu'ils restaient dans les montagnes. Trois jours s'écoulèrent avant qu'ils ne débouchent sur le fleuve Jaune, aux eaux à ce point limoneuses qu'il ressemblait moins à un cours d'eau qu'à un glissement de terrain, ocre et brun, charriant d'épaisses mottes d'herbe à sa surface. Ils durent acheter un ballot de soie à une barge de passage afin de filtrer l'eau pour la boire, mais leur thé conserva malgré tout un arrière-goût argileux.

— Jamais je n'aurais cru être heureux de voir un désert, mais je pourrais embrasser ce sable, avoua Granby quelques jours plus tard

Le fleuve était maintenant loin derrière eux, et les montagnes avaient brusquement disparu dans l'après-midi pour céder le pas à des collines, puis à un plateau broussailleux. Le désert brun était visible depuis leur campement aux abords de Wuwei.

— On pourrait lâcher la totalité de l'Europe dans ce pays sans jamais la retrouver !

— On ne peut pas se fier à ces cartes, reconnut Laurence. Il consignait la date dans son journal de bord, tout en procédant à une estimation du nombre de miles parcourus, qui selon ses calculs auraient dû les situer aux environs de Moscou.

— Monsieur Tharkay, dit-il à leur guide qui les rejoignait près du feu, j'espère que vous m'accompagnerez demain pour acheter ces chameaux ?

— Nous ne sommes pas encore au Takla-Makan, dit Tharkay. Ceci est le désert de Gobi ; nous n'aurons pas besoin de chameaux tout de suite. Nous ne ferons qu'en longer la lisière, et l'eau ne manquera pas. Je suppose qu'il vaudrait mieux acheter un peu de viande pour les prochains jours, néanmoins, ajouta-t-il, sans s'apercevoir que ses paroles les plongeaient dans la consternation.

— Un seul désert devrait suffire pour un voyage, dit Granby. À ce rythme, nous serons rendus à Constantinople à la Noël ; et encore.

Tharkay haussa un sourcil.

— Nous avons couvert plus de mille miles en deux semaines de voyage ; ne me dites pas que c'est trop lent pour vous ?

Il se glissa sous la tente des provisions, afin d'examiner leurs réserves.

— C'est assez rapide, j'en conviens, mais cela fait

une belle jambe à ceux qui nous attendent chez nous, grommela Granby d'un ton amer. (L'expression surprise de Laurence le fit rougir.) Désolé de me montrer aussi bougon ; c'est seulement que ma mère vit à Newcastle-upon-Tyne, ainsi que mes frères.

La ville, à mi-chemin de la base d'Édimbourg et de la petite base de Middlesbrough, fournissait à la Grande-Bretagne la majeure partie de son charbon : c'était une cible toute trouvée si Bonaparte choisissait de bombarder la côte, et qui serait difficile à défendre étant donné les maigres moyens des Aerial Corps. Laurence hocha la tête en silence.

— As-tu beaucoup de frères ? s'enquit Téméraire, indifférent à l'étiquette qui avait retenu Laurence de manifester une telle curiosité (Granby n'avait encore jamais parlé de sa famille). Sur quels dragons servent-ils ?

— Ils ne sont pas aviateurs, répondit Granby. Mon père était marchand de charbon, ajouta-t-il avec une pointe de défi. Mes deux frères aînés sont aujourd'hui dans l'affaire de mon oncle.

— Eh bien, je suis sûr que ce doit être un travail intéressant également, dit Téméraire gentiment.

Il ne comprit pas ce que Laurence avait immédiatement saisi : avec une mère veuve et un oncle qui avait sans doute déjà des fils, Granby avait probablement été envoyé dans les Corps parce que sa famille n'avait pas les moyens de le garder. Un garçon de sept ans pouvait ainsi, au prix d'une somme modeste, être assuré d'avoir une profession, même si elle n'était pas des plus respectables, tandis que sa famille avait une bouche de moins à nourrir. Contrairement à la Navy, aucune influence ni relations familiales d'aucune sorte n'étaient requises pour un tel emploi : les Corps manquaient plutôt de postulants.

— Je suis sûr qu'on aura posté des canonnières là-bas, dit Laurence, changeant délicatement de sujet. Et l'on parlait d'essayer des fusées Congreve en défense contre les bombardements aériens.

— Je suppose que cela pourrait repousser les Français : si nous mettons le feu à la ville nous-mêmes, ils n'auront plus de raison d'attaquer, dit Granby, cherchant à renouer avec sa bonne humeur habituelle.

Mais il s'excusa bientôt et emporta son sac de couchage dans un coin du pavillon.

Cinq jours supplémentaires de vol les amenèrent en vue de Jiayuguan, une forteresse perdue dans une région désertique, construite en briques jaunes probablement cuites à partir des sables mêmes qui les entouraient. Sa muraille extérieure, trois fois plus haute que Téméraire, avait une épaisseur de près de deux pieds : c'était le dernier bastion entre le cœur de la Chine et les régions occidentales, ses plus récentes conquêtes. Les gardes en poste étaient maussades, aigris, mais aux yeux de Laurence ils ressemblaient plus à des soldats que les aimables conscrits qu'il avait vus paresser dans la plupart des autres forteresses du pays ; bien qu'ils ne possédassent qu'une poignée de mousquets en très mauvais état, la garde en cuir de leurs épées était polie par l'usage. Ils examinèrent de près la collerette de Téméraire, comme s'ils la soupçonnaient d'être fausse, jusqu'à ce qu'il finisse par prendre la mouche et propose dédaigneusement à l'un d'entre eux de lui tirer les barbillons ; ils se montrèrent alors un peu moins circonspects, mais insistèrent néanmoins pour fouiller entièrement leurs bagages ; et ils firent toutes sortes de difficultés à propos du seul objet que Laurence avait choisi d'emporter avec lui au lieu de le laisser à bord de l'*Allegiance* : un vase en porcelaine rouge d'une beauté extraordinaire acheté à Pékin.

Ils produisirent un énorme texte, fragment du code légal qui régissait les exportations hors du pays, en étudièrent les articles, en débattirent entre eux ainsi qu'avec Tharkay, et demandèrent à voir une facture que Laurence, naturellement, n'avait jamais obtenue. Exaspéré, Laurence finit par s'écrier :

— Pour l'amour du ciel, il s'agit d'un cadeau pour mon père, pas d'un article de commerce !

Cette sortie, une fois traduite, parut au moins les radoucir. Laurence surveilla attentivement la manière dont ils remballaient son vase : il s'en serait voulu de le perdre maintenant, après que l'objet avait survécu au vandalisme, à l'incendie et à trois milliers de miles ; il y voyait sa meilleure chance de faire accepter à lord Allendale, collectionneur notoire, le principe de son adoption, laquelle ne manquerait pas d'enflammer un tempérament déjà fort contrarié de l'avoir vu embrasser la carrière d'aviateur.

L'inspection s'éternisa jusqu'au milieu de la matinée, mais aucun d'eux n'avait le moindre désir de passer une nuit de plus dans cet endroit lugubre : siège autrefois d'arrivées joyeuses, de caravanes parvenues saines et sauves à destination et d'autres qui entamaient leur voyage de retour, ce n'était plus que l'ultime étape des exilés contraints de quitter le pays ; il y flottait comme des relents d'amertume.

— Nous devrions pouvoir atteindre Yumen avant la grosse chaleur de midi, dit Tharkay, et Téméraire but abondamment à la citerne de la forteresse.

Ils s'en allèrent par la seule issue, un énorme tunnel qui s'ouvrait dans la cour intérieure et suivait les remparts sur toute leur longueur, éclairé de loin en loin par la lueur vacillante des torches. Les murs étaient presque entièrement recouverts d'encre et, par endroits, de traces de griffes draconiques, derniers messages de regret laissés avant de partir, appels à la miséricorde céleste et vœux de revenir un jour. Ils n'étaient pas tous anciens : des entailles fraîches à l'orée du tunnel barraient d'autres inscriptions antérieures, à demi estompées ; Téméraire s'arrêta et les lut doucement à Laurence :

*Dix mille* li *me séparent de ta tombe*
*Dix mille* li *me restent à parcourir*
*Je déploie mes ailes et m'envole vers le soleil impitoyable.*

Au-delà de l'ombre du tunnel, le soleil brûlait en effet d'un éclat implacable, et le sol, sec et craquelé, était jonché de sable et de cailloux. Alors qu'ils remontaient sur le dos de Téméraire à l'extérieur, les deux cuisiniers chinois, devenus silencieux et renfrognés durant la nuit, bien qu'ils n'eussent pas montré le moindre signe de mal du pays jusque-là, s'éloignèrent un peu et ramassèrent chacun un caillou, qu'ils lancèrent contre la muraille : Laurence vit dans ce geste une hostilité surprenante. Le caillou de Jing Chao rebondit, mais l'autre, jeté par Gong Su, glissa et vint rouler au pied du rempart incliné. Voyant cela, Gong Su étouffa un petit cri et commença aussitôt à se répandre en un torrent d'excuses, dont même Laurence, avec ses maigres connaissances en chinois, parvint à démêler la teneur : il n'avait pas l'intention d'aller plus loin.

— Il prétend que son caillou n'est pas revenu, et que cela veut dire qu'il ne retournera jamais en Chine, traduisit Téméraire.

Pendant ce temps, Jing Chao tendait déjà son coffret à épices et sa batterie de cuisine à l'équipage afin qu'il les emballe avec le reste, visiblement aussi rassuré que son collègue était inquiet.

— Allons, ce n'est que de la superstition, plaida Laurence auprès de Gong Su. Vous m'avez personnellement assuré que vous étiez d'accord pour quitter la Chine ; et je vous ai versé d'avance six mois de gages. Vous ne pouvez pas me demander de payer votre voyage de retour maintenant, alors que vous travaillez pour moi depuis moins d'un mois et que vous êtes déjà en train de revenir sur notre contrat.

Gong Su s'excusa de plus belle : il avait laissé tout l'argent à sa mère afin qu'elle ne fût pas démunie et abandonnée en son absence. Cependant quoique Laurence avait rencontré cette dame à Macas, lorsqu'elle était venue saluer Gong Su avec ses onze autres fils, et l'avait trouvée plus robuste et énergique que démunie et abandonnée…

— Très bien, capitula Laurence. Je veux bien vous verser encore une petite prime, mais vous feriez beaucoup mieux de nous accompagner. Vous mettrez un temps infini à revenir par la route, sans parler des dépenses, et je suis sûr que vous vous sentirez bientôt ridicule d'avoir cédé à une lubie pareille.

À vrai dire, Laurence se serait plus volontiers séparé de Jing Chao, qui d'une manière générale se montrait querelleur et prompt à houspiller l'équipage en chinois lorsque ce dernier ne traitait pas ses affaires avec tout le soin qui lui semblait approprié. Laurence savait que certains hommes avaient commencé à se renseigner discrètement auprès de Téméraire sur la signification de certains mots afin de comprendre ce qu'on leur disait ; il soupçonnait bon nombre des remarques de Jing Chao d'être insultantes, et si tel était bien le cas, la situation deviendrait rapidement délicate.

Gong Su hésita, ne sachant que faire ; Laurence ajouta :

— Peut-être cela signifie-t-il simplement que vous apprécierez à ce point l'Angleterre que vous choisirez d'y rester ? En tout cas, je suis convaincu qu'il ne peut rien sortir de bon d'une réaction inspirée par la peur, et que l'on n'échappe pas à son destin.

L'argument fit mouche, et après quelques instants de réflexion, Gong Su finit par embarquer ; Laurence secoua la tête devant l'absurdité de cette discussion.

— Quel tissu de bêtises ! dit-il en se tournant vers Téméraire.

— Hein ? Oh ! sans doute, admit Téméraire, jetant un regard coupable vers un rocher voisin, moitié aussi gros qu'un homme et qui, s'il l'avait lancé contre la muraille, aurait probablement fait sortir les gardes au pas de charge, persuadés d'être pris pour cibles par des armes de siège. Nous reviendrons un jour, n'est-ce pas, Laurence ? s'enquit-il avec une pointe de nostalgie.

Il laissait derrière lui non seulement la poignée de Célestes qui constituaient sa seule famille en ce bas monde, ainsi que le luxe de la cour impériale, mais également toutes les libertés ordinaires et invisibles que le système chinois accordait aux dragons, en les traitant quasiment comme des citoyens à part entière.

Laurence n'avait pas d'aussi puissantes raisons de vouloir revenir : il n'avait connu en Chine que des angoisses et des périls, les marasmes de la politique étrangère et, pour être tout à fait honnête, un certain degré de jalousie ; il n'éprouvait personnellement aucun désir d'y retourner un jour.

— Une fois la guerre finie, quand tu le voudras, promit-il néanmoins.

Et il posa une main rassurante sur la patte de Téméraire, tandis que l'équipage achevait de le sangler pour le vol.

## 3

Ils quittèrent l'oasis verdoyante de Dunhuang à l'aube, dans le cliquetis plaintif des clochettes des chameaux qui cheminaient à contrecœur sur la crête des dunes. Leurs pieds plats et velus brouillaient les sillons dessinés dans le sable : les dunes évoquaient des vagues océanes saisies à l'encre et au pinceau, une face d'une clarté parfaite et l'autre d'ombre pure, imprimées sur le caramel pâle du désert. Les pistes des caravanes se scindaient l'une après l'autre et se détachaient vers le nord ou le sud, chaque croisement étant marqué par un amoncellement d'os surmontés de crânes de chameaux. Tharkay mena le chameau de tête vers le sud, et les autres suivirent : les bêtes connaissaient leur affaire, contrairement à leurs cavaliers malhabiles. Téméraire fermait la marche tel un gigantesque chien de berger, suffisamment loin pour ne pas effrayer les bêtes, mais assez près pour décourager toute tentative de s'échapper vers l'écurie.

Le soleil de plomb ne surprit pas Laurence, si ce n'est que, si loin dans le nord, le désert ne retenait pas la chaleur : à midi on était trempé de sueur, mais une heure après le crépuscule on grelottait de froid et une pellicule de givre se déposait sur les outres pendant la nuit. L'aigle se nourrissait de lézards tachetés et de souris qu'on apercevait du coin de l'œil, détalant comme des ombres entre les rochers ; Téméraire amputait la caravane d'un nouveau chameau chaque jour ; les autres se contentaient de minces lanières de viande séchée qu'il fallait mastiquer pendant des heures, ainsi que d'un thé amer mêlé de farine d'avoine et de grains de blé grillés, bouillie infâme mais très nourrissante. Les outres étaient réservées à Téméraire ; les hommes buvaient dans leurs gourdes, qu'ils remplissaient quotidiennement ou presque à des puits à moitié ensevelis, souvent souillés de sel, ou dans des mares bordées de tamaris dont les racines pourrissaient dans la boue : une eau jaune et saumâtre, à peine buvable, même bouillie.

Chaque matin, Laurence et Téméraire emmenaient Tharkay reconnaître le meilleur chemin pour les chameaux, quoique toujours à travers une brume chatoyante qui brouillait l'horizon et limitait la vue ; au sud, les monts T'ien-chan semblaient flotter dans les airs comme un mirage, comme si les pics bleutés se trouvaient coupés du sol, appartenant à un autre plan d'existence.

— Quel paysage de désolation ! disait Téméraire.

Cependant qu'il appréciait les conditions de vol : la chaleur du soleil semblait lui procurer un supplément de portance, agissant peut-être sur les sacs d'air qui permettaient aux dragons de voler, et il n'avait guère d'efforts à fournir pour se maintenir en l'air.

Laurence et lui faisaient souvent une pause durant la

journée : Laurence lui faisait la lecture, ou bien Téméraire lui récitait des poèmes de sa composition, habitude qu'il avait prise à Pékin, où la poésie passait pour une occupation plus convenable que la guerre pour un Céleste. Lorsque le soleil descendait sur l'horizon, ils reprenaient leur vol pour rattraper le reste du convoi en se guidant au son des clochettes des chameaux dans le crépuscule.

— Monsieur ! vint lui annoncer Granby en courant, un soir qu'ils venaient de se poser. L'un des Chinois a disparu, le cuisinier.

Ils redécollèrent aussitôt, scrutant les environs, mais sans parvenir à retrouver la moindre trace du pauvre diable. Le vent ne chômait pas, effaçant les traces des chameaux presque aussi vite qu'elles apparaissaient, et s'égarer dix minutes revenait à se perdre pour toujours. Téméraire vola à basse altitude, guettant le son des clochettes, en vain ; la nuit tombait rapidement et les ombres des dunes s'allongeaient, noyant tout dans une obscurité uniforme.

— Je n'y vois plus rien, Laurence, lâcha Téméraire à regret.

Les étoiles apparaissaient, et la lune se réduisait à un mince croissant.

— Nous continuerons les recherches demain, dit Laurence pour le consoler, quoique sans grand espoir.

Ils retournèrent au campement, et Laurence secoua la tête sans rien dire en s'avançant parmi les hommes qui l'attendaient ; il accepta avec gratitude une tasse de thé fort et réchauffa ses mains et ses pieds gelés aux flammes du feu de bivouac.

— C'est surtout le chameau qui nous manquera, dit Tharkay en se détournant avec un haussement d'épaules.

Pour brutal que cela paraisse, c'était vrai : Jing Chao n'était l'ami de personne. Même son compatriote Gong Su, qui le connaissait depuis longtemps, se contenta de soupirer avant de conduire Téméraire au chameau qu'il avait mis à rôtir sur les braises à son intention, avec des feuilles de thé pour en varier la saveur.

Les quelques oasis qu'ils traversèrent étaient des endroits à la mentalité étriquée, moins hostiles que perplexes face aux étrangers : sur des marchés lents et paresseux, des hommes portant des coiffes noires fumaient et buvaient du thé épicé, à l'ombre, en les observant avec curiosité ; Tharkay échangea quelques mots ici et là, en chinois comme en d'autres langues. Les rues étaient en mauvais état, souvent jonchées de sable et creusées de sillons profonds laissés par les roues cloutées des chariots. Ils achetaient des sacs d'amandes et de fruits secs, abricots et raisins, remplissaient leurs outres au puits et poursuivaient leur chemin.

Les chameaux se mirent à gémir en fin de soirée, premier signe d'alerte ; quand l'homme de garde vint réveiller Laurence, les constellations se faisaient déjà avaler par les nuages bas.

— Que Téméraire boive et mange ; cela pourrait bien durer un certain temps, prévint Tharkay.

Deux hommes de l'équipe au sol arrachèrent le

couvercle de deux caisses et ôtèrent la sciure qui recouvrait les outres à l'intérieur, puis Téméraire baissa la tête afin qu'ils puissent verser le mélange d'eau et de glace dans sa bouche : ayant près d'une semaine de pratique, il n'en renversa pas une goutte, mais serra bien les mâchoires avant de relever la tête pour déglutir. Le chameau ainsi débarrassé de sa charge roula des yeux fous et lutta pour ne pas être séparé de ses congénères. En vain ; Pratt et son aide, de haute taille et vigoureux tous les deux, l'entraînèrent derrière les tentes où Gong Su lui ouvrit la gorge avec son couteau, recueillant adroitement le sang dans une coupelle ; et Téméraire le dévora, sans enthousiasme : il commençait à se lasser du chameau.

Il en restait une quinzaine à mettre à l'abri, et Granby réunit les aspirants et les enseignes tandis que l'équipe au sol resserrait les attaches des tentes ; une couche superficielle de sable fin volait déjà au ras des dunes, leur cinglant les mains et le visage, bien qu'ils eussent relevé leur col et remonté leur foulard sur leur bouche et leur nez. Les lourdes tentes doublées de fourrures, si commodes pour affronter les nuits glaciales, devinrent d'une chaleur suffocante tandis qu'ils s'efforçaient d'y faire entrer tous les chameaux, et même le pavillon de cuir plus léger qu'ils érigèrent pour eux et Téméraire leur parut étouffant.

Puis la tempête de sable fut sur eux : ses assauts sifflants, si différents du martèlement de la pluie, s'abattirent sans répit contre la paroi de cuir de la tente. Impossible de l'ignorer ; le bruit enflait et retombait par saccades imprévisibles, passant soudain du murmure au hurlement, de sorte qu'ils parvenaient tout juste à voler quelques instants de sommeil ici et là, sans vraiment se reposer ; la fatigue commença à creuser les visages. Ils n'osaient pas risquer de lanternes à l'intérieur de la tente. Lorsque le soleil se coucha, Laurence s'assit près de la tête de Téméraire dans une obscurité quasi complète, en écoutant le gémissement du vent.

— Certains voient dans le *karaburan* l'œuvre des mauvais esprits, dit Tharkay dans le noir. (Il découpait une attache neuve pour son aigle, lequel restait présentement immobile dans sa cage, la tête rentrée dans les épaules.) Vous pouvez entendre leur voix, si vous tendez l'oreille.

De fait, on distinguait comme des cris sourds et plaintifs dans le vent, pareils à des murmures dans une langue étrangère.

— Je ne les comprends pas, avoua Téméraire en écoutant attentivement, plus intéressé qu'effrayé – les mauvais esprits ne lui faisaient pas peur. Quelle est cette langue ?

— Ce n'est pas une langue connue des hommes ni des dragons, répondit Tharkay très sérieusement.

Les enseignes buvaient ses paroles, les hommes feignaient l'indifférence, et Roland et Dyer s'étaient approchés, les yeux écarquillés.

— Ceux qui l'écoutent trop longtemps deviennent confus et s'égarent : on ne les retrouve pas vivants, et leurs ossements blanchis servent de mise en garde aux autres voyageurs.

— Hmm ! fit Téméraire d'un ton sceptique. J'aimerais voir le démon capable de me dévorer.

Incontestablement, il eût fallu pour cela une sorte de démon tout à fait prodigieux.

La bouche de Tharkay se tordit :

— Voilà pourquoi ils n'osent pas s'en prendre à nous ; on ne voit pas souvent de dragons de ta taille dans le désert.

Les hommes se resserrèrent encore autour de Téméraire, et personne ne parla plus de sortir.

— As-tu connaissance de dragons possédant leur propre langue ? demanda Téméraire à Tharkay un peu plus tard à voix basse, tandis que la plupart des hommes somnolaient, à demi endormis. J'ai toujours cru que nous tenions le langage uniquement des hommes.

— Le durzagh est une langue draconique, répondit Tharkay. Elle contient certains sons que les hommes ne peuvent produire : vos voix imitent plus facilement les nôtres que l'inverse.

— Oh ! pourrais-tu me l'enseigner ? s'enquit Téméraire avec excitation.

Les Célestes, contrairement à la plupart des dragons, conservaient la capacité d'apprendre de nouvelles langues bien après l'éclosion et l'enfance.

— Elle ne te serait pas très utile, dit Tharkay. On ne la parle que dans les montagnes, dans le Pamir et le Karakorum.

— Peu m'importe, affirma Téméraire. Ce serait bien pratique une fois de retour en Angleterre. Laurence, le gouvernement ne pourra pas dire que nous ne sommes que des animaux si nous avons inventé notre propre langage, ajouta-t-il en se tournant vers lui pour en avoir confirmation.

— Aucune personne sensée n'irait prétendre une chose pareille de toute manière, commença Laurence, aussitôt interrompu par un ricanement de Tharkay.

— Au contraire, dit leur guide. Tu risques davantage d'être considéré comme un animal – ou en tout cas, comme une créature indigne d'intérêt – si tu parles une autre langue que l'anglais ; tu ferais mieux de cultiver une prononciation distinguée.

Sa voix se modifia sur les derniers mots, adoptant l'accent ampoulé qui avait été un temps en faveur auprès de certaines couches de la haute société.

— Curieuse manière de s'exprimer, commenta Téméraire d'un air dubitatif après s'y être essayé et avoir répété la phrase plusieurs fois. Il me paraît étrange que la façon d'articuler les mots puisse être à ce point significative. Ce doit être un gros travail de réapprendre toutes les prononciations. Existe-t-il des traducteurs que l'on engage pour dire les choses correctement ?

— Oui ; on les appelle des avocats, dit Tharkay, riant doucement dans sa barbe.

— Je te déconseille absolument de parler de cette manière, dit Laurence d'un ton sec, pendant que Tharkay retrouvait son sérieux. Tout juste pourrais-tu impressionner un habitué de Bond Street, pour peu qu'il ne s'enfuie pas en te voyant.

— Très juste ; tu ferais beaucoup mieux de prendre le capitaine Laurence pour modèle, admit Tharkay en inclinant la tête. Il s'exprime en parfait gentilhomme ; je suis certain que tout fonctionnaire en conviendrait.

Son expression n'était pas visible dans le noir, mais Laurence sentait obscurément qu'on se moquait de lui ; sans malice, peut-être, mais ce n'en était pas moins agaçant.

— Je vois que vous avez étudié la question de près, monsieur Tharkay, déclara-t-il froidement.

Tharkay haussa les épaules.

— La nécessité fut un professeur consciencieux, quoique implacable, dit-il. On s'est montré suffisamment enclin à me dénier mes droits, sans que je fournisse une excuse aussi commode pour qu'on ne m'écoute pas. Tu devras t'armer de patience, ajouta-t-il à l'adresse de Téméraire, si tu as l'intention de faire valoir tes droits : ceux qui détiennent tous les pouvoirs et privilèges apprécient rarement de les partager.

Laurence lui-même avait dit la même chose, et à plusieurs reprises, mais on sentait derrière les paroles de Tharkay une pointe de cynisme qui les rendait d'autant plus convaincantes.

— Je ne vois vraiment pas pourquoi le gouvernement nous refuserait ce qui n'est que justice, objecta Téméraire.

Mais il semblait hésitant, troublé, et Laurence se dit qu'il valait peut-être mieux qu'il ne prenne pas ses propres opinions trop à cœur.

— La justice coûte cher, expliqua Tharkay. Voilà pourquoi elle est si rare, et réservée aux quelques personnes qui ont les moyens et l'influence de se l'offrir.

— Dans certaines régions du monde, peut-être, protesta Laurence, n'y tenant plus, mais grâce à Dieu, nous avons des lois en Grande-Bretagne, qui limitent le pouvoir des hommes et empêchent quiconque de devenir un tyran.

— Ou qui disséminent la tyrannie entre de nombreuses mains, rétorqua Tharkay. Je ne sache pas que le système chinois soit pire ; il existe une limite aux ravages que peut occasionner un despote, et lorsque ce dernier se montre vraiment épouvantable, on peut toujours le renverser ; une centaine de parlementaires corrompus peuvent causer autant d'injustice, voire davantage, et se révéler moins faciles à déraciner.

— Et où situeriez-vous Bonaparte, sur cette échelle ? voulut savoir Laurence, trop indigné pour rester poli : c'était une chose de déplorer la corruption ou de proposer des réformes judicieuses ; c'en était une autre de comparer le système britannique au despotisme absolu.

— En tant qu'homme, monarque ou système de gouvernement ? demanda Tharkay. Il ne me semble pas qu'il y ait plus d'injustice en France qu'ailleurs, d'une manière générale. Il est certes donquichottesque de leur part d'avoir choisi de se montrer injustes envers les nobles et les riches au profit des gens du peuple ; mais il ne me semble pas que ce soit foncièrement plus mauvais – ni appelé à perdurer, d'ailleurs. Quant au reste, je m'en remettrai à *votre* jugement, monsieur ; qui préféreriez-vous avoir de votre côté sur un champ de bataille : ce bon roi George, ou le second lieutenant d'artillerie venu de Corse ?

— Je préférerais avoir lord Nelson, répondit Laurence. Je ne crois pas que personne ait jamais suggéré qu'il aimait moins la gloire que Bonaparte, mais il a placé son génie au service de son pays et de son roi, et accepté de bonne grâce les honneurs que ces derniers ont choisi de lui accorder, au lieu de s'ériger en tyran.

— Quel argument opposer à un exemple aussi éclatant ? De toute manière, je m'en voudrais d'être la source de la moindre désillusion. (Le mince sourire de Tharkay était visible désormais ; il faisait légèrement plus clair à l'extérieur.) J'ai l'impression que la tempête se calme un peu ; je vais sortir jeter un coup d'œil aux chameaux.

Il s'enveloppa plusieurs fois le visage dans un voile de coton, enfonça fermement son chapeau sur le tout, et enfila ses gants et son manteau avant de se glisser hors de la tente.

— Le gouvernement sera bien obligé de nous écouter, n'est-ce pas, Laurence ? Puisque nous sommes si nombreux ? demanda Téméraire après le départ de Tharkay, revenant à la question qui le préoccupait vraiment.

— On t'écoutera, lui assura Laurence sans réfléchir, bouillant encore d'indignation.

Il le regretta aussitôt en voyant Téméraire, qui ne demandait qu'à être rassuré, s'éclaircir la gorge et répondre :

— J'en étais sûr.

Et tout le bénéfice que le dragon aurait pu retirer de la conversation, en réduisant ses espérances, fut perdu.

La tempête dura encore un jour de plus, suffisamment violente pour ouvrir des brèches dans le cuir de leur pavillon ; ils les colmatèrent de leur mieux depuis l'intérieur, mais les grains de sable s'infiltraient par toutes les fissures, dans leurs vêtements et jusque dans leur nourriture, crissant désagréablement sous la dent lorsqu'ils mâchonnaient leur viande séchée. De temps en temps, Téméraire frissonnait et s'ébrouait, faisant tomber des cascades de sable de ses épaules et de ses ailes : ils amassaient déjà une petite épaisseur de désert avec eux dans la tente.

Laurence ne sut pas précisément à quel moment la tempête s'était arrêtée : quand le silence béni revint enfin, tout le monde avait sombré dans le sommeil pour la première fois depuis des jours. Il en fut tiré par l'aigle, dehors, qui poussait un cri de satisfaction sanglante. Émergeant de la tente en titubant, il découvrit le rapace en train d'arracher des morceaux de chair au cadavre d'un chameau couché en travers des cendres du bivouac, nuque brisée, la cage thoracique déjà à moitié nettoyée par le sable.

— L'une des tentes n'a pas tenu, expliqua Tharkay dans son dos.

Laurence ne comprit pas immédiatement ce qu'il voulait dire : en se retournant, il vit huit de leurs chameaux à l'attache non loin d'un tas de fourrage, tremblant sur leurs jambes raidies par un long confinement ; la tente qui les avait abrités était encore debout, même si elle penchait un peu sous le poids du sable accumulé d'un côté. De la seconde tente, pas de trace, hormis deux piquets de fer fichés dans le sol auxquels s'accrochaient quelques lambeaux de cuir brun agités par le vent.

— Où sont passés les autres chameaux ? demanda Laurence avec une horreur croissante.

Il s'envola aussitôt avec Téméraire tandis que les hommes se dispersaient alentour, appelant dans toutes les directions, en vain : le vent cinglant impitoyable n'avait laissé aucune trace, aucun signe, pas même un fragment de peau sanguinolente.

À la mi-journée, ils renoncèrent et entreprirent de plier le camp avec abattement ; sept chameaux perdus, et leurs outres avec eux, qu'on leur avait laissées sur le dos afin de les faire tenir tranquilles.

— Pourrons-nous en acheter d'autres à Cherchen ? demanda Laurence à Tharkay, d'un ton las, en s'essuyant le front d'un revers de main.

Il ne se rappelait pas avoir aperçu beaucoup d'animaux dans les rues de la bourgade qu'ils avaient quittée trois jours auparavant.

— Difficilement, répondit Tharkay. Les chameaux sont rares, par ici, et d'autant plus prisés ; certains refuseront peut-être de vendre leurs bêtes pour qu'elles se fassent manger. Mieux vaut continuer de l'avant, selon moi.

Devant le regard dubitatif de Laurence, il ajouta :

— Avec trente chameaux j'avais vu délibérément large, en cas d'accident : ceci dépasse mes pires prévisions, mais nous devrions malgré tout être en mesure d'atteindre la rivière Keriya. Nous allons devoir rationner les chameaux, et remplir les outres de Téméraire de notre mieux aux oasis, en buvant nous-mêmes le moins possible ; cela n'aura rien de plaisant, mais je vous garantis que c'est faisable.

La tentation était grande : Laurence envisageait d'un mauvais œil le moindre retard supplémentaire. Trois jours pour regagner Cherchen, avec vraisemblablement un long délai là-bas pour se procurer d'autres bêtes de somme, tout en assurant le boire et le manger de Téméraire dans une bourgade qui n'était pas habituée à faire vivre un dragon, encore moins un dragon de sa taille ; une bonne semaine perdue, au bas mot. Tharkay paraissait sûr de lui, et pourtant, pourtant...

Laurence attira Granby derrière les tentes pour le consulter en privé : considérant préférable de garder le secret sur leur mission aussi longtemps que possible, sans répandre d'inquiétude inutile concernant la situation de la guerre en Europe, Laurence n'avait encore rien dit au reste de l'équipage, sinon qu'ils revenaient par voie de terre seulement pour éviter une trop longue attente au port.

— Une semaine représente le temps qu'il nous faudrait pour ramener les œufs dans une base *quelque part*, dit Granby d'un ton pressant. À Gibraltar, à notre avant-poste de Malte... Et c'est de ce temps-là que pourrait dépendre l'échec ou le succès. Je vous jure qu'il n'en est pas un parmi nous qui n'accepterait de souffrir de la faim ou de la soif deux fois plus longtemps si nécessaire, et selon Tharkay, nous ne risquons pas vraiment de tomber à court d'eau.

À brûle-pourpoint, Laurence lui demanda :

— Et vous êtes prêt à vous fier à son jugement en la matière ?

— Plus qu'au nôtre, certainement, dit Granby. Qu'entendez-vous par là ?

Laurence ignorait comment exprimer le malaise qu'il ressentait ; de fait, il savait à peine ce qu'il redoutait.

— Je suppose qu'il me déplaît de remettre entièrement nos vies entre ses mains, avoua-t-il. Encore quelques jours de voyage et nos provisions actuelles ne nous permettront plus de retourner à Cherchen. Et s'il se trompe…

— Ma foi, il s'est montré de bon conseil jusqu'ici, fit valoir Granby d'un ton moins assuré, même si je ne nierais pas que ses manières me mettent parfois bougrement mal à l'aise.

— Il s'est absenté de la tente au cours de la tempête, un long moment, rappela doucement Laurence. C'était vers le milieu de la deuxième journée – il a prétendu être allé jeter un coup d'œil aux chameaux.

Ils demeurèrent silencieux un moment.

— Je suppose qu'il nous serait difficile de déterminer depuis combien de temps est mort ce chameau ? suggéra Granby.

Ils voulurent examiner la carcasse, mais trop tard : Gong Su avait déjà dépecé ce qui restait de l'animal pour le mettre à la broche, et la viande qui brunissait déjà ne pouvait plus rien leur apprendre.

Consulté sur la question, Téméraire dit :

— Je trouverais dommage de faire demi-tour, moi aussi. Cela ne me dérange pas de manger un peu moins ; surtout du chameau, ajouta-t-il dans sa barbe.

— Très bien ; nous poursuivrons donc, trancha Laurence en dépit de ses appréhensions.

Lorsque Téméraire eut mangé, ils s'enfoncèrent à travers un paysage rendu plus inhospitalier encore par la tempête ; arbustes et broussailles avaient été arrachés, et même les cailloux de couleur s'étaient fait balayer, ne laissant rien qui puisse soulager le regard. Ils auraient volontiers aperçu l'une des macabres piles de crânes qui jalonnaient la piste, mais il n'y avait rien pour guider leurs pas, hormis la boussole et l'instinct de Tharkay.

Le reste de cette longue journée sans eau s'écoula, aussi terrible et monotone que l'avait été la tempête. Le désert défilait sous eux, mile après mile ; on ne voyait aucun signe de vie nulle part, pas même l'un de ces vieux puits à moitié éboulés. La majeure partie de l'équipage montait Téméraire, désormais, traînant son maigre cortège de chameaux derrière lui ; à mesure que le soleil s'enfonçait, Téméraire se mit à baisser la tête : lui aussi n'avait reçu que la moitié de sa ration d'eau habituelle.

— Monsieur, annonça Digby à travers ses lèvres gercées, en pointant le doigt, je vois quelque chose de sombre, là-bas, mais ce n'est pas très gros.

Laurence ne vit rien ; il était tard dans la journée, le soleil commençait à tirer de longues ombres étranges des rochers et des creux de ce paysage désertique, mais Digby, qui avait le regard perçant de la jeunesse, était la plus fiable de ses vigies ; il n'était guère porté à l'exagération. Ils poursuivirent donc : bientôt, ils aperçurent tous la tache sombre, trop petite pour être la bouche d'un puits. Tharkay arrêta les chameaux à côté, baissant les yeux, et Laurence se laissa glisser le long du cou de Téméraire pour aller voir : c'était le couvercle de l'une des outres, qui trônait de manière incongrue sur le sable, à trente miles de leur campement du matin.

— Mangez votre ration, ordonna sévèrement Laurence en voyant Roland et Dyer reposer leurs lanières de viande séchée à moitié rongées.

Ils avaient tous faim, mais il leur était pénible de mâcher longuement avec la bouche sèche, et la moindre gorgée d'eau devait maintenant être prise dans les outres de Téméraire ; une journée de plus avait passé sans qu'ils découvrissent de puits. Téméraire avait dévoré son chameau tout cru, afin de ne pas perdre une goutte d'humidité dans la cuisson : il ne lui en restait plus que sept désormais.

Deux jours plus tard, ils tombèrent sur un canal d'irrigation à sec, au lit craquelé, et sur l'avis de Tharkay ils obliquèrent vers le nord afin de le suivre, dans l'espoir de trouver un peu d'eau à sa source. Des carcasses tordues et blanchies d'arbres fruitiers se dressaient encore de chaque côté ; elles tendaient leurs branches noueuses, aussi sèches et légères que du papier, vers une eau disparue. La ville émergea de la brume de chaleur sous leurs yeux : poutres brisées qui jaillissaient du sable, affûtées en pieux par des années de vent, morceaux de briques de boue et d'argile ; tout ce qui restait d'anciens bâtiments avalés par le désert. Le lit de la rivière qui avait autrefois fait vivre cet endroit était rempli d'une fine poussière ; rien ne vivait alentour, sinon l'herbe brunâtre qui s'accrochait au sommet des dunes, et que les chameaux broutèrent avec voracité.

Une journée de plus et ils ne pourraient plus faire demi-tour.

— J'ai bien peur que nous soyons dans la partie la moins hospitalière du désert, admit Tharkay en ramenant une brassée de bois sec pour le feu de camp. Mais nous trouverons de l'eau bientôt. C'est bon signe que nous ayons découvert cette ville ; nous devons nous trouver sur une ancienne piste de caravanes.

Le bois sec prit sans difficulté, et un bon feu jaillit bientôt en crépitant ; chaleur et lumière avaient quelque chose de réconfortant au milieu des cendres et des ruines de la ville, mais Laurence s'éloigna, le cœur lourd. Ses cartes ne lui servaient à rien : elles ne montraient aucune route, ni quoi que ce fût dans n'importe quelle direction pendant des miles ; et sa patience s'épuisait à voir Téméraire souffrir de la faim et de la soif.

— Ne t'inquiète pas, Laurence, je vais très bien, lui avait assuré le dragon.

Mais il ne pouvait s'empêcher de saliver devant les chameaux restants, et Laurence voyait bien qu'il se fatiguait chaque jour un peu plus, traînant la queue dans le sable : il ne voulait plus voler, mais marchait pesamment dans la trace des chameaux, et devait souvent s'allonger pour se reposer.

S'ils faisaient demi-tour au matin, Téméraire pourrait manger et boire tout son soûl ; peut-être même pourraient-ils charger deux outres sur son dos, abattre et débiter un chameau supplémentaire comme provisions de bouche, et tenter de rallier Cherchen par les airs. Laurence estimait que deux jours de vol devraient suffire si Téméraire était légèrement chargé et disposait d'assez d'eau et de nourriture. Ils emmèneraient les plus jeunes : Roland, Dyer et les enseignes, qui ne feraient que ralentir la progression des autres et nécessiteraient d'emporter moins de provisions ; l'idée d'abandonner le reste de son équipage ne l'enchantait guère mais, d'après ses calculs, l'eau portée par les quatre derniers chameaux leur suffirait tout juste à regagner Cherchen par leurs propres moyens, s'ils parvenaient à couvrir une vingtaine de miles par jour.

L'argent poserait quelques difficultés : il ne possédait pas de quoi acheter un autre train de chameaux, quand bien même il y aurait suffisamment de bêtes disponibles, mais peut-être accepterait-on une reconnaissance de dette sur sa bonne foi, à un taux exorbitant ; ou peut-être trouveraient-ils à s'employer : on ne semblait guère voir de dragons dans ces bourgades du désert, et la force de Téméraire permettrait d'accomplir de nombreuses tâches rapidement. Au pire, il pourrait arracher l'or et les gemmes de la garde de son épée, quitte à les remplacer plus tard, et vendre son vase en porcelaine s'il trouvait un acheteur. Dieu savait quel délai tout cela risquait d'entraîner : des semaines, sinon un mois, avec les risques supplémentaires que cela occasionnerait. Laurence prit son tour de garde puis alla se coucher d'humeur maussade, sans être parvenu à une décision ; il fut secoué par Granby au petit matin, avant l'aube :

— Téméraire a entendu quelque chose ; des chevaux, croit-il.

Le jour gagnait la crête des dunes arrondies à l'extérieur des ruines : un groupe d'hommes montés sur de petits poneys laineux se tenait à distance ; sous le regard de Laurence et de Granby, cinq ou six autres cavaliers vinrent rejoindre les premiers au sommet de la dune, certains tenant de petits sabres courbes, d'autres des arcs.

— Pliez les tentes et entravez les chameaux, ordonna Laurence d'une voix sombre. Digby, emmenez Roland, Dyer et les autres enseignes et restez auprès d'eux : qu'ils ne s'éloignent pas. Que les hommes se mettent en position autour des provisions ; contre ce mur, là-bas, celui à moitié effondré, ajouta-t-il à l'adresse de Granby.

Téméraire était assis sur son arrière-train.

— Va-t-on se battre ? s'enquit-il, avec plus d'impatience que d'inquiétude. Ces chevaux m'ont l'air délicieux.

— Je veux être prêt au combat, et qu'ils le voient, mais nous n'attaquerons pas les premiers, répondit Laurence. Pour l'instant, ils ne nous ont pas encore menacés ; de toute manière, je préférerais de beaucoup acheter leur aide plutôt que les affronter. Nous allons parlementer sous drapeau blanc. Où est Tharkay ?

Tharkay avait disparu : l'aigle également, ainsi que l'un des chameaux, et personne ne se rappelait l'avoir vu partir. Laurence ne ressentit d'abord qu'un choc, plus profond qu'il ne l'aurait dû car il avait toujours eu des soupçons. À cette sensation succédèrent ensuite une colère froide puis la terreur : ils s'étaient enfoncés tout juste assez loin pour que ce chameau volé les empêche de regagner Cherchen, et c'était peut-être leur feu de la veille au soir qui avait attiré sur eux cette attention hostile.

Au prix d'un effort, il dit :

— Fort bien ; monsieur Granby, si l'un de vos hommes connaît un peu de chinois, qu'il m'accompagne pour aller parlementer avec eux. Nous verrons bien si nous parvenons à nous faire comprendre.

— Vous ne pouvez pas y aller en personne, dit Granby, aussitôt protecteur.

Mais les événements coupèrent court au débat : soudain, les cavaliers firent volte-face comme un seul homme et s'éloignèrent, disparaissant derrière les dunes tandis que leurs poneys hennissaient de soulagement.

— Oh ! fit Téméraire, déçu, en retombant à quatre pattes.

Le reste de l'équipage demeura un moment indécis, sur le qui-vive, mais les cavaliers ne revinrent pas.

— Laurence, dit doucement Granby, ils doivent connaître la région, je suppose, alors que ce n'est pas notre cas. S'ils veulent s'en prendre à nous – et s'ils ont le moindre bon sens –, ils s'éloigneront pour attendre la nuit ; une fois que nous aurons dressé le camp, ils pourront nous tomber dessus sans crier gare, peut-être même atteindre Téméraire. Il ne faut pas les laisser partir.

— D'autant plus, ajouta Laurence, que leurs chevaux ne semblaient pas porter beaucoup d'eau.

Les empreintes de sabots non ferrés les entraînèrent lentement au sud-ouest, à travers une succession de collines ; une petite brise tiède leur soufflait au visage, et les chameaux, en blatérant d'impatience, pressèrent le pas sans qu'on le leur demandât : derrière la crête suivante, des peupliers verdoyants surgirent inopinément, ondulant au vent comme pour leur faire signe d'approcher.

L'oasis, dissimulée dans une crevasse abritée, avait beau apparaître comme une simple mare d'eau bourbeuse, elle n'en était pas moins désespérément bienvenue. Les cavaliers se tenaient là, regroupés à l'autre extrémité ; leurs poneys piaffaient nerveusement et roulaient des yeux fous en voyant approcher Téméraire ; Tharkay se trouvait parmi eux, sur le chameau manquant. Il trotta à leur rencontre, comme s'il n'avait pas conscience d'être en faute, et dit à Laurence :

— Ils m'ont dit vous avoir vus ; je suis heureux que vous les ayez suivis.

— Vraiment ? dit Laurence.

Tharkay tiqua ; il dévisagea Laurence et le coin de sa bouche se tordit vers le haut. Puis il dit :

— Suivez-moi.

Il les conduisit, sans pour autant qu'ils rengainent leurs épées et pistolets, au bord de la mare sinueuse : au flanc d'une dune herbeuse s'accrochait une bâtisse surmontée d'un dôme, construite le long d'un mur de briques séchées ; elle avait la même couleur jaunâtre que l'herbe, avec une porte voûtée, ainsi qu'une petite fenêtre dans le mur opposé qui laissait jouer un rai de soleil sur la surface noire et luisante d'un bassin intérieur.

— Vous pouvez agrandir l'ouverture de la *sardoba* pour lui permettre de boire, mais prenez garde de ne pas écrouler le toit, leur dit Tharkay.

Laurence détacha quelques hommes à la surveillance des cavaliers de l'autre côté de l'oasis, avec Téméraire en renfort, tandis que l'armurier Pratt se mettait au travail, assisté de deux aspirants choisis parmi les plus vigoureux. Au moyen de marteaux et de quelques barres à mine, ils eurent tôt fait de desceller quelques briques de part et d'autre de l'ouverture ; à peine celle-ci fut-elle assez large que Téméraire y enfourna le nez avec reconnaissance, buvant à grandes goulées ; il en ressortit ruisselant, en léchant avec sa longue langue fourchue les gouttes qui lui coulaient sur le nez.

— Oh ! elle est délicieuse, et remarquablement fraîche, commenta-t-il avec beaucoup de soulagement.

— On les remplit de neige pendant l'hiver, expliqua Tharkay. La plupart ne servent plus guère et sont aujourd'hui abandonnées, mais j'espérais bien en trouver une ici. Ces hommes sont de Yutien ; nous sommes sur la route de Khotan et nous atteindrons la ville d'ici quatre jours : Téméraire peut manger tout son soûl, il n'y a plus aucune raison de se rationner.

— Merci ; mais je préfère opter pour la prudence,

répliqua Laurence. Demandez à ces hommes s'ils seraient prêts à nous vendre l'une de leurs bêtes, s'il vous plaît ; je suis sûr que Téméraire apprécierait de manger autre chose que du chameau.

L'un des poneys boitait bas, et son propriétaire se déclara disposé à l'échanger contre cinq taels d'argent chinois.

— Un montant absurde, fit valoir Tharkay, alors qu'il aura du mal à ramener l'animal chez lui.

Mais Laurence jugea son argent bien dépensé lorsqu'il vit Téméraire déchiqueter son repas à belles dents. Le vendeur parut également satisfait de son côté, même s'il le manifesta moins brutalement, et il grimpa en croupe derrière l'un de ses compagnons ; ils quittèrent aussitôt l'oasis, accompagnés de quatre ou cinq autres cavaliers, en direction du sud, dans un nuage de poussière. Le reste des cavaliers demeura sur place, faisant bouillir de l'eau pour le thé sur de petits feux d'herbe tout en jetant par-dessus la mare des regards en coin vers Téméraire qui somnolait à l'ombre des peupliers, inerte, en ronflant de temps à autre. Peut-être craignaient-ils pour leurs montures, mais Laurence commençait à regretter sa prodigalité, qui les avait peut-être désignés aux yeux des cavaliers comme de riches voyageurs – et donc, une proie tentante ; il fit monter bonne garde à ses hommes, ne les laissant aller à la *sardoba* que deux par deux.

À son grand soulagement, les cavaliers levèrent le camp à l'approche du soir et s'en allèrent ; on put suivre leur passage à la poussière soulevée par leurs chevaux, qui flottait comme une brume dans le crépuscule. Laurence put enfin se rendre à son tour à la *sardoba* et s'agenouiller au bord du bassin afin de s'y abreuver dans ses mains en coupe : il trouva l'eau froide, fraîche et plus pure qu'il n'en avait jamais bu dans le désert ; à peine avait-elle un léger goût argileux dû à sa longue conservation sous le dôme de briques. Il passa ses mains humides sur son visage et sur sa nuque, puis regarda ses paumes, jaunies de poussière ; il but encore plusieurs gorgées, savourant chaque goutte, avant de se relever et d'aller superviser les préparatifs du campement.

Les outres remplies jusqu'à la gueule avaient retrouvé leur poids, au seul déplaisir des chameaux. Mais même eux ne pouvaient se résoudre à manifester de la mauvaise humeur ; ils se laissèrent décharger sans cracher ni ruer, contrairement à leur habitude, et se soumirent de bonne grâce aux manipulations et aux attaches, avant de se pencher avec appétit sur l'herbe tendre qui poussait au bord de la mare. Le moral des hommes était au plus haut, et les plus jeunes improvisèrent même une partie de cricket dans la douceur du soir, avec une branche morte faisant office de batte et une paire de chaussettes roulée en guise de balle. Laurence était persuadé que certaines des flasques qu'on se passait de main en main contenaient un liquide considérablement plus fort que l'eau, bien qu'il eût ordonné de jeter tout alcool et de le remplacer par de l'eau avant de pénétrer dans le désert. Ils firent un joyeux dîner, la viande séchée devenant infiniment meilleure une fois bouillie avec des céréales et quelques oignons sauvages trouvés près de la mare, et que Gong Su avait décrétés propres à la consommation.

Tharkay emporta sa gamelle un peu plus loin devant sa petite tente, en parlant à voix basse à son aigle ; le rapace encapuchonné se tenait immobile et silencieux sur sa main, s'étant nourri de deux gros rats attrapés par surprise. Cette mise à l'écart n'était pas entièrement de son fait : Laurence n'avait rien dit de ses soupçons à ses hommes, mais la colère qu'il avait ressentie au matin devant la disparition de Tharkay s'était communiquée d'elle-même, et de toute façon, personne n'appréciait qu'il leur ait faussé compagnie de cette manière. Au pire, il avait pu tenter de les égarer délibérément : aucun d'eux n'aurait jamais été capable de trouver l'oasis sans la piste opportunément fournie par les cavaliers pour les guider ; ou bien, un peu moins grave, il avait pu choisir de les abandonner à un sort incertain et d'assurer son propre salut en emportant un chameau et suffisamment d'eau pour un long trajet solitaire. Peut-être serait-il revenu les chercher après avoir déniché l'oasis, mais Laurence refusait de croire qu'il ait pu partir simplement en exploration – sans un mot ? Tout seul ? À défaut d'être entièrement condamnable, cela demeurait hautement déplaisant.

Que faire de lui ? Voilà qui constituait un problème épineux : ils ne pouvaient poursuivre sans guide, mais Laurence s'imaginait mal continuer avec quelqu'un en qui il n'avait plus confiance ; et pourtant, il ne voyait guère où en dénicher un autre. Enfin, la décision finale devrait attendre Yutien : Laurence n'abandonnerait pas un homme en plein désert, même si c'était précisément ce que Tharkay avait eu l'intention de faire ; pas avec si peu de preuves, tout du moins. On laissa donc Tharkay dans son coin pour l'instant, mais quand il fut l'heure d'aller se coucher, Laurence chargea discrètement Granby de doubler la garde autour des chameaux, en laissant croire aux hommes que c'était simplement par crainte de voir revenir les cavaliers.

Les moustiques commencèrent à chanter autour d'eux, bruyamment, dès que le soleil eut disparu ; même en se bouchant les oreilles avec les mains, on ne pouvait échapper à leur bourdonnement lancinant. Le premier hululement fut d'abord un soulagement : enfin un son clairement humain. Puis les chameaux se mirent à blatérer et à piaffer, tandis qu'une cavalcade traversait le camp ; poussant des hurlements assourdissants, propres à rendre inaudible tout ordre qu'aurait pu crier Laurence, les cavaliers dispersèrent les braises du feu de camp avec de longues branches traînées au sol derrière eux.

Téméraire s'assit derrière les tentes et rugit : les chameaux n'en tirèrent que plus sauvagement sur leurs entraves, tandis que bon nombre de poneys détalaient en hennissant de terreur. Laurence entendit des pistolets tirer dans toutes les directions ; les flammes blanches des détonations zébraient la nuit avec une intensité douloureuse.

— Arrêtez, bon sang ! Ne gaspillez pas vos coups, tonna-t-il. (Il empoigna le jeune Allen, pâle et terrorisé, qui sortait de sa tente à reculons en tenant un pistolet d'une main tremblante.) Posez ça, si vous n'êtes pas capable de...

Laurence rattrapa le pistolet au vol ; le garçon tournait de l'œil. Du sang jaillissait d'une blessure par balle qu'il avait reçue à l'épaule.

— Keynes ! hurla Laurence, avant de jeter le pauvre Allen entre les bras du chirugien.

Il tira sa propre épée et fonça vers les chameaux, dont les gardes se levaient en titubant avec l'expression hagarde de ceux qu'on arrache à un sommeil d'ivrogne ; deux flasques vides tintaient à leurs pieds. Digby, à demi décollé du sol, se cramponnait aux longes afin d'empêcher les bêtes de se cabrer : lui seul tentait vraiment de faire quelque chose, bien que sa longue silhouette efflanquée suffise à peine à leur maintenir la tête baissée, et il se balançait presque au bout des rênes avec ses cheveux blonds, trop longs et en pagaille, qui volaient en tous sens.

L'un des pillards, jeté au bas de son cheval fou de terreur, se releva d'un bond ; s'il parvenait à trancher leurs attaches, les chameaux libérés termineraient le travail tout seuls, car dans leur état de confusion et d'effroi ils s'enfuiraient sûrement le plus loin possible du camp ; grâce à leurs chevaux, les pillards n'auraient plus qu'à les regrouper avant de disparaître avec eux dans les creux et les bosses des dunes environnantes.

Salyer, l'un des aspirants de garde, s'efforçait maladroitement d'armer le chien de son pistolet d'une main, tout en frottant ses yeux ensommeillés de l'autre. Un homme se rua sur lui, sabre au clair ; soudain, Tharkay surgit, arracha le pistolet à la poigne molle de Salyer et le déchargea dans la poitrine de son agresseur, tout en dégainant un long poignard ; un autre pillard lui allongea un coup à la tête du haut de son cheval, et Tharkay, se baissant pour esquiver, ouvrit froidement le ventre de l'animal. Ce dernier s'écroula en hennissant et en ruant, clouant sous lui son cavalier qui hurlait presque aussi fort ; l'épée de Laurence s'abattit une fois, deux fois, et les réduisit tous les deux au silence.

— Laurence, Laurence, par ici ! appela Téméraire, en s'élançant dans le noir vers l'une des tentes des provisions.

Les braises rougeoyantes du feu de camp donnaient encore un peu de lumière, suffisamment pour distinguer des mouvements dans les ombres, ainsi que des silhouettes de chevaux qui se cabraient. Téméraire décocha plusieurs coups de griffes, lacérant la tente qui s'affala sur un corps, et les cavaliers s'égaillèrent subitement ; le grondement des sabots s'atténua lorsqu'ils quittèrent la terre battue du campement pour s'enfoncer dans le sable et, bientôt, les moustiques reprirent leur chant monotone.

Ils avaient abattu en tout cinq hommes et deux chevaux ; leurs pertes se résumaient à l'un des aspirants, MacDonaugh, qui avait reçu un coup de sabre dans le ventre et haletait doucement sur une paillasse, et au jeune Allen. Son compagnon de tente, Harley, lui avait tiré dessus dans la panique quand les chevaux les avaient dépassés au grand galop et pleurnichait dans un coin, jusqu'à ce que Keynes, avec sa brusquerie habituelle, lui dise :

— Cessez donc de pleurer comme une fontaine, voulez-vous ? Vous feriez mieux de vous entraîner au tir ; avec un coup pareil, vous ne risquiez pas de tuer qui que ce soit.

Après quoi il l'envoya découper des bandages pour son compagnon blessé.

— MacDonaugh est un solide gaillard, déclara Keynes à Laurence en aparté, mais je ne vous donnerai pas de faux espoirs.

Quelques heures avant l'aube, le malheureux poussa un dernier hoquet étranglé et mourut. Téméraire lui creusa une tombe dans la terre sèche, à quelque distance de la mare, à l'ombre des peupliers ; très profonde, afin que les tempêtes de sable ne puissent découvrir son corps. Ils ensevelirent le reste des corps dans une fosse commune, moins profonde. Les pillards n'avaient pas emporté grand-chose : quelques ustensiles de cuisine, un sac de grain, des couvertures ; et une tente avait été détruite sous les coups de Téméraire.

— Je doute qu'ils renouvellent la tentative, mais nous ferions mieux de lever le camp dès que possible, conseilla Tharkay. S'ils retournent à Khotan en racontant leur version de l'histoire, nous risquons d'être mal accueillis.

Laurence ne savait que penser de Tharkay : était-il le traître le plus effronté qui ait jamais vécu, ou le moins cohérent ? Ses propres soupçons étaient-ils parfaitement injustes ? Le gaillard n'avait pas manqué de courage en se dressant à ses côtés durant le combat, au milieu des animaux en proie à la panique, avec les assaillants qui ne songeaient qu'au gain : Tharkay aurait facilement pu s'éclipser, voire laisser les bandits obtenir ce qu'ils voulaient et voler lui-même un chameau dans la confusion. Néanmoins, un homme pouvait faire preuve de bravoure au combat sans que cela révèle grand-chose de son caractère pour le reste, même si Laurence se sentait gêné et coupable de nourrir de telles pensées.

Il ne prendrait plus de risques, pourtant, du moins pas sans nécessité : s'ils atteignaient Yutien dans les quatre jours, ainsi que Tharkay l'avait promis, fort bien ; mais Laurence ne les placerait pas en position de mourir de faim, au cas où cela ne se passerait pas comme prévu. Heureusement, ayant dévoré les deux chevaux abattus, Téméraire put éviter de toucher aux chameaux qui restaient pendant les deux jours suivants. Le soir du troisième jour, il s'envola avec Laurence et ils aperçurent au loin le mince ruban de la rivière Keriya qui jetait des reflets argentés dans le couchant, interrompant le désert, bordé d'une épaisse verdure.

Téméraire mangea son chameau avec plaisir ce soir-là, et tous burent à satiété ; le lendemain matin ils débouchèrent bientôt sur des champs cultivés, entourés de tous côtés par de grandes tiges oscillantes de cannabis qui poussaient plus haut que la tête d'un homme, plantées en rangs parfaitement alignés afin de fixer les dunes ; ainsi que par d'épais buissons de mûres, dont les feuilles bruissaient dans la brise, à l'approche de la grande ville du désert.

La place du marché était divisée en deux quartiers distincts. L'un était rempli de charrettes de couleurs vives qui servaient à la fois de moyens de transport et d'échoppes ; elles étaient attelées à des mules ou à de petits poneys laineux dont beaucoup étaient également ornés de plumes multicolores. Dans l'autre quartier, des tentes en coton vaporeux dressées sur des armatures en peuplier formaient des sortes de devantures autour desquelles de petits dragons couverts de bijoux clinquants flânaient en compagnie des marchands, levant la tête avec curiosité en voyant passer Téméraire ; ce dernier les dévisageait avec le même intérêt, une lueur d'envie dans le regard.

— Ce n'est que du verre et de l'étain, s'empressa de lui préciser Laurence, espérant décourager chez lui toute velléité de s'affubler d'une telle pacotille. Cela n'a aucune valeur.

— Oh ! C'est joli, pourtant, fit Téméraire à regret, en s'attardant sur une sorte de tiare somptueuse, tout en bronze, pourpre et écarlate, avec de longs chapelets de perles de verre qui tombaient en cascade sur la nuque.

Comme chez les cavaliers qu'ils avaient rencontrés, les traits étaient plus turcs qu'asiatiques, le teint bruni par le soleil du désert, sauf chez les femmes mahométanes lourdement voilées dont on n'apercevait que les mains et les pieds ; d'autres femmes ne cachaient pas leur visage, mais portaient la même coiffe à quatre pointes que les hommes, richement brodée de soies teintes, et contemplaient les nouveaux venus avec de grands yeux noirs empreints de curiosité : intérêt que ceux-là leur rendaient largement. Laurence se retourna et jeta un regard sévère à Dunne et Hackley, les deux jeunes fusiliers au tempérament passablement exubérant ; prenant un air coupable, ils abaissèrent à temps les mains, qu'ils avaient levées pour souffler des baisers à deux jeunes femmes de l'autre côté de la rue.

Les marchandises abondaient dans tous les coins du bazar : gros sacs en toile de coton posés à même le sol, débordant de grain, d'épices rares ou de fruits séchés ; soieries de toutes les couleurs, décorées d'étranges motifs qui n'étaient ni des fleurs ni rien d'identifiable ; empilages de coffres bardés de bronze martelé qui scintillait comme des dorures ; cruches en cuivre étincelantes suspendues en l'air, ou bassines coniques blanches à moitié enfouies dans le sol afin de conserver l'eau fraîche ; et surtout, nombreux étals de poignards, à la garde magnifiquement travaillée, parfois ciselée et incrustée de joyaux, à la longue lame courbe redoutable d'aspect.

Ils s'enfoncèrent d'abord prudemment dans les rues du bazar, surveillant les coins d'ombre, mais leurs craintes d'une nouvelle embuscade se révélèrent infondées : les habitants se contentaient de leur sourire en leur faisant signe de s'approcher des étals, et les dragons eux-mêmes les invitaient à venir examiner leurs marchandises, certains avec une sorte de chant flûté auquel Téméraire tentait de répondre par des bribes du langage draconique que Tharkay avait commencé à lui enseigner. Ici ou là, un négociant d'origine chinoise sortait de son échoppe et s'inclinait très bas devant Téméraire, en signe de respect, tout en fixant ses compagnons d'un air éberlué.

Imperturbable, Tharkay les conduisit à travers le quartier des dragons et leur fit faire le tour d'une ravissante petite mosquée, dominant une esplanade sur laquelle une foule d'hommes et quelques dragons se prosternaient sur des tapis de prière. Aux abords du marché, ils parvinrent devant un grand pavillon suffisamment vaste pour loger Téméraire, avec de hautes colonnes en bois soutenant un toit de toile, au centre d'une place ombragée de peupliers. Laurence, dont les fonds commençaient à s'épuiser, acheta un mouton pour Téméraire et, pour l'équipage, un copieux pilaf de mouton, d'oignons et de raisins secs agrémenté de petits pains plats, ainsi que des pastèques à la pulpe ruisselante qu'ils dégustèrent à grosses tranches jusqu'à la peau.

— Demain, nous revendrons le reste des chameaux, déclara Tharkay lorsqu'on eut emporté les reliefs du dîner et que les hommes se furent installés autour du pavillon, pour s'étendre sur des tapis et de moelleux coussins (lui-même était en train de nourrir son aigle avec de petits morceaux du foie de mouton que Gong Su lui avait mis de côté en préparant le dîner de Téméraire). Entre ici et Kashgar, les oasis sont moins distantes et nous pourrons reconstituer nos réserves d'eau tous les jours.

La nouvelle ne pouvait pas mieux tomber ; détendu dans son corps comme dans son esprit, et grandement soulagé qu'ils aient traversé le désert, Laurence se sentait enclin à l'indulgence. Trouver un autre guide réclamerait du temps, et il n'en avait guère, ainsi que le lui rappelaient les peupliers murmurant sur la place : leurs feuilles commençaient à tourner à l'or, signe que l'automne était proche.

— Allons faire quelques pas, voulez-vous ? proposa-t-il à Tharkay lorsque celui-ci eut remis son aigle dans sa cage et l'eut recouvert pour la nuit.

Ils s'éloignèrent ensemble à travers les allées du marché tandis que les commerçants commençaient à remballer, enroulant le sommet des sacs afin de tenir leurs produits au sec.

La rue grouillait de monde et d'activité, mais l'anglais garantissait une discrétion suffisante ; Laurence s'arrêta dans un coin ombragé et se tourna vers Tharkay, dont le visage n'exprimait qu'une curiosité polie.

— J'imagine que vous savez déjà de quoi je veux vous parler.

— Hélas ! non, capitaine ; je crains de devoir attendre vos explications, déplora Tharkay. Mais peut-être est-ce pour le mieux : nous éviterons ainsi tout malentendu. Et je ne vois aucune raison que vous ayez le moindre scrupule à vous montrer franc envers moi.

Laurence tiqua ; une fois de plus, il avait l'impression que l'on se moquait de lui, car Tharkay n'était pas un imbécile et s'était forcément aperçu que les autres l'évitaient depuis quatre jours.

— À votre aise, dit sèchement Laurence. Vous nous avez amenés jusqu'ici sains et saufs, et je vous en suis reconnaissant ; mais je suis profondément mécontent de la conduite que vous avez eue en nous abandonnant sans prévenir en plein désert.

« Je ne vous demande pas d'excuses, ajouta-t-il en voyant Tharkay hausser un sourcil. Elles seraient sans valeur pour moi, car je ne saurais pas quel crédit leur accorder. En revanche, je veux votre parole de ne plus quitter le camp sans autorisation : fini, ces petites escapades inopinées.

— Ma foi, je suis navré de ne pas vous avoir donné satisfaction, dit finalement Tharkay d'un air songeur. Et je ne voudrais pas vous obliger à remplir votre part d'un contrat que vous estimez aujourd'hui désavantageux pour vous. Je suis parfaitement disposé à ce que nous en restions là si vous le souhaitez. Vous devriez parvenir à trouver un autre guide ici même, dans une semaine ou deux, trois au pire ; mais peu importe : vous parviendrez tout de même en Grande-Bretagne beaucoup plus vite que l'*Allegiance* ne vous y aurait ramenés.

Cette réponse esquivait joliment la promesse qu'on lui réclamait, et refroidit aussitôt Laurence : ils ne pouvaient se permettre de perdre trois semaines, ni même une – s'il ne s'agissait pas d'une estimation optimiste, considérant qu'ils ne connaissaient ni le dialecte local, apparemment plus proche du turc que du chinois, ni les coutumes. Laurence ignorait même s'ils se trouvaient encore en territoire chinois, ou bien dans quelque principauté voisine.

Il ravala sa colère, ses soupçons accrus ainsi que les mots qui lui brûlaient les lèvres, bien qu'ils descendissent difficilement le long de son gosier.

— Non, lâcha-t-il, maussade. Nous n'avons pas de temps à perdre ; comme je ne doute pas que vous le sachiez parfaitement.

Tharkay avait fait sa déclaration sans inflexion particulière, sur un ton neutre – un peu trop ; son petit air entendu donnait à penser qu'il saisissait fort bien l'urgence de la situation. La lettre de l'amiral Lenton était soigneusement rangée dans le bagage de Laurence, mais celui-ci se rappela soudain la mollesse de son cachet de cire rouge lorsqu'on la lui avait remise : il aurait été facile à celui qui avait transporté cette lettre sur tant de miles de l'ouvrir, puis de la refermer.

Toutefois, l'expression de Tharkay ne trahit rien sous l'accusation implicite ; il se contenta de s'incliner et de dire tranquillement :

— Comme vous voulez.

Puis il repartit en direction du pavillon.

# 4

Les montagnes rouges et sèches semblaient surgir directement de la plaine désertique, falaises barrées de larges bandes blanches et ocre sans la moindre colline à leur pied. Elles demeuraient obstinément lointaines : Téméraire avait volé toute la journée sans donner l'impression de s'en rapprocher. Elles paraissaient toujours hors d'atteinte jusqu'à ce que, soudain, les parois d'un défilé se dressent de part et d'autre. En dix minutes de vol, ciel et désert avaient disparu derrière eux et Laurence comprit brusquement que ces montagnes rouges n'étaient que les premiers contreforts des immenses pics coiffés de blanc qui les dominaient.

Ils campaient dans de vastes pâtures en altitude encadrées par les pics, chichement parsemées d'une herbe vert d'eau rehaussée de petites fleurs jaunes fichées comme des drapeaux dans le sol poussiéreux. Des bœufs noirs à longues cornes au front orné de glands rouge vif les dévisageaient avec méfiance quand Tharkay les achetait à des bergers dans leurs huttes rondes à toit conique. Le soir, quelques flocons tombaient silencieusement en scintillant dans la nuit ;

ils firent fondre un peu de neige dans une grande outre de cuir afin d'abreuver Téméraire.

De temps à autre, ils percevaient au loin des cris de dragons qui faisaient se dresser la collerette de Téméraire ; et une fois, à quelque distance, ils virent deux dragons sauvages voler en spirale en poursuivant leur queue ; ils poussèrent des cris joyeux avant de disparaître derrière une montagne.

Sur les conseils de Tharkay, ils se couvrirent les yeux d'un voile afin de se protéger contre l'éblouissement ; même Téméraire dut se soumettre à ce traitement. De fait, il avait l'air particulièrement ridicule avec la fine écharpe de soie blanche qui lui ceignait le front comme un bandeau. Malgré ces précautions, ils attrapèrent des couleurs et des coups de soleil durant les premiers jours.

— Nous aurons besoin d'emporter de la nourriture avec nous après Irkeshtam, annonça Tharkay.

Lorsqu'ils eurent dressé le camp à l'extérieur d'une vieille forteresse délabrée, il s'absenta et revint près d'une heure plus tard en compagnie de trois paysans du cru poussant devant eux un petit troupeau de porcs courts sur pattes.

— Vous avez l'intention de les emmener vivants ? s'écria Granby en ouvrant de grands yeux. Ils vont s'égosiller à s'en briser la voix avant de mourir de terreur.

Mais les porcs parurent curieusement apathiques et indifférents à la présence de Téméraire, au grand étonnement de ce dernier : quand il se pencha pour en pousser un du bout du nez, l'animal se contenta de bâiller et de s'asseoir sur son arrière-train dans la neige. Un autre ne cessait de repartir en direction du mur de briques de la forteresse, et devait constamment être ramené par ses gardiens.

— J'ai mis de l'opium dans leur nourriture, expliqua Tharkay en réponse à la perplexité de Laurence. Nous laisserons la drogue se dissiper au moment de dresser le camp, et Téméraire pourra manger quand nous serons reposés ; après quoi, nous n'aurons plus qu'à droguer de nouveau le reste du troupeau.

Ce plan déplut à Laurence, guère disposé à accepter les yeux fermés la tranquille assurance de Tharkay. Il observa attentivement Téméraire après qu'il eut mangé son premier porc. Mais l'animal était allé à la mort dans son état normal, en ruant de toutes ses forces, et Téméraire ne montra ensuite aucune inclination à voler en cercles comme un fou – bien qu'il sombrât dans un sommeil plus lourd qu'à l'ordinaire, en ronflant comme un sonneur.

Le col lui-même grimpait si haut qu'ils laissèrent les nuages loin en dessous, ainsi que le reste de la terre ; ne restaient plus que les pics environnants pour leur tenir compagnie. De temps en temps, Téméraire s'essoufflait et devait se poser là où il le pouvait afin de prendre un peu de repos ; en repartant, il laissait l'empreinte de son corps derrière lui dans la neige. Une étrange atmosphère de vigilance s'installa tout au long de la journée ; Téméraire ne cessait de jeter des regards autour de lui, et s'arrêtait parfois pour voler sur place avec un grondement inquiet.

Une fois passé le col, ils s'installèrent pour la nuit dans une petite vallée abritée du vent entre deux grands pics. Le terrain était exempt de neige, et ils purent dresser leurs tentes au pied de la falaise ; ils enfermèrent les porcs dans un enclos de corde et de bois de chauffage et les laissèrent s'ébattre en liberté. Téméraire arpenta plusieurs fois son côté de la vallée, avant de se coucher en agitant la queue ; Laurence vint s'asseoir près de lui pour boire son thé.

— Je n'ai rien entendu de particulier, avoua Téméraire sur un ton hésitant, mais j'ai l'impression que je *devrais* entendre quelque chose.

— Nous avons une bonne position, ici : nous ne risquons pas d'être surpris, en tout cas, le rassura Laurence. Que cela ne t'empêche pas de dormir ; nous allons monter la garde.

— Nous sommes très haut en altitude, intervint inopinément Tharkay. (Laurence sursauta : il ne l'avait pas entendu approcher.) Peut-être es-tu tout simplement sensible au changement : l'air a moins de substance, par ici.

— Est-ce pour cela qu'il est si pénible de respirer ? s'enquit Téméraire.

Il se redressa brusquement sur son arrière-train ; les porcs se mirent à couiner et à courir tandis qu'une douzaine de dragons, de couleurs et de tailles diverses, descendaient dans leur direction. La plupart s'accrochèrent adroitement à la paroi de la falaise juste au-dessus des tentes ; émaciés, les traits rusés, ils étaient visiblement affamés. Les trois plus grands se posèrent entre Téméraire et l'enclos de fortune et s'assirent sur leur arrière-train, dans une attitude de défi.

Aucun d'eux n'était véritablement imposant : leur meneur n'avait même pas l'envergure d'un Yellow Reaper. Gris pâle, avec des marques brunes et une tache cramoisie qui lui barrait la face et se prolongeait dans le cou, il avait plusieurs cornes allongées autour du crâne ; il montra les crocs et siffla en hérissant ses cornes. Ses deux compagnons étaient légèrement plus grands, l'un de diverses nuances de bleu clair et l'autre gris foncé ; et tous trois étaient profondément marqués par les cicatrices de nombreuses batailles, souvenirs de coups de griffes ou de crocs.

À lui seul, Téméraire était presque aussi lourd que les trois réunis : il se dressa très droit, ouvrit grande sa collerette qui se déploya en arrière de sa tête comme un volant, et poussa un grognement sourd en réponse : un avertissement. Les dragons sauvages, si totalement coupés du monde, ne pouvaient connaître les Célestes et ne voyaient sans doute en lui qu'un rival particulièrement grand et fort ; pourtant, son arme la plus dangereuse était de loin cette étrange faculté appelée vent divin, capable de fracasser indifféremment la pierre, le bois ou l'os sans aucun moyen visible. Téméraire ne souleva pas le vent divin, mais on en perçut quelque chose dans son rugissement, assez nettement pour ébranler Laurence jusqu'aux os ; les dragons glapirent, le meneur coucha les cornes contre son cou et tous s'égaillèrent à travers la vallée comme une volée de moineaux.

— Oh ! Mais je n'ai encore rien fait, s'étonna Téméraire, perplexe et quelque peu déçu.

La falaise au-dessus d'eux résonnait des échos de son rugissement, lesquels se renforçaient mutuellement en un roulement de tonnerre continu, amplifié presque au-delà du son original. La façade blanche de la montagne vibra, soupira, puis se détacha de la pierre, immense pan de neige et de glace en mouvement ; elle conserva d'abord sa forme, glissant avec une grâce majestueuse, puis des fissures se propagèrent à sa surface et l'ensemble s'effondra en un énorme nuage tourbillonnant qui dévalait la pente vers le campement.

Laurence se sentait comme le capitaine d'un navire engagé, voyant arriver la lame qui va achever de le renverser : aussi parfaitement conscient du désastre qu'impuissant à l'empêcher ; il n'avait plus le temps de rien faire, hormis regarder. L'avalanche s'abattait si vite que deux dragons sauvages malchanceux, bien qu'ils eussent tous tenté de fuir, furent emportés sur son passage.

— Écartez-vous ! Écartez-vous de la falaise ! cria Tharkay aux hommes qui se tenaient autour des tentes, en plein sous l'avalanche.

Mais à cet instant même, l'énorme éruption se déversa de la montagne, balaya le campement, et la masse bouillonnante se répandit en rugissant à travers la cuvette herbeuse.

Il y eut d'abord un choc d'air froid, presque palpable

dans sa violence ; Laurence, plaqué en arrière contre la masse de Téméraire, attrapa le bras de Tharkay qui reculait en trébuchant. Puis le nuage lui-même frappa, emportant tout avec lui : une fraîcheur bleutée irréelle enveloppa Laurence, lui bouchant les oreilles, comme si on lui avait brutalement enfoncé et maintenu la tête sous la poudreuse. Il ouvrit la bouche en quête d'un air inexistant, le visage griffé par la neige et les éclats de glace, les poumons écrasés par la pression contre sa poitrine, les bras écartés et tirés en arrière au point que ses épaules lui faisaient mal.

Aussi subitement qu'il était venu, le poids terrible s'envola. Laurence se retrouva enseveli debout dans la neige, solidement bloqué aux genoux, pris dans une gangue de glace plus mince au niveau du visage et des épaules ; au prix d'un effort désespéré, il parvint à libérer ses bras, et dégagea sa bouche et ses narines avec des mains maladroites, engourdies par le froid, les poumons en feu, jusqu'à ce qu'il réussisse à inspirer les premières goulées d'air douloureuses ; à côté de lui, Téméraire, plus blanc que noir, pareil à une vitre couverte de givre, s'ébrouait en crachant.

Tharkay, qui avait réussi à se tourner dos au nuage, s'en était un peu mieux sorti et arrachait déjà ses pieds à la neige.

— Vite, vite, il n'y a pas un instant à perdre, dit-il d'une voix rauque, en commençant à patauger à travers la vallée en direction des tentes : ou plutôt, de l'endroit où s'étaient trouvées les tentes, désormais invisibles sous une couche de neige épaisse d'une bonne dizaine de pieds.

Laurence termina de se libérer et lui emboîta le pas, s'arrêtant juste le temps de dégager Martin lorsqu'il repéra ses cheveux blonds comme les blés qui dépassaient de la neige : l'aspirant ne se trouvait pas très loin mais, s'étant fait coucher sur le côté, il était enseveli plus profondément. Ensemble, ils progressèrent à travers les congères, presque uniquement faites de neige fraîche, heureusement, et non de glace ou de rochers, mais effroyablement lourdes néanmoins.

Téméraire les suivit anxieusement, rejetant d'énormes paquets de neige de part et d'autre, mais il était contraint de se montrer prudent avec ses griffes. Ils dégagèrent bientôt une dragonne sauvage, qui se débattait comme une folle pour se libérer : une petite créature bleu et blanc à peine plus grande qu'un Greyling ; Téméraire la saisit par la peau du cou et la hissa à l'air libre, en la secouant vigoureusement ; dans la poche sous son corps ils retrouvèrent l'une des tentes à demi écrasée, ainsi que quelques hommes meurtris en train de chercher leur souffle.

La dragonne fit mine de s'envoler dès que Téméraire l'eut reposée, mais il la retint et lui siffla dessus, mêlant à l'expression de sa colère les quelques mots de la langue draconique qu'il connaissait. Elle sursauta et lui répondit d'une voix flûtée puis, après qu'il l'eut houspillée de nouveau, se détourna, domptée, et les aida à creuser ; ses petites griffes convenaient mieux au délicat travail de dégagement des hommes. Quant à l'autre dragon sauvage, légèrement plus grand, aux écailles orangées, jaunes et roses, ils le retrouvèrent cloué au fond de la cuvette, en beaucoup plus mauvais état : l'une de ses ailes, brisée, pendait selon un angle étrange, et il demeura pelotonné au sol en grelottant et en geignant pitoyablement lorsqu'ils l'eurent libéré.

— Eh bien, on peut dire que vous avez pris votre temps, grommela Keynes quand ils l'eurent dégagé à son tour.

Il était tranquillement assis dans la tente des malades, à attendre, en compagnie d'un Allen terrifié qui se cachait le visage dans son sac de couchage.

— Venez ; vous allez pouvoir vous rendre utile, pour une fois, lui dit-il en chargeant le garçon de bandages et d'instruments avant de l'entraîner en direction du dragon blessé.

La pauvre créature commença par feuler en les voyant approcher, mais Téméraire se tourna vers elle et lui jeta sèchement quelques mots ; intimidé, le dragon baissa la tête et se laissa soigner par Keynes, poussant seulement un petit gémissement lorsque le chirurgien remit en place ses doigts brisés.

Granby fut retrouvé inconscient, les lèvres bleuies de froid, enfoui presque la tête en bas, et Laurence et Martin le transportèrent précautionneusement en terrain dégagé où ils le recouvrirent avec les plis de l'une des tentes qu'ils avaient pu récupérer, près des fusiliers qui s'étaient tenus en groupe près de la falaise : Dunne, Hackley et le lieutenant Riggs, tous livides et prostrés. Emily Roland parvint à dégager sa tête toute seule, en nageant presque à travers la neige après que Téméraire en eut déblayé la plus grosse partie, et les appela pour qu'ils viennent les libérer, elle et Dyer, dont elle n'avait pas lâché la main.

— Monsieur Ferris, je crois que nous avons retrouvé tout le monde ? s'enquit Laurence près d'une demi-heure plus tard.

Il se frotta les paupières et ramena sa main rougie de sang, râpée contre la neige.

— Oui, monsieur, répondit Ferris d'une voix sourde.

On venait de dégager le lieutenant Baylesworth, mort la nuque brisée ; c'était le dernier qui manquait.

Laurence acquiesça avec raideur.

— Il faut couvrir les blessés et trouver un abri, dit-il.

Il chercha Tharkay des yeux : leur guide se tenait un peu plus loin, tête baissée, tenant le petit corps inerte de son aigle entre ses mains.

Sous le regard soupçonneux de Téméraire, les dragons sauvages les conduisirent à une grotte glaciale creusée dans la paroi de la montagne ; à mesure qu'ils s'y enfonçaient, le passage se réchauffa, pour finir par déboucher sans préavis sur une vaste caverne avec en son milieu un bassin fumant d'eau sulfureuse, alimenté par un canal grossièrement taillé qui collectait de la neige fondue. D'autres dragons sauvages étaient allongés dans la caverne, en train de faire la sieste ; le meneur à la tache rouge, lové en hauteur au sommet d'un promontoire, rongeait un tibia de mouton d'un air pensif.

Tous bondirent et se mirent à feuler quand Téméraire se glissa dans la grotte, avec le dragon blessé sur le dos et le reste de son équipage qui suivait derrière ;

mais la petite dragonne bleu et blanc les rassura bien vite et, après un moment, plusieurs d'entre eux s'avancèrent pour aider le blessé à descendre.

Tharkay fit un pas en avant et s'adressa à eux dans leur langue, en remplaçant certains sons par des sifflements ou en plaçant ses mains en coupe autour de la bouche, tout en indiquant l'entrée de la caverne.

— Mais ce sont *mes* porcs, s'insurgea Téméraire, indigné.

— Ils sont certainement tous morts à présent, dit Tharkay en levant les yeux vers lui d'un air surpris, et il y en a beaucoup trop pour que tu puisses les manger seul.

— Je ne vois pas le rapport, insista Téméraire.

La collerette largement déployée, il fixait les autres dragons, en particulier celui à la tache rouge, d'un œil belliqueux. Les dragons s'agitèrent, mal à l'aise, ouvrant et repliant leurs ailes, en le surveillant par-dessous.

— Mon cher, intervint Laurence d'une voix douce en lui posant la main sur la patte, regarde un peu leur condition ; ils ont l'air de mourir de faim, sans quoi je suis sûr qu'ils n'auraient jamais osé empiéter sur ton terrain. Il serait de la plus extrême grossièreté de les chasser de leur repaire pour nous y réfugier, et si nous voulons leur demander l'hospitalité, il n'est que justice de partager avec eux.

— Oh ! fit Téméraire, soupesant la question.

Sa collerette retomba légèrement sur son cou : il était vrai que les dragons sauvages avaient l'air famélique, tout en peau écailleuse et tendons, les traits creusés et les yeux brillants ; et bon nombre d'entre eux portaient les stigmates du grand âge ou d'anciennes blessures.

— Ma foi, je ne voudrais pas paraître mesquin, même si ce sont eux qui nous ont cherché querelle, convint-il finalement.

Il s'adressa personnellement à leurs hôtes ; d'abord surpris, ils manifestèrent bientôt une excitation méfiante, puis le dragon à la tache rouge lança un ordre bref et s'envola vers la sortie à la tête d'un petit groupe.

Ils furent bientôt de retour avec les carcasses des porcs, et regardèrent avec fascination Gong Su se mettre à les débiter. Tharkay étant parvenu à leur traduire une demande de bois, deux des plus petits s'envolèrent et revinrent en traînant derrière eux des petits sapins déracinés, gris et noueux, qu'ils proposèrent timidement ; peu après, un bon feu crépitait sous une faille dans la voûte de la caverne, par laquelle la fumée s'échappait, et les porcs que Gong Su avait mis à rôtir dégageaient une odeur délicieuse. Granby remua et, au grand soulagement de Laurence, demanda d'une voix faible :

— Resterait-il quelques côtelettes ?

On le redressa bien vite et on lui offrit du thé ; ses mains tremblaient tellement, bien qu'on l'eût installé aussi près que possible du feu, qu'il fallut lui tenir la tasse.

L'équipage entier commençait à tousser et à renifler, en particulier les plus jeunes, et Keynes déclara :

— Nous devrions les envoyer tous à l'eau : il faut avant tout leur tenir la poitrine au chaud.

Laurence acquiesça sans réfléchir et fut bientôt consterné par la vue d'Emily se baignant avec le reste des jeunes officiers, aussi dépourvue de vêtements que de pudeur.

— Vous ne pouvez pas vous baigner avec les autres, lui dit-il instamment après l'avoir arrachée au bassin et enveloppée dans une couverture.

— Ah non ? s'étonna-t-elle, levant vers lui un visage humide rempli de perplexité.

— Seigneur ! marmonna Laurence dans sa barbe. Non, reprit-il fermement, ce n'est pas convenable ; vous êtes une jeune fille.

— Oh ! dit-elle avec indifférence, mère m'a parlé de tout cela, mais je n'ai pas encore eu mes premiers saignements, et de toute manière, je n'ai envie d'aller au lit avec aucun d'entre eux.

Passablement décontenancé, Laurence n'eut plus qu'à lui confier quelque tâche subalterne avant de battre en retraite auprès de Téméraire.

Pendant que les porcs rôtissaient doucement, Gong Su avait fait mijoter les intestins, les abats et les jarrets judicieusement agrémentés de divers ingrédients que lui avaient offerts les dragons sauvages, fruits de leur collecte, qui ne semblaient pas tous acquis honnêtement : il y avait certes des plantes et des racines, mais également un boisseau de navets dans un sac déchiré, et un autre sac de grain, qu'ils avaient apparemment volés et déclarés immangeables.

Téméraire et le meneur de la bande s'entretenaient avec de plus en plus de facilité.

— Il s'appelle Arkady, annonça Téméraire à Laurence, qui s'inclina vers le dragon. Il dit qu'il est désolé pour les ennuis qu'ils nous ont causés.

Arkady inclina gracieusement la tête et prononça un joli discours de bienvenue, sans montrer de repentance particulière ; Laurence ne doutait pas un instant qu'ils s'en prendraient de la même manière aux prochains voyageurs.

— Téméraire, fais-lui bien valoir les dangers de ce type de comportement, dit-il. Ils finiront par se faire tirer dessus s'ils continuent à jouer les bandits de grand chemin : un jour, les habitants en auront assez et offriront une prime pour leur tête.

— Il dit qu'il s'agit seulement d'un droit de passage, expliqua Téméraire sur un ton dubitatif, après en avoir discuté avec l'autre, et que les gens s'en acquittent de bonne grâce, même si, bien sûr, ils auraient dû faire une exception pour moi.

Là-dessus, Arkady ajouta quelque chose d'un ton légèrement peiné, et Téméraire se gratta le front d'un air perplexe.

— Pourtant, traduisit-il, la dernière visiteuse de mon espèce n'aurait pas soulevé d'objections, et leur aurait même donné deux jolies vaches pour qu'ils la guident dans les cols avec ses serviteurs.

— De ton espèce ? releva Laurence d'une voix blanche.

Il n'existait que huit dragons semblables à Téméraire dans le monde, se trouvant tous à plus de cinq mille miles de là, à Pékin ; et même si l'on ne considérait que sa couleur, Téméraire était une créature unique, d'un noir brillant presque uniforme, à l'exception de quelques taches nacrées au bord des ailes – alors que la plupart des dragons étaient multicolores, à l'image des dragons sauvages eux-mêmes.

Téméraire se renseigna plus avant.

— Il dit qu'elle me ressemblait en tout point, sauf qu'elle était totalement blanche, avec des yeux rouges, dit-il.

Sa collerette se hérissa, et ses narines frémirent ; Arkady battit en retraite avec une expression inquiète.

— Combien d'hommes l'accompagnaient ? demanda Laurence. Qui étaient-ils ? A-t-il vu quelle direction elle a prise, après les montagnes ?

Les questions, les angoisses se bousculaient en lui : la description ne laissait planer aucun doute sur l'identité de la dragonne. Il ne pouvait s'agir que de Lien, la Céleste privée de pigmentation par quelque étrange hasard de la naissance, et certainement sa plus farouche ennemie. Son choix stupéfiant de quitter la Chine n'annonçait rien de bon.

— Plusieurs dragons voyageaient avec elle pour transporter les hommes, répondit Téméraire.

Arkady appela la petite dragonne bleu et blanc, qui s'appelait Gherni : ayant quelques notions du dialecte turc que l'on parlait dans ces régions, ainsi que de la langue draconique, elle avait servi d'interprète auprès de l'escorte de Lien et put leur en dire un peu plus.

Les nouvelles dépassaient ses pires appréhensions : Lien voyageait en compagnie d'un Français, sans doute l'ambassadeur de Guignes d'après sa description, et à en juger par les conversations qu'elle tenait avec lui, elle avait déjà maîtrisé sa langue. Elle était certainement en route pour la France et il ne pouvait y avoir qu'une seule motivation à un si long voyage.

— Elle ne leur servira pas à grand-chose, prédit Granby, hâtivement consulté, à titre de consolation. Ils ne l'enverront pas en première ligne sans équipage ni capitaine, et elle ne se laissera jamais harnacher, pas après le tollé soulevé par le harnachement de Téméraire.

— Ils peuvent toujours se servir d'elle à des fins de reproduction, rétorqua Laurence, la mine grave. Mais je n'imagine pas une seconde que Bonaparte ne parvienne pas à l'employer à meilleur escient. Vous avez vu ce que Téméraire a fait, sur la route de Madère : une frégate de quarante-huit canons, coulée en une seule passe, et je ne vois pas de raison pour que cela ne fonctionne pas aussi bien contre un vaisseau de ligne.

Les remparts de bois de la Navy étaient encore la plus sûre défense de la Grande-Bretagne, et ses navires marchands, plus vulnérables encore, assuraient un commerce qui constituait son fluide vital ; la menace représentée par Lien pouvait fort bien modifier l'équilibre des forces entre les deux rives de la Manche.

— Je n'ai pas peur de Lien, déclara Téméraire, toujours dressé sur ses ergots. Et je ne regrette pas non plus la mort de Yongxing ; il n'aurait jamais dû essayer de te tuer, et elle n'aurait pas dû le laisser faire, si elle ne voulait pas risquer un retour de flamme.

Laurence secoua la tête ; ce genre de considérations n'aurait certainement aucune prise sur Lien. Son étrange coloration sépulcrale avait fait d'elle une paria parmi les Chinois, et sa vie tout entière avait été centrée sur Yongxing, bien plus que celle de n'importe quel autre dragon ne l'était sur son compagnon. Il n'aurait jamais cru, sachant à quel point elle était fière et méprisait l'Occident, qu'elle partirait pour un tel exil : si la haine et la soif de vengeance avaient pu l'entraîner si loin, devant quoi reculerait-elle ?

# 5

— À partir de maintenant, le moindre retard équivaut à une catastrophe, déclara Laurence.

Tharkay dessina le trajet qu'il leur restait à faire sur le sol lisse de la caverne, se servant de cailloux clairs en guise de craies ; un itinéraire qui leur ferait éviter les grandes villes, contourner Samarkand la dorée et l'antique Bagdad, entre Ispahan et Téhéran, et les conduirait le long d'une route sinueuse à travers les terres sauvages en bordure des grands déserts.

— Nous devrons faire halte plus souvent pour chasser, avertit Tharkay.

Mais c'était un faible prix à payer : Laurence ne voulait risquer ni l'hostilité ni l'hospitalité des satrapes, car l'une comme l'autre feraient perdre beaucoup de temps. Il y avait quelque chose d'un peu déplaisant, de sournois, à traverser ainsi clandestinement la campagne d'une nation étrangère, et ce serait pour le moins embarrassant s'ils se faisaient prendre, mais il se fiait à leur prudence et à la vitesse de Téméraire pour leur éviter ce dernier désagrément.

Laurence aurait voulu camper sur place une journée de plus afin de permettre à ceux qui avaient le plus souffert de l'avalanche de se reposer au sol, mais il ne faisait plus de doute que Lien était en route pour la France, où elle risquait de causer des ravages au-dessus de la Manche ou contre la flotte de la Méditerranée. La Navy ainsi que la marine marchande ne se méfieraient pas et seraient hautement vulnérables ; son apparence ne suffirait pas à les avertir, car sa coloration blanche ne figurait dans aucun des livres de dragons qu'emportaient les navires pour mettre en garde les capitaines contre les cracheurs de feu et autres. Elle était beaucoup plus âgée que Téméraire, et bien qu'elle n'eût jamais été entraînée au combat, elle ne manquait ni d'agilité ni de grâce et avait sans doute davantage d'expérience dans la maîtrise du vent divin ; cela donnait le frisson de songer à une arme aussi meurtrière entre les mains de Bonaparte, braquée contre le cœur de la Grande-Bretagne.

— Nous partirons au matin, décida-t-il.

En se relevant, il s'aperçut que les dragons affichaient tous une mine maussade : s'étant approchés par curiosité tandis que Tharkay traçait ses cartes, et ayant demandé quelques explications à Téméraire, ils s'indignaient maintenant d'apprendre que leurs montagnes n'étaient guère plus que des coups de craie séparant l'immense étendue chinoise de la Perse et de l'Empire ottoman.

— Je suis en train de leur raconter que nous avons voyagé de l'Angleterre jusqu'à la Chine, expliqua Téméraire à Laurence avec un petit air satisfait. Et le tour de l'Afrique, également ; aucun d'eux n'a jamais quitté ces montagnes.

Téméraire leur adressa encore plusieurs remarques, d'un ton empreint de condescendance. Il est vrai qu'il avait de quoi se vanter, après l'accueil somptueux qu'il avait reçu à la cour impériale de Chine, le périple qui l'avait amené là depuis l'autre bout du monde, sans parler de plusieurs actions remarquables à mettre à son crédit ; en marge de ces aventures, son pectoral orné de joyaux et ses bagues de griffes avaient déjà suscité la jalousie des dragons sauvages, et Laurence lui-même se sentit l'objet de plusieurs regards appréciateurs, paupières mi-closes, après que Téméraire leur eut raconté Dieu sait quoi.

Il n'était pas mécontent que Téméraire ait devant lui l'exemple de congénères à l'état naturel, sans aucune influence des hommes : l'existence des dragons sauvages offrait un contraste édifiant avec le statut enviable des dragons chinois. Comparé au leur, le sort des dragons britanniques ne semblait plus si détestable et il se félicitait que Téméraire jugeât manifestement sa position comme supérieure à la leur, même s'il doutait qu'il soit bien sage de les provoquer ainsi, au risque de piquer davantage leur jalousie, voire de les pousser à l'agressivité.

Plus Téméraire parlait, plus les dragons sauvages murmuraient et jetaient des regards en coin à leur propre chef Arkady ; âprement conscient d'être en train de perdre du terrain, ce dernier se hérissait, gonflant le collier de piquants qu'il avait autour du cou.

— Téméraire, appela Laurence, pour l'interrompre,

bien qu'il n'eût pas la moindre idée de ce qu'il dirait ensuite.

Mais quand Téméraire se tourna vers lui, Arkady s'engouffra aussitôt dans la brèche : bombant le torse, il se lança dans une déclaration grandiloquente qui fit courir un frisson d'excitation parmi les dragons sauvages.

— Oh ! fit Téméraire, agitant la queue d'un air dubitatif en regardant le dragon à la tache rouge.

— Qu'y a-t-il ? s'alarma Laurence.

— Il dit qu'il va nous accompagner à Constantinople afin de rencontrer le sultan, traduisit Téméraire.

Cet aimable projet, quoique moins grave que le défi redouté par Laurence, était presque aussi désastreux. D'autant qu'il ne servirait à rien d'en discuter : Arkady ne voudrait pas en démordre, et beaucoup parmi les autres dragons annonçaient avec insistance qu'ils viendraient, eux aussi. Tharkay capitula au bout d'un moment et se détourna en haussant les épaules.

— Autant nous résigner ; nous ne pouvons guère les empêcher de nous suivre, à moins que vous n'ayez l'intention de les attaquer.

Quasiment tous les dragons sauvages partirent avec eux le lendemain matin, à l'exception de quelques-uns trop paresseux ou trop peu curieux pour venir. Le petit qui avait eu l'aile brisée dans l'avalanche dut assister à leur départ depuis l'ouverture de la grotte et les regarda s'éloigner avec des cris déchirants. Ils formaient une compagnie difficile, bruyante et turbulente, prompte à se disputer en plein vol ; ils se battaient alors par deux ou trois dans un tourbillon de sifflements et de griffes, jusqu'à ce qu'Arkady ou l'un de ses deux lieutenants plus imposants plonge pour les séparer, en leur enjoignant brutalement d'aller bouder plus loin.

— Nous aurons du mal à traverser le pays sans nous faire remarquer avec un cirque pareil, grommela Laurence, exaspéré après le troisième incident de ce genre, tandis que l'écho des cris résonnait encore dans les montagnes.

— Ils se lasseront vraisemblablement d'ici quelques jours et feront demi-tour, dit Granby. Je n'ai jamais entendu parler de dragons sauvages qui veuillent s'approcher de la civilisation, sinon pour voler du bétail ; et je tiens le pari que nous les entendrons beaucoup moins une fois hors de leur territoire.

Les dragons sauvages, effectivement, commencèrent à donner des signes de nervosité en fin d'après-midi, lorsque les montagnes firent place soudainement à des collines et que la ligne d'horizon se dégagea, verte et poussiéreuse, infiniment vaste sous l'immense coupole du ciel : un paysage radicalement différent. Ils murmuraient, se frottaient les ailes l'une contre l'autre à l'orée du camp, et ne participèrent guère à la chasse. Quand vint le soir, les lumières d'un village voisin se mirent à briller d'une lueur orangée dans le lointain – une demi-douzaine de fermes, à quelques miles de là. Au matin, plusieurs dragons sauvages étaient tombés d'accord pour dire qu'il devait s'agir de Constantinople, que ce n'était pas aussi joli qu'ils s'y attendaient et qu'ils feraient aussi bien de rentrer chez eux.

— Mais ce n'est pas Constantinople ! s'indigna Téméraire, à qui Laurence fit aussitôt signe de se taire.

Ils furent ainsi débarrassés du gros de leur escorte, à leur profond soulagement. Seuls demeuraient les plus jeunes et les plus aventureux, en particulier la petite Gherni, éclose dans les basses terres et qui connaissait donc un peu la région. Elle paraissait d'ailleurs très satisfaite de cette distinction parmi ses congénères. Affirmant haut et fort qu'elle n'avait pas peur du tout, elle se moqua tellement de ceux qui voulaient s'en retourner que deux d'entre eux décidèrent de continuer, après tout ; hélas ! c'étaient les plus vantards et les plus querelleurs du lot.

Quant à Arkady, il rechignait à tourner casaque tant qu'il resterait une seule de ses ouailles : Téméraire s'était trop étendu, en détails trop frappants, sur ses récits de trésors, de banquets et de combats épiques ; à l'évidence, le meneur des dragons sauvages redoutait que l'un de ses anciens sujets puisse revenir un jour auréolé de gloire, réelle ou factice, et le défier ; or, son statut tenait moins à la force brute – ses deux lieutenants le surpassaient dans ce domaine – qu'à une alchimie subtile mêlant charisme et vivacité d'esprit, ce qui rendait sa position d'autant plus vulnérable.

Il était pourtant loin d'être enthousiaste, malgré les fanfaronnades derrière lesquelles il masquait sa nervosité, et Laurence espérait qu'il parviendrait bientôt à convaincre les autres de renoncer. Ses lieutenants, Molnar et Wringe – si Laurence avait correctement interprété leurs noms –, auraient certainement préféré demeurer en arrière, même sans lui ; d'ailleurs,

Wringe, la dragonne gris foncé, se risqua à lui en faire la suggestion, ce qui mit Arkady en rage et lui valut une copieuse volée de coups sur la tête, accompagnée d'un sermon qui se passait de traduction.

Mais ce soir-là, alors que les montagnes majestueuses n'étaient plus que des ombres bleues dans le lointain, il se lova entre ses lieutenants en quête de réconfort, et les autres dragons sauvages se regroupèrent autour d'eux également, ne prêtant qu'une attention polie aux tentatives de Téméraire pour engager la conversation.

— Ils ne sont pas très aventureux, déplora Téméraire, déçu, en revenant s'installer près de Laurence. Ils ne cessent de m'interroger sur la nourriture, sur les banquets que donnera le sultan en leur honneur ou les cadeaux qu'il leur offrira, et de me demander quand ils pourront rentrer chez eux : alors qu'ils ont toute la liberté du monde, et qu'ils pourraient aller où ils le souhaitent.

— Lorsque l'on a très faim, mon cher, nos ambitions s'élèvent rarement au-dessus de notre estomac, lui dit Laurence. La liberté dont ils jouissent n'a rien de très enviable : la liberté de mourir de faim ou de se faire massacrer n'est pas de celles auxquelles on aspire. Et, ajouta-t-il, saisissant l'occasion, les hommes comme les dragons sont souvent bien inspirés de sacrifier une partie de leur liberté personnelle pour le bien général, qui fait progresser leur propre situation au même titre que celle des autres.

Téméraire soupira et ne chercha pas à discuter, mais au dîner il chipota, du moins jusqu'à ce que Molnar le remarque et esquisse un geste prudent vers sa viande : Téméraire gronda alors dans sa direction d'un air féroce et engloutit le reste en trois énormes bouchées.

Ils eurent beau temps le lendemain, avec un ciel immense, très bleu, qui eut un effet particulièrement décourageant sur leurs compagnons de voyage ; Laurence était certain qu'avant le soir, le dernier d'entre eux leur aurait fait ses adieux et serait retourné chez lui. Une fois de plus, ils ne mirent pas beaucoup d'énergie à chasser, et Laurence fut contraint d'envoyer Tharkay en compagnie de quelques hommes à la recherche d'une ferme où ils pourraient acheter quelques têtes de bétail pour compenser le manque de gibier.

Les dragons sauvages ouvrirent des yeux ronds en voyant les grandes bêtes brunes cornues que l'on traînait dans le camp, gémissant de terreur, et plus encore lorsqu'ils en reçurent quatre à se partager, dont ils se gobergèrent jusqu'à l'extase. Les plus petits s'allongèrent ensuite sur le dos, les ailes maladroitement étalées, les membres repliés sur leur ventre gonflé, une expression béate sur le visage. Même Arkady, qui avait fait de son mieux pour dévorer une vache entière presque à lui seul, demeurait mollement étendu sur le flanc. Laurence comprit avec consternation qu'ils n'avaient encore jamais mangé de bœuf, et certainement pas de bétail d'élevage, à la chair grasse et délectable ; cette viande aurait été appréciée à la meilleure table d'Angleterre, et pour les dragons sauvages elle avait sans doute une saveur d'ambroisie, accoutumés qu'ils étaient à se contenter de chèvres efflanquées, de moutons des montagnes et, de temps à autre, d'un porc volé dans une ferme.

Téméraire enfonça le clou en affirmant d'un ton désinvolte :

— Non, je suis certain que le sultan nous offrira beaucoup mieux.

Après quoi, Constantinople se para pour les dragons sauvages de l'éclat rosé du paradis : il n'y avait plus aucun espoir de se débarrasser d'eux.

— Ma foi, nous ferions mieux de continuer de nuit dans la mesure du possible, déclara Laurence, capitulant de mauvaise grâce. Ainsi, les paysans qui apercevront notre joyeux cortège nous prendront-ils peut-être pour un détachement de leurs propres forces aériennes.

Ayant surmonté leurs appréhensions, les dragons sauvages commencèrent enfin à se rendre utiles ; l'un des plus petits, Hertaz, avec des rayures jaune verdâtre sur une peau d'un brun poussiéreux, se révéla le meilleur chasseur dans les prairies jaunies par l'été : il pouvait s'aplatir dans les hautes herbes et se cacher sous le vent tandis que ses congénères débusquaient le gibier dans la forêt et les collines avec leurs rugissements ; les pauvres animaux venaient pratiquement se jeter dans ses griffes, et il en fauchait souvent une demi-douzaine en un seul bond.

Les dragons sauvages se méfiaient également de l'odeur de l'homme, bien plus que Téméraire ; ce fut l'avertissement d'Arkady qui leur évita de se faire repérer par une compagnie de cavalerie persane, les dragons se cachant de justesse derrière les collines avoisinantes tandis que la troupe émergeait à la vue sur la route des crêtes. Laurence demeura dissimulé un long moment, à écouter les bannières claquer et les harnachements tinter, tandis que la compagnie s'éloignait peu à peu, jusqu'à ce que le bruit se fût totalement estompé dans le lointain et que le crépuscule leur permît de se risquer de nouveau en l'air.

Arkady se montra plein de morgue et de suffisance après cet incident, et tandis que Téméraire achevait son repas ce soir-là, il profita de l'occasion pour réaffirmer sa prééminence, en régalant ses troupes d'une représentation aussi longue que passionnée où se mêlaient aussi bien le conte que la danse, et que Laurence prit d'abord pour un récit de ses exploits de chasseur ou autre activité similaire de sauvage. Les autres dragons lui coupaient la parole de temps à autre pour placer leurs propres contributions.

C'est alors que Téméraire posa son deuxième cerf pour se mettre à écouter avec grand intérêt. Bientôt, il commença lui aussi à glisser ses propres remarques.

— Que vous raconte-t-il ? demanda Laurence, intrigué de voir Téméraire participer ainsi au numéro d'Arkady.

— Une histoire fascinante, lui dit Téméraire en se retournant vers lui, plein d'enthousiasme. Il est question d'une bande de dragons qui découvrent un monceau d'or au fond d'une grotte, ayant appartenu à un vieux dragon qui est mort, et ils se déchirent pour savoir comment le partager, et il y a de nombreux duels entre les deux dragons les plus forts, car ils sont de force égale, et en réalité ils voudraient s'accoupler et non se battre, mais aucun d'eux n'a connaissance des sentiments de l'autre, et donc chacun croit devoir remporter le trésor, de manière à pouvoir l'offrir à l'autre, afin de lui faire accepter l'accouplement. Et parmi le reste des dragons, il y en a un tout petit, mais très malin, qui a recours à toutes sortes de ruses pour s'approprier peu à peu une grosse part du trésor. Et aussi un couple qui se dispute au sujet de sa part, car la femelle était trop occupée à couver l'œuf pour aider son compagnon à combattre les autres afin d'obtenir davantage, alors il refuse de partager équitablement avec elle, du coup elle se fâche et emporte l'œuf, qu'elle cache, et lui regrette, mais ne parvient pas à la retrouver, mais un autre mâle, qui désire s'accoupler avec elle, la retrouve et lui offre une partie de sa part à lui…

Laurence était complètement noyé dans ce torrent d'événements, aussi résumé soit-il ; il ne comprenait pas comment Téméraire parvenait à s'y retrouver, ni même ce qui l'intéressait à ce point là-dedans ; mais il était clair que Téméraire et les dragons sauvages se passionnaient pour cet écheveau inextricable. À un moment, Gherni et Hertaz en vinrent aux coups, apparemment en désaccord quant à la suite des événements, et se donnèrent de grandes tapes sur la tête jusqu'à ce que Molnar, agacé par l'interruption du récit, leur intime de se taire.

Arkady se laissa enfin retomber, hors d'haleine et fort satisfait de lui-même, tandis que les autres dragons l'acclamaient en sifflant et en frappant le sol avec leur queue ; Téméraire fit claquer ses griffes contre une grosse pierre, marquant son approbation à la manière chinoise.

— Il faudra que je m'en souvienne et que je l'écrive quand nous serons de retour, et que je pourrai avoir une autre écritoire comme celle que j'avais en Chine, déclara Téméraire avec un soupir de satisfaction. J'ai essayé de réciter plusieurs passages des *Principa mathematica* à Lily et Maximus, un jour, mais cela ne les avait guère captivés. Je suis sûr qu'ils apprécieraient davantage ce genre d'histoire. Peut-être pourrions-nous la faire publier, Laurence, qu'en dis-tu ?

— Il faudrait d'abord apprendre à lire à un plus grand nombre de dragons, recommanda Laurence.

Quelques membres d'équipage s'efforçaient d'acquérir quelques bribes de durzagh ; la pantomime fonctionnait d'ordinaire assez bien, car les dragons sauvages étaient suffisamment intelligents pour en saisir la signification. Mais ils s'ingéniaient également à ne pas comprendre ce qui leur déplaisait, par exemple lorsqu'on leur demandait de se pousser d'un endroit confortable afin de pouvoir dresser les tentes, ou de s'arracher au sommeil pour un petit vol de nuit. Comme Téméraire et Tharkay n'étaient pas toujours disponibles pour traduire, apprendre le langage draconique devenait une forme d'autodéfense pour les jeunes officiers chargés du campement. Il était passablement comique de les voir siffloter et fredonner en s'adressant aux dragons.

— Il suffit, Digby ; que je ne vous reprenne plus à les encourager à vous flatter, dit Granby d'un ton sévère.

— Oui, monsieur ; je veux dire, non, monsieur, bredouilla Digby, écarlate, avant de filer s'occuper à l'autre bout du camp.

Laurence, qui s'entretenait avec Tharkay, leva la tête d'un air surpris en entendant cela, car le garçon, qui venait tout juste d'avoir treize ans, était d'ordinaire le plus responsable de ses enseignes ; pour autant qu'il s'en souvienne, c'était la première fois qu'il se faisait rappeler à l'ordre.

— Oh ! rien de grave ; il gardait seulement quelques morceaux de choix à l'intention du grand costaud, Molnar, comme d'autres garçons le font aussi pour leurs propres favoris, expliqua Granby en les rejoignant. Il est bien naturel qu'il veuille jouer au capitaine, mais on ne nourrit pas un dragon sauvage comme un petit chien : ce n'est pas ainsi qu'on peut espérer le dompter.

— Ces sauvages semblent pourtant acquérir quelques manières ; je les aurais crus totalement incontrôlables, dit Laurence.

— Ils le seraient, sans la présence de Téméraire, dit Granby. C'est uniquement grâce à lui qu'ils se dominent.

— Je me le demande ; ils se maîtrisent fort bien lorsqu'ils ont intérêt à le faire, observa Tharkay sèchement. Ce qui me semble une philosophie éminemment rationnelle ; il est plus remarquable à mes yeux qu'un dragon veille à bien se comporter en toute autre circonstance.

La Corne d'Or scintillait de très loin ; la ville s'étendait sur ses berges, somptueuse, avec ses collines coiffées de minarets et de mosquées aux dômes de marbre étincelant, bleu, gris et rose au milieu des toits en terre cuite des maisons et des flèches vertes des cyprès. Le fleuve en forme de faucille se jetait dans le Bosphore impétueux, lequel serpentait à son tour dans les deux directions, éclaboussé de soleil dans la lunette de Laurence ; mais ce dernier ne prêtait attention qu'au rivage le plus éloigné, premier aperçu de l'Europe.

Son équipage au complet était las et affamé. À mesure qu'ils approchaient de la grande ville, il leur était devenu de plus en plus difficile d'éviter les agglomérations ; ces dix derniers jours ils ne s'étaient guère arrêtés que le temps d'un repas froid et d'un somme inconfortable en pleine journée, tandis que les dragons dévoraient tout cru le peu de gibier qu'ils parvenaient à attraper. Lorsqu'ils franchirent la dernière rangée de collines et découvrirent l'immense troupeau de vaches grises qui paissaient sur la rive asiatique du détroit, Arkady poussa un rugissement féroce et piqua instantanément sur lui.

— Non, non, on ne peut pas manger celles-là ! s'écria Téméraire.

Trop tard : les autres dragons sauvages s'abattaient déjà avec des cris de joie sur les bêtes mugissantes et paniquées. À l'extrémité sud de la plaine, derrière une muraille basse en pierre et mortier, plusieurs dragons coiffés des plumes colorées de l'armée ottomane haussèrent la tête.

— Oh ! pour l'amour du ciel, geignit Laurence.

Les dragons turcs s'envolèrent et fondirent sur les dragons sauvages. Trop affairés pour prendre conscience du danger, ces derniers attrapaient une vache après l'autre, comparant leurs trouvailles avec extase, trop enthousiastes pour les poser et se mettre à manger. C'est d'ailleurs ce qui les sauva : à l'arrivée des dragons turcs, ils sursautèrent et s'égaillèrent en lâchant près d'une douzaine de bêtes froissées ou mortes, juste à temps pour esquiver les coups de griffes et de crocs de leurs adversaires qui fondaient sur eux.

Arkady et les siens foncèrent aussitôt s'abriter auprès de Téméraire. Se regroupant derrière lui, ils lancèrent des cris moqueurs aux dragons turcs qui avaient arrondi leur trajectoire pour s'élancer à leur poursuite en poussant des rugissements furieux.

— Envoyez nos couleurs et tirez une salve sous le vent ! ordonna Laurence à Turner, l'enseigne des signaux.

Le drapeau britannique, à peine décoloré dans les plis malgré leur long voyage, se déploya en claquant au vent.

Les dragons turcs ralentirent en s'approchant, crocs et griffes dehors, belliqueux, mais hésitants : de taille moyenne, ils n'étaient guère plus grands que les dragons sauvages et les larges ailes de Téméraire jetaient une ombre immense sur eux. Au nombre de cinq, ils n'étaient manifestement pas accoutumés à faire de l'exercice ; des bourrelets de graisse disgracieux s'étaient accumulés au-dessus de leurs hanches.

— Trop de lard, commenta Granby d'un air désapprobateur.

Et de fait, ils avaient déjà le souffle court après leur première charge rageuse ; leurs flancs palpitaient : Laurence supposa qu'ils devaient s'entraîner fort peu, postés à la capitale comme ils l'étaient, et affectés à une tâche aussi triviale que la surveillance du bétail.

— Feu ! ordonna Riggs.

La salve fut un peu désordonnée, ses fusiliers et lui étant imparfaitement remis de leur ensevelissement temporaire dans la glace et encore enclins à éternuer à des moments inopportuns. Néanmoins, le signal eut un effet salutaire sur les dragons turcs, qui ralentirent ; et au grand soulagement de Laurence, le capitaine qui venait à leur tête souleva son porte-voix et rugit longuement à leur adresse.

— Il nous demande de nous poser, traduisit Tharkay, avec une brièveté improbable.

Voyant Laurence froncer les sourcils, il ajouta :

— Et il nous affuble de toutes sortes de qualificatifs désobligeants ; faut-il vraiment que je traduise ?

— Je ne vois pas pourquoi je devrais me poser en premier et descendre sous eux, grommela Téméraire, qui s'exécuta néanmoins de mauvaise grâce, se tordant la tête en un angle malcommode afin de garder un œil sur les dragons qui le surplombaient.

Laurence non plus n'appréciait guère cette position vulnérable, mais ils se trouvaient en situation d'offenseurs : certaines des vaches s'étaient relevées tant bien que mal et se tenaient debout sur leurs pattes flageolantes, mais la plupart, immobiles, étaient certainement mortes ; un vrai gâchis, que Laurence n'était pas certain de pouvoir réparer sans en appeler à l'ambassadeur britannique. Il ne pouvait donc en vouloir au capitaine turc de réclamer de meilleures preuves de bonne volonté.

Téméraire dut adresser de sévères remontrances aux dragons sauvages avant qu'ils acceptent de se poser auprès de lui, et même pousser un grondement d'avertissement sourd, suffisamment fort pour faire fuir le reste du bétail encore plus loin. Arkady et les siens obéirent à contrecœur et gardèrent les ailes à demi déployées, frémissantes.

— Je n'aurais jamais dû les autoriser à nous accompagner aussi près sans avoir prévenu les Turcs auparavant, dit Laurence, la mine sombre, en les observant. On ne peut pas leur faire confiance en présence de gens ou de bétail.

— Je ne crois pas que ce soit la faute d'Arkady ni des autres, protesta loyalement Téméraire. Si je n'avais aucune notion de la propriété, moi non plus je n'aurais vu aucun mal à m'emparer de ces vaches. (Il marqua une pause avant de poursuivre d'une voix plus basse.) De toute manière, ces dragons n'auraient pas dû se tenir hors de vue en laissant leur troupeau sans surveillance, s'ils ne voulaient pas que cela se produise.

Même lorsque les dragons sauvages se furent enfin posés, les Turcs n'atterrirent pas tout de suite, mais se mirent à décrire des cercles au-dessus de leurs têtes, lentement, afin de bien leur faire sentir leur position de supériorité. En les voyant parader ainsi, Téméraire renifla et se mit à gronder, tandis que sa collerette se déployait.

— Je les trouve très grossiers, s'emporta-t-il. Je ne les aime pas du tout ; et je suis certain que nous pourrions les battre. On dirait de vilains oiseaux, avec leurs battements d'ailes.

— Il nous en arriverait bientôt une centaine d'autres, et d'une autre trempe : les dragons turcs ne sont pas à prendre à la légère, même si ceux-ci paraissent en petite forme, dit Laurence. Sois patient, je t'en prie ; ils finiront bien par se lasser.

Mais en réalité, lui aussi commençait à s'échauffer ; dans ce champ brûlant et poussiéreux, sur ce sol craquelé par la sécheresse, ils se trouvaient exposés à la pleine puissance du soleil ; et ils n'avaient pas emporté beaucoup d'eau.

Les dragons sauvages reprirent bientôt de l'assurance et se mirent à lorgner les vaches mortes en chuchotant entre eux ; leur ton était parfaitement compréhensible, si leurs mots ne l'étaient pas, et Téméraire lui-même maugréa, à la grande inquiétude de Laurence :

— Ces vaches vont pourrir si on ne les mange pas rapidement.

— Vous pourriez essayez de faire croire aux Turcs que vous n'en avez cure, proposa-t-il, saisi d'une heureuse inspiration.

S'éclaircissant la gorge, Téméraire chuchota quelque chose à voix basse aux dragons sauvages ; peu après, tous s'allongeaient confortablement dans l'herbe en bâillant avec ostentation ; certains parmi les plus petits se mirent même à ronfler grossièrement, et cette mise en scène les occupa tous. Les dragons turcs, bientôt convaincus de l'inanité de leur démonstration, finirent par décrire un dernier cercle avant d'atterrir face à eux. Le dragon de tête déposa son capitaine – au grand dam de Laurence, qui n'était guère impatient de présenter ses explications ni ses excuses ; et avec raison, comme le prouva la suite des événements.

Le capitaine turc, répondant au nom d'Ertegun, se montra hautement soupçonneux. Son comportement à lui seul était une insulte : il répondit d'un simple hochement de tête à la courbette de Laurence, garda la main sur la poignée de son épée, et s'adressa froidement à eux en turc.

Après une brève conversation avec Tharkay, Ertegun répéta dans un français haché, déformé par un fort accent :

— Eh bien ? Expliquez-vous, et donnez-nous les raisons de cette attaque indigne.

Le français de Laurence laissait, hélas, beaucoup à désirer, mais au moins lui permit-il d'établir un semblant de communication. Toutefois, ses explications embrouillées n'apaisèrent en rien l'expression outragée d'Ertegun, pas plus que ses soupçons, et il se livra à un véritable interrogatoire sur la mission de Laurence, son grade, l'itinéraire qu'il avait emprunté et même l'état de ses finances, jusqu'à ce que Laurence commence à perdre patience à son tour.

— Suffit ; nous prenez-vous vraiment pour trente fous furieux, ayant décidé de lancer une attaque contre les murailles de Constantinople à la tête d'une compagnie de sept dragons ? dit Laurence. Il ne sert à rien de nous garder ici en plein soleil ; envoyez plutôt l'un de vos hommes prévenir l'ambassadeur britannique chez lui ; je suis certain qu'il sera en mesure de vous donner satisfaction.

— Pas sans les pires difficultés : il est mort, rétorqua Ertegun.

— Mort ? répéta stupidement Laurence.

Avec une incrédulité croissante, il écouta Ertegun lui raconter que l'ambassadeur, M. Arbuthnot, avait été tué la semaine dernière, au cours d'un accident de chasse, dans des circonstances peu claires ; et qu'il n'y avait à présent plus aucun représentant de la Couronne en ville.

— Dans ce cas, monsieur, je suppose qu'il me faut vous assurer moi-même de ma bonne foi, en l'absence d'un tel représentant, dit Laurence, pris de court, se demandant *in petto* où logerait Téméraire. Je suis ici dans le cadre d'une mission convenue entre nos deux pays et qui ne saurait souffrir aucun délai.

— Si votre mission était si importante, votre gouvernement aurait pu choisir un meilleur messager, répondit grossièrement Ertegun. Le sultan est très occupé et ne saurait être dérangé chaque fois qu'un mendiant prétend frapper à la porte de la Félicité ; pas plus qu'on ne peut incommoder ses vizirs à la légère. D'ailleurs, je ne crois même pas que vous soyez britanniques.

Une satisfaction manifeste se lisait sur les traits d'Ertegun alors qu'il débitait sa tirade avec une hostilité délibérée. Laurence dit froidement :

— Ce manque de courtoisie, monsieur, est aussi déshonorant pour votre sultan qu'insultant envers moi ; vous ne pouvez croire que j'aurais inventé une histoire pareille.

— Et cependant, vous me demandez de croire que vous et cette meute de bêtes féroces venues de Perse êtes des représentants britanniques, railla Ertegun.

Laurence n'eut pas le loisir de faire à cette incivilité la réponse qu'elle méritait ; Téméraire parlait couramment le français, ayant passé plusieurs mois à bord d'une frégate française alors qu'il se trouvait encore dans sa coquille, et il avança sa tête massive pour s'immiscer dans la conversation.

— Nous ne sommes pas des bêtes féroces, s'insurgea-t-il, mes amis n'avaient simplement pas compris que ces vaches étaient à vous ; ils n'ont pas l'intention de blesser qui que ce soit. Ils ont fait un long chemin pour venir voir le sultan.

La collerette de Téméraire s'était ouverte toute grande, frémissante, et ses ailes à demi dressées au-dessus de son dos jetaient une ombre immense ; ses épaules s'avançaient, les cordes noueuses de ses tendons se détachaient contre la chair tandis qu'il projetait sa tête et ses crocs acérés d'un pied de long vers le capitaine turc. Le dragon d'Ertegun poussa un petit cri perçant et se rapprocha anxieusement, mais ses congénères, loin de le soutenir, se reculèrent d'instinct ; et Ertegun lui-même fit un pas en arrière, involontairement, entre les pattes protectrices de son dragon.

— Mettons un terme à cette dispute, dit Laurence, prompt à saisir l'avantage en voyant Ertegun momentanément réduit au silence. M. Tharkay ainsi que mon premier lieutenant iront en ville avec votre homme, tandis que nous autres resterons ici. Je suis persuadé que le personnel de l'ambassade sera en mesure d'arranger notre visite à la convenance du sultan et de ses vizirs, même si, vous avez raison, il n'y a pas de délégué officiel pour l'instant ; et je ne doute pas qu'il m'aidera à compenser les pertes infligées au troupeau royal ; lesquelles, comme vous l'a dit Téméraire, résultent d'un accident et non d'une quelconque malveillance de notre part.

De toute évidence, Ertegun n'appréciait guère cette proposition, mais voyait mal comment la refuser sous l'ombre menaçante de Téméraire ; après avoir ouvert et refermé la bouche à plusieurs reprises, il commença faiblement :

— C'est tout à fait impossible…

Ce qui provoqua un nouveau grondement de colère chez Téméraire. Les dragons turcs reculèrent encore un peu ; puis soudain, l'air s'emplit d'un concert de rugissements et de feulements draconiques : Arkady et les siens venaient de s'envoler brusquement, la queue battante, toutes griffes dehors, dans un grand bruissement d'ailes, hurlant tous aussi fort qu'ils le pouvaient. Les dragons turcs se mirent à gronder à leur tour, en déployant les ailes, sur le point de décoller. Le tumulte était épouvantable, noyant tout espoir de ramener le calme, et pour ajouter à la cacophonie, Téméraire s'assit et rugit par-dessus leurs têtes : un long grondement menaçant, qui roula comme le tonnerre.

Les dragons turcs retombèrent sur leur arrière-train avec des cris et des sifflements, s'emmêlant les ailes, griffant l'air et se bousculant les uns les autres dans une panique instinctive. Les dragons sauvages profitèrent de la confusion pour saisir leur chance : ils plongèrent sur les vaches mortes, les raflèrent sous le nez des Turcs puis, tournant casaque, s'enfuirent comme un seul homme. Déjà à mi-hauteur, alors que les autres fuyaient devant lui, Arkady se retourna en tenant une vache dans chaque patte et adressa un hochement de tête reconnaissant à Téméraire ; puis ils disparurent, volant à tire-d'aile, tout droit vers le havre de leurs montagnes.

Le silence choqué dura moins d'une demi-minute. Après quoi Ertegun, qui n'avait pas bougé, se mit à déverser un flot de paroles indignées en turc que Laurence, profondément mortifié, se félicita de ne pas comprendre : il aurait lui-même abattu avec joie cette brochette de bandits. Ils venaient de le faire passer pour un menteur en présence de ses hommes et du capitaine turc, lequel ne demandait qu'un prétexte pour refuser de coopérer.

L'entêtement d'Ertegun avait désormais cédé la place à une indignation plus franche, violente et bien réelle ; rouge de colère, de grosses gouttes de sueur perlaient sur son front et roulaient jusque dans sa barbe, tandis qu'il égrenait menace après menace dans un sabir franco-turc.

— Nous allons vous apprendre comment nous traitons les envahisseurs, par ici ; nous allons vous massacrer, comme ces voleurs ont massacré le bétail du sultan, et nous laisserons vos cadavres pourrir sur place, conclut-il avec de grands mouvements de manches à l'intention des dragons turcs.

— Je ne vous laisserai faire aucun mal à Laurence ni à mon équipage ! s'écria Téméraire avec chaleur.

Il gonfla la poitrine en prenant son souffle ; les dragons turcs parurent tous très anxieux. Laurence avait déjà remarqué que les autres dragons semblaient toujours redouter le rugissement de Téméraire, même s'ils n'avaient encore jamais senti le souffle du vent divin, comme s'ils avaient une connaissance instinctive du danger. Mais leurs cavaliers ne partageaient pas cette clairvoyance, et Laurence ne pensait pas qu'ils se déroberaient s'ils recevaient l'ordre d'attaquer ; or, quand bien même Téméraire parviendrait à défaire à lui seul une troupe d'une demi-douzaine de dragons, il ne pourrait remporter qu'une victoire à la Pyrrhus.

— Suffit, Téméraire ; calme-toi, dit Laurence.

Puis, se tournant vers Ertegun, il déclara avec raideur :

— Monsieur, je vous ai déjà clairement expliqué que les dragons sauvages n'étaient pas sous mon autorité, et j'ai promis de rembourser vos pertes. Je n'imagine pas que vous envisagiez sérieusement de commettre un acte de guerre contre la Grande-Bretagne sans l'approbation de votre gouvernement ; soyez certain que nous-mêmes ne manifesterons aucune hostilité de ce genre.

Inopinément, Tharkay traduisit ces propos en turc, bien que Laurence les eût bredouillés en français ; et il parla suffisamment fort pour que tout le monde puisse entendre. Les autres aviateurs turcs se regardèrent d'un air gêné, tandis qu'Ertegun lui lançait un regard noir empli d'un ressentiment féroce.

— Restez là, ou partez à vos risques et périls, cracha-t-il.

Il remonta d'un bond sur son dragon, en criant des ordres ; les Turcs s'éloignèrent un peu plus loin et allèrent se poser à l'ombre d'un petit verger le long de la route, en se déployant ; après quoi le plus petit d'entre eux reprit l'air et partit vers la ville à un rythme énergique ; bientôt, il diminua au loin et se perdit dans la brume de chaleur.

— Et il ne va pas chanter nos louanges, à coup sûr, dit Granby en le regardant disparaître dans la lunette de Laurence.

— Non sans raison, maugréa Laurence.

Téméraire gratta le sol d'un air coupable.

— Ils n'étaient pas très amicaux, dit-il, sur la défensive.

Il n'était guère possible de trouver un abri qui fût à portée de vue des dragons turcs, et Laurence n'avait nullement l'intention de s'éloigner ; mais ils dénichèrent un emplacement entre deux tertres et y tendirent une toile sur des poteaux fichés dans la poussière, afin de procurer un peu d'ombre aux malades.

— Dommage qu'ils aient emporté *toutes* les vaches, fit Téméraire à regret, en regardant dans la direction prise par les dragons sauvages.

— Un peu de patience et eux et toi auriez été nourris, à titre d'invités et non comme des voleurs, dit Laurence, dont la propre patience était soumise à rude épreuve.

Téméraire ne s'insurgea pas contre ce reproche, mais se contenta de baisser la tête ; Laurence se leva et s'éloigna de quelques pas, au motif de regarder la ville à travers sa lunette : aucun changement, sinon que des bergers amenaient quelques bêtes aux dragons turcs afin qu'ils pussent se restaurer, et que les hommes s'offraient quelques rafraîchissements. Il rangea sa lunette et se détourna de la scène. Lui-même avait la bouche sèche, les lèvres gercées ; il avait cédé sa ration d'eau à Dunne, qui ne cessait de tousser. La journée était déjà trop avancée pour partir en exploration ; mais au matin, il devrait envoyer quelques hommes chasser et chercher de l'eau, malgré les risques qu'ils encouraient dans ce pays étranger où ils ne pouvaient répondre à aucune provocation ; et il n'avait pas la moindre idée de ce qu'il conviendrait de faire ensuite, si les Turcs persistaient dans leur attitude de refus.

— Ne vaudrait-il mieux pas contourner la ville et nous présenter de nouveau, du côté européen cette fois ? suggéra Granby quand Laurence eut regagné leur campement de fortune.

— Ils ont des avant-postes sur les collines au nord, en cas d'invasion depuis la Russie, les informa brièvement Tharkay. À moins de passer par une autre route à une bonne heure de marche d'ici, vous risquez d'alerter toute la ville.

— Monsieur, quelqu'un vient, avertit Digby en pointant le doigt.

Cela mit un terme à la discussion : un dragon messager arrivait rapidement de la ville, escorté par deux dragons lourds ; et bien que le soleil fût en train de descendre dans leur dos, effaçant leurs couleurs, Laurence distingua clairement les deux grandes cornes qui partaient de leur front, ainsi que les piquants pareils à des épines qui couraient le long de leur échine serpentine : il avait déjà eu l'occasion de voir un Kazilik, se découpant contre le voile tourbillonnant de flammes et de fumée qui montait de l'*Orient*, à Aboukir, tandis que le dragon incendiait la sainte-barbe et embrasait le grand vaisseau de mille hommes jusqu'à la ligne de flottaison.

— Faites embarquer tous les blessés, et déchargez la poudre ainsi que les bombes, ordonna-t-il, la mine sombre.

Brûlé, Téméraire pourrait survivre, à défaut de s'enfuir, mais une simple langue de flamme mal placée risquait de faire exploser la poudre et les incendiaires stockées dans son harnais ventral, avec des conséquences aussi fatales pour lui que pour le malheureux vaisseau-amiral français.

Ils travaillèrent d'arrache-pied, empilant les bombes rondes sur le sol en petites pyramides, pendant que Keynes sanglait les hommes les plus malades à l'intérieur du harnais ventral ; tissus et toiles de tente se déployèrent en ondoyant, ainsi que le cuir de rechange.

— Je peux les recevoir tout seul, Laurence ; montez donc à bord, jusqu'à ce que nous soyons fixés sur leurs intentions, suggéra Granby.

Laurence refusa avec impatience. Toutefois, il envoya le reste des hommes à bord et demeura seul à terre avec Granby, à portée de patte de Téméraire.

Les deux Kaziliks se posèrent ensemble. Ils avaient

la peau écarlate, mouchetée de taches vertes cerclées de noir, comme des ocelles de léopard, et dardaient une longue langue noire. Ils étaient si proches que Laurence entendait émaner de leurs flancs un grondement sourd, qui lui évoquait à la fois le ronronnement d'un chat combiné au sifflement d'une bouilloire ; et il pouvait voir, même à contre-jour, les minces filets de vapeur qui s'échappaient en tournoyant des piquants sur leur échine.

Le capitaine Ertegun revint vers eux, ses yeux étrécis exprimant la satisfaction ; du messager sautèrent deux esclaves noirs qui, avec grand soin, aidèrent un troisième homme à descendre ; s'appuyant sur leurs mains tendues, celui-ci posa le pied sur un petit escabeau qu'ils avaient déplié devant lui. Il portait un somptueux kaftan brodé de fils de soie colorés et dissimulait ses cheveux sous un turban blanc orné de plumes ; Ertegun s'inclina bien bas devant lui et le présenta à Laurence sous le nom de Hassan Mustafa pacha – le dernier terme étant un titre plutôt qu'un nom, crut se rappeler Laurence, et passablement élevé dans la hiérarchie des vizirs.

Au moins cela valait mieux qu'une attaque immédiate, et une fois les présentations froidement conclues par Ertegun, Laurence commença maladroitement :

— Monsieur, j'espère que vous me permettrez d'exprimer mes excuses…

— Non, non ! Assez, voyons, ne parlons plus de cela, protesta vivement Mustafa dans un français bien meilleur et beaucoup plus volubile que celui de Laurence. (Tendant la main, le vizir serra celle de

Laurence avec enthousiasme. Et pendant qu'Ertegun, indigné, les fixait avec le rouge aux joues, Mustafa chassa d'un geste toute tentative supplémentaire d'excuses ou d'explication.) Il est regrettable que vous ayez été suivis par ces maudites créatures, tout simplement ; mais tous nos imams le disent, le dragon né à l'état sauvage ne connaît pas le Prophète et n'est qu'un serviteur du diable.

Téméraire se hérissa en entendant cela, et renifla, mais Laurence était trop soulagé pour songer à se quereller.

— Voilà qui est plus que généreux, monsieur ; et soyez certain que je vous en suis reconnaissant, dit-il. Je suis confus de devoir vous réclamer l'hospitalité, après avoir déjà tant abusé…

— Mais non ! dit Mustafa, balayant l'incident comme s'il n'avait pas la moindre importance. Naturellement vous êtes les bienvenus, capitaine ; vous arrivez de si loin. Vous allez nous suivre en ville : le sultan, la paix soit sur lui, a déjà ordonné dans sa magnificence que vous soyez hébergés au palais. On a préparé des quartiers à votre intention, ainsi qu'un jardin ombragé pour votre dragon ; vous allez pouvoir vous reposer et vous rafraîchir après ce long voyage, et il ne sera plus question de ce triste malentendu.

— Je vous confesse que votre proposition me séduit plus que les exigences de ma mission, dit Laurence. Nous accepterions avec gratitude un rafraîchissement, quel qu'il soit, mais en l'espèce, il nous est impossible de nous attarder, et nous allons devoir reprendre la route au plus vite : nous ne sommes là que pour prendre possession des œufs de dragon, comme convenu, avant de retourner directement en Angleterre.

Le sourire de Mustafa vacilla un moment, et ses mains se crispèrent sur celle de Laurence.

— Voyons, capitaine, vous n'avez tout de même pas fait tout ce chemin pour rien ? s'écria-t-il. Vous devez savoir que nous ne pouvons pas vous remettre les œufs.

# Livre II

# 6

La petite fontaine en ivoire à plusieurs jets projetait une fine brume rafraîchissante qui venait se déposer sur les feuilles de l'oranger penché au-dessus du bassin, ainsi que sur ses fruits, mûrs, odorants et frémissants. Dans les vastes jardins palatiaux sous la rambarde de la terrasse, un Téméraire moucheté de soleil somnolait après son repas plantureux, tandis que les cadets, qui venaient de le nettoyer, dormaient recroquevillés contre son flanc. La chambre elle-même était un ravissement de conte de fées, avec ses carreaux blancs et lapis-lazuli qui recouvraient les murs du sol jusqu'au plafond doré à l'or fin, ses volets incrustés de nacre, ses sièges de fenêtre aux coussins de velours, ses tapis moelleux aux mille nuances de rouge et, au centre, un énorme vase peint moitié aussi haut qu'un homme, sur une table basse, débordant d'une profusion de fleurs et de vignes. Laurence l'aurait volontiers projeté à travers la pièce.

— En voilà plus qu'assez, fulminait Granby en faisant les cent pas. Nous servir ces excuses boiteuses, pour mieux glisser ensuite ces insinuations ignobles, qui reviennent pratiquement à traiter de voleur ce pauvre diable de Yarmouth…

Mustafa s'était montré désolé, plein de regrets : l'accord n'avait jamais été signé, avait-il expliqué, car de nouveaux événements s'étaient produits et avaient retardé l'affaire ; en conséquence, le paiement n'avait pas encore été remis lorsque l'ambassadeur avait eu son accident. Quand Laurence avait reçu ces allégations avec la suspicion qui s'imposait dans de pareilles circonstances, et demandé à être conduit aussitôt à la résidence de l'ambassadeur pour s'entretenir avec son personnel, Mustafa lui avait confié avec un air embarrassé qu'à la mort de leur maître, ses serviteurs étaient retournés à Vienne en toute hâte, et que *l'un d'eux*, son secrétaire James Yarmouth, avait purement et simplement disparu. « Je ne veux pas dire de mal de lui, mais l'or exerce toujours un grand attrait, avait dit Mustafa, en écartant les mains d'un geste éloquent. Je suis navré, capitaine, mais vous devez comprendre que nous ne saurions endosser cette responsabilité. »

— Je ne crois pas un mot de tout cela ; pas un mot, poursuivit Granby, furibond. L'idée que l'on nous aurait envoyés jusqu'ici, depuis la Chine, sur la foi d'un accord à peine conclu…

— Non, c'est absurde, reconnut Laurence. Lenton aurait rédigé ses ordres de manière tout à fait différente si l'accord avait été incertain ; nous pouvons simplement supposer qu'ils veulent revenir dessus, de la manière la moins gênante pour eux.

Mustafa avait souri tant et plus devant toutes les objections de Laurence, réitéré ses excuses et renouvelé son offre d'hospitalité ; avec son équipage las, croûté de poussière, et sans alternative immédiate, Laurence avait fini par accepter, supposant par ailleurs qu'une fois dans la place, ils auraient moins de mal à tirer l'affaire au clair ainsi qu'à faire valoir leur point de vue.

Son équipage et lui avaient été installés dans deux kiosques au milieu des jardins, au centre d'une pelouse luxuriante suffisamment vaste pour que Téméraire puisse y dormir. Le palais dominait l'étroit éperon de terre à la pointe duquel se rejoignaient le Bosphore et la Corne d'Or, et une vision infinie s'était offerte à eux dans toutes les directions au cours de leur descente : la mer jusqu'à l'horizon, ainsi qu'une nuée d'embarcations sur les eaux. Laurence comprit trop tard qu'ils venaient de pénétrer à l'intérieur d'une cage dorée : la vue était imprenable parce que la colline du palais était ceinte de tous côtés par de hautes murailles aveugles interdisant toute communication avec le monde extérieur, et s'ils contemplaient la mer depuis leurs fenêtres, c'était à travers des barreaux de fer.

Depuis les airs, les kiosques avaient paru reliés au reste des bâtiments du palais, mais la liaison se révéla un simple cloître couvert, ouvert aux quatre vents : les portes et fenêtres qui auraient pu conduire à l'intérieur du palais proprement dit étaient hermétiquement closes, barrées par des volets ne laissant pas même entrer le regard. D'autres esclaves noirs montaient la garde au pied des escaliers de la terrasse, et dans les jardins, les Kaziliks s'empilaient en masses sinueuses ;

leurs yeux jaunes et luisants, réduits à deux fentes, ne quittaient pas Téméraire.

Malgré la chaleur de son accueil, Mustafa avait disparu dès qu'ils avaient été bouclés, en promettant vaguement de revenir bientôt. Mais l'appel à la prière avait été lancé trois fois depuis ; ils avaient fait deux fois le tour complet de leur charmante prison, et le vizir n'avait toujours pas donné signe de vie. Les gardes n'émettaient pas d'objections si l'un d'entre eux voulait descendre discuter avec Téméraire dans les jardins en contrebas des kiosques, mais ils secouèrent fermement la tête quand Laurence indiqua par-dessus leur épaule le chemin dallé menant au reste du domaine.

Confinés dans ce périmètre, ils pouvaient observer à loisir la vie du palais depuis les terrasses et les fenêtres, forme de frustration pour le moins curieuse : d'autres hommes s'affairaient sous leurs yeux, l'air grave et préoccupé ; des officiels en turban, des domestiques portant des plateaux, de jeunes pages allant et venant avec des paniers ou des lettres ; et même un gentilhomme à l'allure de médecin, portant une longue barbe et un habit noir, qui s'enferma à l'intérieur d'un petit kiosque un peu plus loin. Beaucoup levaient des regards curieux vers Laurence et son équipage, et les garçons ralentissaient le pas pour observer les dragons assis dans les jardins, mais ils ne répondaient pas quand on les appelait et poursuivaient prudemment leur chemin.

— Regardez ; croyez-vous que ce soit une femme, là-bas ?

Dunne, Hackley et Portis se disputaient la lunette, penchés par-dessus la rambarde de la terrasse à vingt pieds au-dessus du sol de pierre, scrutant les jardins au mépris de toute prudence : un officiel s'entretenait avec une femme – ou un homme, voire un orang-outang, pour ce qu'on en distinguait. La personne se cachait sous un voile de soie épaisse et sombre, drapé autour de sa tête et de ses épaules, et qui ne laissait apparaître que ses yeux ; malgré la chaleur, elle portait par-dessus sa robe un long manteau tombant jusqu'à ses mules ornées de joyaux, avec une ample poche où dissimuler ses mains.

— Monsieur Portis, jeta sèchement Laurence au moment où l'aîné des aspirants s'apprêtait à siffler en mettant ses doigts entre ses lèvres, puisque je vois que vous n'avez rien de mieux à faire, descendez donc creuser une nouvelle fosse d'aisances pour Téméraire ; et lorsqu'il en aura fini, vous la reboucherez. Sur-le-champ, s'il vous plaît.

Dunne et Hackley baissèrent hâtivement la lunette tandis que Portis rentrait les épaules, dépité, s'appliquant sans grand succès à prendre un air innocent. Tharkay les délesta de l'instrument, tandis que Laurence ajoutait :

— Quant à vous deux, messieurs… (Il s'interrompit, indigné et consterné à la fois de voir Tharkay braquer à son tour la lunette en direction de la femme voilée.) Monsieur, grinça-t-il entre ses dents, je vous serais reconnaissant de ne pas lorgner les femmes du palais, vous non plus.

— Elle n'appartient pas au harem, déclara Tharkay.

Les quartiers du harem se trouvent au sud, derrière ces murailles, et les femmes ne sont pas autorisées à en sortir. Je vous assure, capitaine, que vous n'en verriez pas moitié autant s'il s'agissait d'une odalisque.

Il décolla son œil de la lunette : la femme s'était tournée pour regarder droit dans leur direction, dévoilant une mince bande de peau – la seule partie de son corps que le voile ne recouvrait pas, tout juste assez large pour laisser apercevoir ses yeux sombres.

Fort heureusement, elle ne cria pas, mais un instant plus tard l'officiel et elle disparaissaient hors de leur vue. Tharkay replia la lunette et la rendit à Laurence, puis s'éloigna nonchalamment ; Laurence referma le poing autour de l'instrument.

— Allez trouver M. Bell et offrez-lui votre aide pour travailler le cuir le plus coriace dont il dispose, ordonna-t-il à Dunne et Hackley, en se retenant de leur confier une corvée plus sévère (il ne s'agissait pas de les faire payer pour Tharkay).

Ils s'en allèrent avec reconnaissance, et Laurence se remit à marcher de long en large sur la terrasse. Il s'arrêta tout au bout afin de contempler la ville et la Corne d'Or. Le soir tombait : Mustafa ne viendrait plus avant demain.

— Et voilà une journée gâchée, déplora Granby en le rejoignant, tandis que retentissait le dernier appel à la prière.

Les voix rauques des muezzins se répondaient d'un minaret à l'autre. L'un d'eux semblait si proche qu'il ne pouvait que se trouver derrière le haut mur de briques séparant leur cour du harem.

L'appel réveilla de nouveau Laurence à l'aube : il avait laissé les volets grands ouverts à la brise, de manière à pouvoir lever la tête pendant la nuit et constater que Téméraire dormait bien tranquillement à la lueur blafarde des lanternes accrochées aux remparts du palais. Une fois de plus, ils l'entendirent à cinq reprises, sans aucune communication : pas de visite, pas un mot ni aucun signe que l'on avait conscience de leur existence, hormis les repas que leur apportaient des serviteurs silencieux et empressés, lesquels repartaient aussitôt, avant que l'on pût leur poser la moindre question.

À la requête de Laurence, Tharkay essaya d'engager la conversation en turc avec les gardes, mais ces derniers se contentèrent de hausser les épaules et d'ouvrir la bouche pour lui faire voir leur langue coupée – bel exemple de barbarie. Lorsqu'on leur demanda de transmettre une lettre, ils secouèrent fermement la tête ; soit ils rechignaient à quitter leur poste pour si peu, soit ils avaient reçu instructions de tenir leurs hôtes au secret.

— Croyez-vous possible de les corrompre ? demanda Granby quand la nuit fut tombée, alors qu'ils étaient toujours sans nouvelle. Si seulement nous pouvions sortir, au moins quelques-uns d'entre nous… Il doit bien y avoir une personne dans cette maudite ville qui sache où est passé le personnel de l'ambassade ; ils ne peuvent pas avoir tous disparu.

— Nous le pourrions, si nous possédions de quoi les corrompre, dit Laurence. Nous sommes effroyablement à court d'argent, John ; ils détourneraient probablement la tête avec mépris devant ce qu'il me reste. Je doute que cela nous conduise hors du palais, alors qu'ils risqueraient leur poste, et peut-être leur tête.

— Dans ce cas, nous pourrions demander à Téméraire de renverser un mur pour nous faire sortir ; voilà qui devrait au moins nous valoir une certaine attention, grommela Granby, ne plaisantant qu'à moitié, avant de s'affaler sur le divan le plus proche.

— Monsieur Tharkay, venez traduire pour moi encore une fois, dit Laurence.

Il alla de nouveau s'adresser aux gardes. Si ces derniers avaient d'abord toléré avec indulgence les tentatives de conversation de leurs prisonniers, ils commençaient visiblement à s'en agacer, car c'était la sixième fois que Laurence les accostait au cours de la journée.

— Dites-leur, s'il vous plaît, qu'il nous faut de l'huile pour les lampes, ainsi que des chandelles, dit Laurence à Tharkay, et peut-être un peu de savon, ainsi que d'autres articles de toilette, ajouta-t-il, improvisant de menues requêtes.

Conformément à ce qu'il avait espéré, ces *desiderata* firent bientôt venir l'un des jeunes pages qu'ils avaient aperçus de loin. Le garçon se montra suffisamment impressionné par l'offre d'une pièce d'argent pour accepter de transmettre un message à Mustafa. Laurence l'envoya néanmoins chercher des chandelles et divers articles afin de prévenir tout soupçon chez les gardes. En attendant son retour, il s'assit devant une plume et du papier dans l'intention de rédiger une lettre bien sentie qui, espérait-il, ferait comprendre à leur hôte souriant qu'il n'entendait pas rester assis bien sagement dans ce boudoir.

— Je ne suis pas certain de comprendre le début du troisième paragraphe, fit Téméraire d'un ton dubitatif lorsque Laurence lui lut sa lettre, écrite en français, à haute voix.

« Quel que puisse être votre dessin, en laissant sans réponse toutes les questions que... » commença Laurence.

— Oh ! dit Téméraire. Dans le sens d'« intention », il faut écrire « dessein », avec un *e*. Et puis, Laurence, je ne pense pas que tu veuilles te présenter comme son humble « domestique ».

— Merci, mon cher, dit Laurence en corrigeant ses fautes, avant de plier sa lettre et de la remettre au page – qui était revenu entre-temps avec un panier rempli de chandelles et de petits savons lourdement parfumés.

— J'espère seulement qu'il ne va pas la jeter au feu, dit Granby lorsque le garçon fut parti en trottinant, serrant la pièce dans son poing de manière peu discrète. À moins que Mustafa ne le fasse lui-même.

— Nous ne pouvons rien en attendre ce soir, quoi qu'il en soit, dit Laurence. Nous ferions mieux de dormir tant que c'est encore possible. Si nous n'avons pas de réponse demain, nous envisagerons de filer jusqu'à Malte. Ils n'ont pas de batteries côtières à proprement parler, et j'ose dire qu'ils s'adresseraient à nous différemment si nous revenions avec un vaisseau de ligne et deux frégates derrière nous.

— Laurence ! appela Téméraire depuis l'extérieur.

S'arrachant à un rêve de navigation, pesant et trop réel, Laurence s'assit en se frottant le visage. Il le trouva humide : le vent avait tourné durant la nuit, soufflant l'écume de la fontaine jusqu'à lui.

— Oui ? répondit-il.

Il alla se laver dans la fontaine, encore à moitié endormi ; puis il descendit dans les jardins, avec un signe de tête poli à l'intention des gardiens qui bâillaient. Téméraire le flaira avec intérêt.

— Tu sens bon, fit-il, amusé, et Laurence réalisa qu'il avait fait sa toilette avec le savon parfumé.

— Il faudra que je m'essuie tout à l'heure, fit-il, consterné. As-tu faim ?

— Je mangerais volontiers un morceau, avoua Téméraire, mais auparavant il me faut t'apprendre quelque chose : j'ai discuté avec Bezaid et Sherazde, et ils m'ont dit que leur œuf devait éclore bientôt.

— Qui cela ? dit Laurence, perplexe, avant de fixer les deux Kaziliks qui tournèrent vers lui un regard indifférent. Téméraire, dit-il lentement, serais-tu en train de me dire que c'est *leur* œuf que nous sommes venus chercher ?

— Oui, ainsi que deux autres, mais ces derniers n'ont pas encore commencé à durcir. Enfin, je crois. Ils ne connaissent qu'un peu de français et des rudiments du langage draconique, mais ils m'ont enseigné quelques mots de turc.

Laurence ne l'écoutait que d'une oreille, abasourdi par la nouvelle ; depuis la mise en place d'un programme d'élevage sélectif, la Grande-Bretagne s'efforçait d'acquérir une lignée de cracheurs de feu. Elle avait bien récupéré quelques Flammes-de-Gloire à l'issue d'Azincourt, mais le dernier spécimen était mort à peine un siècle plus tard et, depuis, elle allait d'échec en échec : la France et l'Espagne avaient refusé de lui en céder, naturellement, trop proches voisins pour partager une telle prérogative, et pendant longtemps les Turcs avaient montré autant de réticence à traiter avec des infidèles que les Britanniques avec des païens.

— Nous étions en négociations avec les Incas il y a moins de douze ans, dit Granby, le visage brillant d'excitation, mais en fin de compte cela n'a rien donné ; nous leur avions offert une rançon de roi qui avait paru les satisfaire, mais un beau matin ils nous ont restitué la soie, le thé et les canons que nous leur avions apportés et nous ont chassés de chez eux.

— Combien avions-nous proposé, vous en souvenez-vous ? s'enquit Laurence.

Le montant indiqué par Granby le fit s'asseoir d'un coup. Sherazde, avec un sourire matois, les informa dans son français trébuchant que *son* œuf à lui seul avait rapporté davantage, ce qui semblait presque impossible à croire.

— Grand Dieu ! Comment a-t-on pu réunir ne serait-ce que la moitié d'une somme pareille ? Je ne peux l'imaginer ! dit Laurence. On pourrait construire une demi-douzaine de vaisseaux de première classe pour le même prix, ainsi que deux transports de dragons par-dessus le marché.

Téméraire s'était assis et se tenait très droit, la queue enroulée autour du corps et la collerette frémissante.

— Nous *achetons* ces œufs ? dit-il.

— Eh bien… (Laurence était surpris ; il réalisait seulement maintenant que Téméraire n'avait pas compris la nature commerciale de la transaction.) Oui, c'est vrai, mais tu peux voir que tes amis cèdent leur œuf sans rechigner, dit-il avec un regard nerveux vers les deux Kaziliks qui, de fait, ne semblaient guère bouleversés à l'idée de se séparer de leur progéniture.

Téméraire balaya l'argument d'un mouvement impatient de la queue.

— Bien sûr qu'ils s'en moquent, ils savent que nous en prendrons soin, dit-il. Mais comme tu me l'as dit toi-même, lorsqu'on achète une chose, on en devient propriétaire, et on peut en faire ce que l'on veut. Si j'achète une vache je peux la dévorer, si tu achetais un domaine nous pourrions nous y installer, et si tu m'achètes un bijou je suis libre de le porter. Puisque les œufs sont des biens que l'on possède, les dragons qui en sortent le sont aussi, et il n'y a rien de surprenant à ce que les gens nous traitent comme des esclaves.

Il n'y avait pas grand-chose à répondre à cela ; élevé au sein d'une maison abolitionniste, Laurence comprenait parfaitement que les gens n'étaient pas des biens commercialisables, et sur le plan des principes, il pouvait difficilement être en désaccord ; toutefois, il existait clairement un monde de différences entre la condition des dragons et celle des malheureux qui vivaient enchaînés.

— Ce n'est pas comme si nous disposions des dragonnets à notre guise une fois qu'ils sont nés, fit valoir Granby, pris d'une heureuse inspiration. En fait, nous achetons simplement l'occasion de les convaincre d'endosser le harnais avec nous.

Mais Téméraire, la prunelle brûlant d'une flamme militante, insista :

— Et si, une fois éclos, ils choisissaient de vous quitter pour revenir ici ?

— Oh ! Eh bien… commença Granby, embarrassé, avant de détourner le regard.

Dans un cas pareil, naturellement, les dragonnets sauvages seraient envoyés dans une ferme de reproduction.

— Considère qu'au moins, nous les emportons avec nous en Angleterre, où tu auras la possibilité d'améliorer leur condition, plaida Laurence.

Mais Téméraire ne se laissa pas réconforter si facilement, et se lova d'un air boudeur dans le jardin pour réfléchir à la question.

— Ma foi, il a pris le mors aux dents, pas d'erreur, déplora Granby d'une voix soucieuse en retournant à l'intérieur avec Laurence.

— Oui, reconnut Laurence avec consternation.

Il espérait sincèrement qu'une fois de retour en Angleterre, il serait en mesure d'apporter quelques améliorations dans le confort des dragons ; il était convaincu que l'amiral Lenton et les autres amiraux des Corps se montreraient disposés à adopter toutes les mesures que leur autorité leur permettrait. Laurence rapportait avec lui les plans d'un pavillon dans le style chinois, avec les pierres chauffantes par-dessous et les fontaines artificielles que Téméraire avait tellement appréciées ; Gong Su pourrait facilement enseigner à d'autres l'art de la cuisine draconique, et l'*Allegiance* rapportait à son bord des chevalets de lecture et des tablettes de sable pour l'écriture qu'on pourrait certainement adapter à un usage occidental. En son for intérieur, Laurence doutait de voir beaucoup de dragons s'y intéresser ; Téméraire était unique non seulement dans son don pour les langues, mais également dans sa passion des livres. Néanmoins, le peu d'intérêt qu'ils susciteraient pourrait facilement être satisfait à peu de frais, et ne devrait guère soulever d'objections.

Mais au-delà de ces quelques propositions, qui pouvaient s'envisager à la discrétion et grâce au financement des Corps, il y avait peu de chances que le gouvernement montre un esprit d'ouverture, et Laurence n'osait imaginer la force de persuasion qu'il faudrait pour lui imposer quoi que ce soit de plus. Une mutinerie de dragons plongerait le pays dans la terreur et ferait certainement plus de mal que de bien ; elle achèverait de convaincre le ministère que l'on ne pouvait se fier à ces créatures. Les effets d'un tel conflit sur la suite de la guerre seraient incalculables ; rien que la diversion occasionnée se révélerait sans doute fatale : il n'y avait pas suffisamment de dragons en Angleterre pour qu'on leur permette de se préoccuper plus de leur solde et de leurs droits que de leur devoir.

Laurence ne pouvait s'empêcher de penser qu'un autre capitaine, un véritable aviateur de formation, aurait peut-être su détourner Téméraire de telles préoccupations et canaliser ses énergies à de meilleures fins. Il aurait voulu interroger Granby, savoir si ce genre de difficultés était courant et s'il avait un avis à donner en pareil cas, mais il ne pouvait s'en remettre à son subordonné pour régir ses rapports avec Téméraire ; et de toute manière, il n'était pas certain qu'un conseil lui fût très utile. Parler d'esclavage lorsqu'un œuf de dragon était acheté un demi-million de livres, avec pour seule différence qu'il éclorait en Angleterre plutôt que sous la Sublime Porte, était pour le moins déraisonnable, et toute la philosophie du monde n'y changerait rien.

— Si l'œuf a commencé à durcir, de combien de temps pensez-vous que nous disposions ? préféra-t-il demander à Granby.

Levant une main dans le vent qui entrait par l'arcade face à la mer, il calcula mentalement le temps qu'il faudrait pour ramener un vaisseau depuis Malte ; ils pouvaient atteindre l'île en trois jours de vol, selon lui, si Téméraire était bien reposé et bien nourri.

— Ma foi, c'est certainement une question de semaines, mais trois ou dix, je ne saurais le dire sans l'avoir vu. Et même ainsi, je pourrais me tromper : il vous faudra interroger Keynes pour cela, répondit Granby. Mais il ne suffit pas de mettre la main sur l'œuf au tout dernier moment, vous savez. Ce dragonnet ne sera pas comme Téméraire, qui est sorti de sa coquille en parlant trois langues à la fois ; je n'avais jamais rien entendu de tel. Il faut nous procurer l'œuf au plus vite et commencer dès maintenant à lui parler anglais.

— Oh, bigre ! dit Laurence en laissant retomber sa main.

Il n'avait pas envisagé la question de la langue. Il avait capturé l'œuf de Téméraire moins d'une semaine avant son éclosion, et à l'époque il n'en savait pas assez pour s'étonner de l'entendre parler anglais ; il avait été plus surpris qu'une créature à peine éclose sache déjà parler. Encore une lacune dans sa formation ; et une raison de plus pour se hâter.

— De quoi aurait l'air le sultan, face aux autres dirigeants du monde, déclara Laurence qui parvenait à grand-peine à conserver un semblant de sérénité, s'il tolérait sur son territoire la disparition d'un demi-million de livres destiné à son trésor ainsi que la mort d'un ambassadeur, sans la moindre enquête ? La simple courtoisie vis-à-vis d'un allié semblerait dicter une plus grande diligence, monsieur, devant les circonstances que vous m'avez décrites.

— Mais capitaine, je vous assure que tous les efforts sont faits pour résoudre cette affaire, protesta Mustafa, le cœur sur la main, en lui proposant avec insistance un plateau de pâtisseries au miel.

Mustafa avait fini par se montrer peu après midi, mettant son absence sur le compte d'une affaire d'État qui avait retenu son attention ; en manière d'excuse, il s'était fait accompagner de leur déjeuner ainsi que d'une suite extravagante de divertissements. Deux douzaines de serviteurs au moins s'affairaient bruyamment tout autour, disposant des tapis et des coussins sur la terrasse à l'intention des convives, autour du bassin de marbre, apportant des cuisines d'immenses plateaux chargés de pilaf odorant, de monceaux de purée d'aubergines, de feuilles de chou et de piments verts fourrés de viande et de riz, de brochettes et de fines tranches de viande rôtie exhalant une épaisse fumée.

Téméraire, hissant la tête par-dessus la rambarde pour suivre l'événement, humait ces plats avec une appréciation toute particulière ; et bien qu'il se fût régalé de deux agneaux bien tendres une heure auparavant seulement, il nettoya subrepticement en quelques bouchées un plat de service posé à sa portée, que les serviteurs retrouvèrent vide, l'or égratigné et strié de marques de crocs.

Au cas où la distraction se serait révélée insuffisante, Mustafa avait amené avec lui des musiciens qui se mirent aussitôt à mener grand tapage, ainsi qu'une myriade de danseuses en amples sarouals transparents. Leurs girations étaient si ostensiblement indécentes, leurs appas si mal dissimulés par les voiles dont elles s'enveloppaient, que Laurence ne pouvait que rougir pour elles, bien que leur prestation fût fortement applaudie par bon nombre de ses jeunes officiers. Les fusiliers étaient les plus bruyants : Portis avait retenu sa leçon, au moins, mais Dunne et Hackley, plus jeunes et plus exubérants, se comportaient de manière outrageuse, essayant d'attraper les voiles de traîne et sifflant leur approbation ; Dunne alla jusqu'à se lever sur un genou et tendre la main, avant que le lieutenant Riggs ne le saisisse par l'oreille et ne le force à se rasseoir.

Laurence ne courait aucun risque de se laisser aller ainsi ; les femmes étaient très belles, des Circassiennes aux bras blancs et aux yeux noirs, mais la colère qu'il éprouvait devant cet effort évident de détourner leur attention supplantait chez lui toute autre émotion de base, et notamment la tentation qu'il aurait pu ressentir. Mais lorsqu'il voulut dans un premier temps s'adresser à Mustafa, l'une des danseuses l'approcha de manière plus directe, les bras écartés afin de mieux dévoiler sa poitrine adorable, fort légèrement couverte et qui bougeait en contrepoint avec ses hanches. Elle s'assit avec grâce sur son divan et lui tendit ses bras minces en un geste d'invite ; voilà qui interdisait efficacement toute conversation, d'autant qu'il n'entrait pas dans ses manières de repousser brutalement une femme.

Heureusement, sa vertu possédait un gardien efficace : Téméraire avança la tête pour examiner l'importune avec un soin jaloux, plissa les yeux en découvrant les nombreuses chaînes en or qu'elle portait, et renifla avec mépris ; la malheureuse, qui ne s'attendait pas à une telle réception, bondit précipitamment du divan et rejoignit la sécurité de ses compagnes.

Au moins Laurence fut-il libre de presser de questions Mustafa comme il le souhaitait ; mais le pacha ne répondit qu'en l'assurant vaguement que l'enquête porterait ses fruits :

— Bientôt, très bientôt, naturellement ; quoique les

préoccupations du gouvernement soient nombreuses, capitaine, je suis certain que vous le comprenez.

— Monsieur, déclara Laurence de but en blanc, je comprends fort bien que vous pouvez faire traîner les choses à votre convenance. Mais lorsque vous aurez tant tardé que la discussion sera devenue sans objet, l'emprise que vous avez présentement sur notre patience n'aura plus lieu d'être, et vous risquez alors de découvrir à vos dépens qu'un pareil traitement appelle une réponse des plus déplaisantes.

Cette remarque acerbe constituait ce qu'il voulait ou croyait pouvoir s'autoriser de plus clair en matière de menace ; un ministre du sultan ne pouvait ignorer à quel point la ville était vulnérable à un blocus ou à une attaque par la mer, la Navy étant basée à distance commode, à Malte. D'ailleurs, pour une fois, Mustafa en demeura sans voix, et il pinça les lèvres.

— Je ne suis pas un diplomate, monsieur, ajouta Laurence. Je ne sais pas envelopper mon discours de belles paroles. Mais bien que vous sachiez comme moi que le temps est de la plus haute importance, vous me faites perdre le mien sans raison ; je ne sais comment qualifier cela, sinon de manœuvre délibérée. Et il m'est difficile de croire qu'avec la mort de mon ambassadeur et la disparition de son secrétaire, son personnel ait pu plier bagage sans plus de cérémonie, en dépit de notre arrivée imminente et avec une somme si énorme dans la nature.

À cela, toutefois, Mustafa répondit en se redressant et en écartant les mains.

— Comment puis-je vous convaincre, capitaine ?

Vous déclarerez-vous satisfait si je vous invite à visiter sa résidence, et à l'inspecter par vous-même ?

Laurence s'interrompit, décontenancé ; son intention était justement d'insister pour obtenir une telle liberté, et il ne s'attendait pas qu'on la lui offrît sans sollicitation.

— Je serais heureux d'en avoir l'opportunité, en effet, répondit-il, ainsi que de pouvoir parler à ceux de ses domestiques qui sont demeurés dans le quartier.

— Je n'aime pas cela du tout, dit Granby lorsque deux gardes muets arrivèrent peu après le déjeuner pour escorter Laurence dans son excursion. Vous devriez rester ici ; laissez-moi plutôt accompagner Martin et Digby, et nous ramènerons quiconque nous trouverons sur place.

— On ne vous permettra vraisemblablement pas de ramener qui que ce soit dans l'enceinte du palais ; par ailleurs, je ne crois pas qu'ils aient perdu la raison au point de m'assassiner en pleine rue, alors qu'il y a ici Téméraire et deux douzaines d'hommes pour transmettre la nouvelle, dit Laurence. Nous ne risquons rien.

— Moi non plus, cela ne me plaît pas, maugréa Téméraire. Je ne vois pas pourquoi je ne pourrais pas venir.

Il avait pris l'habitude de se promener librement à Pékin et, naturellement, depuis le début de leur voyage de retour, il n'avait plus fait l'expérience d'une entrave à ses déplacements.

— J'ai peur que les conditions ne soient pas les mêmes ici qu'en Chine, lui dit Laurence. Les rues de

Constantinople sont trop étroites pour te laisser passer, et quand bien même, nous ne voudrions pas semer la panique au sein de la population. Voyons, maintenant, où se trouve donc M. Tharkay ?

Il y eut un moment de silence et de confusion générale, tandis que les têtes se tournaient en tous sens : Tharkay n'était visible nulle part. Un questionnement hâtif fit apparaître que personne ne l'avait vu depuis la veille au soir ; puis Digby pointa son sac de couchage soigneusement roulé, encore parmi leurs bagages, inutilisé. Laurence le contempla avec une expression pincée.

— Fort bien ; nous ne pouvons pas attendre son retour. Monsieur Granby, s'il revient, placez-le sous bonne garde jusqu'à ce que j'aie pu m'entretenir avec lui.

— À vos ordres, monsieur, fit Granby d'un air sombre.

Certaines phrases qui pourraient bien former une partie dudit entretien vinrent spontanément à l'esprit de Laurence une fois qu'il se trouva devant l'élégante résidence de l'ambassadeur à contempler, déconcerté, les volets clos, la porte barrée, la poussière et les crottes de rats qui commençaient à s'accumuler sur le seuil. Les gardes se contentèrent de le dévisager stupidement lorsqu'il essaya de leur faire comprendre par gestes qu'il voulait voir les domestiques ; et il eut beau frapper à la porte des maisons avoisinantes, il ne trouva personne qui comprît un mot d'anglais ou de français, ni même les bribes de latin dont il se souvenait.

— Monsieur, fit Digby à voix basse lorsque Laurence revint bredouille de la troisième maison, il me semble que cette fenêtre sur le côté n'est pas verrouillée. Je pense que je pourrais m'y faufiler si M. Martin voulait bien m'aider à grimper.

— Très bien ; mais prenez garde à ne pas vous rompre le cou, l'avertit Laurence.

Ensemble, Martin et lui hissèrent Digby assez haut pour lui permettre d'attraper le balcon. Escalader comme un écureuil la rambarde en fer forgé ne présenta guère de difficulté pour un garçon accoutumé à monter et descendre le long d'un dragon en plein vol, et la fenêtre eut beau se coincer à mi-course, le jeune enseigne était suffisamment svelte pour se faufiler dans l'entrebâillement.

Les gardes, gênés, émirent une protestation muette quand Digby ouvrit la porte depuis l'intérieur, mais Laurence les ignora et entra, Martin sur ses talons. Ils foulèrent de la paille et des traces de terre dans le hall d'entrée, des marques de pieds nus poussiéreux sur le sol, signes d'un empaquetage et d'un départ précipités. Les pièces intérieures étaient sombres et caverneuses, même une fois les volets ouverts, et des draps lancés sur les meubles donnaient à la maison le caractère fantomatique d'un lieu abandonné qui attend le retour de ses occupants. Derrière les escaliers, le tic-tac léger de la grande horloge résonnait curieusement dans le silence.

Laurence monta à l'étage et visita les chambres ; mais s'il découvrit çà et là quelques papiers épars, ce n'étaient guère que des rebuts oubliés au moment de faire les bagages : brouillons déchirés et autres fragments de feuillets pour allumer le feu. Il trouva une feuille sous le secrétaire de la grande chambre à coucher, couverte d'une écriture féminine, extrait d'une lettre joyeuse et banale qui donnait des nouvelles des enfants et racontait des anecdotes piquantes sur la ville étrangère, interrompue à mi-page sans avoir été terminée ; il la reposa, honteux de son indiscrétion.

Plus loin dans le couloir, une chambre plus modeste avait sans doute été celle de Yarmouth ; on aurait dit que son occupant l'avait quittée à peine une heure auparavant : deux vestes y étaient accrochées avec une chemise propre, une tenue de soirée, une paire de souliers à boucles ; une bouteille d'encre et une plume étaient soigneusement alignées sur le bureau, et il y avait des livres sur les étagères ainsi qu'un petit camée dans le tiroir : le portrait d'une jeune femme. Mais tous les papiers avaient été emportés : en tout cas, il n'en restait aucun qui fût de la moindre utilité.

Laurence redescendit, guère plus avancé ; Digby et Martin n'avaient pas été plus heureux au rez-de-chaussée. Au moins n'avaient-ils constaté aucune trace de lutte ni de pillage, bien que la demeure fût tout en désordre et que le mobilier fût demeuré sur place ; ses habitants étaient partis en grande hâte, certainement, mais pas sous la contrainte, semblait-il. Son époux brusquement décédé, son secrétaire disparu, et compte tenu des circonstances et de l'énormité de la somme engagée, une élémentaire prudence avait pu conduire la femme de l'ambassadeur à réunir ses enfants et ses domestiques et à battre en retraite, plutôt que de rester seule et sans amis dans une ville étrangère, si loin de tout allié.

Mais il faudrait plusieurs semaines pour écrire à Vienne et obtenir une réponse ; ils n'auraient pas le temps d'apprendre la vérité, pas avant que l'œuf soit irrémédiablement perdu pour eux, et rien de ce qu'ils voyaient là ne venait contredire la version de Mustafa. Démoralisé, Laurence quitta la maison et retrouva son escorte qui piaffait d'impatience ; Digby referma la porte de l'intérieur, puis repassa par le balcon pour les rejoindre.

— Merci, messieurs, je crois que nous avons appris tout ce que nous pouvions, dit Laurence.

Il était inutile de faire partager son propre désarroi à Martin et Digby, et il s'efforça de dissimuler son anxiété de son mieux tandis qu'ils repartaient vers le fleuve sur les talons des gardes. Il continuait néanmoins à broyer du noir, sans guère prêter attention à ce qui l'entourait, sinon pour s'assurer de ne pas perdre leurs guides de vue dans la foule. La résidence de l'ambassadeur se trouvait dans le quartier de Beyoğlu, sur l'autre rive de la Corne d'Or, plein d'étrangers et de marchands ; il y avait beaucoup de monde dans les rues, qui leur semblaient étrangement étroites après les larges avenues de Pékin, ainsi qu'une grande confusion de voix : des marchands devant leurs boutiques hélaient le passant dès qu'ils parvenaient à croiser son regard, et tentaient de l'entraîner à l'intérieur.

Mais la foule se dispersa brusquement, et le vacarme se tut, lorsqu'ils approchèrent de la rive : les gens s'étaient claquemurés dans leurs maisons ou leurs boutiques ; de loin en loin, Laurence apercevait momentanément un visage derrière un rideau, qui scrutait le ciel avant de disparaître. Au-dessus d'eux passaient des ombres immenses, occultant brièvement le soleil : des dragons faisaient la navette, si près que l'on pouvait compter leurs hommes d'échine. Les gardes, qui levaient des regards inquiets vers le ciel, firent signe à Laurence et ses compagnons de presser le pas. Laurence aurait préféré s'arrêter un moment afin de voir ce qui se tramait, au-dessus d'un quartier aussi peuplé, réduisant à néant tout le commerce de la journée. Seuls quelques hommes circulaient encore dans les rues, à l'ombre des dragons, marchant à vive allure, l'air inquiet ; un chien se mit à aboyer, avec plus de courage que de bon sens, d'une voix perçante qui portait à travers tout le port ; les dragons ne lui prêtèrent pas plus d'attention qu'un homme au bourdonnement d'une mouche, et continuèrent à s'interpeller en plein ciel.

Le passeur les attendait impatiemment, jouant nerveusement avec son câble d'ancre, peut-être sur le point de les abandonner ; dès qu'il les vit descendre de la colline, il leur fit signe de se dépêcher. Une fois à bord du bac, Laurence se retourna vers la demi-douzaine de dragons qui allaient et venaient au-dessus du fleuve. Il crut d'abord qu'ils jouaient, mais ensuite, il remarqua les câbles épais tendus au-dessus du port, et vit que les dragons les suivaient, traînant derrière eux de lourds chariots chargés des formes fuselées, inimitables, de longs canons.

Lorsqu'ils eurent atteint l'autre rive, Laurence bondit en avant des gardes et courut sur les quais afin d'observer de plus près : on voyait déjà que les travaux en cours n'avaient rien d'anodin. Une nuée de barges à fond plat occupaient le port, envahies de centaines d'hommes qui préparaient le chargement du prochain chariot, au milieu d'une multitude de chevaux et de mules qui parvenaient à rester calmes en dépit de la proximité des dragons ; peut-être parce que ces derniers se trouvaient au-dessus d'eux, hors de leur champ de vision. Il y avait là non seulement des canons, mais aussi des boulets, des tonneaux de poudre, des monceaux de briques ; une telle quantité de matériel que Laurence aurait évalué à plusieurs semaines le temps nécessaire pour le transporter au sommet de la colline, et qui y grimpait néanmoins sous ses yeux à la vitesse de l'éclair. Plus haut sur la colline, les dragons faisaient descendre les énormes bouches à feu sur leurs affûts en bois, aussi aisément que deux hommes manipuleraient une planche.

Laurence n'était nullement le seul badaud ; une foule d'habitants, agglutinés le long des quais, contemplaient la scène en murmurant d'un ton dubitatif ; une compagnie de janissaires coiffés de casques à plumes se tenaient à une quarantaine de pieds, sourcils froncés, tapotant nerveusement sur leurs carabines. Un jeune homme entreprenant proposait aux curieux l'usage de sa lunette moyennant un prix modeste ; malgré sa faible puissance et ses lentilles sales, l'instrument permettait de suivre la manœuvre de plus près.

— Des pièces de quatre-vingt-seize, si je ne

m'abuse, une bonne vingtaine au bas mot, et je pense qu'il devait y en avoir d'autres déjà installées sur la côte asiatique. Ce port sera un piège mortel pour le premier navire qui se présentera à leur portée, dit Laurence à Granby, la mine sombre.

Après s'être lavé le visage et les mains de la poussière des rues dans une fontaine, il plongea la tête dans l'eau pour faire bonne mesure, puis se tordit les cheveux avec une certaine sauvagerie : il lui faudrait bientôt les tailler avec son épée, songea-t-il, s'il ne dénichait pas rapidement un barbier ; s'ils avaient toujours refusé de pousser suffisamment pour former une vraie queue, ils étaient juste assez longs pour le gêner en ruisselant indéfiniment dès qu'il les mouillait.

— Et ils n'étaient pas fâchés de me les montrer ; ces gardes qui nous ont fait courir toute la journée m'auraient bien laissé regarder aussi longtemps que je voulais.

— C'est comme si Mustafa nous adressait un pied de nez, reconnut Granby. Et je crains que ce ne soit pas le seul… Enfin, venez vous rendre compte par vous-même.

Ils passèrent ensemble du côté jardin : les Kaziliks étaient partis mais, à leur place, une douzaine d'autres dragons s'étaient installés autour de Téméraire, au point que le jardin débordait et que deux d'entre eux avaient dû se percher sur le dos de leurs congénères.

— Oh ! non ; ils sont très amicaux. Ils sont simplement venus discuter, leur apprit Téméraire en toute sincérité.

Il parvenait déjà à se faire comprendre au moyen

d'un sabir de français mêlé de turc et de langage draconique et, au prix de maints balbutiements et répétitions, présenta Laurence aux dragons turcs, qui le saluèrent tous poliment d'un hochement de tête.

— Ils nous causeraient des ennuis à n'en plus finir si nous devions lever le camp en hâte, dit Laurence en les étudiant à la dérobée.

Téméraire était rapide, très rapide, pour un dragon de sa taille ; mais les messagers étaient certainement capables de le suivre, et Laurence estima que deux au moins des poids moyens devaient être en mesure d'égaler sa vitesse, le temps qu'un dragon plus imposant puisse arriver.

En tout cas, pour des chiens de garde, ils n'étaient pas désagréables et se révélèrent même d'intéressants informateurs.

— Oui ; certains m'ont parlé des travaux en cours au-dessus du port, ils sont allés en ville pour y participer, dit Téméraire quand Laurence lui eut décrit les opérations auxquelles il avait assisté.

Les dragons eux-mêmes confirmèrent une bonne part de ce que Laurence avait déjà deviné : ils étaient en train de fortifier le port, avec de nombreux canons.

— Cela m'a l'air très intéressant ; j'aimerais bien aller y jeter un coup d'œil, si c'est possible.

— J'aimerais beaucoup examiner cela de plus près, moi aussi, approuva Granby. Je me demande bien comment ils s'y prennent avec les chevaux. C'est toujours un calvaire de mettre des chevaux en présence de dragons ; on peut s'estimer heureux quand ils ne cèdent pas à la panique, et ne parlons pas de les faire travailler. Il ne suffit pas de les tenir hors de leur vue ; un cheval peut sentir un dragon à plus de un mile.

— Je doute que Mustafa accepte de nous laisser inspecter leurs travaux d'aussi près, dit Laurence. Nous donner un petit aperçu du port afin de faire valoir la futilité d'une attaque est une chose ; abattre totalement son jeu en est une autre. A-t-on des nouvelles de lui, une explication supplémentaire ?

— Pas la moindre, et pas un signe de Tharkay non plus depuis votre départ, répondit Granby.

Hochant la tête, Laurence se laissa tomber lourdement sur les marches.

— Nous ne pouvons continuer à passer par tous ces ministres et ces canaux officiels, déclara-t-il enfin. Le temps nous presse trop. Il nous faut solliciter une audience auprès du sultan ; son intercession serait certainement le plus sûr moyen d'obtenir une coopération rapide.

— Mais s'il a laissé faire jusqu'ici…

— Je ne peux pas croire qu'il ait l'intention délibérée de saboter nos relations, sachant Bonaparte plus près de ses frontières que jamais, depuis Austerlitz. Même s'il est probable qu'il souhaite conserver ses œufs, il ne s'ensuit pas pour autant qu'il soit prêt à risquer une confrontation ouverte pour cela. Mais tant que ses ministres jouent le rôle d'intermédiaires, lui-même ne se commet en rien, pas plus que son pays : il peut toujours rejeter la faute sur eux ; si toutefois tous ces retards ne sont pas imputables à quelque affaire de politique personnelle.

# 7

Laurence occupa sa soirée à rédiger une autre lettre, encore plus détachée et adressée directement au grand vizir. Il lui en coûta deux pièces d'argent pour l'envoyer : ayant pris conscience de la force de sa position, le page garda la main fermement tendue lorsque Laurence eut déposé une première pièce dans sa paume, et continua à le fixer dans un silence éloquent tant qu'il n'en avait pas reçu une seconde ; impudence que Laurence fut impuissant à contrer.

La lettre ne produisit aucun résultat ce soir-là ; mais au matin, il crut d'abord qu'elle lui avait valu quelque réponse, car un individu de haute taille d'allure impressionnante s'avança bruyamment dans leur cour peu après les premières lueurs de l'aube, suivi de plusieurs gardes eunuques noirs. L'homme causa un certain raffut, puis sortit dans les jardins où Laurence, assis auprès de Téméraire, était en train d'écrire une nouvelle lettre.

Le nouveau venu était manifestement un officier d'un certain rang ; un aviateur, à en juger par son long manteau de cuir somptueusement brodé sur la frange, ainsi que par ses cheveux courts qui distinguaient les aviateurs turcs de leurs confrères enturbannés ; et important, à en croire le *chelengk* incrusté de joyaux qui scintillait sur sa poitrine, marque distinctive turque rarement accordée, que Laurence connaissait pour l'avoir vu attribuer à lord Nelson après sa victoire d'Aboukir.

L'officier mentionna le nom de Bezaid, ce qui fit supposer à Laurence qu'il était le capitaine du Kazilik mâle. Son français était médiocre et, dans un premier temps, Laurence crut qu'il parlait trop fort dans le seul souci de se faire comprendre. Il poursuivit longuement, les mots se bousculant dans sa bouche, avant de se retourner pour s'adresser bruyamment aux autres dragons qui observaient la scène.

— Mais je n'ai dit que la stricte vérité, protesta Téméraire, indigné.

Et Laurence, s'interrogeant toujours sur les quelques mots qu'il était parvenu à extraire de ce flot de paroles, réalisa que l'officier était furieux, très agité, et que ses bredouillements trahissaient plutôt une profonde colère qu'une syntaxe approximative.

L'officier alla jusqu'à secouer le poing sous les crocs de Téméraire en disant violemment à Laurence, en français :

— Qu'il continue à raconter des mensonges, et…

Sur quoi, il fit glisser son index en travers de sa gorge, geste qui ne réclamait aucune traduction. Ayant achevé sa diatribe, il tourna les talons et quitta le jardin à grands pas ; dans son sillage, une poignée de dragons s'envolèrent d'un air penaud et s'éloignèrent : ils n'avaient donc pas reçu l'ordre de surveiller Téméraire, après tout.

— Téméraire, s'enquit Laurence dans le silence qui suivit, que leur as-tu raconté ?

— Je leur ai simplement parlé de propriété, se défendit Téméraire, en leur disant qu'ils devraient toucher une solde, et ne pas faire la guerre s'ils n'en ont pas envie, mais plutôt remplir d'autres missions comme ils le font au-dessus du port, ou même choisir d'autres occupations, peut-être plus intéressantes, et qu'ils pourraient gagner de l'argent pour s'acheter des bijoux et de la nourriture, et se déplacer en ville à leur gré…

— Oh, mon Dieu ! geignit Laurence.

Il imaginait fort bien comment de tels discours pouvaient être perçus par un officier turc dont le dragon exprimait le désir de renoncer au combat pour embrasser quelque autre profession que Téméraire avait pu suggérer d'après son expérience en Chine, comme celle de poète ou de nourrice.

— Renvoie les autres, s'il te plaît, sur-le-champ ; sinon, j'ai peur que tous les officiers des Corps turcs ne viennent ici tour à tour pour nous agonir d'insultes.

— Qu'ils viennent donc, insista Téméraire, buté. S'il était resté, j'aurais eu des choses à lui dire. S'il aimait vraiment son dragon, il voudrait le voir bien traité, et en liberté.

— Ce n'est pas le moment de faire du prosélytisme, dit Laurence. Téméraire, nous sommes des invités ici, presque des suppliants ; on peut nous refuser les œufs et rendre notre mission tout à fait inutile, et tu as certainement remarqué que l'on nous mettait suffisamment de bâtons dans les roues sans que nous leur donnions des raisons supplémentaires de nous causer des difficultés. Nous concilier les bonnes grâces de nos hôtes serait plus avisé que de les offenser.

— Pourquoi nous concilier les hommes aux dépens des dragons ? dit Téméraire. Les œufs sont à eux, après tout ; d'ailleurs, je ne vois pas pourquoi nous ne négocions pas directement avec eux.

— Parce qu'ils ne se soucient pas de leurs propres œufs, pas plus que de l'éclosion ; tu sais bien qu'ils les abandonnent à leurs capitaines et renoncent à s'en occuper, dit Laurence. Sans quoi je me ferais un plaisir de m'adresser à eux ; ils pourraient difficilement se montrer moins raisonnables que nos hôtes, ajouta-t-il avec une pointe d'amertume. Mais pour l'instant, nous sommes à la merci des Turcs, et non de leurs dragons.

Téméraire se tut. Sa queue continua à battre rapidement, trahissant son agitation.

— Mais ils n'ont jamais eu le loisir de réfléchir à leur condition ni de comprendre qu'il pouvait en exister de meilleure. Ils sont aussi ignorants que je l'étais avant de me rendre en Chine, et si personne ne leur dit rien, comment les choses pourraient-elles changer ?

— Tu n'obtiendras pas grand-chose en les rendant malheureux et en vexant leurs capitaines, dit Laurence. Quoi qu'il en soit, notre devoir envers notre pays et notre contribution à l'effort de guerre doivent passer avant tout. Un Kazilik à lui seul, de notre côté de la

Manche, pourrait décourager toute tentative d'invasion, garantir notre sécurité et faire pencher la balance en notre faveur ; toute autre considération doit s'effacer devant un tel atout potentiel.

— Mais… (Téméraire s'interrompit et se gratta le front avec sa patte.) En quoi les choses seront-elles différentes, une fois que nous serons chez nous ? Si les hommes rechignent à ce point à accorder la liberté aux dragons, cela ne risque-t-il pas d'interférer avec la guerre en Angleterre, également, et pas uniquement en nous empêchant de ramener ces œufs ? Car si les dragons britanniques décidaient de ne plus combattre, cela aussi affecterait la guerre.

Il se pencha vers Laurence avec une franche curiosité, attendant sa réponse ; réponse que ce dernier ne pouvait lui donner, car il était précisément de cet avis et ne voulait ni mentir ni éluder la question, encore moins devant une interrogation si directe. Il ne trouva rien à dire qui pût satisfaire Téméraire, et à mesure que le silence se prolongeait, la collerette de Téméraire retomba lentement, s'aplatissant contre son cou, tandis que ses barbillons pendaient mollement.

— Tu ne veux pas non plus m'entendre tenir ce genre de discours lorsque nous serons de retour chez nous, dit doucement Téméraire. Disais-tu le contraire simplement pour me faire plaisir ? Tu penses que ce ne sont que des sornettes, et que nous devrions renoncer à toute exigence.

— Non, Téméraire, dit Laurence, très bas. Ce ne sont nullement des sornettes, vous avez parfaitement le droit à la liberté. Ce raisonnement est… égoïste ; oui, je dois appeler cela ainsi.

Téméraire fit la grimace, et rejeta un peu la tête en arrière, décontenancé ; Laurence baissa les yeux sur ses mains crispées ; il ne pouvait plus épargner ses sentiments davantage, et l'heure était venue de payer pour avoir retardé l'inévitable si longtemps, à un taux usuraire.

— Nous sommes en guerre, déclara-t-il, et notre situation est désespérée. Face à nous se dresse un général qui n'a jamais été vaincu, à la tête d'un pays possédant plus du double des ressources naturelles de nos petites îles Britanniques. Tu sais que Bonaparte a déjà réuni une armée d'invasion ; il pourrait le refaire, s'il parvenait à soumettre l'ensemble du continent, et peut-être avec plus de succès cette fois-ci. Dans de telles circonstances, lancer une campagne au bénéfice de quelques-uns, au risque d'affaiblir matériellement l'effort de guerre, ne saurait porter d'autre nom selon moi. Le devoir nous impose de faire passer les intérêts de la nation avant les nôtres.

— Mais, protesta Téméraire de la plus petite voix qui pouvait sortir de sa poitrine caverneuse, ce n'est pas dans mon propre intérêt, mais dans celui de tous les dragons que je veux réclamer des changements.

— Si la guerre est perdue, qu'importera tout le reste, ou les progrès que tu auras obtenus au prix d'une telle défaite ? fit valoir Laurence. Bonaparte régnera en tyran sur la totalité de l'Europe, et plus personne, homme ou dragon, ne connaîtra la moindre liberté.

Téméraire ne répondit rien ; il baissa la tête sur ses pattes avant, se recroquevillant sur lui-même.

— Je te supplie, mon cher, de faire preuve de patience, dit Laurence après un long et douloureux silence, désolé de le voir si abattu, et regrettant de ne pouvoir retirer ses paroles en toute honnêteté. Je te promets que nous commencerons ; lorsque nous serons de retour en Angleterre, nous trouverons des amis qui nous écouteront, et j'espère avoir une petite influence dont nous pourrons jouer. Il y a de nombreuses avancées, ajouta-t-il en désespoir de cause, des améliorations pratiques qui peuvent être obtenues sans impact malheureux sur le cours de la guerre ; et grâce à ces exemples qui ouvriront la voie, je suis certain que l'ensemble de tes idées connaîtront un meilleur accueil, un plus grand succès, pour peu qu'on leur en laisse le temps.

— Si ce n'est que la guerre doit passer en premier, conclut Téméraire à voix basse.

— Oui, admit Laurence. Pardonne-moi ; je ne voudrais surtout pas te faire de la peine.

Téméraire secoua la tête et le poussa doucement du bout du nez.

— Je le sais, Laurence, dit-il.

Il se leva pour aller parler aux autres dragons qui étaient toujours rassemblés en silence derrière eux, dans les jardins, à suivre leur discussion ; et lorsqu'il les eut vus partir l'un après l'autre, il s'éloigna d'un pas lourd à l'ombre des cyprès. Laurence retourna à l'intérieur et s'assit pour l'observer à travers le lattis de la fenêtre, en se demandant malgré lui si Téméraire n'aurait pas été plus heureux en Chine, après tout.

— Vous pourriez lui dire... commença Granby, mais il s'interrompit et secoua la tête. Non, cela n'ira pas, reconnut-il. Je suis bougrement désolé, Laurence, je ne vois pas comment lui présenter les choses sous un meilleur jour. Vous n'imaginez pas les sottises qui peuvent se dire au Parlement chaque fois que nous sollicitons des fonds pour entretenir une base ou deux, ou simplement améliorer leur ordinaire ; si nous commençons à leur bâtir des pavillons, nous aurons une deuxième guerre sur les bras. Et c'est la moins choquante de ses idées.

Laurence le dévisagea.

— Cela risque-t-il d'affaiblir vos chances ? demanda-t-il doucement.

Celles-ci ne pouvaient être plus faibles de toute manière, après plus d'un an passé à l'étranger, loin du regard des officiers supérieurs qui décidaient quels lieutenants devaient être proposés pour un harnachement, alors que dix postulants se bousculaient pour chaque œuf.

— J'espère ne pas être le genre d'égoïste à chicaner pour une raison pareille, s'indigna Granby avec chaleur. Ce n'est pas en se préoccupant continuellement d'obtenir un œuf que l'on y parvient ; ne vous souciez donc pas de cela. Ceux qui, comme moi, entrent dans les Corps sans relations ni recommandations n'ont pratiquement aucune chance ; les dragons sont attribués en fonction de la naissance, et les amiraux aiment avoir des officiers issus de familles des Corps. Si jamais j'ai un fils, en revanche, je suis à présent suffisamment gradé pour lui donner un coup de pouce ; ou bien à l'un de mes neveux. Je n'en demande pas davantage, et servir sur un dragon de la classe de Téméraire me satisfait entièrement.

Mais il ne put tout à fait réprimer la pointe de regret qui perçait dans sa voix ; bien sûr, il aurait voulu avoir son propre dragon, et Laurence ne doutait pas que servir en tant que premier lieutenant auprès d'un dragon lourd tel que Téméraire eût constitué en temps normal un excellent tremplin pour atteindre cet objectif. Mais il eût été injuste de tenter d'infléchir Téméraire en lui avançant l'argument de la carrière de Granby. Sur Laurence, en revanche, cet argument pesait lourdement. Lui-même, en tant que fils de famille, avait bénéficié d'une certaine considération, au sein du service naval, même s'il la devait essentiellement à son propre mérite, et il mettait un point d'honneur à soutenir autant que possible ses propres officiers.

Il sortit. Téméraire s'était retiré au fond des jardins ; en le rejoignant, Laurence le trouva toujours lové tranquillement sur lui-même. Seuls les sillons profonds qu'il avait creusés dans le sol devant lui trahissaient son angoisse. Il avait la tête baissée sur les pattes avant, les yeux mi-clos, perdus dans le vague ; sa collerette était plaquée tristement contre son cou.

Laurence n'avait aucune notion claire de ce qu'il convenait de lui dire ; mais il aurait désespérément voulu le voir moins malheureux, et aurait presque été disposé à lui mentir de nouveau si seulement cela ne risquait pas de le blesser davantage. Il s'approcha, et Téméraire leva la tête pour le regarder ; aucun d'eux ne parla, mais il vint se placer contre le flanc de Téméraire, posa sa main sur lui, et le dragon lui fit une place au creux de sa patte pour qu'il s'installe.

Une douzaine de rossignols chantaient, nichés dans une volière voisine ; aucun autre bruit ne vint les déranger pendant un long moment, jusqu'à ce qu'Emily arrive en courant à travers le jardin en s'écriant :

— Monsieur, venez vite s'il vous plaît ! Ils sont venus chercher Dunne et Hackley pour les pendre !

Laurence ouvrit de grands yeux, bondit de la patte de Téméraire et se précipita au sommet des escaliers, tandis que Téméraire passait anxieusement la tête par-dessus la rambarde de la terrasse : l'équipage quasiment au complet se trouvait sous les arcades du cloître, engagé dans une bousculade bruyante avec les gardes et plusieurs autres eunuques du palais : des hommes d'un rang beaucoup plus élevé, à en juger par leurs cimeterres au pommeau doré et leurs riches vêtements, et d'allure autrement plus puissante, avec de vrais cous de taureaux. Ceux-là n'étaient apparemment pas muets, car ils lâchaient des bordées d'imprécations en plaquant au sol les aviateurs moins solidement bâtis.

Dunne et Hackley se trouvaient au cœur de la mêlée ; les deux jeunes fusiliers luttaient en haletant contre les colosses qui les empoignaient.

— Que diable signifie tout ceci ? tonna Laurence, laissant sa voix porter au-dessus de leurs têtes.

Téméraire souligna la question par un grondement de son cru, et le calme revint : les aviateurs battirent en retraite, tandis que les gardes fixaient Téméraire avec une expression qui donnait à penser qu'ils auraient pâli s'ils l'avaient pu. Ils ne relâchèrent pas leurs captifs, mais au moins renoncèrent-ils temporairement à les traîner derrière eux.

— Et maintenant, déclara Laurence d'un air sombre, je veux savoir ce qui se passe ici ; monsieur Dunne ?

Hackley et lui baissèrent la tête en silence, attitude éloquente ; de toute évidence, ils s'étaient livrés à quelque facétie qui avait outragé les gardes.

— Faites venir Hassan Mustafa pacha, dit Laurence à l'un de leurs propres gardes, au visage familier.

Il lui répéta le nom plusieurs fois tandis que l'autre échangeait des regards réticents avec ses compagnons. Soudain, l'un des eunuques, grand gaillard imposant dont le turban d'un blanc neigeux, orné d'un gros rubis enchâssé dans l'or, contrastait avec la peau noire, jeta un ordre à l'un des gardes ; sur quoi le muet hocha enfin la tête et s'engagea dans les escaliers, partant en hâte vers le fond des jardins.

Laurence se retourna.

— Vous allez me répondre, monsieur Dunne, et sur-le-champ.

— Monsieur, nous ne pensions pas à mal, bredouilla Dunne, nous voulions seulement, c'est-à-dire…

Il se tourna vers Hackley, mais l'autre fusilier demeurait stupide, le regard fixe, livide sous ses taches de rousseur, et ne lui fut d'aucune aide.

— Nous sommes simplement montés sur le toit, monsieur, et nous avons pensé que nous pourrions jeter un coup d'œil sur le reste du palais, et… et c'est alors que ces gars-là ont commencé à nous poursuivre, si bien que nous avons franchi le mur dans l'autre sens et couru jusqu'ici, pour tenter de revenir à l'intérieur.

— Je vois, dit froidement Laurence. Et vous avez décidé tout cela sans prendre la peine de nous consulter, M. Granby ou moi, quant à la sagesse de cette initiative.

Dunne avala sa salive et baissa de nouveau la tête. Il y eut un silence embarrassé, inconfortable, une longue attente ; mais Mustafa finit par arriver à pas rapides, précédé par le garde, le visage rouge de hâte et de colère.

— Monsieur, lui dit Laurence en prenant les devants, mes hommes ont quitté leur poste sans permission ; je suis navré pour le dérangement qu'ils ont occasionné…

— Il faut nous les remettre, dit Mustafa. Ils seront mis à mort immédiatement : ils ont tenté de s'introduire dans le sérail.

Laurence ne dit rien pendant un moment, tandis que Dunne et Hackley se tassaient davantage encore, en scrutant son expression d'un air anxieux.

— Ont-ils violé l'intimité des femmes ?

— Monsieur, nous n'avons jamais… commença Dunne.

— Silence ! rugit Laurence d'une voix féroce.

Mustafa s'adressa aux gardes ; le chef des eunuques fit avancer l'un de ses hommes, qui se mit à déverser un flot de paroles.

— Ils les ont observées, et leur ont fait des signes à travers la fenêtre, répondit Mustafa en se retournant. Une insulte plus que suffisante : il est interdit à tout autre homme que le sultan de contempler les femmes du harem et de communiquer avec elles ; seuls les eunuques sont autorisés à leur parler.

Entendant cela, Téméraire ricana avec assez de force pour leur souffler au visage l'écume de la fontaine.

— C'est parfaitement ridicule ! s'écria-t-il. Je ne vais pas laisser exécuter un membre de mon équipage, et de toute manière, je ne vois pas en quoi le fait de parler à quelqu'un mériterait la mort ; ce n'est pas comme si cela risquait de blesser qui que ce soit.

Mustafa ne se donna pas la peine de lui répondre, mais adressa plutôt à Laurence un regard soigneusement dosé.

— Je veux croire que vous n'avez pas l'intention de défier la loi du sultan, capitaine, ni de l'offenser ; vous avez eu l'occasion, me semble-t-il, de formuler certaines remarques concernant la courtoisie entre nos deux nations.

— Puisque vous en parlez, monsieur… commença Laurence, furieux devant cette tentative de pression éhontée.

Mais il ravala les paroles qui lui brûlaient la langue : comme le fait de souligner que Mustafa était arrivé bien vite, alors que, jusqu'à présent, les sollicitations l'avaient toujours trouvé trop occupé pour y répondre.

Il préféra se maîtriser, et dit après un moment :

— Monsieur, je pense que le zèle a poussé votre garde à voir plus grand mal qu'il n'y a eu en réalité ; j'ose dire que mes officiers n'ont pas vu les femmes, mais les appelaient simplement dans l'espoir de les apercevoir. C'était en soi une folie ; et vous pouvez être assuré, ajouta-t-il avec emphase, qu'ils seront sévèrement punis pour cela. Mais les remettre entre les mains du bourreau, je ne saurais m'y résoudre ; pas sur la seule foi d'un témoin qui a toutes les raisons de charger outre mesure, par un désir bien naturel de défendre ses protégées contre toute offense.

Mustafa, fronçant les sourcils, parut disposé à insister ; Laurence ajouta :

— S'ils avaient outragé la vertu de n'importe quelle femme, je les traiterais sans hésitation en accord avec votre propre notion de la justice ; mais des circonstances aussi incertaines, avec un unique témoin contre eux, doivent plaider en faveur de la miséricorde.

Il n'approcha pas sa main de la garde de son épée, n'adressa pas le moindre signe à ses hommes ; mais du mieux qu'il put sans tourner la tête, il soupesa leurs positions respectives ainsi que la disposition de leurs bagages, entreposés pour la plupart à l'intérieur des kiosques ; au cas où les Turcs prétendraient emmener Dunne et Hackley de force, il lui faudrait ordonner aux hommes d'embarquer directement, en abandonnant tout derrière eux : si une demi-douzaine de dragons prenaient l'air avant Téméraire, c'en serait fini d'eux.

— La miséricorde est une grande vertu, dit finalement Mustafa, et je vous concède qu'il serait regrettable de compromettre les relations entre nos deux pays par d'aussi funestes accusations. Je ne doute pas, ajouta-t-il en jetant à Laurence un regard lourd de signification, que vous nous accorderiez la même présomption d'innocence dans la situation inverse.

Laurence pinça les lèvres.

— Vous pouvez en être sûr, lâcha-t-il entre ses dents, bien conscient qu'il promettait de tolérer toutes les insuffisances dans les explications des Turcs tant qu'il n'aurait aucune preuve de leur fausseté.

Mais il n'avait pas le choix ; il n'allait pas laisser deux jeunes officiers sous sa responsabilité perdre la vie pour avoir soufflé des baisers à quelques filles à travers une fenêtre, malgré toute l'envie qu'il avait de leur tordre le cou lui-même.

Mustafa esquissa un imperceptible rictus et inclina la tête.

— Je pense que nous nous comprenons, capitaine ; nous vous laissons le soin de les corriger, dans ce cas, et je me fie à vous pour veiller à ce qu'il n'y ait plus d'incidents de ce genre : pardonner une fois, c'est pitié ; une seconde fois, c'est stupidité.

Il réunit les gardes et les entraîna hors des jardins, non sans quelques grognements de protestation de leur part ; on entendit quelques soupirs de soulagement lorsque le dernier d'entre eux eut disparu, et certains fusiliers allèrent jusqu'à donner des bourrades dans le dos à Dunne et Hackley : comportement qu'il convenait de faire cesser sans attendre.

— Il suffit, gronda Laurence sur un ton menaçant. Monsieur Granby, notez sur le journal de bord que MM. Dunne et Hackley sont retirés de l'équipage de vol et consignez leurs noms dans le registre de l'équipe au sol.

Laurence ignorait si un aviateur pouvait ainsi être ligoté au grand mât, pour ainsi dire ; mais son expression ne souffrait pas de contradiction, et il n'en reçut aucune, seulement un discret « À vos ordres, monsieur » de Granby. La sentence était rude, et ferait tache dans leur dossier, même après que Laurence les aurait réintégrés dans leurs fonctions, ce qu'il avait l'intention de faire une fois qu'ils auraient compris la leçon. Mais il n'avait guère d'autre choix, s'il voulait les punir ; il ne pouvait pas réunir une cour martiale, si loin du pays, et ils étaient trop vieux pour recevoir des coups de canne.

— Monsieur Pratt, mettez ces hommes aux fers ; monsieur Fellowes, j'imagine que nos réserves de cuir sont suffisantes pour vous permettre de fabriquer un fouet.

— Oui, monsieur, répondit Fellowes en s'éclaircissant la gorge avec gêne.

— Mais Laurence, Laurence, protesta Téméraire dans le silence complet, seul à oser intercéder. Mustafa et ses gardes sont partis, tu n'as plus besoin de faire fouetter Dunne et Hackley, maintenant…

— Ils ont abandonné leur poste et délibérément mis en péril le succès de notre entreprise, tout cela pour la satisfaction de leurs pulsions charnelles les plus basses, déclara sèchement Laurence. Non ; ne dis plus rien pour leur défense, Téméraire : n'importe quelle cour martiale les ferait pendre pour cela, et leur tempérament n'excuse rien. Ils savaient ce qu'ils faisaient.

Il vit avec une satisfaction farouche les jeunes hommes tressaillir, et hocha brièvement la tête.

— Qui montait la garde au moment où ils sont partis ? demanda-t-il, en balayant du regard le reste de l'équipage.

Les yeux se baissèrent tout autour ; puis le jeune Salyer s'avança en disant :

— Moi, monsieur.

Sa voix tremblante se brisa sur le deuxième mot.

— Les avez-vous vus s'en aller ? s'enquit doucement Laurence.

— Oui, monsieur, murmura Salyer.

— Monsieur, s'empressa d'intervenir Dunne, c'est nous qui lui avons dit de se taire, qu'il s'agissait seulement d'une escapade…

— Cela suffira comme ça, monsieur Dunne, dit Granby.

Salyer lui-même ne se chercha aucune excuse ; et ce n'était encore qu'un enfant, tout juste passé aspirant, malgré sa haute silhouette dégingandée d'adolescent.

— Monsieur Salyer, puisqu'on ne peut pas se fier à vous pour monter la garde, vous êtes relégué au rang d'enseigne, dit Laurence. Allez couper une baguette sur l'un de ces arbres et attendez-moi dans mes quartiers.

Salyer partit en trébuchant, cachant son visage, qui avait pris sous sa main une coloration cramoisie.

Laurence se tourna alors vers Dunne et Hackley et leur dit :

— Cinquante coups chacun ; et vous pouvez vous estimer bougrement heureux. Monsieur Granby, nous nous réunirons dans le jardin sur le coup de onze heures pour le châtiment ; veillez à faire sonner la cloche.

Il se rendit dans son kiosque, et quand Salyer l'y eut rejoint, il lui administra dix coups ; ce qui eût pu passer pour une bien piètre punition, si le garçon n'avait bêtement taillé sa branche dans du bois vert, bien plus douloureux et susceptible de faire éclater la peau. En outre, Laurence ne tenait pas à pousser l'humiliation du garçon jusqu'à le faire pleurer.

— Cela suffira ; souvenez-vous de la leçon, lui dit Laurence.

Et il le renvoya avant que ses tremblements ne se transforment en sanglots.

Il revêtit ensuite ses plus beaux habits ; il n'avait toujours rien de mieux que sa tunique chinoise, mais il chargea Emily de lustrer ses bottes et Dyer de repasser son foulard, tandis que lui-même sortait se raser au-dessus de la petite fontaine. Après avoir ceint son épée d'apparat et coiffé son meilleur chapeau, il sortit retrouver le reste de son équipage en habits du dimanche, devant deux poteaux de fortune assemblés à partir de hampes de drapeaux de signalisation. Téméraire observait la scène avec anxiété, dansant d'un pied sur l'autre, en labourant le sol.

— Je regrette de vous demander cela, monsieur Pratt, mais il faut que ce soit fait, glissa Laurence à l'armurier. (Pratt, sa grosse tête profondément enfoncée dans les épaules, acquiesça.) Je tiendrai le compte moi-même, inutile de compter à voix haute.

— À vos ordres, monsieur, dit Pratt.

Le soleil grimpa un peu plus haut. L'équipage était prêt et patientait déjà depuis dix bonnes minutes ; mais Laurence ne dit rien ni ne fit aucun geste jusqu'à ce que Granby s'éclaircît la gorge et ordonnât avec solennité :

— Monsieur Digby, sonnez la cloche pour onze heures, s'il vous plaît.

Et les onze coups s'égrenèrent, doucement.

Nus jusqu'à la ceinture et portant leurs plus vieux pantalons, Dunne et Hackley furent conduits devant les poteaux ; au moins affichèrent-ils un certain courage, présentant en silence leurs mains tremblantes afin d'être attachés. Pratt se tenait dix pas en arrière, maussade, faisant glisser la longue mèche de son fouet au creux de ses mains, en l'enroulant sur elle-même tous les quelques pouces. Elle ressemblait à une vieille sangle de harnais, assouplie par l'usage et passablement usée ; ce serait largement préférable à du cuir neuf.

— Très bien, dit Laurence.

Un silence terrible s'abattit, uniquement rompu par les claquements du fouet, les cris et hoquets de douleur qui s'affaiblissaient progressivement, à mesure que les coups se succédaient et que les corps s'affaissaient au pied des poteaux, pendus par les poignets et ruisselant de minces filets de sang. Téméraire se cacha la tête sous l'aile avec un gémissement de détresse.

— Cela fait cinquante pour moi, monsieur Pratt, annonça Laurence.

Plutôt quarante, en fait, et sans doute moins, mais il doutait qu'aucun de ses hommes ait eu le cœur à compter très attentivement, et il était las jusqu'à l'écœurement de toute cette affaire. Il avait rarement ordonné des flagellations de plus de douze coups, même lorsqu'il servait dans la Navy, et la pratique était beaucoup moins répandue parmi les aviateurs. En dépit de la gravité de leur faute, Dunne et Hackley étaient encore très jeunes ; et il se sentait en grande partie responsable de leur indiscipline.

Il fallait malgré tout en passer par là ; ils auraient dû savoir ce qu'ils faisaient, d'autant qu'ils avaient déjà essuyé une réprimande quelques jours auparavant ; une incartade aussi flagrante, si elle n'était pas sanctionnée, les aurait définitivement perdus pour le service. Granby ne s'était pas trompé, à Macao, en s'inquiétant des effets du voyage sur leurs jeunes officiers ; la longue oisiveté de la traversée et les récents excès d'aventure qui avaient suivi ne constituaient guère un substitut à la pression régulière de la discipline routinière que l'on observait dans une base. Il ne suffisait pas qu'un soldat fût brave. Laurence n'était pas fâché de voir la forte impression laissée par le châtiment sur le visage des autres officiers, en particulier les plus jeunes ; au moins quelque bien pourrait-il sortir de ce fâcheux incident.

Dunne et Hackley furent détachés, emmenés avec ménagement jusqu'au plus grand des deux kiosques, puis déposés dans un coin occulté par un paravent sur deux paillasses qu'avait préparées Keynes ; ils demeurèrent allongés sur le ventre en sanglotant doucement, à demi conscients, tandis qu'il épongeait le sang sur leur dos, la bouche serrée, et leur administrait un quart de verre de laudanum à chacun.

— Comment vont-ils ? demanda Laurence au chirurgien plus tard dans la soirée.

Les deux punis s'étaient calmés après la drogue et ne bougeaient plus.

— Pas si mal, répondit Keynes d'un ton sec. Je commence à m'habituer à les avoir pour patients ; ils venaient à peine de quitter l'infirmerie…

— Monsieur Keynes, l'interrompit doucement Laurence.

Un seul coup d'œil à l'expression de son visage et Keynes se tut, avant de reporter son attention sur ses malades.

— Ils risquent d'avoir un peu de fièvre, mais cela n'a rien d'extraordinaire. Ils sont jeunes et forts, et le saignement a cessé ; ils devraient pouvoir se lever demain matin, un moment tout au moins.

— Très bien, dit Laurence.

En se retournant, il découvrit Tharkay debout devant lui, dans la lueur des chandelles, en train de contempler Dunne et Hackley sur leurs couches ; ils avaient le dos nu et les traces de coups de fouet brillaient d'un éclat violacé sur le bord.

Laurence le dévisagea, prit une brève inspiration puis, avec une fureur maîtrisée, dit :

— Eh bien, monsieur, vous voilà de retour ? Je me demandais si nous vous reverrions un jour.

— J'espère que mon absence ne vous a pas occasionné trop de soucis, déclara Tharkay avec une calme impudence.

— Elle nous a paru trop courte, au contraire, rétorqua Laurence. Prenez votre argent et vos affaires et disparaissez de ma vue ; et allez au diable.

— Ma foi, fit Tharkay après un moment, si vous n'avez plus besoin de mes services, je suppose que je n'ai plus qu'à prendre congé ; je vous excuserai auprès de M. Maden. D'ailleurs, je n'aurais pas dû accepter en votre nom.

— Qui est ce M. Maden ? demanda Laurence en fronçant les sourcils.

Le nom lui était vaguement familier ; puis il plongea lentement la main dans sa tunique et en sortit la lettre que Tharkay leur avait apportée à Macao, de si longs mois auparavant : ses coins portaient encore leurs sceaux, l'un d'eux étant marqué d'un gros *M*.

— Serait-ce le gentilhomme qui vous a engagé pour nous porter nos ordres ? s'enquit-il sèchement.

— Lui-même, répondit Tharkay. Il est banquier ici, dans cette ville, et M. Arbuthnot souhaitait lui voir confier la lettre à un messager digne de confiance ; hélas ! il n'y avait que moi. (Une pointe de raillerie était perceptible dans sa voix.) Il vous invite à dîner ; viendrez-vous ?

# 8

— Maintenant, dit Tharkay. Doucement, très doucement.

Ils se tenaient au pied des remparts du palais où la ronde de nuit venait tout juste de passer ; il lança un grappin, et ils escaladèrent le mur avant de se laisser descendre de l'autre côté : manœuvre aisée pour un marin, le mur de pierre étant rugueux et truffé de prises généreuses. Dans les jardins extérieurs, des pavillons de plaisir surplombaient la mer, et une grande colonne se dressait devant la demi-lune tandis qu'ils traversaient la pelouse au pas de course ; puis ils parvinrent en sécurité de l'autre côté et s'enfoncèrent dans les fourrés qui couvraient le flanc de la colline, sous le lierre qui tapissait de vieilles ruines, au milieu des vestiges d'arches en briques et d'autres colonnes écroulées.

Ils durent encore escalader un deuxième mur d'enceinte, mais celui-ci, qui entourait tout le périmètre du domaine, était trop long pour être patrouillé efficacement ; puis ils descendirent jusqu'à la rive de la Corne d'Or, où Tharkay réveilla un passeur pour les faire traverser à bord de son petit bac humide.

L'affluent scintillait en honneur à son nom, même dans l'obscurité ; des reflets dansaient dans le prolongement des fenêtres et des lanternes sur les deux rives ; des gens prenaient le frais sur les balcons et les terrasses, et des bribes de musique parvenaient jusqu'à eux sur les eaux.

Laurence aurait aimé s'arrêter au port afin d'examiner plus en détail les travaux auxquels il avait assisté la veille, mais Tharkay le conduisit sans faire de pause loin des quais, à travers les rues ; non pas dans la direction de l'ambassade, mais plutôt vers l'ancienne tour de Galata qui se dressait, solitaire, au sommet de la colline. Une muraille basse encerclait le quartier bordant la tour de garde ; molle, friable et très ancienne, elle était laissée à l'abandon. Les rues étaient beaucoup plus calmes à l'intérieur ; seuls quelques cafés tenus par des Grecs ou des Italiens étaient encore allumés, où de petits groupes d'hommes discutaient à voix basse autour d'un thé à la pomme, ou fumaient le narguilé en contemplant la rue et en laissant échapper entre leurs lèvres de minces filets de fumée odorante.

Avraam Maden habitait une belle demeure, deux fois plus imposante que ses voisines les plus proches et bordée de grands arbres, sur une avenue offrant une perspective dégagée vers la vieille tour. Une bonne vint leur ouvrir et les introduisit dans un intérieur où s'étalaient tous les signes de l'opulence et d'un lieu habité de longue date : des tapis anciens, mais qui avaient gardé de l'éclat et des couleurs ; et accrochés aux murs, dans des cadres dorés à l'or fin, des portraits d'hommes et de femmes aux yeux sombres – plus espagnols que turcs, crut deviner Laurence.

Maden leur servit du vin tandis que la bonne leur apportait une assiette de canapés au caviar d'aubergines, très épicé, et une autre de raisins et de dattes écrasés avec des noisettes, aromatisés au vin rouge.

— Ma famille est venue de Séville, expliqua-t-il lorsque Laurence mentionna les portraits, quand le roi et l'Inquisition nous en ont chassés ; le sultan s'est montré bon pour nous.

Laurence se prit à redouter le repas qui l'attendait, se rappelant certaines restrictions dans le régime alimentaire juif, mais ce dîner tardif se révéla plus que respectable : un excellent gigot d'agneau rôti à la manière turque et découpé en fines tranches à même la broche, avec des pommes de terre nouvelles cuites dans leur peau, nappées d'huile d'olive aux herbes aromatiques ; un poisson entier grillé sur un lit de piments et de tomates, âcre et fortement assaisonné de cette épice jaune que l'on rencontrait partout, suivi d'un ragoût de volaille auquel nul n'aurait rien trouvé à redire.

Maden, que son métier amenait souvent à faire office de facteur pour les visiteurs britanniques, parlait un anglais excellent, et sa famille également ; ils étaient cinq à table, les deux fils de Maden étant déjà établis de leur côté ; en sus de sa femme, il ne restait plus à la maison que leur fille Sara, jeune femme qui avait largement passé l'âge des études : bien qu'elle n'eût pas trente ans, elle était presque trop âgée pour une fille célibataire avec une dot comme Maden semblait en mesure d'en offrir. Son allure et ses manières étaient pourtant séduisantes, quoique étrangères. Ses cheveux noirs et ses fins sourcils qui se détachaient nettement sur sa peau blanche la faisaient ressembler comme une sœur à son élégante mère. Assise face aux invités, elle gardait les yeux baissés, par modestie ou timidité, bien qu'elle répondît avec aisance et grâce lorsqu'on lui adressait la parole.

Laurence se garda d'aborder d'emblée ses préoccupations immédiates, afin de ne pas paraître grossier ; il se lança plutôt dans le récit de leur périple vers l'ouest, encouragé par les questions de ses hôtes ; d'abord polies, ces dernières exprimèrent bientôt une sincère curiosité. Laurence avait été élevé dans l'idée qu'un gentilhomme devait savoir soutenir une bonne conversation à table, et leur voyage lui avait fourni suffisamment d'anecdotes pour qu'il s'en tirât sans difficulté dans le cas présent. Devant les dames, il passa rapidement sur les pires moments de la tempête de sable et de l'avalanche et ne parla pas de leur rencontre avec les pillards, mais il lui restait suffisamment à raconter sans cela.

— Et puis, ces misérables ont fondu sur le bétail et se sont envolés sans demander leur reste, dit-il en évoquant le comportement lamentable des dragons sauvages aux portes de la ville. Ce coquin d'Arkady nous a salués d'un battement de queue tandis que nous restions tous plantés là, bouche bée. Ils ont dû retourner chez eux très contents, j'en suis sûr ; quant à nous, c'est miracle que nous n'ayons pas été jetés en prison.

— Triste réception après un si long voyage, commenta Maden, amusé.

— Oui, un voyage bien difficile, dit Sara Maden de sa voix douce, sans lever les yeux. Je suis heureuse que vous soyez tous arrivés sains et saufs.

Il y eut une courte pause dans la conversation ; puis Maden allongea le bras et tendit à Laurence la corbeille de pain en disant :

— Ma foi, j'espère qu'on vous a bien installés ; au palais en tout cas, vous devez échapper aux nuisances sonores que nous subissons.

Il faisait allusion aux travaux au-dessus du port, apparemment source de nombreux tracas.

— Qui peut encore songer à travailler avec ces bêtes énormes au-dessus de sa tête ? déplora Mme Maden en secouant la tête. Ils font un tel vacarme ! Et s'ils lâchaient l'un de ces canons ? Effroyables créatures ; je voudrais qu'on leur interdise de survoler un lieu civilisé. Je ne parle pas de votre dragon, naturellement, capitaine ; je suis certaine qu'il est merveilleusement dressé, se reprit-elle avec empressement, avant de bredouiller des excuses auprès de Laurence.

— Je suppose que nous devons donner l'impression de nous plaindre pour rien, capitaine, intervint Maden en venant au secours de son épouse, alors que vous êtes obligés de les côtoyer tous les jours.

— Nullement, monsieur, lui assura Laurence. En fait, je trouve admirable de voir voler des dragons juste au-dessus de la ville ; en Angleterre, nous ne sommes pas autorisés à nous approcher si près des agglomérations, et nous devons emprunter des couloirs bien précis pour survoler les villes, afin de ne pas effrayer la population ou le bétail ; et même ainsi, il se trouve toujours quelqu'un pour se plaindre de nos déplacements. Téméraire trouve souvent ces contraintes fastidieuses. Il s'agit d'un nouvel arrangement, si je comprends bien ?

— Naturellement, dit Mme Maden. Je n'avais encore jamais entendu parler d'une chose pareille, et j'espère que cela ne se reproduira jamais plus lorsqu'ils en auront terminé. On ne nous a même pas prévenus ; les dragons sont simplement apparus un matin, dès la fin de la prière ; et nous sommes restés là, à trembler dans nos maisons toute la journée.

— On s'y habitue, dit Maden avec un haussement d'épaules philosophe. Les affaires ont tourné au ralenti ces deux dernières semaines, mais les boutiques commencent à rouvrir, dragons ou non.

— Oui, et ce n'est pas trop tôt, approuva Mme Maden. Comment aurions-nous pu tout organiser, à moins d'un mois... Nadire, lança-t-elle à la bonne après une pause infime, presque indécelable. Apportez le vin, je vous prie.

La servante vint lui apporter la carafe, qui se trouvait largement à portée de sa main sur le buffet, puis se retira discrètement ; tandis que le récipient faisait le tour de la table, Maden expliqua, tout en servant Laurence :

— Ma fille doit se marier prochainement.

Il fit cette annonce d'un ton étonnamment doux, presque en manière d'excuse. Un silence gêné s'abattit autour de la table, que Laurence ne comprit pas. Mme Maden baissa les yeux sur son assiette en se mordant la lèvre. Tharkay détendit l'atmosphère en levant son verre et en déclarant à Sara :

— Je bois à votre santé et à votre bonheur.

Elle leva enfin ses yeux sombres et le regarda par-dessus la table. Un moment seulement, après quoi il interposa son verre entre eux ; mais ce fut suffisant.

— Toutes mes félicitations, dit Laurence pour aider à meubler le silence, levant son verre à son tour.

— Merci, dit-elle.

Un peu de couleur lui était monté aux joues, mais elle inclina poliment la tête, et sa voix ne tremblait pas. Néanmoins, le silence perdura ; ce fut Sara elle-même qui le brisa, en redressant les épaules avec un petit sursaut avant de s'adresser à Laurence par-dessus la table, d'un ton un peu ferme.

— Capitaine, si je puis me permettre, qu'est-il arrivé aux garçons ?

Laurence aurait aimé récompenser son courage, mais la question le laissa perplexe, jusqu'à ce qu'elle ajoutât :

— N'appartenaient-ils pas à votre équipage, ces garçons qui se sont infiltrés dans le harem ?

— Oh ! j'ai bien peur que si, reconnut Laurence.

Il était mortifié de constater que l'événement avait déjà fait le tour de la ville et espérait ne pas donner le sentiment de le cautionner ; il n'aurait pas cru que le harem fût un sujet convenable pour une jeune dame turque, pas plus que des questions à propos d'une *demi-mondaine* ou d'une chanteuse d'opéra pour une débutante anglaise.

— Ils ont été sévèrement punis, je puis vous l'assurer, et un tel scandale ne se reproduira plus.

— Ils n'ont pas été mis à mort, dans ce cas ? Je me réjouis de l'apprendre ; je serai en mesure de rassurer les femmes du harem. Elles ne parlaient que de cela, et espéraient vraiment que les malheureux n'auraient pas trop à en souffrir.

— Est-il donc si fréquent qu'elles sortent en société ?

Laurence avait toujours imaginé le harem comme une sorte de prison, où aucune communication n'était permise avec le monde extérieur.

— Oh ! je suis la *kira*, l'agent d'affaires, de l'une des *kadin*, expliqua Sara. Bien qu'il leur arrive de sortir du harem en excursion, ce n'est jamais sans de grands embarras ; nul n'est autorisé à les voir, de sorte qu'elles doivent se déplacer en carrosse fermé, sous bonne escorte, et toujours avec la permission du sultan. Mais, en tant que femme, je peux moi-même y entrer et en ressortir librement.

— Dans ce cas, et si je peux me permettre à mon tour, veuillez s'il vous plaît leur transmettre mes excuses, ainsi que celles de mes hommes, pour cette intrusion, dit Laurence.

— Elles auraient certainement préféré une intrusion plus réussie et plus durable, observa-t-elle avec une pointe d'amusement. (Elle sourit devant l'embarras de Laurence.) Oh ! n'y voyez aucune indiscrétion ; c'est juste qu'elles s'ennuient grandement, car on leur interdit pratiquement tout hors l'indolence, et le sultan s'intéresse plus à ses réformes qu'à ses favorites.

Le repas terminé, elle se leva et quitta la table avec sa mère ; elle ne se retourna pas, mais sortit de la pièce, la tête haute et les épaules droites, tandis que Tharkay s'avançait en silence jusqu'aux fenêtres pour contempler le jardin derrière la maison.

Maden soupira discrètement et reversa du vin rouge dans le verre de Laurence. On apporta des douceurs, une assiette de massepain.

— Je crois comprendre que vous avez des questions à me poser, capitaine, dit-il.

Il avait servi M. Arbuthnot, non seulement en lui présentant Tharkay comme messager, mais également en tant que banquier, et, laissa-t-il entendre, il avait été le principal agent de la transaction.

— Je vous laisse imaginer les précautions que nous avons prises, dit-il. L'or n'a pas été convoyé d'un seul coup, mais à bord de plusieurs navires lourdement escortés, à intervalles divers, dans des coffres supposés contenir des lingots de fer. Il a été enfermé directement dans mes coffres une fois la somme entière réunie.

— Monsieur, à votre connaissance, un accord avait-il été signé avant que le paiement soit apporté ici ? s'enquit Laurence.

Maden écarta les paumes, sans se compromettre.

— Que vaut un contrat entre deux monarques ? Quel juge pourrait trancher en cas de différend ? Mais M. Arbuthnot estimait la question réglée. Sans quoi, aurait-il pris un risque aussi grand, en faisant venir une telle somme ? Tout lui paraissait bien, tout lui semblait en ordre.

— Et cependant, si la somme n'a jamais été remise... dit Laurence.

Quelques jours avant de disparaître, Yarmouth était venu le trouver avec des instructions écrites de l'ambassadeur – qui quant à lui devait décéder peu de temps après – lui demandant d'organiser le versement.

— Pas un instant je n'ai mis en doute l'authenticité de ce message ; je connaissais bien l'écriture de l'ambassadeur, et sa confiance en M. Yarmouth était totale, expliqua Maden. Un jeune homme remarquable, qui devait se marier incessamment ; très stable. Je me refuse à croire qu'il ait pu mal agir, capitaine.

Mais il parut quelque peu dubitatif, et sa voix semblait moins assurée que ses paroles.

Laurence demeura silencieux.

— Et vous lui avez remis l'argent ainsi qu'on vous le demandait ?

— À la résidence de l'ambassadeur, confirma Maden. À ce que j'ai compris, il devait ensuite être convoyé directement jusqu'au trésor ; mais l'ambassadeur s'est fait tuer le lendemain.

Il avait des reçus, signés ; de la main de Yarmouth et non de celle de l'ambassadeur, toutefois. Il les présenta à Laurence d'un air gêné et, après lui avoir laissé un moment pour les consulter, déclara abruptement :

— Capitaine, vous avez été courtois ; mais parlons sans détours. Ce sont là toutes les preuves en ma possession : les hommes qui ont transporté l'or étaient les miens, à mon service depuis de nombreuses années, et ils ne l'ont remis qu'à Yarmouth. S'il s'agissait d'une somme plus modeste, égarée dans de telles circonstances, je vous la rembourserais sur mes propres deniers plutôt que d'entacher ma réputation.

Laurence avait examiné les reçus sous la lampe avec soin ; de tels soupçons avaient effectivement pu germer dans un coin de son esprit. Il laissa retomber les papiers sur la table et marcha jusqu'à la fenêtre, furieux contre lui-même et le monde entier.

— Grand Dieu, grogna-t-il à voix basse, quelle situation infernale de se trouver ainsi à lorgner dans toutes les directions avec suspicion. Non. (Il se retourna.) Monsieur, n'en parlons plus, je vous en prie. J'ose dire que vous êtes un homme à multiples facettes, mais que vous ayez pu orchestrer le meurtre de l'ambassadeur britannique et l'embarras de votre propre pays, je me refuse à le croire. Quant au reste, c'était M. Arbuthnot, et non vous, le responsable de la sauvegarde de nos intérêts en la matière. S'il a trop fait confiance à Yarmouth et s'est trompé sur l'homme... (Il s'interrompit en secouant la tête.) Monsieur, si ma question vous offense, je vous supplie de me le dire et je la retirerai aussitôt... Hassan Mustafa, si vous le connaissez ; est-il possible qu'il soit impliqué ? Soit coupable lui-même, soit en... en collusion avec Yarmouth, peut-être ? Je suis convaincu qu'il nous a déjà délibérément menti, au moins en affirmant qu'aucun accord n'avait été conclu.

— Possible ? Tout est possible, capitaine ; un homme mort, un autre enfui, des milliers et des milliers de livres d'or envolées... Qu'y a-t-il encore d'impossible ?

Maden se passa une main lasse sur le front, se calma, et reprit après un moment :

— Pardonnez-moi. Non ; non, capitaine, je ne le crois pas. Sa famille et lui soutiennent avec passion les réformes du sultan et l'épuration du corps des janissaires. Son cousin est marié à la sœur du sultan, et son frère est à la tête de sa nouvelle armée. Je ne dirais pas que c'est un homme à la moralité inébranlable ; quel homme peut l'être, dans le monde de la politique ? Mais saper ainsi son propre travail, et celui de sa maison ? On peut mentir un peu pour sauver la face, ou trouver le premier prétexte pour renier un accord que l'on regrette, sans être un traître pour autant.

— Et cependant, pourquoi devraient-ils le regretter ? Napoléon représente plus que jamais une menace pour eux, et nous leur devenons des alliés d'autant plus nécessaires, observa Laurence. Le renforcement de nos troupes de l'autre côté de la Manche devrait avoir un intérêt vital pour eux, puisqu'il détourne l'attention de Napoléon vers l'ouest.

Maden parut vaguement déconfit, et comme Laurence le pressait de s'exprimer avec franchise, il déclara :

— Capitaine, l'opinion générale, depuis Austerlitz, est que Napoléon est invincible et que bien folle est la nation qui choisit d'être son ennemie. Je suis désolé, ajouta-t-il devant la mine sombre de son invité, mais c'est ce qu'on entend dans les rues et les cafés ; et dans la bouche des oulémas et des vizirs également, j'imagine. L'empereur d'Autriche n'occupe son trône que par la grâce de Napoléon, et le monde entier le sait. Il aurait mieux fait de ne jamais l'affronter.

Tharkay s'inclina profondément devant Maden au moment de prendre congé.

— Resterez-vous longtemps à Constantinople ? lui demanda le banquier.

— Non, répondit Tharkay. Et je n'y reviendrai plus jamais.

Maden hocha la tête.

— Dieu soit avec vous, dit-il avec douceur.

Puis il les regarda s'éloigner.

Laurence se sentait las, au-delà d'une simple fatigue physique, et Tharkay s'était totalement refermé sur lui-même. Ils durent patienter un moment sur la rive pour avoir un bac ; bien que les températures fussent encore estivales, le vent qui soufflait du Bosphore refroidissait le fond de l'air. Laurence frissonna sous sa morsure et se tourna vers Tharkay : l'homme affichait une expression indifférente et immobile, figée dans le calme, sans montrer la moindre trace d'émotion, sinon peut-être une certaine crispation aux coins de la bouche, difficile à distinguer à la lueur des lanternes.

Un passeur amena enfin son embarcation à quai ; ils accomplirent la traversée en silence dans les grincements du bois, le bruit mouillé des rames sur lesquelles tirait le passeur en respirant péniblement, et le clapotis de l'eau contre le flanc du bac ; sur la rive opposée, des lumières brillaient à l'intérieur des mosquées, à travers leurs fenêtres aux carreaux fumés : les coupoles formaient comme un archipel dans la nuit, dominé par la splendeur monumentale de la Haghia Sophia. Le passeur bondit à terre et leur tint la barque ; ils prirent pied sur la rive à la lueur d'une autre mosquée, que seule la comparaison faisait paraître modeste ; des mouettes voletaient autour de la coupole, poussant leurs cris rauques, le ventre jauni par les reflets de lumière.

Tous les commerces étaient fermés à cette heure, même les bazars et les cafés, et il était encore trop tôt pour les pêcheurs ; les rues étaient désertes tandis qu'ils remontaient en direction du palais. Peut-être l'heure tardive, la fatigue ou la distraction les rendirent-elles moins prudents ; ou peut-être fut-ce simplement l'effet de la malchance ; un groupe de gardes venait de passer, Tharkay avait lancé son grappin et Laurence se tenait au sommet du rempart, prêt à tendre la main à Tharkay qui se trouvait à mi-hauteur, quand subitement deux autres gardes apparurent au détour de la route, discutant tranquillement à mi-voix ; ils le verraient d'un instant à l'autre.

Tharkay lâcha prise et se laissa glisser au sol, pour les attendre de pied ferme, tandis qu'ils s'élançaient vers lui en poussant de hauts cris ; ils mettaient déjà la main à l'épée. L'un d'eux le saisit par le bras ; Laurence bondit sur l'autre, roula dans la poussière avec lui et, l'attrapant par le cou, lui cogna la tête par terre afin de faire bonne mesure, le laissant étourdi. Tharkay, une lame rougie à la main, venait de s'arracher à son adversaire en lui laissant une estafilade sur le bras ; il empoigna l'avant-bras de Laurence, l'aida à se remettre debout, puis ils s'enfuirent ensemble le long de la rue, à toutes jambes, poursuivis par des appels et des cris.

Alertés par le bruit, les autres gardes accoururent au pas de charge, convergeant dans leur direction à travers le dédale des rues et des ruelles ; les étages supérieurs des maisons tassées les unes contre les autres s'avançaient avec curiosité au-dessus des rues, et des lumières s'allumaient sur leur passage derrière le lattis des fenêtres, dessinant une piste dans leur sillage. Les pavés inégaux étaient traîtres ; Laurence dérapa en tournant un coin, évitant de justesse un coup d'épée : deux gardes venaient de déboucher d'une ruelle adjacente, et les manquèrent de peu.

Leurs poursuivants ne furent pas faciles à semer. Laurence, qui suivait aveuglément Tharkay, sentait ses poumons s'écraser contre ses côtes ; leur fuite les entraînait le long de la colline dans une direction précise, pensait-il, espérait-il : le temps manquait pour poser la question. Tharkay s'arrêta enfin devant une vieille bâtisse, qui tombait en ruine, et lui fit signe de le suivre à l'intérieur ; il ne restait que le rez-de-chaussée, à ciel ouvert, ainsi qu'une trappe à moitié pourrie dans le sol. Mais les gardes étaient trop proches ; ils ne manqueraient pas de les voir, et Laurence rechigna, peu désireux de se retrouver piégé dans un trou de souris sans issue de secours.

— Venez ! s'impatienta Tharkay.

Soulevant la trappe, il ouvrit la marche vers le bas, toujours plus bas ; un escalier vermoulu les conduisit à une cave de terre meuble, très humide, percée d'une autre porte tout au fond ; ou plutôt d'une voûte, si basse que Laurence dut se plier en deux pour passer dessous, et qui menait à d'autres marches, en pierre et non plus en bois, usées par l'âge et couvertes de mousse ; un bruit de gouttes d'eau montait des profondeurs obscures.

Ils descendirent longtemps. Laurence, une main sur la garde de son épée, progressait à tâtons le long du mur, lequel disparut subitement sous ses doigts ; au pas suivant, il s'enfonça dans l'eau jusqu'aux chevilles.

— Où sommes-nous ? chuchota-t-il, d'une voix qui résonna très loin avant d'être avalée par les ténèbres ; de l'eau entrait dans ses bottes à chaque enjambée.

La lueur d'une première torche se projeta derrière lui quand les gardes descendirent à leur suite, et il put alors distinguer une colonne grise qui se dressait non loin, sa surface grumeleuse luisante d'humidité, si large qu'on n'aurait pu l'enserrer avec les bras ; le plafond restait hors de vue, et entre ses genoux, quelques poissons blafards se pressaient en aveugles, ouvrant leurs bouches affamées à la surface de l'eau avec de petits bruits mouillés. Laurence tira Tharkay par la manche et pointa le doigt ; s'arrachant à l'eau et à la boue qui tapissait le sol, ils vinrent se coller derrière le pilier, tandis que les reflets des torches approchaient, élargissant le cercle de lumière rougeâtre.

Une galerie de colonnes s'ouvrait dans toutes les directions autour d'eux, étranges et déformées ;

certaines n'étaient faites que de blocs disparates, empilés les uns sur les autres comme des jouets d'enfant, uniquement maintenus, semblait-il, par le poids de la cité au-dessus : une pression plus faite pour la force d'Atlas que pour les briques et les ruines de cette cave, ancienne nef de cathédrale enfouie et oubliée depuis longtemps. Malgré l'immensité vide et froide qui l'entourait, Laurence percevait dans l'air une qualité étrange, oppressante, comme si une partie du poids pesait directement sur ses épaules ; il ne pouvait s'empêcher d'imaginer le cataclysme d'un éboulement final : la voûte lointaine en train de se désagréger brique par brique, jusqu'au jour où les arches céderaient et où les maisons, les rues, le palais, les mosquées avec leurs coupoles étincelantes, tout s'effondrerait en engloutissant des milliers de victimes.

Il secoua ses épaules pour se débarrasser de cette vision puis, tirant discrètement Tharkay par le bras, lui indiqua le pilier suivant : les gardes approchaient dans l'eau, faisant suffisamment de bruit pour assourdir leurs propres déplacements. Ils soulevaient de petits tourbillons de vase en pataugeant dans l'ombre des piliers : une vase épaisse qui s'écrasait sous la semelle, et dévoilait par instants des ossements pâles au fond de l'eau. Pas uniquement des arêtes de poisson : ils entrevirent brièvement la courbe d'une mâchoire, où s'accrochaient encore quelques dents ; ainsi qu'un tibia maculé de vert appuyé contre la base d'une colonne, comme s'il avait été rejeté là par quelque marée souterraine.

L'horreur saisit Laurence à l'idée qu'il pourrait finir ses jours ici, qui dépassait la simple peur de la mort ; il y avait quelque chose de hideux à devenir l'un des innombrables déchets qui pourrissaient dans ces ténèbres. Laurence se mit à respirer par la bouche, pas seulement pour faire moins de bruit, pas seulement pour échapper à cette odeur de moisi et de pourriture ; il avançait presque plié en deux, oppressé, éprouvant un besoin de plus en plus furieux de s'arrêter, de faire demi-tour et de se frayer un chemin jusqu'à l'air pur. Il plaqua un coin de son manteau contre sa bouche et continua de l'avant malgré tout.

Les gardes commencèrent à s'organiser dans leurs recherches : ils se déployèrent en ligne sur toute la largeur de la salle, tenant chacun une torche qui illuminait un cercle étroit. Mais les bords de ces cercles se chevauchaient pour former une barrière de lumière que les fugitifs ne pouvaient espérer franchir sans être vus, aussi impénétrable qu'une grille en fer. Les gardes avançaient à pas lents mais assurés, en chantant doucement à l'unisson, la voix grave, repoussant par la réverbération et la lumière les ténèbres qui s'accrochaient dans les coins. Laurence crut apercevoir, devant, les premiers reflets sur le mur du fond ; ils approchaient d'un cul-de-sac, où ils n'auraient plus qu'à tenter de forcer le passage entre leurs poursuivants, en espérant les distancer de nouveau ; mais cette fois-ci, avec des jambes lourdes, engourdies d'avoir pataugé dans l'eau froide.

Tharkay touchait chaque pilier que Laurence et lui dépassaient ; il passait sa main le long de leur flanc, plissait les yeux sur leur surface ; il finit par s'immobiliser devant l'un d'eux et, le palpant à son tour, Laurence sentit de profondes entailles dans la pierre sur toute sa hauteur, des formes pareilles à des gouttes de pluie bordées de mousse de savon : ce pilier était tout à fait différent des autres colonnes mal dégrossies. Bien que la ligne de leurs poursuivants approchât, Tharkay s'arrêta pour sonder le sol avec la pointe de sa botte ; Laurence tira son épée et, adressant mentalement des excuses à Téméraire pour insulter sa lame de cette manière, se mit à sonder lui aussi la pierre dure sous la boue, jusqu'à ce que la pointe s'enfonçât brusquement dans une sorte de cannelure creusée dans le sol, large de moins de un pied et complètement obstruée.

Tharkay, la sentant à son tour, hocha la tête, et Laurence le suivit le long de la cannelure, tous deux courant le plus vite possible dans l'eau qui leur arrivait aux genoux : l'écho de leurs éclaboussures se perdait dans le chant inexorable derrière eux, *bir-iki-üç-dört*, répété si souvent que Laurence commença à reconnaître les mots de comptage. Le mur se dressait directement devant eux maintenant, maculé de traînées vertes et brunes sur l'épais mortier, infranchissable ; et la cannelure se termina aussi soudainement qu'elle avait commencé.

Mais Tharkay indiqua une direction : une petite annexe s'ouvrait d'un côté, derrière une voûte soutenue par deux piliers. Laurence eut un sursaut de recul : une face monstrueuse émergeait à demi de l'eau à la base d'un pilier, fixant sur eux un œil de pierre éclairé par un reflet rouge. Un cri retentit : ils étaient repérés.

Ils filèrent, et en passant devant l'affreux monument, Laurence sentit un courant d'air lui caresser le visage : une issue était proche. Palpant le mur à quatre mains, ils trouvèrent l'ouverture noire et étroite, dissimulée aux torches par une saillie : des escaliers à demi recouverts de boue, où circulait un air fétide et marécageux ; Laurence inspira malgré lui à grandes goulées tandis qu'ils escaladaient les marches au pas de course avant de déboucher enfin par un ancien collecteur d'eau de pluie, dont ils repoussèrent la grille rouillée, quasiment à quatre pattes.

Tharkay se tint plié en deux, cherchant son souffle ; au prix d'un effort surhumain, Laurence remit la grille en place, puis alla arracher une branche à un arbuste voisin et la glissa dans le loquet vide afin de la barricader. Cela fait, il empoigna Tharkay par le bras et ils s'éloignèrent bras dessus, bras dessous, en titubant comme deux ivrognes ; rien qui fût de nature à retenir l'attention, pour peu que l'on ne regardât point de trop près l'état de leurs bottes et le bas de leurs manteaux : le martèlement contre la grille s'estompait déjà dans le lointain et l'on n'avait sans doute pas distingué leurs visages ; pas suffisamment pour les reconnaître, en tout cas, dans cette folle poursuite.

Ils trouvèrent enfin un lieu où les remparts du palais étaient un peu moins hauts ; et, prenant bien garde de ne pas se faire surprendre cette fois-ci, Laurence hissa Tharkay jusqu'au sommet, puis celui-ci l'aida à monter à son tour et ils basculèrent de l'autre côté. Ils retombèrent lourdement dans l'enceinte du palais, derrière une vieille fontaine en fer à demi submergée par la verdure ; un mince filet d'eau froide en coulait, qu'ils recueillirent avidement dans leurs mains en coupe afin de s'en asperger la bouche et le visage, sans se préoccuper de mouiller leurs vêtements : cela lavait au moins un peu la puanteur.

Le silence leur parut d'abord total, mais progressivement, à mesure que le grondement de son cœur et de ses poumons diminuait, Laurence commença à percevoir plus clairement les mille petits bruits de la nuit, le bruissement des souris et des feuilles ; le chant discret et lointain des oiseaux dans la volière du palais, derrière les remparts intérieurs ; le frottement irrégulier de la lame de Tharkay contre sa pierre à aiguiser : il affûtait son poignard avec des gestes lents, espacés, pour ne pas attirer l'attention.

— Il faut que je vous dise une chose, déclara doucement Laurence, concernant nos rapports.

Tharkay marqua une pause, et la lame de son poignard miroita sous les étoiles.

— Très bien, fit-il, reprenant son travail avec prudence, dites ce que vous avez à dire.

— Je vous ai parlé un peu trop vite aujourd'hui, reconnut Laurence, et sur un ton que d'ordinaire je me refuse à employer avec n'importe quel membre de mon service. Et pourtant, même maintenant, je ne sais pas de quelle façon je devrais vous présenter mes excuses.

— Ne vous en faites donc pas pour cela, lui dit

calmement Tharkay, sans lever la tête. Oublions cela ; je promets de ne pas vous en reparler.

— J'ai longuement réfléchi à votre comportement, poursuivit Laurence sans se laisser démonter, et je ne sais quoi en penser ; ce soir, non seulement vous m'avez sauvé la vie, mais vous avez contribué de manière tangible à l'avancement de notre mission. Et si je considère uniquement les conséquences de vos actes depuis le début de notre expédition, je ne trouve aucun motif de me plaindre ; en fait, vous nous avez, sans faillir, tirés d'un danger après l'autre, souvent au péril de votre vie. Mais par deux fois vous avez abandonné votre poste, dans des circonstances particulièrement difficiles, avec un souci du secret aussi inutile que déplacé qui nous a laissés en proie au doute et aux pires angoisses.

— Peut-être ne m'était-il pas venu à l'esprit que mon absence susciterait une réaction de cet ordre, observa Tharkay d'une voix neutre.

Laurence ressentit aussitôt une flambée de colère.

— N'essayez pas de vous faire passer pour un imbécile à mes yeux, dit-il. Je croirais plus volontiers que vous êtes le traître le plus effronté que le monde ait jamais connu, et le moins cohérent, qui plus est.

— Merci ; c'est un joli compliment. (De la pointe de son poignard, Tharkay traça en l'air un salut moqueur.) Mais je ne vois guère l'intérêt d'en débattre, puisque vous ne ferez plus appel à mes services bien longtemps.

— Que je les utilise encore pour une minute ou pour un mois, dit Laurence, je veux en finir avec ces petits jeux. Je vous suis reconnaissant, et si vous nous quittez, vous partirez avec mes remerciements. Mais si vous restez, je veux votre parole qu'à partir de maintenant vous vous plierez à mes ordres, et cesserez ces escapades ; je ne veux pas d'un homme douteux dans mon service. Tharkay, ajouta-t-il, soudain sûr de lui, je crois que vous aimez inspirer le doute.

Tharkay posa son poignard et sa pierre à aiguiser ; son sourire avait disparu, ainsi que son air railleur.

— Dites plutôt que j'aime bien savoir si l'on doute de moi ; et vous ne serez pas très loin de la vérité.

— Vous avez certainement fait tout ce qu'il fallait pour cela.

— Cela va peut-être vous paraître pervers, dit Tharkay, mais voilà longtemps que j'ai appris que mon visage et mes origines m'interdisent toute relation naturelle, comme il s'en noue entre gentilshommes, sans que j'y sois pour rien. Et si je ne peux pas inspirer confiance, je préfère provoquer une suspicion exprimée avec franchise, plutôt que de supporter lâchement tout ce que l'on chuchote dans mon dos, sans même prendre la peine de s'en cacher correctement.

— Il me faut, moi aussi, supporter les chuchotements et les ragots de la bonne société, comme tous mes officiers ; nous ne servons pas pour ces personnes à l'esprit obtus qui aiment ricaner dans les coins, mais pour notre pays ; et ce service est une meilleure défense de notre honneur, face aux insultes mesquines, que les objections les plus violentes que nous pourrions soulever, dit Laurence.

— Peut-être ne parleriez-vous pas ainsi, s'emporta Tharkay avec passion, si vous étiez contraint de supporter cette situation entièrement seul ; si non seulement la bonne société, mais également tous ceux que vous pourriez considérer à juste titre comme vos frères – vos officiers supérieurs et vos compagnons d'armes – vous envisageaient avec le même dédain ; si tout espoir d'indépendance et d'avancement vous était refusé et que, pour seule consolation, on vous offrait une place de domestique, quelque chose entre le valet et le chien savant.

Il referma la bouche sans rien ajouter de plus, quoique son indifférence habituelle parût désormais affectée, et qu'il y eût quelques suggestions de couleur sur ses joues.

— Dois-je comprendre que vous m'accusez d'un tel comportement ? s'enquit Laurence, partagé entre l'indignation et la honte.

Mais Tharkay secoua la tête.

— Non, je vous prie de pardonner ma véhémence ; les blessures dont je vous parle ne sont pas moins amères en dépit de leur âge.

Avec une ombre de sa grimace habituelle, il ajouta :

— Les incivilités que *vous* m'avez servies, je ne nie pas les avoir provoquées ; j'ai pris cette habitude d'anticiper : cela m'amuse, quand bien même c'est parfois injuste pour mon entourage.

Il en avait dit suffisamment pour que Laurence puisse imaginer sans peine le genre de traitement qui avait poussé Tharkay à renoncer ainsi à son pays et à la société des siens pour mener une existence solitaire, où il n'était attaché à rien ni à personne. Cela semblait à Laurence parfaitement stérile – un vrai gâchis, pour un homme qui valait sans doute mieux. Tendant la main, il déclara de bonne foi :

— Si vous voulez bien m'accorder votre confiance, alors donnez-moi votre parole, et recevez la mienne. J'espère être en mesure d'assurer de ma loyauté totale tout homme qui m'accorde la sienne, et il me semble que je serais plus navré de vous perdre que je ne l'aurais cru.

Tharkay le dévisagea ; une étrange expression d'incertitude s'afficha brièvement sur ses traits, puis il dit d'un ton léger :

— Ma foi, je suis un homme esclave de ses habitudes ; mais puisque vous êtes disposé à accepter ma parole, capitaine, je suppose que ce serait grossier de ma part de vous la refuser.

Et il tendit la main à son tour, d'un air désinvolte ; mais il n'y avait rien d'insincère dans sa poignée de main.

— Pouah ! fit Téméraire après les avoir hissés tous les deux dans le jardin, en examinant avec dégoût les traces de boue sur ses griffes. Enfin, je me moque que vous sentiez mauvais, du moment que vous êtes de retour. Granby a dit que vous étiez sûrement restés tard au dîner, et que je ne devais pas me mettre à votre recherche ; mais vous étiez partis depuis si longtemps, ajouta-t-il d'une voix plaintive, avant d'enfoncer la patte dans le bassin pour la nettoyer.

— Nous avons commis une maladresse en

revenant, qui nous a contraints à nous terrer un moment. Mais comme tu le vois, tout s'est bien terminé ; je suis désolé d'avoir été une source d'inquiétude, dit Laurence.

Il se déshabilla sans cérémonie avant d'aller se plonger lui-même dans le bassin : Tharkay avait déjà de l'eau jusqu'à la taille.

— Dyer, emportez ces vêtements et mes bottes et voyez ce que Roland et vous pouvez en faire ; et apportez-moi ce fichu savon.

— Cela ne nous dit toujours pas si Yarmouth est le coupable ou non, dit Granby lorsque Laurence, lavé de frais, en culotte et bras de chemise, eut achevé de lui raconter le dîner. Néanmoins, comment aurait-il fait pour emporter une telle masse d'or ? Il aurait fallu qu'il s'embarque, à moins qu'il n'ait été assez fou pour partir avec une caravane.

— On l'aurait remarqué, intervint tranquillement Tharkay. D'après Maden, l'or remplissait une centaine de coffres ; et ni dans le caravansérail ni sur les quais, on n'a signalé de cargaison de cette importance : j'ai passé la matinée d'hier à me renseigner. De fait, il aurait eu bien du mal à trouver un moyen de transport : la moitié des charretiers convoient du matériel pour les fortifications du port, et les autres évitent la ville en raison des dragons.

— Aurait-il pu recruter un dragon, dans ce cas ? demanda Laurence. Nous avons vu des dragons offrir de tels services en Orient ; en trouve-t-on aussi loin ?

— Je n'en ai jamais vu de ce côté-ci du Pamir, répondit Tharkay. On refuse de les laisser entrer en ville en Occident, de sorte qu'ils n'y trouveraient guère d'intérêt. En outre, comme ils n'y sont guère mieux considérés que des dragons sauvages, ils risqueraient vraisemblablement de se faire capturer et envoyer dans une ferme de reproduction.

— Peu importe ; il n'aurait pas pu faire appel à un dragon pour déplacer de l'or, pas s'il avait l'intention de le revoir, dit Granby. Je ne crois pas qu'on puisse confier à un dragon des monceaux d'or et de joyaux à transporter pendant des jours, pour lui demander de vous les restituer ensuite.

Ils étaient demeurés dans le jardin pour tenir cette conversation à voix basse, et Téméraire, sans contester en rien la remarque de Granby, observa d'un ton rêveur :

— Cela représente vraiment beaucoup d'or, apparemment. Peut-être l'a-t-il caché quelque part en ville ?

— Il faudrait qu'il fût un dragon lui-même, pour se satisfaire de posséder un tel trésor tout en sachant qu'il ne pourrait jamais remontrer son visage afin d'en faire usage, dit Laurence. Non ; il n'aurait pas été si loin s'il n'avait trouvé le moyen d'emporter son butin.

— Mais puisque vous affirmez tous que l'or n'a pu être emporté nulle part, fit valoir Téméraire, il faut bien qu'il soit encore ici.

Il y eut un silence, que Laurence rompit en disant :

— Dans ce cas, il ne peut y avoir d'autre explication que la complicité des ministres, voire leur implication active. La Grande-Bretagne ne saurait laisser passer une telle insulte ; même s'ils souhaitaient la fin de notre alliance, iraient-ils délibérément provoquer une guerre, qui leur coûterait certainement plus que cette somme et qu'ils devraient payer avec leur sang, en plus de l'or ?

— Ils ont soigneusement veillé à ce que nous ayons toutes les raisons de croire à la culpabilité de Yarmouth, souligna Granby. Nous n'avons aucune preuve justifiant de partir en guerre.

Tharkay se leva brusquement, en époussetant son pantalon ; ils s'étaient assis en tailleur sur de petits tapis, à la turque, car il n'y avait rien qui ressemblât à une chaise dans le kiosque. Laurence jeta un coup d'œil par-dessus son épaule, et Granby et lui se levèrent précipitamment à leur tour : une femme se tenait à l'autre bout du bosquet, dans l'ombre des cyprès. Peut-être était-ce la même qu'ils avaient déjà aperçue, dans l'enceinte du palais ; quoiqu'il fût difficile de la distinguer d'une autre, avec le voile épais qui la recouvrait.

— Vous ne devriez pas vous trouver ici, fit sourdement Tharkay en la voyant s'approcher vivement. Où est votre suivante ?

— Elle m'attend dans les escaliers ; elle toussera si l'on vient, répondit la femme d'une voix calme et ferme, sans cesser de le fixer de ses yeux noirs.

— Serviteur, mademoiselle Maden, fit Laurence, gêné.

Il ne savait que faire ; malgré toute la sympathie du monde, il ne pouvait en conscience cautionner une entrevue clandestine ou, pire encore, une fuite d'amoureux ; par ailleurs, il était en dette vis-à-vis de son père. Mais si les deux jeunes gens lui demandaient son aide, il se demanda comment il pourrait refuser. Il se rabattit sur les formalités d'usage :

— Puis-je vous présenter Téméraire, ainsi que mon premier lieutenant, John Granby ?

Granby sursauta, puis s'inclina en une courbette maladroite.

— Très honoré, mademoiselle Maden, dit-il avec une note interrogative, tout en adressant un regard perplexe à Laurence.

Téméraire, après l'avoir saluée à son tour, la dévisagea avec une franche curiosité.

— Je ne réitérerai pas ma demande, déclara Tharkay à voix basse.

— Ne parlons pas de ce qui ne peut être, dit-elle en sortant la main de la poche de son manteau.

Pas pour le toucher, contrairement à ce que Laurence avait cru ; elle allongea simplement le bras en disant :

— J'ai pu me glisser un moment dans la salle du Trésor ; mais la plupart ont été fondues, j'en ai peur.

Au creux de sa paume brillait, inimitable, un souverain d'or estampillé au visage du roi.

— On ne peut pas se fier à ces despotes orientaux, fit Granby, pessimiste. Après tout, cela reviendrait à le traiter de voleur et d'assassin. Il nous ferait vraisemblablement trancher le col.

Téméraire était considérablement plus confiant, car on lui avait permis de venir et il considérait par conséquent que tout danger physique devenait négligeable du fait de sa présence.

— J'aimerais voir le sultan, dit-il. Peut-être aura-t-il quelques bijoux intéressants ; puis nous pourrons enfin retourner chez nous. Même s'il est dommage qu'Arkady et les autres ne soient pas là pour le rencontrer.

Laurence, qui ne partageait pas le moins du monde ce regret, espérait lui-même une issue heureuse. Mustafa avait contemplé la monnaie d'un œil sombre et écouté, sans même tenter de feindre la surprise, Laurence lui déclarer froidement qu'elle provenait directement du Trésor.

— Non, monsieur ; je ne nommerai pas ma source, avait dit Laurence. Mais si vous le souhaitez, je veux bien vous accompagner au Trésor sur-le-champ, directement ; je crois volontiers que nous en trouverons d'autres, si vous doutez de la provenance de celle-ci.

Mustafa avait décliné cette proposition ; et, bien qu'il n'eût fait aucun aveu de culpabilité ni fourni aucune explication, il avait déclaré à brûle-pourpoint :

— Je dois m'entretenir avec le grand vizir.

Après quoi il était reparti ; et dans la soirée, une convocation était tombée : on les appelait enfin en audience devant le sultan.

— Je ne tiens pas à l'embarrasser, ajouta Laurence. Dieu sait que le pauvre Yarmouth aurait mérité mieux, et Arbuthnot également. Mais lorsque nous aurons rapporté les œufs en Grande-Bretagne, il sera bien temps pour le gouvernement de décider de la réaction qu'il convient d'avoir, et je sais bougrement bien ce que l'on dirait si je prenais la moindre initiative dans *ce* domaine. (En vérité, il craignait que l'on n'eût déjà beaucoup à dire concernant ses initiatives à propos des œufs.) En tout cas, j'espère que nous apprendrons qu'il s'agissait bel et bien de quelque machination de ses ministres, dont le sultan lui-même n'avait pas connaissance.

Les dragons Bezaid et Sherazde étaient revenus les escorter pour l'entrevue, bien que le trajet ne leur prît qu'un instant ; ils survolèrent simplement le palais pour se poser sur la grande pelouse de la première cour, devant l'entrée. Il semblait absurde à Laurence d'être accueilli en grande pompe dans un palais où il logeait depuis trois jours déjà, mais ils furent placés soigneusement entre les deux Kaziliks et avancèrent ainsi, dignement, entre les larges battants de bronze, pour déboucher dans la petite cour qui s'ouvrait juste devant le porche magnifiquement ornementé de la porte de la Félicité : les vizirs s'alignaient en ordre parfait de part et d'autre du chemin, leurs turbans blancs étincelaient au soleil, et plus loin, le long des murs, les chevaux de la cavalerie renâclaient nerveusement en piaffant sur leur passage.

L'imposant trône du sultan, tout en or éclaboussé de gemmes vertes, se dressait sur un magnifique tapis de laine multicolore décoré de motifs floraux et ornementaux ; sa robe était plus belle encore, en satin orange et jaune vif bordé de noir sur une tunique de soie bleu et jaune ; un diamant scintillait sur le pommeau de la dague qui dépassait de sa ceinture ; et une aigrette de diamants autour d'une grosse émeraude carrée maintenait un grand panache de plumes raides au sommet de son turban blanc. Bien que la cour fût vaste et noire de monde, on n'entendait pratiquement aucun bruit ; les fonctionnaires alignés en rangs ne parlaient pas, ne chuchotaient pas entre eux, ne remuaient même pas.

C'était une mise en scène impressionnante, calculée avec succès pour en imposer au visiteur et le dissuader de briser ce silence. Mais quand Laurence fit un pas en avant, Téméraire se mit soudain à siffler dans son dos – un son tranchant, aussi menaçant que le frottement d'une lame sortant de son fourreau ; Laurence, consterné, se retourna pour le faire taire, mais le regard de Téméraire demeura fixé sur la gauche : dans l'ombre de la haute tour du Divan, lovée sur elle-même dans un scintillement d'anneaux blancs, Lien les observait à travers ses pupilles rougeoyantes.

## 9

Ils n'eurent guère le loisir de réfléchir ni de faire quoi que ce soit d'autre que d'ouvrir de grands yeux ; les Kaziliks s'étaient postés de chaque côté de Téméraire, et déjà Mustafa leur faisait signe d'approcher du trône. Laurence s'avança d'un pas gourd et s'inclina courtoisement, avec moins d'élégance qu'à l'ordinaire. Le sultan lui retourna un regard inexpressif. Il avait le visage très large, un cou qui disparaissait entre son habit et sa barbe brune bien taillée, et des traits délicats, avec une lueur contemplative au fond de ses beaux yeux sombres ; il dégageait une impression de calme et de dignité qui paraissait plus naturelle qu'affectée.

Le discours que Laurence avait préparé s'était complètement effacé dans son esprit ; il ne se souvenait plus d'aucune des phrases qu'il avait répétées. Il regarda le sultan bien en face et déclara dans son français rudimentaire :

— Votre Majesté, vous connaissez ma mission, ainsi que l'accord conclu entre nos deux nations. La Grande-Bretagne a rempli toutes ses obligations au terme de cet accord, et le paiement a été reçu.

Allez-vous nous remettre les œufs que nous sommes venus chercher ?

Le sultan reçut avec calme cette entrée en matière brutale, sans montrer le moindre signe de colère ; lui-même parlait un français remarquable et répondit d'une voix neutre :

— La paix soit sur votre pays, ainsi que sur votre roi ; prions pour que l'amitié ne se tarisse jamais entre nous.

Il continua un moment dans cette veine, parlant de délibération entre ses ministres, promettant une nouvelle audience et la poursuite de nombreuses enquêtes. Encore sous le choc d'avoir retrouvé Lien à la cour du sultan, parmi le cercle de ses conseillers, Laurence eut du mal à suivre tout ce qu'il disait, mais non à comprendre la signification sous-jacente : un nouveau délai, un nouveau refus, et pas la moindre intention de satisfaire leurs revendications. De fait, le sultan ne fit guère d'effort pour dissimuler son propos : il ne leur offrit aucune dénégation, aucune explication, ne feignit ni la colère ni la consternation. Il s'exprimait presque avec une pointe de pitié, quoique sans se radoucir pour autant, et lorsqu'il eut fini, il les congédia sur-le-champ, sans laisser à Laurence l'opportunité de répondre.

L'attention de Téméraire n'avait pas flanché un seul instant ; en dépit de cette mise en scène clinquante, il n'avait pas accordé un coup d'œil au sultan qu'il se disait si impatient de voir, gardant les yeux obstinément fixés sur Lien ; ses épaules se ramassaient de plus en plus, sa patte avant ne cessait de s'avancer, jusqu'à ce qu'il bute presque dans le dos de Laurence, prêt à l'emporter à la moindre alerte.

Les Kaziliks durent le pousser gentiment pour le faire bouger, et il repartit en crabe le long de l'allée, maladroitement, sans jamais tourner le dos à Lien. Cette dernière n'esquissa pas le moindre geste ; aussi sereine qu'un serpent, elle les suivit du regard dans la cour intérieure, jusqu'à ce que la courbe du mur la dissimulât à leur vue.

— D'après Bezaid, elle est arrivée depuis trois semaines, dit Téméraire.

Sa collerette frémissante, largement déployée, n'était pas retombée depuis l'instant où il avait posé les yeux sur Lien. Il avait émis une vigoureuse protestation lorsque Laurence avait prétendu retourner dans le kiosque ; il refusait de le quitter des yeux. Même dans le jardin, il avait insisté pour que Laurence grimpât au creux de sa patte, et ses officiers s'étaient vus contraints de sortir pour entendre son récit.

— Largement le temps de saboter notre mission, commenta Granby d'un air sombre. Si elle ressemble à Yongxing, elle n'aurait pas eu le moindre scrupule à jeter le pauvre Yarmouth dans la Méditerranée, pas plus qu'il n'en aurait eu à vous faire estourbir ; quant à l'accident d'Arbuthnot, il est facile pour un dragon d'effrayer un cheval.

— Elle aurait pu accomplir tout cela et davantage, dit Laurence, sans rien obtenir contre nous, si les Turcs ne s'étaient pas montrés disposés à en tirer profit.

— Ils sont à la botte de Bonaparte, c'est certain,

approuva le lieutenant Ferris, furibond. Je leur souhaite bien du plaisir quand ils danseront au son de sa musique ; ils s'en mordront bientôt les doigts.

— En attendant, c'est nous qui nous en mordons les nôtres, dit Laurence.

L'ombre qui descendait sur eux les réduisit au silence, sauf Téméraire, qui émit un grondement féroce ; et les deux Kaziliks se redressèrent en sifflant nerveusement quand Lien, après avoir survolé le jardin, vint se poser gracieusement sur la pelouse. Téméraire montra les crocs et grogna dans sa direction.

— On croirait entendre un chien, lui dit-elle, froide et dédaigneuse, dans un français impeccable. Et tes manières ne valent guère mieux. Vas-tu m'aboyer dessus, également ?

— Peu m'importe que tu me trouves grossier ou non, rétorqua Téméraire en agitant furieusement la queue, au grand péril des arbres, des murs et des statues qui l'entouraient. Si tu veux te battre, je suis prêt ; je ne te laisserai pas faire du mal à Laurence ni à mon équipage.

— Pourquoi voudrais-je me battre contre toi ? dit Lien.

Elle s'assit sur son arrière-train, droite comme un chat, la queue soigneusement enroulée autour d'elle, en les dévisageant fixement.

Téméraire marqua une pause.

— Mais parce que… parce que… ne me hais-tu donc pas ? Je te haïrais, moi, si Laurence était mort par ta faute, déclara-t-il avec candeur.

— Et en barbare que tu es, tu te jetterais sur moi

pour me déchiqueter avec tes griffes, j'en suis sûre, dit Lien.

La queue de Téméraire retomba lentement par terre ; seule la pointe tressaillait encore. Il regarda Lien, interloqué : ç'aurait effectivement été sa réaction, sans aucun doute.

— Eh bien, je n'ai pas peur de toi.

— Non, admit-elle calmement, pas encore.

Téméraire la fixa, et elle ajouta :

— Ta mort me rendrait-elle le dixième de ce que tu m'as pris ? Crois-tu que j'accorde au sang de ton capitaine la même valeur qu'à celui de mon cher compagnon, un grand et honorable prince, aussi supérieur au tien que le jade pur l'est au crottin ?

— Oh ! s'exclama Téméraire, indigné, en se dressant davantage encore sur ses ergots. Il n'avait rien d'honorable, rien du tout, sans quoi il n'aurait pas tenté de faire assassiner Laurence ; Laurence en vaut *cent* tel que lui ou n'importe quel autre prince. Et de toute façon, Laurence est prince lui aussi, désormais.

— Un tel prince, tu peux te le garder, dit-elle avec mépris. J'aurai une meilleure vengeance pour mon compagnon.

— Ma foi, si tu ne veux pas te battre et que tu n'aies pas l'intention de t'en prendre à Laurence, je ne vois pas pourquoi tu es venue ; et tu peux t'en aller maintenant, conclut-il d'un air de défi, car je n'ai aucune confiance en toi.

— Je suis venue pour m'assurer que tu comprends bien. Tu es jeune et stupide, et tu as été très mal éduqué ; s'il restait la moindre pitié en moi, je te plaindrais.

« Tu as foulé aux pieds ma vie entière, tu m'as arrachée à ma famille, à mes amis et à mon foyer ; tu as ruiné tous les espoirs de mon seigneur pour la Chine, et je dois vivre en sachant que tout ce pour quoi il a vécu et lutté aura été vain. Nul ne s'occupe de sa tombe, et son esprit ne connaîtra pas le repos.

« Non, je ne te tuerai pas, pas plus que ton capitaine, qui t'a lié à son pays.

Elle secoua la tête et, se penchant en avant, dit doucement :

— Je veux te voir privé de tout ce que tu possèdes : ton foyer, ton bonheur et toutes tes jolies choses. Je veux voir ta nation abattue et tes alliés en fuite. Je veux te voir seul, abandonné et aussi misérable que moi ; tu pourras vivre alors aussi longtemps que tu le voudras, dans quelque coin obscur et reculé de la terre, et je me tiendrai pour satisfaite.

Téméraire demeura bouche bée, pétrifié par la finalité monocorde de ces paroles ; sa collerette retomba lentement contre son cou, et le temps que Lien en finisse, il se tenait recroquevillé loin d'elle, serrant Laurence contre lui entre ses deux pattes qui l'enserraient comme une cage.

Elle déploya à demi ses ailes et fit jouer ses muscles.

— Je pars pour la France me mettre au service de cet Empereur barbare, dit-elle. Il est certain que les misères de mon exil seront nombreuses, mais je les souffrirai mieux, maintenant que je t'ai parlé. Peut-être ne nous reverrons-nous pas avant longtemps ; j'espère que tu ne m'oublieras pas et que tu te souviendras que tes joies sont désormais comptées.

Elle s'envola d'un bond et, en trois coups d'ailes puissants, diminua rapidement dans le lointain.

— Pour l'amour du ciel, jura Laurence d'une voix forte, en les voyant tous silencieux et consternés après son départ, nous ne sommes pas des enfants, pour nous effrayer ainsi de menaces. Qu'elle nous souhaite tout le mal du monde, nous le savions déjà.

— Oui, mais je ne le savais pas *à ce point*, fit Téméraire d'une petite voix.

Il semblait peu enclin à relâcher Laurence.

— Mon cher, ne la laisse pas te troubler ainsi, je t'en prie, dit Laurence en posant la main sur le museau de Téméraire. Ce serait lui donner ce qu'elle veut, ton malheur, et pour pas cher – au prix de quelques mots. Ses paroles sont creuses : aussi puissante soit-elle, elle ne saurait à elle seule influer sur le cours de la guerre ; et Napoléon travaillera corps et âme à notre perte, avec ou sans elle.

— Elle nous a déjà fait beaucoup de mal néanmoins, observa Téméraire d'un ton maussade. Maintenant, ils ne veulent plus nous donner les œufs dont nous avons si grand besoin et pour lesquels nous avons traversé tant d'épreuves.

— Laurence, déclara brusquement Granby, par Dieu, ces coquins ont dérobé un foutu demi-million de livres et vraisemblablement utilisé les fonds pour bâtir ces fortifications comme un pied de nez à la Navy. Nous ne pouvons pas en rester là ; il nous faut *agir*. Un seul rugissement de Téméraire pourrait faire s'écrouler la moitié de ce palais sur leurs têtes…

— Nous ne nous adonnerons pas au meurtre et à la destruction afin de nous venger, à la manière de Lien ; ce serait indigne de nous, répondit Laurence. Non, poursuivit-il en levant la main pour couper court aux protestations de Granby. Allez faire dîner les hommes, et envoyez-les se coucher ; qu'ils dorment autant que possible, tant qu'il reste un peu de jour.

« Nous partons cette nuit, continua-t-il froidement, très calme, et nous emportons les œufs avec nous.

— Sherazde prétend que son œuf est gardé à l'intérieur du harem, leur apprit Téméraire après s'être renseigné. Près des bains, là où il fait le plus chaud.

— Ils ne risquent pas de nous trahir, dis-moi ? s'enquit anxieusement Laurence avec un regard en direction des Kaziliks.

— Je ne leur ai pas dit pourquoi je posais la question, admit Téméraire avec un air coupable. Cela ne m'a pas semblé très honnête. Mais après tout, nous prendrons soin des œufs, de sorte qu'ils n'ont pas de souci à se faire ; et nul n'a rien à objecter, puisqu'ils ont pris l'or. Mais je ne peux pas leur demander grand-chose de plus, sans quoi ils finiront par se demander pourquoi je veux savoir.

— Ça va être commode de chercher ces œufs à l'aveuglette, grommela Granby. Je suppose que l'endroit est infesté de gardes et que, si les femmes nous aperçoivent, elles se mettront aussitôt à hurler ; cette mission ne sera pas une partie de plaisir.

— Je crois que seuls quelques-uns d'entre nous devraient y aller, dit Laurence. Je prendrai quelques volontaires…

— Oh, diable, non ! s'exclama Granby avec fureur. Non, cette fois-ci je vais devoir y mettre le holà, Laurence. Vous envoyer dans ce labyrinthe sans savoir où vous allez, pour tomber vraisemblablement sur une douzaine de gardes à chaque coin de couloir ; j'aimerais bien voir cela. Il n'est pas question que je retourne en Angleterre pour raconter comment je me tournais les pouces pendant que vous vous faisiez hacher menu. Téméraire, il ne faut pas le laisser partir, tu m'entends ? Il est certain d'y laisser la vie ; je t'en donne ma parole.

— Si le groupe est certain de se faire tuer, personne n'ira ! s'alarma Téméraire en se dressant vivement, prêt à retenir physiquement quiconque ferait mine de partir.

— Téméraire, il s'agit d'une exagération pure et simple, lui dit Laurence. Monsieur Granby, vous surestimez les difficultés. Et vous outrepassez vos prérogatives.

— Je ne crois pas, non, rétorqua Granby d'un air de défi. J'ai tenu ma langue une douzaine de fois déjà, parce que je sais à quel point il est difficile de rester en arrière et que vous n'avez pas été formé à cela. Mais vous êtes capitaine, et vous *devez* faire plus attention à vous. Ce n'est pas uniquement votre affaire, mais aussi celle des Corps, si vous cassez votre pipe – et la mienne également.

— Si vous permettez, intervint Tharkay avant que

Laurence pût continuer à émettre ses remontrances à Granby, je vais y aller. Tout seul, je suis raisonnablement sûr de pouvoir parvenir jusqu'aux œufs sans alarmer personne, après quoi je n'aurai plus qu'à revenir pour guider le reste du groupe.

— Tharkay, dit Laurence, ceci dépasse largement ce que nous sommes en droit d'attendre de vous ; même à un soldat, je ne confierais pas cette mission à moins qu'il ne se porte volontaire.

— Mais je *suis* volontaire, dit Tharkay avec son demi-sourire coutumier. Et puis, j'ai plus de chance de revenir que n'importe lequel d'entre vous.

— En courant trois fois plus de risques, objecta Laurence. Cela vous ferait aller, revenir puis retourner là-bas, en vous exposant chaque fois à tomber sur des gardes.

— C'est donc bel et bien dangereux, dit Téméraire, qui, hélas, ne perdait pas une miette de la conversation. Il n'est pas *question* que tu ailles là-bas. Granby a parfaitement raison ; ni toi ni personne, d'ailleurs.

— Oh, par l'enfer ! grommela Laurence dans sa barbe.

— Il semble donc qu'il ne reste que moi, dit Tharkay.

— Toi non plus ! riposta Téméraire, à la grande stupéfaction de Tharkay, avant de se recoucher dans une attitude aussi butée qu'il paraissait possible pour un dragon.

Granby, les bras croisés, adoptait une expression similaire.

D'ordinaire, Laurence montrait très peu d'inclination

à jurer, mais en cette occasion, il fut sérieusement tenté de se laisser aller. Un appel à la raison pourrait convaincre Téméraire de laisser un petit groupe tenter l'expédition, si l'on parvenait à le convaincre que c'était un risque nécessaire, comme au cours d'une bataille ; mais il rechignerait sans doute à voir partir Laurence, et ce dernier n'avait aucunement l'intention d'exposer des hommes à un tel danger s'il ne le partageait pas avec eux, quoi qu'en disent les règles des Corps.

La situation en était là quand Keynes sortit dans les jardins.

— Dans l'intérêt du secret, mieux vaut souhaiter qu'aucun de ces dragons n'entende rien à l'anglais, dit-il. Si vous avez fini de crier comme des harengères, Dunne souhaiterait vous dire un mot, capitaine ; Hackley et lui ont pu apercevoir les bains, durant leur excursion.

— C'est vrai, monsieur, déclara Dunne.

Il était assis sur son grabat, pâle, fiévreux, en simples culottes, la chemise flottante sur sa peau lacérée ; Hackley, plus mince que lui, avait moins bien supporté le fouet et restait encore prostré.

— Du moins, j'en suis presque sûr, continua-t-il. Elles avaient toutes la pointe des cheveux mouillée en sortant de là, et celles à la peau claire… celles-là étaient roses de chaleur. (Il baissa les yeux, honteux, sans regarder Laurence, et s'empressa d'achever.) Et on voyait une douzaine de cheminées au-dessus du bâtiment, monsieur, qui fumaient, en pleine journée et malgré la chaleur.

Laurence hocha la tête.

— Vous rappelez-vous l'endroit, et auriez-vous la force de nous y conduire ?

— Je me sens suffisamment remis, monsieur, dit Dunne.

— Il est suffisamment remis pour rester couché, oui, railla Keynes.

Laurence hésita.

— Pourriez-vous nous tracer un plan ? demanda-t-il.

— Monsieur, fit Dunne en déglutissant, laissez-moi venir, s'il vous plaît. Franchement, je ne crois pas que je pourrais vous indiquer le chemin sans voir l'endroit de mes yeux ; nous avions beaucoup tourné.

En dépit de cet atout supplémentaire, Téméraire continua d'abord à se montrer intraitable ; en fin de compte, Laurence fut contraint d'accéder aux exigences de Granby en l'autorisant à venir, ce qui laissait le reste de l'équipage à la charge du lieutenant Ferris.

— Là ; sois tranquille, Téméraire, dit Granby avec satisfaction, en glissant des fusées de détresse dans sa ceinture. S'il y a le moindre danger, je tirerai une fusée et tu viendras récupérer Laurence, avec ou sans les œufs ; je veillerai à ce qu'il se trouve à ta portée.

Laurence éprouvait un profond sentiment d'indignation ; tout cela lui semblait relever d'une insubordination considérable, mais comme c'était approuvé non seulement par Téméraire, mais par l'équipage au complet, il n'avait aucun recours ; et au fond de lui-même, il était conscient que l'Amirauté se serait montrée d'un avis identique, sinon plus farouchement opposée encore à ce qu'il tente la chose.

Il se tourna de mauvaise grâce vers son second lieutenant.

— Monsieur Ferris, dit-il, tenez tous les hommes à bord et prêts à décoller. Téméraire, si tu ne vois pas notre signal et que tu entendes du raffut dans le palais, ou si tu repères d'autres dragons dans le ciel, envole-toi aussitôt ; avec la nuit, tu devrais parvenir à rester hors de vue.

— Je le ferai ; mais ne compte pas sur moi pour m'enfuir si je n'aperçois pas ton signal, alors inutile de me l'ordonner, prévint Téméraire, la prunelle belliqueuse.

Heureusement, les Kaziliks s'en allèrent avant la tombée de la nuit, pour être remplacés par des gardes moins redoutables : une paire de dragons de poids moyen qui, un peu intimidés par Téméraire, se tinrent à l'écart dans le bosquet pour ne pas le déranger ; et la lune n'était guère plus qu'un mince croissant, tout juste suffisant pour leur permettre de voir où ils mettaient les pieds.

— Souviens-toi que je m'en remets à toi pour veiller sur l'équipage, dit doucement Laurence à Téméraire. Prends soin de tout le monde, je t'en prie, si les choses tournent mal ; promets-le-moi.

— D'accord, répondit Téméraire, mais je ne m'enfuirai pas en t'abandonnant, alors tu dois me promettre de faire attention, et de m'envoyer chercher au moindre danger ; cela ne me plaît pas de rester en arrière, pas du tout, conclut-il sur un ton misérable.

— Cela ne me plaît pas non plus de te laisser, mon cher, lui dit Laurence en lui caressant le museau, autant pour le rassurer que pour se réconforter lui-même. Nous tâcherons de faire vite.

Téméraire émit un grognement malheureux, puis s'assit sur son arrière-train, les ailes à demi déployées afin de dissimuler ses mouvements aux dragons qui le gardaient ; puis il hissa l'un après l'autre les membres de l'expédition sur le toit : Laurence et Granby ; Tharkay ; Dunne ; Martin ; Fellowes, le maître de harnais, qui avait réparti dans des besaces tout le cuir de réserve dont il disposait afin de sangler les œufs pour le transport ; et comme sentinelle, Digby, qui venait de passer aspirant. Avec Salyer, Dunne et Hackley sur le flanc, Laurence manquait de sous-officiers et le garçon, malgré son jeune âge, avait mérité sa promotion par la régularité de son travail ; il avait été autrement plus agréable de le nommer que de dégrader ses compagnons, et cela leur avait permis de se lancer dans cette aventure désespérée après une tournée d'alcool et un toast discret au nouvel aspirant, au succès de leur entreprise et, enfin, au roi.

Le toit pentu était glissant et instable, mais ils devaient se tenir le plus bas possible de toute manière, et c'est en progressant à quatre pattes qu'ils parvinrent à la jonction entre le toit et le mur du harem, lequel était assez large pour qu'un homme puisse s'y tenir. De là, ils purent embrasser la totalité du palais labyrinthique : minarets et hautes tours, galeries et coupoles, cours et cloîtres, qui s'imbriquaient les uns dans les autres sans la moindre rupture, comme si l'ensemble ne formait qu'un seul et unique édifice, œuvre d'un architecte dément ; les toits blancs et gris comportaient des lucarnes en abondance, mais toutes celles qu'ils purent atteindre étaient fermées.

Un grand bassin en marbre s'étendait contre le mur d'en face, en contrebas, bordé d'un étroit chemin d'ardoise grise et de deux arches ouvertes : leur porte d'entrée. Ils déroulèrent une corde le long de laquelle Tharkay se laissa glisser en premier, dans un silence tendu, tandis qu'ils surveillaient les fenêtres éclairées, aux aguets d'une ombre fugace, d'une illumination soudaine, du moindre signe qu'ils étaient repérés. On n'entendit aucun cri ; ils attachèrent Dunne au moyen d'une boucle, et Fellowes et Granby le firent descendre, la corde enroulée autour de leurs hanches, qu'ils lâchaient petit à petit dans leurs mains gantées ; les autres suivirent, un par un.

Ils contournèrent le bassin en file indienne ; les lumières de plusieurs fenêtres se reflétaient dans l'eau en ondulations dorées, et des lanternes brillaient au-dessus de la terrasse voisine. Ils atteignirent le porche : ils étaient dans la place. Des lampes à huile dont la flamme vacillait dans des niches au-dessus du sol encadraient un étroit couloir au plafond bas, éclairé par des chandelles, s'ouvrant sur de nombreuses portes et des escaliers. Un léger courant d'air leur caressa le visage, comme un murmure de conversations lointaines.

Ils avancèrent en silence, très vite, aussi vite qu'ils

l'osaient, Tharkay en tête, tandis que Dunne lui chuchotait les indications qu'il parvenait à se rappeler dans l'obscurité. Ils passèrent de nombreuses petites pièces où flottait parfois un reste de parfum, doux et plus fragile que celui des roses, que l'on ne percevait que par intermittence et qui se noyait dans les senteurs plus fortes d'encens et d'épices lorsqu'on tentait de l'identifier. Partout, jetés sur des divans ou éparpillés au sol, gisaient les accessoires des heures d'oisiveté du harem, écritoires, livres et instruments de musique, ornements pour les cheveux, écharpes, pinceaux, brosses et autres ustensiles de beauté. En passant la tête à l'intérieur d'une pièce, Digby lâcha une exclamation de surprise ; ils le rejoignirent aussitôt et portèrent d'abord la main à l'épée ou au pistolet, en se voyant brusquement entourés d'une foule de visages pâles et déformés : ils contemplaient un cimetière de vieux miroirs, fendus ou ébréchés, appuyés contre les murs dans leurs cadres dorés.

De temps en temps, Tharkay les faisait s'arrêter et entrer dans une pièce attenante où ils restaient accroupis en silence, le temps que des bruits de pas lointains se fussent estompés ; une fois, des femmes passèrent en riant dans le couloir, leurs voix claires empreintes de gaieté. Laurence sentit peu à peu une lourdeur, une humidité de l'air, ainsi qu'une chaleur croissante ; Tharkay croisa son regard par-dessus son épaule et, d'un hochement de tête, lui fit signe de le rejoindre.

Laurence vint s'agenouiller près de lui : à travers un

écran de lattis, ils contemplaient un haut couloir de marbre brillamment illuminé.

— Oui, c'est de là que nous les avons vues sortir, murmura Dunne, en désignant un porche étroit ; le sol tout autour luisait d'humidité.

Tharkay porta un doigt à ses lèvres et leur fit signe de reculer dans l'ombre ; puis il s'éloigna à croupetons, disparut pendant plusieurs minutes interminables, puis revint en chuchotant :

— J'ai trouvé le chemin qui mène en bas ; mais il y a des gardes.

Quatre eunuques noirs en uniforme montaient la garde au bas des escaliers, à moitié somnolents à cette heure tardive, discutant sans prêter grande attention à leur mission ; malgré tout, il semblait malaisé de parvenir jusqu'à eux sans se faire voir ni déclencher l'alerte. Laurence ouvrit sa boîte à cartouches et déchira une demi-douzaine des tortillons de papier contenant ses balles de pistolet, dont il déversa la poudre sur le sol ; ils s'embusquèrent de part et d'autre des escaliers, puis laissèrent les balles rouler au bas des marches, en rebondissant bruyamment sur le marbre lisse.

Plus surpris qu'inquiets, les gardes vinrent voir de quoi il retournait et se penchèrent sur la poudre noire ; Granby bondit, juste au moment où Laurence allait en donner l'ordre, et en assomma un avec la crosse de son pistolet ; Tharkay en estourbit un autre, d'un coup à la tempe assené avec le pommeau de son poignard, et l'allongea doucement au sol. Le troisième, Laurence lui passa le bras autour de la gorge et serra, jusqu'à ce qu'il cesse de se débattre. Mais le dernier, solide gaillard à la poitrine comme une barrique et au cou épais, parvint à pousser un cri étranglé malgré la prise de Digby, jusqu'à ce que Martin le fasse taire.

Ils restèrent un moment haletants, à tendre l'oreille, mais n'entendirent aucune réponse, aucun signe que quiconque arriverait en renfort. Traînant les gardes dans le coin sombre où eux-mêmes s'étaient cachés un instant plus tôt, ils les attachèrent et les bâillonnèrent avec leurs foulards.

— Il faut nous hâter, maintenant, dit Laurence.

Ils coururent au bas des escaliers jusqu'au bout du couloir, leurs bottes résonnant subitement sur le dallage. Les bains étaient déserts : haute salle de marbre sous une voûte immense soutenue par des arches délicates en pierre jaune, avec de grands bassins de pierre aux robinets d'or fixés dans le mur, des paravents de bois sombre et de petites alcôves dans tous les coins pour se déshabiller, et des plates-formes en pierre au milieu, ruisselantes de gouttelettes et de vapeur d'eau. Des portes cintrées s'ouvraient tout autour de la salle, et des bouffées de vapeur se déversaient à l'intérieur par des conduits placés en haut des murs ; un escalier de pierre en colimaçon les conduisit à une porte en fer, brûlante au toucher.

Ils se regroupèrent de part et d'autre pour l'ouvrir brusquement ; Granby et Tharkay bondirent, et s'engouffrèrent dans une pièce brûlante baignée d'une lueur infernale, rouge orange. Une chaudière trapue remplissait presque la totalité de la pièce, avec un grand chaudron de cuivre bouillonnant, dont partaient des tuyaux qui disparaissaient dans les murs. Un tas de bûches était posé à proximité, destiné à alimenter la gueule rugissante, et juste à côté, un brasier de charbon que l'on venait d'allumer commençait tout juste à prendre, avec de petites flammes qui venaient lécher une vasque suspendue remplie de pierres. Deux esclaves noirs nus jusqu'à la ceinture les fixèrent avec ébahissement ; l'un tenait une longue louche d'eau, avec laquelle il arrosait les pierres, et l'autre un tisonnier au moyen duquel il remuait le charbon.

Granby se jeta sur le premier et, avec l'aide de Martin, le plaqua au sol en réprimant ses cris ; mais le second brandit son tisonnier chauffé à rouge et en allongea un coup frénétique à Tharkay, tout en ouvrant la bouche pour appeler. Tharkay, poussant un curieux grognement étouffé, saisit le bras de l'homme et repoussa le tisonnier ; Laurence bondit lui plaquer sa main sur la bouche pour l'empêcher de crier, et Digby l'assomma pour le compte.

— Êtes-vous blessé ? s'enquit vivement Laurence.

Tharkay avait éteint le feu qui avait pris à son pantalon en le frappant avec les pans de son manteau, mais il ne posait pas le pied droit au sol et s'appuyait contre le mur, les traits tirés ; on sentait comme une odeur de viande brûlée.

Tharkay, les mâchoires serrées, ne répondit rien mais balaya toute inquiétude d'un revers de main. Il indiqua une grosse grille en fer derrière la chaudière, aux barreaux dégoulinant de rouille ; dans la chambre légèrement plus fraîche qu'on apercevait au-delà, une douzaine d'œufs de dragons étaient suspendus dans de grands filets de soie. La grille était brûlante, mais Fellowes sortit plusieurs morceaux de cuir dont Laurence et Granby se protégèrent les mains afin d'en soulever la barre.

Granby plongea la tête à l'intérieur et s'approcha des œufs, écartant la soie pour effleurer les coquilles avec un soin jaloux.

— Oh ! il est de toute beauté, dit-il d'un ton révérencieux en découvrant un œuf à la coloration rougeâtre, légèrement moucheté de vert. C'est notre Kazilik, pas d'erreur ; à moins de huit semaines de l'éclosion, si j'en crois sa texture. Il était grand temps que nous arrivions.

Il recouvrit l'œuf et, avec le plus grand soin, Laurence et lui le soulevèrent de son perchoir, avec son étole de soie, pour le rapporter dans la chaufferie où Fellowes et Digby entreprirent aussitôt de le sangler.

— Regardez-moi ce trésor, soupira Granby en se retournant vers le reste des œufs, caressant leur coquille du bout des doigts. Ce que les Corps ne donneraient pas pour un lot pareil ! Mais voici ceux que l'on nous avait promis ; un Alaman, c'est l'un de leurs dragons de combat léger (il indiqua le plus petit des œufs, d'un jaune citron délavé, moitié moins large que la poitrine d'un homme), et l'Akhal-Teke, qui est un poids moyen (un œuf de couleur crème moucheté de rouge et d'orange, presque deux fois plus gros).

Tous s'affairèrent sur les sangles, qu'ils passaient et repassaient au-dessus de la soie et bouclaient serrées, bien que le cuir leur glissât entre les doigts ; ils ruisselaient de sueur désormais, et de larges taches sombres s'étalaient dans le dos de leurs manteaux. Ils avaient refermé la porte afin de pouvoir travailler discrètement, et en dépit des fenêtres étroites, ils cuisaient comme dans un four.

Soudain, des bruits de voix résonnèrent à travers les conduits : ils se figèrent, les mains sur les lanières, puis un appel leur parvint plus clairement, une voix de femme :

— Plus de vapeur, traduisit Tharkay en chuchotant.

Martin saisit la louche et puisa un peu d'eau dans une bassine, qu'il versa sur les pierres ; mais le nuage de vapeur ne fut pas entièrement avalé par les tuyaux, et il devint presque impossible de distinguer quoi que ce fût dans la pièce.

— Nous allons devoir foncer : au bas des escaliers, puis à travers la sortie la plus proche, jusqu'à la première cour que vous apercevrez, dit tranquillement Laurence, en s'assurant que tous l'avaient bien entendu.

— Je ne vaux rien dans un combat ; je prendrai le Kazilik, déclara Fellowes, en laissant tomber le reste de son cuir en tas sur le sol. Attachez-le-moi dans le dos ; M. Dunne pourra m'aider à ne pas trébucher.

— Très bien, dit Laurence.

Il confia l'Akhal-Teke et le petit Alaman à Martin et Digby ; Granby et lui tirèrent l'épée, tandis que Tharkay, qui avait bandé sa jambe avec quelques-unes des lanières de cuir restantes, dégainait son poignard : ils ne pourraient compter sur leurs pistolets après le quart d'heure qu'ils venaient de passer dans cette atmosphère saturée d'humidité.

— Restons groupés, dit-il.

Et après avoir jeté d'un coup le reste de l'eau sur les pierres brûlantes ainsi que sur les charbons eux-mêmes, il ouvrit la porte d'un coup de pied.

Les gros nuages de vapeur blanche les emmenèrent au bas des escaliers et jusque dans les bains ; ils étaient à mi-chemin de la porte quand l'air s'éclaircit suffisamment pour que l'on commençât à y voir quelque chose. Puis la vapeur se dispersa et Laurence se retrouva en train de contempler une femme d'une beauté exquise, parfaitement nue, tenant un broc rempli d'eau ; son teint avait la couleur du thé au lait, et ses longues mèches mouillées d'un noir d'ébène constituaient son seul vêtement. Confuse, elle commença par le fixer avec ses yeux vert d'eau d'une taille extraordinaire, soulignés d'un trait de khôl ; puis elle poussa un cri perçant, que reprirent aussitôt d'autres femmes : plus d'une douzaine au total, toutes également belles, quoique dans des registres entièrement différents, et dont les voix soulevèrent une cacophonie sauvage et musicale.

— Oh, Seigneur ! dit Laurence.

Profondément honteux, il la saisit par les épaules, l'écarta fermement de son chemin et fila par la porte cintrée, ses hommes sur les talons. D'autres gardes arrivaient dans la salle au pas de course, du côté opposé, et deux tombèrent presque nez à nez avec Laurence et Granby.

Ils furent trop décontenancés pour attaquer aussitôt,

et Laurence put faire sauter le cimeterre de la main de son vis-à-vis et l'envoyer glisser au loin d'un coup de pied. Granby et lui repoussèrent leurs adversaires dans la salle, en dérapant à moitié sur le sol lisse, puis se ruèrent dans le couloir en direction des escaliers tandis que les deux gardes, étalés par terre, appelaient leurs compagnons.

Laurence et Granby passèrent la tête chacun sous un bras de Tharkay et l'aidèrent à grimper les marches en boitillant ; les autres étaient encombrés par les œufs ; pourtant, ils détalaient tous tandis qu'une folle poursuite s'engageait derrière eux, et que les cris des femmes attiraient de plus en plus l'attention. Un bruit de course au-devant d'eux les avertit que la retraite leur était coupée ; mais Tharkay leur jeta sèchement :

— Prenez à l'est, par ici !

Et ils s'enfuirent par un couloir attenant.

Un courant d'air frais, désespérément bienvenu, les frappa au visage ; et ils émergèrent d'un petit cloître en marbre dans une cour carrée à ciel ouvert, dont toutes les fenêtres s'illuminaient. Granby tomba aussitôt à genoux et entreprit de faire partir ses fusées : les deux premières refusèrent de s'allumer, trop humides, et il les jeta par terre en jurant, mais la troisième, qu'il avait enfoncée plus profondément dans sa chemise, finit par s'embraser et s'éleva dans la nuit en crachant derrière elle une traînée d'étincelles bleues.

Ils durent alors poser les œufs et se retourner pour combattre : les premiers gardes étaient sur eux, criant, tandis que d'autres sortaient du bâtiment. Heureusement, par crainte de toucher les œufs, les Turcs n'osaient pas employer d'armes à feu et se gardaient de presser les intrus de trop près, préférant se fier à leur nombre pour les réduire petit à petit. Laurence se démenait pour repousser les gardes, parant attaque après attaque, de tous côtés ; il décomptait le temps en battements d'ailes, mais à peine avait-il atteint la moitié du total auquel il s'attendait que Téméraire fondit au-dessus de la cour en rugissant, manquant coucher tout le monde sous le déplacement d'air.

Les gardes s'écartèrent à grands cris. Il n'y avait pas suffisamment de place pour que Téméraire puisse se poser sans écraser les bâtiments, au risque de les faire s'écrouler, mais les Célestes savaient faire du surplace ; avec de puissants battements d'ailes, Téméraire se maintint directement au-dessus de leurs têtes. Le tonnerre de ses ailes faisait pleuvoir des fragments de brique et de pierre dans la cour, et bon nombre de fenêtres environnantes explosèrent, jonchant le sol d'éclats de verre tranchants comme des rasoirs.

L'équipage déjà à bord leur jeta des cordes d'en haut. Ils y attachèrent les œufs, qui furent remontés frénétiquement dans le harnais ventral ; Fellowes ne prit pas le temps d'ôter son précieux fardeau, mais se laissa hisser avec l'œuf attaché dans le dos, et jeter comme un sac au fond du harnais ventral, où de nombreuses mains se tendirent pour boucler les sangles de son baudrier.

— Vite, vite, les encouragea Téméraire d'une voix forte.

L'alerte était vraiment donnée, maintenant, et des sonneries de cors retentissaient dans le lointain ;

d'autres fusées illuminèrent la nuit, et des jardins au nord monta soudain un rugissement terrible, puis un grand jet de flammes, rougeoyantes sous le ciel nocturne : les Kaziliks décollaient, grimpant en spirale dans le feu et la fumée. Laurence hissa Dunne vers les mains des hommes de ventre et bondit empoigner le harnais.

— Téméraire, nous sommes tous là, vas-y ! cria-t-il, suspendu par les mains.

Les hommes de ventre aidaient tout le monde à se sangler, tandis que Therrows tendait son baudrier à Laurence. En bas, les gardes revenaient avec des fusils, oubliant toute prudence en voyant les œufs si près de leur échapper ; ils se formaient en peloton, leurs armes pointées sur un même et unique point – seule manière d'espérer blesser un dragon par un tir de mousquets.

Téméraire banda ses muscles, ramena ses ailes en avant et, d'une poussée vigoureuse, s'éleva brusquement dans les airs.

— L'œuf, attention à l'œuf ! cria Digby en allongeant le bras.

L'étoffe autour du petit œuf d'Alaman jaune citron s'était coincée dans un obstacle au sol et se déroulait sous les sangles en un long ruban de soie rouge vif ; le globe tendre couvert de buée roulait dans son harnais devenu trop lâche.

Digby parvint à toucher la coquille du bout des doigts ; mais l'œuf lui échappa néanmoins, glissant hors des lanières de cuir et du harnais ventral, et le garçon lâcha le harnais pour l'attraper avec son autre main. Les sangles de son baudrier pendaient dans le vide ; il n'avait pas eu le temps de les attacher.

— Digby ! cria Martin, en tentant de le retenir.

Mais Téméraire ne pouvait couper son élan : ils se trouvaient déjà au-dessus du toit et continuaient à monter sous l'impulsion de son grand coup d'ailes. Digby tomba, bouche bée, en serrant l'œuf contre sa poitrine.

Enfant et œuf tournoyèrent dans le vide et s'écrasèrent ensemble sur les pierres de la cour, au milieu des gardes vociférants. Digby gisait les bras en croix sur le marbre blanc, la silhouette reptilienne du dragonnet s'enroulait au milieu des débris de coquille, et les lanternes jetaient une lueur macabre sur leurs petits corps brisés dans une mare de sang et de blanc d'œuf, tandis que Téméraire s'éloignait en prenant de l'altitude.

# 10

S'ensuivit une longue fuite désespérée jusqu'à la frontière autrichienne ; tous étaient malades d'écœurement, et seule l'urgence de l'instant les retint de laisser éclater leur chagrin. Téméraire volait en silence à travers la nuit, sans répondre aux appels à mi-voix de Laurence autrement que par des gémissements funèbres ; et derrière eux flamboyait un holocauste de flammes, la fureur des Kaziliks qui zébraient le ciel en s'efforçant de les pister.

La lune s'était couchée ; ils volaient sans autre éclairage que celui des étoiles et, de temps à autre, un bref éclat de lanterne sourde pour jeter un coup d'œil au compas. La peau noire de Téméraire le rendait quasiment invisible dans l'obscurité, et il entendait approcher ses poursuivants de très loin. Par trois fois, il dut virer sur l'aile pour éviter des courriers plus rapides partant donner l'alerte sur leur chemin : le pays entier s'armait contre eux. Téméraire donnait toute sa vitesse comme jamais encore il ne l'avait fait ; ses ailes en coupe étaient deux avirons fulgurants qui plongeaient dans la nuit, les poussant de l'avant, sans relâche.

Laurence ne tenta pas de le freiner ; il n'y avait là ni

griserie ni fièvre du combat qui auraient pu, en d'autres occasions, amener Téméraire à outrepasser les limites de son endurance. Impossible également d'estimer à quelle vitesse ils allaient ; le sol était presque entièrement plongé dans le noir, hormis le rougeoiement fugitif d'une cheminée çà et là. Ils se tenaient silencieux, pelotonnés contre Téméraire pour se protéger du vent cinglant.

La lisière orientale de la nuit, dans leur dos, se mit à luire d'un bleu plus pâle ; les étoiles s'éteignaient. Il ne servait à rien d'encourager Téméraire à forcer l'allure ; s'ils ne parvenaient pas à atteindre la frontière avant l'aube, il leur faudrait se cacher, quelque part, jusqu'au lendemain soir ; ils ne pourraient pas continuer de jour.

— Monsieur, je vois une lumière là-bas, dit Allen, rompant le silence, d'une voix sourde et encore chargée de larmes. Il pointait le doigt en direction du nord.

L'une après l'autre, les lueurs des torches apparurent : un fin collier de lumières tendu au-dessus de la frontière, et le rugissement grave, coléreux, des dragons qui s'interpellaient avec dépit. Ils patrouillaient le long de la frontière en petites formations, en tournoyant comme des oiseaux, tous bien réveillés et scrutant les ténèbres.

— Ils n'ont pas de dragons nocturnes ; ils nous cherchent à l'aveuglette, glissa Granby à l'oreille de Laurence, derrière sa main en coupe afin d'étouffer sa voix.

Laurence acquiesça.

L'agitation des dragons turcs avait également

réveillé la frontière autrichienne ; sur la rive opposée du Danube, Laurence apercevait une fortification non loin de là, au sommet d'une colline, illuminée comme en plein jour ; il toucha le flanc de Téméraire et, quand ce dernier tourna vers lui ses grands yeux liquides qui scintillaient dans le noir, la lui indiqua en silence.

Téméraire hocha la tête ; il ne fila pas tout droit jusqu'à la frontière, mais la longea un moment parallèlement à la ligne de fortifications, observant les mouvements des dragons turcs ; de temps à autre, les équipages tiraient un coup de fusil dans le noir, sans doute plus pour la simple satisfaction de faire du bruit que dans l'espoir d'atteindre une cible. Ils tiraient également des fusées, mais en pure perte, étant donné les miles et les miles de frontière à éclairer.

Téméraire ne les avertit qu'en bandant brusquement ses muscles ; Laurence fit se baisser Allen ainsi que l'autre vigie, Harley, tandis que lui-même se couchait sur l'encolure du dragon, après quoi Téméraire s'élança à petits coups d'ailes précipités qui augmentaient considérablement sa vitesse ; à dix longueurs de dragon de la frontière, il cessa complètement tout battement et, les ailes largement déployées, prit une grande inspiration qui lui gonfla les flancs ; il fondit en planant sur l'une des zones sombres entre deux avant-postes, et les torches de part et d'autre ne vacillèrent même pas.

Il attendit le plus longtemps possible avant de recommencer à battre des ailes ; ils descendirent si bas que Laurence perçut une odeur d'aiguilles de sapin fraîches avant que Téméraire risque un battement, puis un autre, afin de remonter au-dessus de la cime des arbres. Il remonta au nord du fort autrichien, sur plus de un mile, avant d'oser faire demi-tour ; la frontière turque devenait plus visible désormais, avec le ciel de plus en plus pâle, et rien n'indiquait que leur passage eût été remarqué : les dragons poursuivaient leurs patrouilles.

Il leur fallait néanmoins se mettre à couvert avant le jour ; Téméraire était trop grand pour trouver facilement à se cacher en rase campagne.

— Envoyez nos couleurs ainsi qu'un drapeau blanc, monsieur Allen, dit Laurence. Téméraire, pose-toi à l'intérieur aussi vite que tu le peux ; mieux vaut déclencher le branle-bas de combat à l'abri des remparts que durant notre approche.

Téméraire avait la tête basse ; ce vol avait été le plus dur de toute sa vie, après une grosse dépense d'énergie et sous le coup du chagrin ; la lenteur de ses battements d'ailes devait plus à la fatigue qu'à la prudence. Néanmoins, il se redressa sans se plaindre pour donner un dernier coup de collier : il fila jusqu'au fortin et sauta les remparts dans un ultime effort avant de s'abattre lourdement dans la cour, sur des pattes flageolantes, semant la panique au sein d'un groupe de chevaux de cavalerie et d'une compagnie d'infanterie, dont les membres s'égaillèrent en criant.

— Ne tirez pas ! rugit Laurence dans son porte-voix.

Il le répéta ensuite en français, tout en se dressant pour agiter le drapeau britannique.

Les Autrichiens hésitèrent, ce que Téméraire mit à

profit pour soupirer et se laisser tomber sur son arrière-train, la tête sur la poitrine, en lâchant :

— Oh ! je suis si fatigué.

Le colonel Eigher leur offrit du café et des lits ; Téméraire se vit servir un cheval, qui s'était cassé une jambe dans la panique ; les autres chevaux avaient été emmenés à la hâte à l'extérieur du fort et laissés sous bonne garde dans un pré. Laurence dormit jusqu'en début d'après-midi et se leva de sa paillasse, l'esprit encore embrumé de sommeil, tandis qu'au-dehors Téméraire continuait de ronfler d'une manière qui l'eût certainement trahi, même si les Turcs s'étaient tenus à un demi-mile de l'autre côté de la frontière, s'il n'avait été lui-même lové en sécurité derrière d'épais remparts de bois.

— Ils ont l'intention de danser au son du fifre de Bonaparte, n'est-ce pas ? dit Eigher, lorsque Laurence lui eut fait un récit plus complet de leurs aventures que celui qu'il avait réussi à brosser la veille.

Le colonel était naturellement préoccupé par l'état des relations que son pays pouvait espérer entretenir avec ses voisins.

— Je leur souhaite bien du plaisir, persifla-t-il.

Il offrit à Laurence un bon dîner, ainsi qu'une certaine sympathie ; mais il n'avait guère plus à donner.

— Je vous enverrais bien à Vienne, dit-il en lui servant un autre verre de vin, mais par Dieu, ce serait vous rendre un mauvais service. Il m'en coûte de vous le dire, mais il y a là-bas des créatures qui prétendent mériter le nom d'hommes et qui vous serviraient à Bonaparte sur un plateau ; et en s'agenouillant bien bas, encore.

Laurence lui dit doucement :

— Je vous suis profondément reconnaissant de nous avoir hébergés, monsieur, et je ne voudrais pour rien au monde vous mettre dans l'embarras, ni vous ni votre pays ; je sais que vous êtes en paix avec les Français.

— En paix, cracha Eigher d'un ton amer. Dites plutôt que nous tremblons de peur devant eux ; ce serait plus proche de la vérité.

À l'issue du repas, il avait bu quasiment trois bouteilles ; et la lenteur avec laquelle le vin exerçait son effet sur lui trahissait une certaine habitude. Il était gentilhomme, mais de fortune modeste, ce qui, soupçonnait Laurence, avait bloqué son avancement et ses affectations en dessous de ce que sa compétence aurait dû lui valoir. Pourtant ce n'était pas le ressentiment qui le poussait à boire, mais une tristesse qui trouvait de plus en plus à s'exprimer à mesure que la soirée se déroulait et que la combinaison du brandy et d'un compagnon lui déliait la langue.

Son démon s'appelait Austerlitz ; le colonel avait servi sous les ordres du général Langeron lors de la funeste bataille.

— Le maudit nous a offert le plateau de Pratzen, dit-il, ainsi que la ville elle-même ; il a délibérément retiré ses troupes de la position la plus avantageuse et feint la retraite. Et pourquoi ? Pour nous convaincre de l'affronter. Il avait cinquante mille hommes, et nous quatre-vingt-dix mille, avec les Russes ; et il nous incitait au combat. (Il eut un rire sans joie.) Pourquoi ne nous aurait-il pas donné Pratzen ? Il l'a repris sans mal, quelques jours plus tard.

Il agita la main au-dessus de la table-carte, sur laquelle il avait esquissé un tableau de la bataille : tâche qui lui avait demandé moins de dix minutes, bien qu'il fût déjà largement pris de boisson.

Laurence, pour sa part, n'avait pas suffisamment bu pour noyer sa consternation ; il avait appris le désastre d'Austerlitz alors qu'il se trouvait en mer, en route pour la Chine, mais uniquement dans les termes les plus vagues ; les mois suivants ne lui avaient guère apporté d'informations nouvelles, et il s'était peu à peu autorisé à croire que cette victoire était exagérée. Les soldats de plomb et les dragons de bois d'Eigher, dans leur alignement impeccable, lui donnaient une impression profondément désagréable tandis que le colonel les déplaçait.

— Il nous a amusés un moment en nous laissant pilonner son flanc droit, le temps que nous ayons dégarni notre centre, raconta Eigher, puis les renforts sont apparus : quinze dragons et vingt mille hommes. Il les avait fait venir à marche forcée, sans que nous en ayons été avertis le moins du monde. Nous avons bataillé encore quelques heures, la garde impériale russe leur a infligé quelques pertes, mais c'est tout.

Allongeant le bras, il fit basculer un petit cavalier tenant un bâton de maréchal, puis se renversa dans son fauteuil, les yeux clos. Laurence sortit l'un des dragons de bois en miniature et le retourna entre ses doigts ; il ne savait que dire.

— L'empereur François II est allé le trouver pour implorer la paix le lendemain matin, dit Eigher après un moment. Le souverain du Saint Empire romain germanique s'inclinant devant un Corse qui s'était affublé d'une couronne !

Sa voix était lourde. Il n'ajouta rien de plus, mais sombra lentement dans la torpeur.

Laurence laissa dormir Eigher et sortit retrouver Téméraire, désormais réveillé et tout aussi malheureux.

— La mort de Digby était suffisamment terrible, dit Téméraire, mais il a fallu que nous tuions ce dragonnet, également, alors qu'il n'avait rien à voir dans cette affaire ; il n'avait pas choisi d'être vendu ni d'être repris par les Turcs, et il ne pouvait pas s'échapper.

Il s'était lové autour des deux œufs restants, qu'il conservait au chaud contre son corps, peut-être par instinct ; de temps à autre, il dardait sa longue langue fourchue pour toucher les coquilles. Ce fut avec la plus grande réticence qu'il permit à Laurence et Keynes de les examiner, et en restant si près que le chirurgien finit par lancer avec impatience :

— Pousse un peu ta grosse tête, veux-tu ? Je ne peux rien voir si tu me masques toute la lumière.

Keynes tapota doucement les œufs, colla son oreille dessus, mouilla l'un de ses doigts et le frotta contre les coquilles avant de le goûter ; puis, satisfait par ces examens, il se recula, et Téméraire s'enroula de nouveau autour des œufs en attendant son verdict avec un regard anxieux.

— Ma foi, ils me paraissent en bonne condition et n'ont pas trop souffert du froid, dit Keynes. Nous ferions mieux de les envelopper dans de la soie, et, ajouta-t-il avec un coup de pouce en direction de Téméraire, cela ne ferait pas de mal de lui demander de jouer les nounous. Le poids moyen ne court aucun danger immédiat ; au bruit, je dirais que le dragonnet n'est pas encore formé ; nous pourrions bien avoir plusieurs mois à attendre. Mais pour le Kazilik, pas plus de huit semaines, et pas moins de six ; il faut rentrer chez nous sans perdre un instant.

— L'Autriche n'est pas sûre, pas plus que les États germaniques, avec toutes ces troupes françaises au sol, dit Laurence. Je pensais passer par le nord, à travers la Prusse ; nous devrions atteindre la côte en une semaine et demie et, de là, il ne nous resterait plus que quelques jours de vol jusqu'en Écosse.

— Quel que soit le chemin que vous emprunterez, ne tardez pas, dit Eigher, lorsque Laurence s'entretint de nouveau avec lui ce soir-là. Je m'arrangerai pour retarder mon rapport à Vienne, de manière que vous puissiez quitter le pays avant que ces damnés politiciens ne trouvent le moyen de se servir de vous pour embarrasser l'Autriche encore un peu plus. Mais ne serait-il pas plus avisé de voyager par mer ?

— Contourner Gibraltar nous prendrait au moins un mois supplémentaire, et il nous faudrait encore trouver à nous abriter tout au long de la côte italienne, rétorqua

Laurence. Je sais que les Prussiens ont évité de contrarier Bonaparte jusqu'ici, mais pensez-vous qu'ils iraient jusqu'à nous livrer ?

— Vous livrer ? Non, répondit Eigher. Ils sont sur le point de partir en guerre.

— Contre Napoléon ? s'exclama Laurence.

C'était là une bonne nouvelle à laquelle il ne s'attendait pas. Les Prussiens avaient longtemps constitué la meilleure armée d'Europe ; si seulement ils avaient voulu se joindre à temps à la coalition précédente, elle aurait certainement connu un sort très différent, et leur entrée dans le conflit lui semblait déjà une grande victoire pour les ennemis de Napoléon. Pourtant, il semblait clair qu'Eigher ne voyait là aucun motif de se réjouir.

— Oui, et quand il les aura écrasés à leur tour, et les Russes avec eux, il ne restera plus personne en Europe pour lui barrer le chemin, prédit le colonel.

Laurence garda pour lui l'opinion que lui inspirait un tel pessimisme. La nouvelle lui ôtait un poids, mais il pouvait comprendre qu'un officier autrichien, malgré toute sa haine de Bonaparte, ne désire pas voir réussir l'armée prussienne là où la sienne avait échoué.

— Au moins ne devraient-ils pas chercher à nous retarder, dit-il avec tact.

— Partez vite et restez en avant des combats, sans quoi c'est Bonaparte en personne qui s'en chargera, dit Eigher.

Ils repartirent le lendemain soir sous le couvert de l'obscurité. Laurence avait confié plusieurs lettres à

Eigher afin qu'il les envoie à Vienne, puis à Londres, bien qu'il espérât bien arriver avant elles ; en cas d'accident, on connaîtrait ainsi l'avancement de leur mission et la situation vis-à-vis de l'Empire ottoman.

Son rapport à l'Amirauté, soigneusement codé selon le chiffre vieux d'un an qui était le seul qu'il connût, adoptait un ton plus creux qu'à l'ordinaire. Il ne s'agissait pas précisément de culpabilité ; il était parfaitement convaincu de la justesse de ses actions, mais il savait aussi comment l'affaire pourrait apparaître à un juge hostile : une aventure dangereuse et imprudente, qu'aucune autorité supérieure à la sienne n'était venue cautionner, engagée sur la base de preuves particulièrement légères. Il serait facile de voir dans le changement de sentiment des Turcs la conséquence plutôt que la cause du vol des œufs.

Et il ne pouvait s'abriter derrière la notion de devoir ; nul n'irait jamais prétendre qu'il n'avait fait que son devoir en se lançant, sans qu'on le lui eût ordonné, dans une mission aussi désespérée, avec de profondes implications sur les relations avec une puissance étrangère ; ce serait même plutôt le contraire. Il n'était pas non plus le genre de sophiste à faire valoir que les ordres de Lenton lui demandaient de rapporter les œufs, et à se contenter de cette justification. Il n'en avait aucune, en fait, sinon l'urgence ; la réaction la plus sensée, tout bien pesé, eût consisté à rentrer au plus vite afin de confier au ministère le soin de démêler l'écheveau.

Il n'était pas certain de cautionner lui-même ses propres décisions, s'il les avait entendues de la bouche d'un autre ; elles relevaient trop de la folle impétuosité que l'on attribuait généralement aux aviateurs – et non sans raison, semblait-il. Il se demanda s'il aurait pris autant de risques s'il servait encore au sein de la Navy. Ce serait une piètre forme de prudence, si elle était délibérée ; mais non, il n'avait jamais opté consciemment pour un choix politique ; simplement, il y avait quelque chose de très différent dans le fait d'être capitaine d'un dragon qui s'engageait de tout son être auprès de vous, et qui ne vous était pas donné ni retiré par la volonté de vos supérieurs. Malgré lui, Laurence en vint à se demander s'il ne courait pas le risque de se croire au-dessus de toute autorité.

— Pour ma part, je ne vois pas ce qu'il y a de si merveilleux dans l'autorité, lui dit Téméraire, quand Laurence se laissa aller à lui confier ses doutes au petit matin, alors qu'ils dressaient le camp.

Ils s'étaient arrêtés dans une clairière en altitude, à l'abri du vent, où ils avaient trouvé quelques moutons qui rôtissaient maintenant sous la main experte de Gong Su. Ils avaient allumé le feu de manière à dégager le moins de fumée possible afin de ne pas se faire repérer.

— Elle vous oblige simplement, continua-t-il, à faire ce que vous n'avez pas envie de faire quand la menace n'y suffit pas. Je me réjouis que nous soyons au-dessus de cela. Je serais très mécontent si quelqu'un avait le pouvoir de t'arracher à moi et de me donner à un autre capitaine, comme un navire.

Laurence pouvait difficilement contester ce point. Il aurait pu cependant discuter cette vision de l'autorité, mais s'en abstint, de peur de se montrer hypocrite ; il appréciait indiscutablement d'être libre de toute contrainte, en tout cas jusqu'ici, et s'il en avait honte, ce n'était pas une raison pour se mentir.

— Ma foi, je suppose qu'il est vrai que chaque homme deviendrait un tyran s'il en avait les moyens, concéda-t-il d'un air désabusé. Raison de plus pour dénier à Bonaparte plus de pouvoir qu'il n'en possède déjà.

— Laurence, fit Téméraire pensif, pourquoi les gens lui obéissent-ils s'il est tellement désagréable ? Et les dragons également ?

— Eh bien, je ne suis pas sûr qu'il soit désagréable en tant que personne, admit Laurence. Ses soldats le vénèrent, en tout cas, ce qui n'est pas foncièrement étonnant puisqu'il leur fait gagner guerre après guerre ; et il doit avoir un certain charisme, pour s'être élevé aussi haut.

— Dans ce cas, en quoi est-ce si terrible qu'il détienne l'autorité, puisque quelqu'un doit l'exercer ? voulut savoir Téméraire. Je ne sache pas que le roi ait jamais remporté la moindre bataille, après tout.

— L'autorité du roi est totalement différente, répondit Laurence. Il est le chef de l'État, mais ne détient pas le pouvoir absolu ; ni lui ni aucun homme en Grande-Bretagne. Bonaparte en revanche n'est soumis à aucune contrainte, sa volonté est sans entrave ; et les dons qu'il possède, il les exploite uniquement à son propre bénéfice. Le roi et ses ministres sont avant tout au service de la nation et non d'eux-mêmes ; enfin, les meilleurs d'entre eux, en tout cas.

Téméraire soupira. Il ne poursuivit pas la conversation plus avant, mais se recroquevilla de nouveau autour des œufs, sous le regard préoccupé de Laurence. Ce n'était pas simplement la question de leur perte ; la mort d'un membre de son équipage avait toujours affecté Téméraire, mais en suscitant chez lui une colère rentrée et non cette léthargie lancinante. Laurence craignait au fond de lui que la vraie cause de son abattement fût plutôt leur divergence sur le sujet des droits des dragons ; déception d'autant plus profonde que le temps ne l'atténuerait pas.

Il aurait pu tenter de décrire à Téméraire le laborieux processus politique de l'émancipation, les longues années consacrées par Wilberforce à faire adopter une avancée après l'autre par le Parlement, et comment ses partisans s'efforçaient encore de faire interdire la traite. Mais cela lui parut une bien piètre consolation, et un mauvais exemple : l'impatience de Téméraire ne saurait se satisfaire d'une évolution aussi lente et méthodique, et leur service leur laisserait trop peu de temps pour s'engager dans un processus politique de toute manière.

Mais il allait devoir trouver une solution, il en était de plus en plus certain ; car s'il ne pouvait se défaire de la conviction que leur premier devoir allait à l'effort de guerre, il supportait difficilement de voir Téméraire si abattu.

La campagne autrichienne était verdoyante, dorée par le blé mûr, et ses vaches étaient grasses et heureuses, du moins jusqu'à ce que Téméraire pose les griffes sur elles ; ils n'aperçurent aucun autre dragon et ne furent arrêtés nulle part. Ils passèrent en Saxe et continuèrent vers le nord à un train régulier pendant deux jours encore, toujours sans voir le moindre signe de mobilisation ; ils survolèrent enfin les dernières collines dans le prolongement de l'Erzgebirge et débouchèrent soudain sur l'immense campement qui s'étendait aux abords de la ville de Dresde : soixante-dix mille hommes ou plus, et presque deux douzaines de dragons disséminés dans la vallée avoisinante.

Laurence donna l'ordre d'envoyer les couleurs, un peu tard car l'alerte avait déjà été donnée en contrebas et les hommes couraient à leurs canons, les équipages à leurs dragons ; le drapeau britannique, toutefois, suscita une réaction tout à fait différente et l'on fit signe à Téméraire de se poser dans un coin hâtivement dégagé de la base de fortune.

— Gardez les hommes à bord, dit Laurence à Granby. J'espère que nous n'aurons pas besoin de nous arrêter longtemps ; nous pouvons couvrir encore une bonne centaine de miles aujourd'hui.

Il lâcha le harnais et bondit au sol, passant mentalement en revue ses explications et ses demandes en français, tout en s'efforçant vainement d'épousseter son uniforme.

— Eh bien, il était temps, jeta une voix tranchante en anglais. Où diable sont les autres ?

Laurence se retourna avec ébahissement : un officier britannique se tenait devant lui, sourcils froncés, frappant sa badine contre sa jambe. Laurence n'aurait pas été plus surpris de rencontrer une poissonnière de Piccadilly dans de telles circonstances.

— Grand Dieu, sommes-nous mobilisés également ? demanda-t-il. Je vous demande pardon, ajouta-t-il, se reprenant avec un temps de retard. Capitaine William Laurence, sur Téméraire, à votre service, monsieur.

— Colonel Richard Thorndyke, officier de liaison, répondit l'autre. Que voulez-vous dire ? Vous savez bougrement bien que nous vous attendions !

— Monsieur, dit Laurence, de plus en plus perplexe, je crois que vous nous confondez avec une autre compagnie ; il est impossible que vous nous attendiez. Nous arrivons tout juste de Chine, *via* Constantinople ; mes ordres les plus récents datent de plusieurs mois.

— Quoi ? (C'était le tour de Thorndyke de manifester son étonnement, avec une consternation croissante.) Seriez-vous en train de me dire que vous êtes seuls ?

— Tels que vous nous voyez, répondit Laurence. Nous avons seulement fait halte afin de solliciter un sauf-conduit ; nous sommes en route pour l'Écosse, en mission urgente pour les Corps.

— Quelle mission plus urgente que cette foutue guerre peuvent avoir les Corps, j'aimerais bien le savoir ! gronda Thorndyke.

— Pour ma part, monsieur, riposta hargneusement

Laurence, je serais curieux de savoir quelle occasion justifie une pareille remarque à propos de mon corps d'armée.

— Quelle occasion ? s'exclama Thorndyke. Les armées de Bonaparte se profilent à l'horizon, et vous me parlez d'occasion ! J'attends une vingtaine de dragons qui auraient dû arriver depuis deux mois ; la voilà, votre foutue occasion !

# Livre III

# 11

Le prince Hohenlohe écouta les tentatives d'explications de Laurence avec flegme : à quelque soixante ans, avec un visage jovial auquel sa perruque poudrée conférait de la dignité plus qu'un austère formalisme, il n'en paraissait pas moins déterminé.

— La Grande-Bretagne ne participe pas beaucoup à la défaite du tyran que vous affirmez haïr à un tel point, déclara-t-il enfin lorsque Laurence en eut terminé. Aucune armée ne s'est présentée sur nos rivages pour se joindre au combat. D'autres, capitaine, pourraient se plaindre que les Britanniques versent plus facilement leur or que leur sang ; mais la Prusse est disposée à supporter l'essentiel du fardeau de la guerre. Pourtant, l'on nous avait promis, assuré, garanti vingt dragons ; or nous voilà à l'aube de la bataille, et aucun n'est venu. La Grande-Bretagne aurait-elle l'intention de déshonorer sa parole ?

— Pas une seconde, monsieur, je vous en fais le serment, répondit Thorndyke en jetant un regard assassin à Laurence.

— Il ne saurait y avoir une telle intention, renchérit Laurence. Ce qui les a retardés, monsieur, je ne peux le dire ; mais cela ne fait que renforcer ma hâte de rentrer. Nous ne sommes plus guère qu'à une semaine de vol ; si vous m'accordez un sauf-conduit, je pourrai être de retour avant la fin du mois, avec, j'en suis sûr, la compagnie complète que l'on vous a promise.

— Peut-être n'aurons-nous pas autant de temps ; et je ne veux plus me satisfaire de vaines assurances, dit Hohenlohe. Si la compagnie en question apparaît, vous aurez votre sauf-conduit. En attendant, soyez notre invité ; ou si vous préférez, vous pourrez faire de votre mieux pour tenir les promesses qui ont été faites : je laisse votre conscience en décider.

Il adressa un hochement de tête à son garde, lequel souleva le pan de la tente, signifiant sans ambiguïté que l'entrevue était terminée ; en dépit de la courtoisie de ses manières, on sentait le fer sous les belles paroles.

— J'espère que vous n'êtes pas assez stupide pour rester assis à regarder et justifier davantage leur dégoût envers nous, dit Thorndyke une fois qu'ils eurent quitté la tente.

Laurence pivota face à lui, très fâché.

— Comme j'aurais espéré, moi, que vous prendriez fait et cause pour nous, au lieu d'encourager les Prussiens à nous traiter plutôt en prisonniers qu'en alliés, et à insulter les Corps ; joli comportement de la part d'un officier britannique, alors que vous connaissez foutrement bien les circonstances.

— Que peuvent bien peser deux œufs à côté de cette campagne ? Libre à vous d'essayer de m'en convaincre, dit Thorndyke. Pour l'amour du ciel, ne comprenez-vous pas ce qui est en jeu ? Si Bonaparte l'emporte ici, où croyez-vous qu'il tournera son regard ensuite, sinon de l'autre côté de la Manche ? Si nous ne l'arrêtons pas ici, nous devrons l'arrêter à Londres l'année prochaine ; ou tenter de le faire, avec la moitié du pays en flammes. Vous autres aviateurs êtes prêts à tout pour ne pas risquer la peau de ces bêtes auxquelles vous êtes attachés, je ne le sais que trop, mais vous voyez sûrement que…

— Cela suffit ; cela suffit bougrement, dit Laurence. Par Dieu, vous allez trop loin.

Tournant les talons, il s'éloigna à grands pas en fulminant de rage. Il n'était pas d'un naturel querelleur et avait rarement demandé réparation, mais voir son courage et son sens du devoir remis en question et essuyer une insulte envers son corps d'armée lui étaient particulièrement pénibles ; dans des circonstances moins désespérées, il n'était pas sûr qu'il aurait été capable de se dominer.

Toutefois, l'interdiction de se battre en duel faite aux officiers des Corps n'était pas un règlement ordinaire que l'on puisse contourner ; en cet endroit entre tous, au beau milieu d'une guerre, il ne pouvait risquer une blessure, voire la mort, qui non seulement l'écarterait de la bataille mais laisserait Téméraire inconsolable. Il n'en ressentait pas moins au fond de sa chair le coup porté à son honneur.

— Et je suppose que ce maudit hussard doit s'imaginer maintenant que je n'ai pas plus de courage qu'un chien, lâcha-t-il amèrement.

— Vous avez fait précisément ce que vous deviez,

juste ciel ! s'écria Granby, pâle de soulagement. C'est un crève-cœur, je ne le nie pas, mais on ne peut pas courir un tel risque. Vous n'êtes pas obligé de revoir ce gaillard ; Ferris et moi pourrons servir d'intermédiaires, si nous avons d'autres affaires à régler avec lui.

— Je vous remercie ; mais je préférerais encore qu'il m'abatte sur place plutôt que de lui laisser croire que j'éprouve la moindre réticence à l'affronter, dit Laurence.

Granby s'était porté à sa rencontre à l'entrée de la base ; ils regagnèrent ensemble la petite clairière nue qu'on leur avait assignée ; Téméraire y était installé avec le peu de confort qu'il avait pu trouver, prêtant une oreille attentive à la conversation des dragons prussiens à proximité, la collerette et les oreilles dressées, tandis que les hommes s'affairaient autour des feux de bivouac, avalant un repas sur le pouce.

— Partons-nous sur-le-champ ? s'enquit-il en voyant arriver Laurence.

— Non, j'ai bien peur que non, dit Laurence, en appelant ses autres officiers, Ferris et Riggs. Ma foi, messieurs, nous sommes dedans jusqu'au cou, leur apprit-il gravement. On nous a refusé un sauf-conduit.

Lorsqu'il eut achevé de leur détailler la situation, Ferris explosa :

— Mais, monsieur, nous *allons* nous battre, n'est-ce… je veux dire, allons-nous combattre avec eux ? se corrigea-t-il aussitôt.

— Nous ne sommes ni des enfants ni des lâches pour bouder dans notre coin pendant qu'une bataille se prépare, surtout d'une importance vitale, répondit Laurence. Peut-être ont-ils été grossiers, mais je veux bien convenir qu'ils sont mis à rude épreuve, et ils pourront nous insulter longtemps avant que je laisse la fierté nous empêcher d'accomplir notre devoir. Devoir qui ne fait pas le moindre doute. Je voudrais seulement savoir, par Dieu, pourquoi les Corps n'ont pas envoyé l'aide qu'ils avaient promise.

— Il ne peut y avoir qu'une seule explication : ils devaient en avoir besoin autre part, répondit Granby, et c'est vraisemblablement pour cette raison qu'ils nous ont chargés d'aller récupérer les œufs ; seulement, si la Manche n'est pas bombardée, nos ennuis doivent se situer outre-mer – quelque grand soulèvement en Inde, ou des conflits à Halifax…

— Peut-être sommes-nous en train de reprendre les colonies américaines ? suggéra Ferris.

Selon Riggs, il était plus vraisemblable que les coloniaux aient envahi la Nouvelle-Écosse, « satanés ingrats de rebelles » . Ils continuèrent à en débattre jusqu'à ce que Granby interrompît leurs vaines spéculations.

— Peu importe où cela se passe exactement ; jamais l'Amirauté n'ira dégarnir la Manche, quand bien même Bonaparte serait occupé ailleurs, et si tous les dragons de réserve sont en train de rentrer par transports, ils ont pu être retenus par n'importe quel imprévu en mer. Toutefois, s'ils ont déjà deux mois de retard, ils peuvent sûrement arriver d'un moment à l'autre.

— Pour ma part, capitaine, j'espère que vous ne

m'en voudrez pas, mais s'ils arrivaient demain, je préférerais quand même rester et me battre, déclara Riggs avec sa rude franchise coutumière. Nous pourrions laisser à n'importe quel poids moyen la charge de ramener les œufs au pays ; ce serait bougrement dommage de rater une occasion de flanquer une bonne leçon à Boney.

— Naturellement qu'il faut rester et se battre, intervint Téméraire, balayant la question d'un revers de queue. (De fait, on aurait eu bien du mal à le retenir si la bataille se déroulait à proximité ; les jeunes dragons mâles étaient notoirement enclins à se jeter tête baissée dans la mêlée.) Il est bien regrettable que Maximus et Lily ne soient pas là, ainsi que le reste de nos amis ; mais au moins, je suis heureux de pouvoir affronter les Français de nouveau. Je suis sûr que nous pouvons les battre, cette fois, et peut-être, ajouta-t-il en se redressant, les yeux brillants et la collerette frémissante d'enthousiasme, cela mettra-t-il un terme à la guerre. Après quoi nous pourrons enfin rentrer nous occuper des droits des dragons.

Laurence fut frappé par l'intensité du soulagement qu'il éprouvait ; en dépit de son inquiétude, il avait dû mal jauger le degré d'abattement de Téméraire pour que cette flambée d'excitation offre un contraste aussi saisissant. Cela fit taire en lui toute velléité de formuler des mises en garde décourageantes ; même si une victoire ici même, il en était parfaitement conscient, serait nécessaire, mais pas suffisante pour vaincre définitivement Bonaparte. Il était tout à fait possible, se dit-il en se débattant avec sa conscience, que

Bonaparte puisse être conduit à transiger, si cette campagne mettait un coup d'arrêt à ses ambitions ; et à accorder une véritable paix à la Grande-Bretagne, au moins pour un moment.

Il se contenta donc de déclarer :

— Je me réjouis de voir que nous sommes tous d'accord, messieurs, en ce qui concerne notre participation au combat. Mais nous devons également considérer notre autre responsabilité : ces œufs nous ont coûté trop cher en sang et en or pour que nous les perdions maintenant. Nous ne pouvons pas escompter que les Corps arrivent à temps pour les rapporter en sécurité au pays, et si cette campagne devait durer un mois ou deux, comme c'est parfaitement vraisemblable, nous verrons éclore l'œuf du Kazilik au beau milieu du champ de bataille.

Aucun d'eux n'ajouta rien pendant un temps ; Granby, avec son teint clair, rougit jusqu'à la racine des cheveux, puis pâlit ; il baissa les yeux et ne dit rien.

— Nous les avons mis à l'abri, monsieur, dans une tente chauffée par un bon feu, avec deux enseignes qui ne les quittent pas un instant des yeux, finit par dire Ferris en jetant un coup d'œil vers Granby. Keynes affirme qu'ils ne risquent rien ; et si l'on en vient à se battre, nous ferions mieux de laisser l'équipe au sol loin en arrière des lignes, avec Keynes pour veiller sur les œufs ; s'il faut battre en retraite, nous pourrons toujours nous arrêter le temps de les embarquer.

— Si vous êtes inquiets, intervint inopinément Téméraire, je lui demanderai de patienter le plus possible, une fois que sa coquille aura un peu durci et qu'il pourra me comprendre.

Ils le dévisagèrent tous avec incompréhension.

— Lui demander de patienter ? répéta Laurence, perplexe. Veux-tu dire… au dragonnet ? Ce n'est tout de même pas une question de choix ?

— Eh bien, la faim commence à se faire sentir, mais cela reste supportable tant qu'on se trouve dans la coquille, expliqua Téméraire sur le ton de l'évidence. Et il est vrai que le monde extérieur paraît très intéressant, dès lors que l'on comprend ce qui se dit ; mais je suis sûr que le dragonnet pourra attendre un petit peu.

— Seigneur, l'Amirauté n'en croira pas ses oreilles, dit Riggs lorsqu'ils eurent tous assimilé cette information stupéfiante. À moins que cela ne concerne que les Célestes ; je n'avais encore jamais entendu parler d'un dragon qui se souvienne de sa vie à l'intérieur de la coquille.

— Eh bien, il n'y a pas grand-chose à en dire, admit Téméraire prosaïquement. C'est plutôt inintéressant ; c'est d'ailleurs pour cela que l'on sort.

Laurence renvoya ses officiers en leur disant de dresser le camp comme ils le pouvaient, avec les ressources dont ils disposaient. Granby s'éloigna en hâte après un bref hochement de tête ; les autres lieutenants échangèrent un regard et lui emboîtèrent le pas. Laurence supposa qu'il était moins fréquent chez les aviateurs que les marins qu'un homme obtienne une promotion simplement pour s'être trouvé au bon endroit au bon moment. L'attribution des dragonnets était plus contrôlée que celle des navires capturés, après tout. Lorsqu'ils avaient fait connaissance, Granby lui-même n'avait-il pas fait grief à Laurence de la manière dont il avait obtenu Téméraire ? Laurence comprenait sa situation, ainsi que sa réticence à parler. Granby ne pouvait pas se prononcer pour une décision qui, presque à coup sûr, ferait de lui le candidat le plus haut gradé disponible lors de l'éclosion ; encore moins se plaindre d'avoir à tenter un harnachement dans les pires conditions, en plein champ de bataille, alors qu'ils n'auraient eu l'œuf entre les mains que quelques semaines, que le dragon appartenait à une espèce rare qui leur était presque inconnue, et qu'il n'aurait sans doute jamais d'autre chance de promotion s'il échouait.

Laurence passa la soirée à rédiger des lettres dans sa petite tente : les seuls quartiers à sa disposition, préparés par son propre équipage. Personne n'avait proposé de les héberger de manière plus convenable, ses hommes et lui, bien qu'il y eût des baraquements un peu partout dans la base à l'intention des aviateurs prussiens. Au matin, il avait l'intention de se rendre à Dresde afin de voir s'il pouvait tirer de l'argent sur sa banque ; le peu qui lui restait fondrait en une journée, pour entretenir Téméraire et ses hommes au tarif de temps de guerre, et il n'avait aucunement l'intention d'aller mendier auprès des Prussiens dans les circonstances présentes.

Peu après la tombée de la nuit, Tharkay frappa à l'un des poteaux de la tente, puis entra. Sa vilaine plaie ne s'était pas infectée, mais il boitillait encore et il en porterait la cicatrice, long sillon de chair calcinée qui lui barrerait la cuisse pour le restant de ses jours. Laurence se leva et lui indiqua le coffre et le coussin qui lui servaient de siège.

— Non, restez assis ; je serai très bien ainsi, refusa Tharkay en s'installant par terre sur d'autres coussins, à la manière turque. Je n'en ai que pour un instant. Le lieutenant Granby m'apprend que l'on nous interdit de partir ; j'ai cru comprendre que Téméraire avait été réquisitionné en lieu et place d'une vingtaine de dragons.

— Plutôt flatteur, je suppose, si l'on veut considérer les choses ainsi, admit Laurence avec un sourire forcé. Oui ; nous sommes tenus de rester, même si c'est contre notre gré, et que nous puissions compenser ou non ces vingt dragons, nous ferons de notre mieux.

Tharkay acquiesça.

— Dans ce cas, je tiens l'engagement que j'ai pris auprès de vous, dit-il. Je suis venu vous avertir que j'ai l'intention de m'en aller. Je doute qu'un homme sans formation puisse constituer autre chose qu'une nuisance et un danger sur le dos de Téméraire au cours d'une bataille aérienne, et vous n'avez que faire d'un guide, alors que vous ne pouvez plus quitter le camp : je ne vous suis plus d'aucune utilité.

— Non, reconnut Laurence à contrecœur, et je ne vous demanderai pas de rester dans les circonstances présentes. Mais je suis désolé de vous perdre alors que nous pourrions avoir besoin de vous à l'avenir. Par ailleurs, il m'est impossible pour l'instant de vous récompenser à la hauteur de vos mérites.

— Remettons cela à plus tard, suggéra Tharkay. Qui sait ? Nous pourrions nous revoir ; le monde n'est pas si vaste, après tout.

Son mince sourire aux lèvres, il se leva en tendant la main à Laurence.

— J'espère que oui, dit Laurence en lui serrant la main. Et j'espère aussi que je pourrai vous être utile à mon tour, un jour.

Tharkay déclina sa proposition d'essayer de lui obtenir un sauf-conduit ; Laurence ne pensait pas qu'il en ait besoin, d'ailleurs, malgré sa jambe blessée. Sans plus de cérémonie, Tharkay remonta le capuchon de son manteau, ramassa son baluchon et s'enfonça dans la cohue et le tumulte de la base ; il n'y avait que peu de sentinelles autour des dragons, et il eut tôt fait de disparaître entre les torches et les feux de bivouac.

Laurence avait fait parvenir au colonel Thorndyke un billet laconique l'informant froidement qu'ils se plaçaient à la disposition des Prussiens ; au petit matin, le colonel revint à la base accompagné d'un officier prussien : légèrement plus jeune que les autres commandants, doté d'une moustache impressionnante dont les pointes lui retombaient sous le menton, et d'une expression féroce d'oiseau de proie.

— Votre Altesse, permettez-moi de vous présenter le capitaine William Laurence, des Aerial Corps de Sa Majesté, dit Thorndyke. Capitaine, voici le prince Louis-Ferdinand, qui commande l'avant-garde ; on vous a placé sous son autorité.

Ils furent contraints de recourir au français pour

discuter. Laurence sourit en songeant qu'avec l'usage qu'il en faisait ces derniers temps, sa maîtrise de la langue ne pourrait que progresser ; de fait, il ne fut pas le plus mauvais interlocuteur pour une fois, car le prince Louis-Ferdinand s'exprimait avec un accent presque incompréhensible.

— Voyons quelle est sa portée, sa compétence, dit le prince avec un geste en direction de Téméraire.

Il fit venir un officier prussien, le capitaine Dyhern, de l'un des baraquements voisins, et lui donna pour instructions de prendre son dragon lourd, Eroica, et de conduire un exercice avec sa formation à titre de démonstration. Laurence les observa debout près de Téméraire, secrètement consterné. Il avait totalement négligé la pratique du vol en formation au cours des longs mois qui avaient suivi leur départ d'Angleterre ; et même au meilleur de leur forme, ils n'auraient pu rivaliser avec ce qu'il voyait. Eroica atteignait presque la taille de Maximus, le compagnon d'armes de Téméraire, qui était pourtant un Regal Copper, la plus grande race de dragons connue ; et il ne volait pas très vite, mais lorsqu'il décrivait un carré, ses coins faisaient presque des pointes, et la distance qui le séparait des autres dragons variait à peine à l'œil nu.

— Je ne comprends pas pourquoi ils volent de cette manière, s'étonna Téméraire, la tête penchée sur le côté. Ces manœuvres m'ont l'air bien malaisées, et au moment de virer, ils laissent suffisamment de place à n'importe qui pour se glisser entre eux.

— Ce n'est qu'un exercice, pas une formation de combat, lui dit Laurence. Tu peux être sûr qu'ils se montrent d'autant plus efficaces au combat, étant donné la discipline et la précision requises pour accomplir de pareilles manœuvres.

Téméraire renifla.

— Ils feraient mieux de s'entraîner à des choses vraiment utiles. Mais je crois avoir saisi ; je peux le faire, maintenant, ajouta-t-il.

— Es-tu certain de ne pas vouloir les observer encore un peu ? lui demanda Laurence, non sans anxiété.

Les Prussiens n'avaient bouclé qu'une seule répétition et, pour sa part, il n'aurait pas refusé un peu de temps pour pratiquer la manœuvre en privé.

— Non ; c'est ridicule, mais cela n'a rien de difficile, répondit Téméraire.

Ce n'était peut-être pas dans cet esprit qu'il eût fallu aborder l'exercice, et Téméraire n'avait jamais beaucoup apprécié le vol en formation, même dans le style britannique, moins rigide. Malgré tous les efforts de Laurence pour le freiner, il effectua la manœuvre à toute allure, beaucoup plus vite que la formation prussienne ou que n'importe quel autre dragon de grande taille, en décrivant des arabesques par-dessus le marché.

— J'ai ajouté la rotation de manière à garder constamment un œil hors de la formation, expliqua-t-il en se posant à terre, très satisfait de lui-même. Ainsi, je suis paré contre toute attaque surprise.

Cette innovation n'impressionna guère le prince Louis-Ferdinand, pas plus qu'Eroica, qui lâcha une petite toux, aussi dédaigneuse qu'un reniflement.

Téméraire dressa la collerette et s'assit sur son arrière-train, les yeux plissés.

— Monsieur, s'empressa de dire Laurence pour prévenir toute querelle, peut-être ignorez-vous que Téméraire est un Céleste ; ils possèdent un talent particulier…

Il s'interrompit en prenant conscience que l'expression « vent divin » risquait de paraître poétique et exagérée s'il la traduisait mot à mot.

— Montrez-nous cela, voulez-vous ? dit le prince avec un petit geste.

Il n'y avait guère de cible appropriée dans les parages, à l'exception d'un petit bosquet. Téméraire le faucha obligeamment d'un seul rugissement caverneux, sans donner toute sa puissance, loin s'en fallait ; tous les dragons de la base se mirent aussi à s'interpeller et à poser des questions, tandis que des hennissements de terreur s'élevaient depuis les baraquements de la cavalerie à l'autre bout du camp.

Le prince examina les troncs éclatés avec un certain intérêt.

— Ma foi, quand nous les aurons repoussés contre leurs propres fortifications, cela pourra nous être utile, dit-il. Jusqu'à quelle distance est-ce efficace ?

— Contre du bois dur, monsieur, à courte distance seulement, convint Laurence. Il lui faudrait s'approcher trop près des canons ennemis ; en revanche, contre des fantassins ou de la cavalerie, la portée augmente, et je suis sûr qu'il aurait un effet…

— Ah ! mais à un coût trop élevé, l'interrompit le prince Louis-Ferdinand, avec un geste éloquent en direction des hennissements. Une armée qui troque sa cavalerie contre des dragons est toujours vaincue sur le terrain, pour peu que l'infanterie adverse tienne bon ; les travaux de Frédéric le Grand l'ont établi de manière définitive. Avez-vous déjà pris part à un engagement terrestre ?

— Non, monsieur, dut reconnaître Laurence.

Téméraire n'avait que quelques batailles à son actif, toutes purement aériennes, et en dépit de ses nombreuses années de service, Laurence lui-même ne pouvait guère se prévaloir d'une quelconque expérience car, alors que la plupart des aviateurs issus des rangs avaient au moins une certaine pratique du soutien à l'infanterie, il avait passé toutes ces années en mer, sans jamais participer au moindre combat terrestre d'aucune sorte.

— Hmm ! (Le prince secoua la tête et se redressa.) Nous n'avons pas le temps de vous former maintenant ; tâchons plutôt de tirer le meilleur parti possible de votre présence. Vous accompagnerez la formation d'Eroica au début de la bataille, puis la couvrirez sur ses flancs ; en restant près d'elle, vous n'effraierez pas la cavalerie.

S'étant enquis de la situation de l'équipage de Téméraire, le prince Louis-Ferdinand insista pour le compléter par quelques officiers prussiens, plus une demi-douzaine d'hommes pour renforcer l'équipe au sol. Laurence ne pouvait nier l'utilité de cet apport, après les pertes malheureuses qu'ils avaient subies, sans possibilité de les remplacer, depuis leur départ d'Angleterre : Digby et Baylesworth récemment, MacDonaugh tué dans le désert, et le pauvre petit Morgan, si longtemps auparavant, tué avec la moitié des hommes de harnais lors de l'assaut nocturne des Français aux abords de Madère, alors qu'ils venaient à peine de jeter l'ancre. Les nouveaux venus semblaient connaître leur affaire, mais ne parlaient quasiment pas anglais et à peine quelques mots de français. Par ailleurs, Laurence ne goûtait guère la présence de parfaits étrangers à son bord ; il craignait pour les œufs.

De toute évidence, sa bonne volonté à les aider n'avait pas suffi à calmer les Prussiens ; ils s'étaient quelque peu radoucis vis-à-vis de Téméraire et de son équipage, mais continuaient à maugréer contre la défaillance des Aerial Corps. Outre que Laurence ne pouvait s'empêcher d'en être agacé, car les Prussiens s'étaient servis de ce prétendu manquement pour le retenir contre son gré, il n'aurait pas été autrement surpris de les voir s'approprier l'œuf de Kazilik s'ils apprenaient l'imminence de son éclosion.

Il avait mentionné l'urgence de sa mission sans révéler à quel point l'œuf était proche de son terme, ni qu'il s'agissait d'un Kazilik, ce qui n'aurait pas manqué de susciter un très grand intérêt : les Prussiens non plus ne possédaient pas de cracheurs de feu. Mais avec les officiers prussiens à bord, le secret se trouvait compromis – sans compter qu'ils apprenaient l'allemand aux œufs, par leur conversation, facilitant d'autant une éventuelle réquisition.

Il n'avait pas abordé le sujet avec ses propres

officiers, mais il n'était pas nécessaire de leur faire partager son inquiétude. Granby était un premier lieutenant populaire, largement apprécié ; mais même s'il avait été unanimement détesté, aucun des membres de l'équipage n'aurait accepté le cœur léger que lui échappe le fruit de tant d'efforts désespérés. Sans même en avoir reçu l'ordre, ils se montraient réservés vis-à-vis des officiers prussiens et veillaient à les tenir loin des œufs, lesquels restaient emmaillotés dans l'étoffe au cœur de leur campement, sous la garde de trois volontaires désignés par Ferris, chaque fois que Téméraire était engagé dans quelque manœuvre ou exercice.

Ce qui ne se produisait pas souvent ; les Prussiens ne sollicitaient guère leurs dragons en dehors de la bataille. Les formations s'entraînaient quotidiennement et partaient en missions de reconnaissance au-dessus de la campagne, mais elles n'allaient jamais très loin, étant limitées par leurs éléments les plus lents. La proposition de Laurence de pousser un peu plus loin avec Téméraire avait été déclinée, au motif que, s'ils rencontraient des Français, ils se feraient capturer ou conduiraient l'ennemi jusqu'au campement prussien, concédant trop de renseignements pour un aussi faible avantage : une autre des fameuses maximes de Frédéric le Grand, dont il commençait à se lasser.

Seul Téméraire était parfaitement heureux : il apprenait rapidement l'allemand au contact des officiers prussiens et se réjouissait de ne pas s'entraîner constamment au vol en formation.

— Je n'ai pas besoin de savoir décrire des carrés pour me comporter correctement au combat, disait-il. Il est dommage que nous voyions si peu de chose de la région, mais peu importe ; lorsque nous aurons vaincu Napoléon, nous pourrons toujours revenir la visiter.

Il n'envisageait pas la bataille à venir autrement que victorieuse, comme d'ailleurs la quasi-totalité de l'armée qui les entourait, à l'exception de quelques Saxons maussades, principalement des conscrits enrôlés de force. Cet optimisme n'était pas dénué de fondements : il régnait à travers le camp une discipline merveilleuse à voir, et le spectacle de l'infanterie à l'exercice surpassait tout ce que Laurence avait jamais connu. Si Hohenlohe n'était pas un génie de l'envergure de Napoléon, il semblait être un général combattant, et l'armée qu'il constituait, aussi immense fût-elle, ne représentait pas la moitié des forces prussiennes ; cela sans compter les Russes, qui se massaient dans les territoires polonais à l'est et se mettraient bientôt en marche pour les rejoindre.

Les Français se retrouveraient en sérieuse infériorité numérique, loin de leur territoire national et avec des lignes d'approvisionnement dangereusement étirées ; ils ne pourraient amener beaucoup de dragons avec eux et la menace larvée de l'Autriche sur leur flanc et de la Grande-Bretagne de l'autre côté de la Manche obligerait Napoléon à laisser en arrière une bonne partie de ses troupes, afin de faire face à toute entrée tardive dans le conflit de l'une ou l'autre puissance.

— Qui a-t-il affronté, de toute manière : les

Autrichiens, les Italiens, ainsi qu'une poignée de païens en Égypte ? disait le capitaine Dyhern. (Laurence avait été admis par courtoisie au mess des aviateurs prussiens, et ces derniers poursuivaient volontiers leurs conversations en français lors de ses visites, pour le plaisir de lui dépeindre la défaite inévitable de cette nation.) Les Français n'ont pas de réelles qualités guerrières, aucune force d'âme ; quelques bonnes rossées et nous verrons leur armée entière se décomposer.

Les autres officiers l'approuvaient en hochant la tête, et Laurence était tout aussi disposé que n'importe lequel d'entre eux à lever son verre à la défaite de Bonaparte, quoique moins enclin à dénigrer ses victoires. Laurence avait affronté suffisamment de Français en mer pour savoir qu'ils n'avaient rien de veule au combat, même s'ils n'étaient pas d'excellents marins.

Malgré tout, il ne pensait pas qu'ils fussent des soldats du calibre des Prussiens, et il était réconfortant de se trouver en compagnie d'hommes aussi déterminés à vaincre ; il n'y avait chez eux aucune place pour l'appréhension, ni même l'incertitude. C'étaient de valeureux alliés ; il savait qu'il pourrait se ranger à leurs côtés au jour de la bataille et s'en remettre aveuglément à leur courage. Il n'y avait guère de plus haute louange à ses yeux, ce qui rendit les choses d'autant plus pénibles lorsque Dyhern le prit à part un soir, au moment de quitter le mess.

— J'espère que vous m'autoriserez une observation, sans vous offenser, commença Dyhern. Je ne me permettrais jamais d'indiquer à autrui comment diriger son dragon, mais vous êtes demeuré en Orient si longtemps ; j'ai le sentiment qu'il en a rapporté d'étranges idées, n'est-ce pas ?

Dyhern s'exprimait avec une franchise de soldat, mais sans brutalité. Cependant ses paroles, qui se voulaient une simple mise en garde amicale, n'en étaient pas moins blessantes ; surtout celles qu'il formula sur un ton interrogatif : « Peut-être ne s'est-il pas entraîné suffisamment, ou bien est-il resté trop longtemps à l'écart des combats ? Ce n'est jamais bon de les laisser trop réfléchir. »

Son propre dragon, Eroica, était certainement l'exemple même de la discipline militaire prussienne : il avait même la figure de l'emploi, avec les lourdes plaques osseuses qui lui couvraient le cou, les épaules et le bord des ailes comme une armure. En dépit de sa taille, il n'avait aucune inclination à l'indolence ; toujours prêt à répondre à un appel à l'exercice, il se montrait prompt à réprimander ses congénères lorsqu'ils traînaient. Les autres dragons prussiens l'admiraient grandement et le laissaient volontiers se servir en premier au moment du repas.

L'on avait invité Laurence à laisser Téméraire manger avec les autres, une fois qu'ils se furent engagés à participer à la bataille ; et Téméraire, enclin à se montrer jaloux de sa préséance, avait refusé de céder le pas à Eroica. D'ailleurs, Laurence n'aurait pas apprécié qu'il le fît. Si les Prussiens refusaient de tirer un meilleur parti de ses facultés, libre à eux ; il pouvait même comprendre qu'ils répugnassent à bousculer leurs formations si magnifiques de précision en y introduisant un nouvel élément à la dernière minute. Mais il n'aurait pas supporté la moindre remise en cause des qualités de Téméraire, ni toléré que l'on suggérât qu'il n'était pas l'égal – et largement, selon lui – d'Eroica.

Eroica lui-même ne vit aucune objection à partager son dîner, mais les autres dragons prussiens prirent assez mal l'impudence de Téméraire ; et quand, au lieu d'engloutir sa proie sur place, il alla la porter à Gong Su afin qu'il la lui prépare, tous le dévisagèrent avec de grands yeux.

— La viande a toujours le même goût si vous la mangez crue, expliqua Téméraire devant leur air dubitatif. Elle est bien meilleure cuisinée ; essayez donc, et vous verrez.

Pour toute réponse, Eroica se contenta de renifler et de déchiqueter posément ses propres vaches, avant de les dévorer jusqu'aux sabots ; les autres dragons prussiens l'imitèrent aussitôt.

— Il est préférable d'éviter de céder à leurs caprices, fit observer Dyhern à Laurence. Cela paraît peu de chose, je le sais – à quoi bon leur refuser ces plaisirs simples, lorsqu'ils ne combattent pas ? Mais il en va avec eux comme avec les hommes ; ils ont besoin d'ordre, de discipline, et ne s'en portent que mieux.

Devinant que Téméraire avait abordé une fois de plus le sujet de ses réformes auprès des dragons prussiens, Laurence fit une réponse laconique, puis regagna la clairière de Téméraire, où il trouva ce dernier recroquevillé sur lui-même, maussade et silencieux. Les maigres velléités de reproche qu'avait eues Laurence à son endroit se dissipèrent complètement devant cette mine lugubre, et il courut lui caresser le museau.

— Ils me disent faible, parce que j'aime ma viande bien cuite et que je lis, se plaignit Téméraire à voix basse. Et ils me trouvent stupide de dire que l'on ne devrait pas contraindre les dragons à se battre ; aucun d'eux n'a voulu m'écouter.

— Ma foi, mon cher, dit doucement Laurence, si tu veux que les dragons soient libres d'agir comme bon leur semble, tu dois aussi accepter que certains d'entre eux ne souhaitent pas le moindre changement ; ils sont habitués à vivre ainsi, après tout.

— Certes, mais chacun devrait pouvoir comprendre qu'il est préférable de *choisir*, dit Téméraire. Ce n'est pas comme si je refusais de me battre, quoi qu'en dise cet imbécile d'Eroica. (En proie à une indignation croissante, il se leva, la collerette déployée.) Que peut-il entendre à quoi que ce soit, d'ailleurs, alors qu'il ne pense qu'au nombre de ses battements d'ailes entre ce virage et le prochain ? Je voudrais bien le savoir ! Au moins ne suis-je pas assez stupide pour m'entraîner dix fois par jour avec le seul objectif de mieux dévoiler mon ventre à quiconque m'attaquerait par le flanc.

Consterné devant cet éclat de colère, Laurence s'appliqua à tenter d'apaiser Téméraire, sans grand succès.

— Il dit que je ferais mieux de m'exercer aux

manœuvres au lieu de me plaindre, s'emporta Téméraire, alors que je pourrais les abattre en deux passages, de la façon dont ils s'y prennent ; c'est *lui* qui devrait rester à la maison et passer la journée à s'empiffrer de vaches, pour l'efficacité qu'ils auront au combat.

Il se laissa enfin calmer, et Laurence n'y pensa plus. Mais le lendemain matin, alors qu'il était assis à faire la lecture à Téméraire – en déchiffrant laborieusement, pour son bénéfice, un fameux roman de l'écrivain Goethe, texte à la moralité douteuse intitulé *Die Leiden des jungen Werthers* [1] –, Laurence vit les formations s'envoler pour l'exercice, et Téméraire, qui fulminait toujours, saisit l'occasion d'émettre de nombreuses critiques concernant leurs manœuvres ; critiques non dépourvues de fondement, pour autant que Laurence pût en juger.

— Croyez-vous que ce soit un effet de sa mauvaise humeur, ou une erreur de sa part ? s'enquit discrètement Laurence auprès de Granby un peu plus tard. De telles faiblesses n'ont tout de même pas pu leur échapper, depuis tout ce temps ?

— Ma foi, je ne prétendrais pas avoir une vision parfaitement claire de ce qu'il veut dire, avoua Granby, mais selon moi il n'a pas tort, et rappelez-vous avec quel talent il inventait de nouvelles manœuvres lors de notre entraînement. Dommage que nous n'ayons jamais eu l'opportunité de les mettre en pratique.

1. *Les Souffrances du jeune Werther.*

— Je ne voudrais pas vous paraître critique, dit Laurence à Dyhern ce soir-là. Mais quoique ses idées puissent parfois être inhabituelles, Téméraire est remarquablement habile dans ce domaine, et je m'en voudrais de ne pas soulever la question auprès de vous.

Dyhern jeta un coup d'œil sur les brouillons hâtivement tracés par Laurence, puis secoua la tête avec un mince sourire.

— Non, non ; je ne me formalise pas. Comment le pourrais-je, alors que vous avez enduré si poliment mes propres commentaires ? dit-il. Je vous entends bien ; ce qui vaut pour l'un n'est pas toujours bon pour l'autre. Il est curieux de constater à quel point les dragons peuvent avoir des tempéraments différents. Je suppose que le vôtre deviendrait malheureux et aigri, si vous le repreniez sans arrêt ou lui refusiez ses caprices.

— Oh, non ! dit Laurence, atterré. Dyhern, je ne voulais rien signifier de tel ; croyez-moi, je souhaitais sincèrement attirer votre attention sur d'éventuelles imperfections de notre défense, c'est tout.

Dyhern ne parut pas convaincu, mais se pencha un peu plus près sur les diagrammes, puis se redressa en tapant Laurence sur l'épaule.

— Allons, ne vous mettez pas martel en tête, dit-il. Bien sûr, vous avez trouvé des failles ici ou là ; toute manœuvre comporte ses points faibles. Mais il n'est pas aussi facile de les exploiter dans les airs que l'on pourrait le croire sur le papier. Ces exercices ont été approuvés par Frédéric le Grand en personne ; grâce à eux, nous avons battu les Français à Rossbach ; nous les battrons cette fois encore.

Laurence dut se satisfaire de cette réponse, mais il repartit frustré ; un dragon entraîné lui paraissait meilleur juge que n'importe quel homme en matière d'évolutions aériennes, et la réponse de Dyhern lui semblait tenir plus de l'aveuglement volontaire que d'une solide conception militaire.

## 12

Les conseils internes de l'armée étaient parfaitement opaques pour Laurence ; la barrière de la langue et leur situation dans la base, à l'écart de la plupart des autres corps d'armée, l'éloignaient même des rumeurs habituelles qui agitaient le camp. Le peu d'informations qui lui parvenaient aux oreilles étaient vagues et contradictoires : on se concentrerait à Erfurt, on se concentrerait à Hof ; on cueillerait les Français sur la Saale, ou sur le Main. Et pendant tout ce temps, le climat tournait au froid automnal et les feuilles jaunissaient sur les bords, sans que l'on fasse mouvement.

Deux semaines ou presque avaient passé furtivement sur le camp lorsque la nouvelle tomba enfin : le prince Louis-Ferdinand invitait les capitaines à dîner dans une ferme des environs, où il les régala joliment sur ses propres deniers et, à leur plus grande satisfaction encore, les éclaira quelque peu.

— Nous avons l'intention d'opérer une poussée vers le sud à travers les cols de la forêt thuringienne, dit-il. Le général Hohenlohe marchera sur Bamberg en passant par Hof, tandis que le général Brunswick et le gros de l'armée traverseront Erfurt en direction de Würzburg. (Il indiquait les noms sur une grande carte étalée sur la table du dîner ; les villes concernées se trouvaient à proximité des positions connues où l'armée française avait pris ses quartiers d'été.) Nous n'avons toujours pas entendu dire que Bonaparte ait quitté Paris. S'ils préfèrent rester à nous attendre dans leurs cantonnements, tant mieux. Nous les balayerons avant qu'ils aient réalisé ce qui leur arrive.

Leur propre destination, en tant qu'avant-garde, serait la ville de Hof, aux abords de la grande forêt. La marche ne serait pas rapide ; autant d'hommes ne se ravitaillaient pas aisément, et cela représentait quelque soixante-dix miles à couvrir. Il faudrait établir plusieurs dépôts d'approvisionnement le long du chemin, avec en particulier des troupeaux pour les dragons, et sécuriser les lignes de communication. Mais malgré toutes ces difficultés, Laurence regagna la clairière en proie à une grande satisfaction : il trouvait mille fois préférable d'être informé et de bouger enfin, même si cela voulait dire se déplacer au rythme lent de l'infanterie et de la cavalerie traînant canons et chariots.

— Pourquoi ne pas partir en avant-garde ? demanda Téméraire lorsque deux heures d'un vol facile les eurent amenés, le lendemain matin, à leur nouvelle base. Nous ne servons pas à grand-chose ici, sinon à nous préparer de nouvelles clairières ; même ces gros dragons pourraient voler encore un peu, j'en suis sûr.

— Ils ne tiennent pas à nous voir nous éloigner de l'infanterie, expliqua Granby. Autant dans notre intérêt que dans le leur ; si nous partions seuls et tombions sur un groupe de dragons français appuyé par un régiment d'infanterie et quelques canons, nous passerions un mauvais moment.

En pareil cas, les dragons ennemis bénéficieraient d'un net avantage, les canons leur offrant, d'une part, un espace de sécurité dans lequel se regrouper et se reposer, d'autre part, une zone de danger contre laquelle l'adversaire privé de soutien pouvait se trouver acculé. Malgré cette explication, Téméraire soupira et c'est en maugréant qu'il se remit à faucher d'autres arbres pour le feu, mais aussi pour dégager un espace à l'intention des dragons prussiens et de lui-même, en attendant l'arrivée de l'infanterie.

À ce rythme apathique, ils avaient à peine couvert vingt-cinq miles en deux jours quand leurs ordres furent brusquement modifiés.

— Nous commencerons par nous regrouper à Iéna, annonça le prince Louis-Ferdinand, haussant les épaules d'un air désabusé devant les caprices des commandants qui continuaient à se réunir quotidiennement, multipliant les allers-retours par dragons courriers. Le général Brunswick souhaite finalement faire passer l'ensemble de l'armée par Erfurt.

— D'abord nous restons sur place, et maintenant nous revenons sur nos pas, dit Laurence, agacé, à Granby.

Ils se trouvaient déjà au sud d'Iéna et allaient devoir remonter vers le nord en faisant mouvement vers l'ouest ; au rythme de l'infanterie, cela signifiait une demi-journée perdue.

— Ils feraient mieux d'avoir moins de conférences, et de s'en tenir à ce qu'ils décident.

L'armée ne fut pas massée devant Iéna avant les premiers jours d'octobre. Téméraire était loin d'être le seul à s'irriter de leur lenteur ; même les plus impassibles des dragons prussiens s'impatientaient qu'on leur tînt la bride aussi court, et ils tendaient le cou vers l'ouest chaque jour, comme s'ils pouvaient parcourir quelques miles de plus rien qu'en le souhaitant. La ville s'étendait sur les berges de la Saale, large et infranchissable à gué, qui leur offrirait une ligne de défense naturelle. Leur destination première, Hof, ne se trouvait qu'à une vingtaine de miles en aval et Laurence, en consultant les cartes étalées dans le pavillon qui faisait office de mess des capitaines, secoua la tête ; ce changement de position lui semblait une retraite infondée.

— Non, nous avons tout de même envoyé une partie de la cavalerie et de l'infanterie à Hof, voyez-vous, lui expliqua Dyhern. En guise d'appât, pour leur faire croire que nous passerons par là. Après quoi nous leur tomberons dessus par Erfurt et Würzburg, en les prenant au dépourvu.

Le plan paraissait bon, mais comportait un léger obstacle, que l'on découvrit bientôt : les Français se trouvaient déjà à Würzburg. À peine le messager hors d'haleine se fut-il engouffré sous la tente du général que la nouvelle faisait le tour du camp comme un feu de paille ; même les aviateurs l'apprirent presque aussitôt.

— On raconte que Napoléon en personne se

trouverait là, dit l'un des capitaines. La garde impériale est à Mayence, ses maréchaux sont en Bavière : la Grande Armée tout entière est mobilisée.

— Ma foi, tant mieux, opina Dyhern. Au moins, c'en est fini de ces satanées marches, grâce à Dieu ! Qu'ils viennent donc ; nous allons leur donner une bonne leçon.

Tous partageaient ce sentiment, et une énergie soudaine s'empara du camp ; chacun sentait que la bataille était proche. Les officiers commandants s'enfermèrent de nouveau pour d'intenses discussions. Rumeurs et ragots se multipliaient : chaque heure, semblait-il, apportait son lot de nouvelles fraîches. Pourtant, les Prussiens n'envoyaient pratiquement pas d'éclaireurs en reconnaissance, de crainte qu'ils se fissent capturer.

— Cela va vous faire sourire, messieurs, annonça le prince Louis-Ferdinand en pénétrant dans leur mess. Napoléon a nommé officier un dragon : on a vu la créature donner des ordres aux capitaines de son armée de l'air.

— Son capitaine, vous voulez dire, objecta l'un des officiers prussiens.

— Non, il n'en a pas, ni aucun équipage d'aucune sorte, dit le prince en riant.

Laurence, toutefois, ne trouva pas cette nouvelle particulièrement amusante ; encore moins lorsqu'il reçut confirmation que le dragon en question était albinos.

— Nous veillerons à vous en garder un morceau sur le champ de bataille, n'ayez crainte, dit simplement

Dyhern après que Laurence leur eut raconté l'histoire de Lien. Ha ! ha ! Peut-être les Français ont-ils négligé l'entraînement de leurs formations, si c'est elle qui commande ? Prendre un dragon comme officier ! La prochaine fois, il élèvera son cheval au rang de général !

— *Je* ne vois rien de ridicule là-dedans, s'insurgea Téméraire avec un reniflement hautain, lorsqu'il fut au courant.

Il semblait dégoûté par la promotion que Lien avait reçue chez les Français, en contraste avec le traitement que lui réservaient les Prussiens.

— Mais elle ne connaît rien à la guerre, Téméraire, contrairement à toi, dit Granby. Rappelle-toi comme Yongxing se scandalisait que l'on puisse envoyer des Célestes au combat ; elle n'a sans doute jamais participé directement à la moindre bataille.

— Ma mère m'a dit que Lien était une grande érudite, insista Téméraire, et il existe de nombreux ouvrages chinois sur la tactique aérienne ; il y en a même un rédigé par l'empereur jaune lui-même, mais je n'ai pas eu l'occasion de le lire, conclut-il à regret.

— Oh, les livres… fit Granby avec un petit geste de la main.

— Bonaparte n'est pas un imbécile, dit Laurence, l'air sinistre. Je suis convaincu qu'il a sa stratégie bien en main ; et s'il fallait un grade pour persuader Lien de prendre part à la bataille, je suis sûr qu'il l'aurait nommée maréchal de France sans hésiter ; c'est surtout du vent divin qu'il faut se méfier désormais, et de ce qu'il pourrait infliger aux forces prussiennes.

— Si elle tente de s'attaquer à nos amis, je l'en empêcherai, assura Téméraire, avant d'ajouter dans sa barbe : Mais je suis sûr qu'*elle*, au moins, ne perd pas son temps en stupides formations.

Ils quittèrent Iéna le lendemain matin, avec le prince Louis-Ferdinand et le reste de l'avant-garde, pour la ville de Saalfeld, à dix miles au sud du reste de l'armée, afin d'attendre l'avance française. Tout était calme sur place ; Laurence prit un moment pour se rendre en ville avant l'arrivée de l'infanterie, espérant profiter des bons offices du lieutenant Badenhaur, l'un des jeunes officiers prussiens venus renforcer son équipage, pour se procurer un vin décent et quelques provisions ; ayant reconstitué ses fonds à Dresde, il avait l'intention d'inviter ses officiers à dîner ce soir-là, et d'améliorer l'ordinaire pour le reste de ses hommes. La première bataille pouvait éclater d'un jour à l'autre, et les provisions comme le temps de les préparer risquaient de manquer lors des manœuvres qui s'ensuivraient.

La Saale filait vivement en travers de leur chemin, impétueuse, bien que les pluies d'automne n'aient pas encore commencé. Laurence s'arrêta au milieu du pont et plongea une longue branche dans l'eau : de tout son bras, sans atteindre le fond. Lorsqu'il s'agenouilla pour tenter de l'enfoncer davantage, le courant la lui arracha brutalement.

— Je n'aimerais pas devoir franchir cette rivière à gué ; et encore moins avec de l'artillerie, dit-il, s'essuyant les mains en quittant le pont.

Bien que Badenhaur connût à peine quelques mots d'anglais, il approuva d'un hochement de tête : la traduction n'était guère nécessaire.

Les habitants n'avaient pas lieu de se réjouir de l'invasion imminente de leur petite bourgade assoupie, mais les boutiquiers voulurent bien se laisser attendrir par leur or, même si, aux étages, les femmes fermaient les volets avec une certaine véhémence sur leur passage. Ils prirent des arrangements avec le tenancier d'une petite auberge, qui leur vendit volontiers une bonne part de ses provisions avant que le gros des troupes n'arrive pour réquisitionner le reste. L'homme leur offrit également les services de deux de ses fils afin de les aider à emporter leurs achats.

— Dites-leur qu'ils n'ont rien à craindre, voulez-vous ? demanda Laurence à Badenhaur, tandis qu'ils repassaient la rivière et s'approchaient de la base.

Les dragons tout excités discutaient bruyamment les uns avec les autres, et les garçons écarquillaient des yeux ronds comme des soucoupes. Guère rassurés par ce que leur dit Badenhaur, ils s'empressèrent de repartir aussitôt que Laurence leur eut glissé quelques pennies à chacun. Comme ils laissèrent la nourriture, toutefois, et qu'une odeur délicieuse s'élevait des paniers, personne ne s'en formalisa.

Gong Su se chargea des repas ; il faisait désormais la cuisine pour l'équipage également, rôle attribué d'ordinaire par rotation à l'un des hommes de l'équipe au sol – avec un résultat rarement heureux. Tout le monde s'était progressivement habitué à l'ajout systématique d'épices orientales ainsi qu'aux recettes chinoises, au point que leur suppression eût vraisemblablement suscité des remarques.

Pour le reste, le cuisinier n'eut guère de travail. Alors que les autres dragons s'assemblaient pour le repas, Eroica lança à Téméraire d'un ton encourageant :

— Viens donc manger avec nous ! Il te faut de la viande crue, à la veille d'une bataille ; rien de tel que le sang chaud pour te donner du feu au ventre.

Et Téméraire, qui ne pouvait nier que l'invitation lui faisait plaisir, acquiesça et déchiqueta sa vache avec enthousiasme, même s'il se lécha les babines avec plus de soin que ses congénères et alla se nettoyer dans la rivière après son dîner.

Il régnait presque une atmosphère de fête lorsque les premiers escadrons de cavalerie commencèrent à franchir la rivière et que les bruits et les odeurs des chevaux leur parvinrent à travers le rideau d'arbres, en même temps que les grincements et les senteurs de graisse des attelages de canons : le reste des hommes n'arriveraient pas avant le matin. Alors que le soir tombait, Laurence emmena Téméraire dans un petit vol solitaire pour lui permettre d'évacuer un peu la tension nerveuse qui lui faisait griffer le sol de nouveau. Ils s'envolèrent très haut, afin de ne pas effrayer les chevaux, et Téméraire vola un moment sur place en plissant les yeux dans l'obscurité.

— Laurence, ne sommes-nous pas trop exposés sur ce terrain ? demanda-t-il en se dévissant le cou vers l'arrière. Nous serions incapables de franchir la rivière rapidement avec un seul pont ; et il y a tous ces bois aux alentours.

— Nous ne sommes pas censés la franchir ; nous gardons le pont pour l'armée que nous attendons, expliqua Laurence. Elle aurait bien du mal à traverser si les Français occupaient cette rive à son arrivée. Nous devons donc tenir de notre mieux.

— Je ne vois venir aucune armée, s'inquiéta Téméraire. Je vois bien le prince Louis-Ferdinand et le reste de l'avant-garde, mais personne d'autre derrière nous ; et les feux de camp sont très nombreux là-bas, devant nous.

— Cette maudite infanterie continue à se traîner, j'imagine, dit Laurence en plissant les yeux à son tour vers le nord.

Il distinguait tout juste les lanternes du carrosse du prince, cahotant le long de la route vers le campement qui bordait la ville, et au-delà, plus rien, sinon les ténèbres à perte de vue ; alors que dans le sud, de petits feux de bivouac clignotaient comme des lucioles dans la nuit de plus en plus noire : les Français se trouvaient à moins de un mile.

Le prince Louis-Ferdinand ne fut pas long à réagir : à l'aube, ses bataillons franchissaient rapidement le pont pour prendre leurs positions. Quelque huit mille hommes avec plus de quarante-quatre canons en soutien, bien que la moitié fussent des conscrits saxons dont les marmonnements se faisaient de plus en plus audibles maintenant que l'on savait les Français si proches. Les premiers tirs de mousquets retentirent un peu plus tard : pas vraiment le début d'une bataille, seulement les avant-postes qui échangeaient quelques coups de feu avec les éclaireurs français.

À neuf heures du matin, les Français descendirent des collines, en restant soigneusement sous le couvert des arbres où les dragons ne pouvaient facilement les atteindre. Eroica emmena sa formation effectuer plusieurs passages menaçants juste au-dessus de leurs têtes, suivi par Téméraire, mais avec une efficacité douteuse ; l'on avait interdit à Téméraire de recourir au vent divin, aussi près de la cavalerie. À leur grande frustration, on leur fit bientôt signe de se retirer afin que la cavalerie et l'infanterie puissent faire mouvement et engager l'ennemi.

Eroica agita un drapeau de signalisation.

— En bas, posez-vous, traduisit Badenhaur assis à la gauche de Laurence.

Ils regagnèrent la base où un messager hors d'haleine les attendait avec de nouveaux ordres à l'intention du capitaine Dyhern.

— Eh bien, mes amis, nous avons de la chance, annonça joyeusement Dyhern au reste de la formation en brandissant la dépêche. C'est le maréchal Lannes qui se trouve là-bas, et il y a un paquet d'aigles à remporter aujourd'hui ! Nous allons laisser la cavalerie les occuper un moment ; ensuite, nous tâcherons de les prendre à revers et de voir si nous pouvons convaincre quelques dragons français d'accepter le combat.

Ils s'envolèrent de nouveau, loin au-dessus du champ de bataille : libérés de la menace immédiate des dragons, les tirailleurs français étaient sortis du bois pour s'élancer contre les premiers rangs des forces du prince Louis-Ferdinand, suivis d'un unique bataillon d'infanterie en ligne et de quelques escadrons d'infanterie légère : pas un grand déploiement de troupes, mais la bataille s'engageait véritablement, et les canons commencèrent à parler de leur grosse voix caverneuse. Des ombres passaient entre les collines boisées ; il était impossible de déterminer leurs mouvements précis, et lorsque Laurence voulut braquer sa lunette dans leur direction, Téméraire poussa un rugissement sonore : une formation de dragons français avait décollé et se dirigeait vers eux.

Cette formation était considérablement plus importante que celle d'Eroica, mais presque uniquement constituée de petits dragons, surtout des poids légers, et il y avait même quelques courriers parmi eux. Ils n'avaient pas cette discipline qui marquait les manœuvres prussiennes : ils s'étaient formés en pyramide, mais une pyramide plutôt lâche, et ils battaient des ailes à des allures si différentes qu'ils ne cessaient de changer de place entre eux en approchant.

Eroica et sa formation se portèrent en ordre impeccable à la rencontre des Français, en se déployant à double hauteur sur deux rangs. Téméraire devait pratiquement décrire des cercles pour ne pas les dépasser sur leur flanc gauche, où Laurence lui avait demandé de prendre position ; néanmoins les Prussiens furent en place avant l'arrivée des Français, et les fusiliers à bord de chaque dragon mirent en joue, préparant la salve dévastatrice pour laquelle les Prussiens étaient redoutés à juste titre.

Mais alors qu'ils parvenaient à portée et que les fusils commençaient à crépiter, la formation française explosa dans un chaos complet, qui vit les dragons filer dans toutes les directions ; et la salve prussienne n'eut pratiquement aucun effet. Joli travail de les avoir amenés ainsi à décharger leurs fusils, Laurence dut en convenir, même s'il n'en comprit pas immédiatement l'intérêt : l'ennemi n'était guère avancé puisque ses petits dragons n'avaient pas la puissance de feu nécessaire pour répliquer.

D'ailleurs, cela ne paraissait pas entrer dans leurs plans ; ils se contentèrent de tournoyer en nuée frénétique et bourdonnante, restant soigneusement hors de portée d'abordage, tandis que leurs équipages tiraient quasiment au hasard, cueillant un homme ici ou là, et qu'eux-mêmes s'engouffraient brièvement dans la moindre brèche qu'on leur offrait pour griffer ou larder le flanc des dragons prussiens. Ces brèches étaient nombreuses ; les critiques maussades de Téméraire ne se révélaient que trop fondées, et presque tous les dragons de la formation prussienne se retrouvèrent bientôt blessés à un endroit ou un autre, ne sachant plus où donner de la tête pour affronter efficacement leurs adversaires.

Téméraire, un peu à l'écart, put éviter plus facilement les petits dragons et leur rendre la monnaie de leur pièce ; voyant qu'il n'était pas sous la menace d'un abordage et qu'une salve ne serait qu'un gaspillage de munitions contre des cibles aussi petites et agiles, Laurence le laissa agir à sa guise et ordonna à ses hommes de se cramponner et de ne pas le gêner.

Fonçant dans la mêlée, Téméraire saisit successivement plusieurs petits dragons français, que ses secousses et lacérations vigoureuses firent glapir de douleur et battre hâtivement en retraite loin du champ de bataille.

Mais il était seul, et ses proies beaucoup trop nombreuses pour qu'il pût les attraper toutes ; Laurence aurait aimé dire à Dyhern de rompre la formation et de laisser chaque dragon se battre à son gré : au moins cesseraient-ils d'être aussi prévisibles, aussi vulnérables, et pourraient-ils tirer avantage de leur poids supérieur face à leurs petits adversaires. Il n'en eut pas l'occasion, mais après plusieurs passages, Dyhern parvint à la même conclusion : un autre drapeau de signalisation s'éleva, et la formation se disloqua ; les dragons meurtris, enragés par la douleur, se jetèrent contre les Français avec une énergie accrue.

— Non, non ! s'écria soudain Téméraire. (Laurence sursauta.) Laurence, en bas, là, regarde… dit-il en rejetant la tête en arrière.

Laurence se pencha par-dessus le cou de Téméraire, sortant déjà sa lunette : un important détachement d'infanterie français émergeait des bois, à l'ouest, enveloppant le flanc droit du prince Louis-Ferdinand, tandis que le centre était déjà engagé dans un combat âpre et déterminé : les hommes reculaient vers le pont, et la cavalerie n'avait pas la place de charger. Le moment eût été idéal pour une attaque en piqué des dragons, afin de repousser la tentative d'enveloppement ; mais avec la formation rompue, la manœuvre était vouée à l'échec.

— En avant, Téméraire ! cria Laurence.

Prenant son souffle, Téméraire replia les ailes et se laissa tomber comme une flèche, droit sur les troupes françaises en approche par l'ouest : ses flancs se gonflèrent, et Laurence se boucha les oreilles pour étouffer un peu l'impact terrible du rugissement lorsque Téméraire déchaîna le vent divin. Son passage achevé, il reprit de la hauteur en s'éloignant ; des dizaines d'hommes gisaient au sol, saignant du nez, des yeux et des oreilles, parmi les troncs des jeunes arbres étalés autour d'eux comme des allumettes.

Les défenseurs prussiens parurent plus hébétés que ragaillardis, cependant, et pendant qu'ils observaient un silence choqué, un Français en habit d'officier bondit d'entre les arbres et s'élança au milieu des morts, un drapeau à la main, en criant :

— *Vive l'Empereur ! Vive la France !*

Il chargea, et derrière lui surgit le reste de l'avant-garde française, près de deux mille hommes qui déferlèrent sur les Prussiens à grands coups de sabre et de baïonnette ; Téméraire ne pouvait frapper cette mêlée confuse sans faire autant de morts de leur côté que dans le camp adverse.

L'affaire prenait une tournure désespérée : partout l'infanterie reculait dans les eaux de la Saale, où elle se faisait entraîner par le courant et le poids de ses bottes, tandis que les sabots des chevaux dérapaient sur la berge. Alors que Téméraire volait sur place, guettant une ouverture, Laurence vit le prince Louis-Ferdinand rallier ce qui lui restait de cavalerie pour une charge au centre. Les chevaux se rassemblèrent autour de lui et, dans un grondement de tonnerre, se jetèrent courageusement à l'assaut, contre les hussards français qu'ils rencontrèrent à grand fracas, sabre contre sabre. Le choc agita les épais nuages noirs de poudre à canon qui noyaient le champ de bataille, s'accrochaient aux jambes des chevaux et tournoyaient en volutes autour d'eux. Laurence se prit à espérer, brièvement ; puis il vit le prince tomber, son épée lui échapper des mains, et une clameur terrible monta des rangs des Français tandis que les couleurs prussiennes s'abattaient sous lui.

Personne ne vint à leur secours. Les bataillons saxons se débandèrent les premiers et se précipitèrent de l'autre côté du pont ou levèrent les bras en signe de reddition ; les Prussiens résistèrent par petites poches, pendant que les subordonnés du prince Louis-Ferdinand tentaient de maintenir la cohésion et d'organiser une retraite en bon ordre. La plupart des canons furent abandonnés sur le champ de bataille ; fauchés par la mitraille française, les hommes roulaient dans la poussière ou glissaient dans les eaux en essayant de s'enfuir. D'autres commencèrent à battre en retraite vers le nord le long de la rivière.

Le pont tomba peu après midi ; à ce moment-là, Téméraire et les autres dragons ne songeaient plus qu'à couvrir la retraite, tâchant d'empêcher les petits dragons français qui harcelaient les troupes au sol de transformer la défaite en débâcle. Leurs efforts connaissaient un succès limité ; les Saxons étaient en fuite et les dragons français arrachaient canons et attelages aux forces prussiennes, sous les hurlements des servants, pour les remettre à l'infanterie française, laquelle se déployait dans la ville sur l'autre rive de la Saale, à l'ombre des maisons aux volets clos.

Les combats étaient pratiquement finis ; les drapeaux signalant « Sauve qui peut » flottaient tristement au-dessus des ruines de la position prussienne tandis que les nuages de fumée se dissipaient. Les dragons français renoncèrent enfin, pour ne pas trop s'éloigner du soutien de leur infanterie. Téméraire et les dragons prussiens se posèrent lourdement pour reprendre leur souffle au signal de Dyhern.

Ce dernier ne tenta pas de les réconforter ; il n'y avait rien à dire. Le plus petit dragon de la formation, un poids léger, portait précautionneusement entre ses griffes le corps sans vie du prince Louis-Ferdinand, recueilli à l'issue d'un plongeon désespéré sur le champ de bataille. Dyhern dit simplement :

— Récupérez vos équipes au sol et repliez-vous sur Iéna ; nous nous retrouverons là-bas.

# 13

Laurence avait laissé son équipe au sol au cœur de la campagne sur l'autre rive de la Saale, dans un défilé boisé bien dissimulé, difficile à repérer depuis le ciel ; ses membres les attendaient de pied ferme, les plus solides devant, tenant des haches, des sabres et des pistolets armés, et Keynes en arrière avec les cadets, ainsi que les œufs, soigneusement emmaillotés et harnachés près d'un petit feu couvert.

— Nous avons entendu les canons pratiquement depuis votre départ, monsieur, lui dit Fellowes, anxieux, alors même que ses hommes et lui contrôlaient l'état du harnais de Téméraire.

— Oui, dit Laurence, ils ont emporté notre position ; nous nous replions sur Iéna. (Il avait l'impression de parler de très loin ; une immense fatigue l'envahissait, qu'il n'avait pas le loisir de montrer.) Une ration de rhum pour tout l'équipage ! Messieurs Roland et Dyer, occupez-vous de cela, s'il vous plaît, dit-il en s'asseyant pesamment.

Roland et Dyer firent circuler les bouteilles et les verres, et chaque homme but ce qui lui revenait.

Laurence but en dernier, avec gratitude ; l'alcool brûlant offrait au moins une consolation palpable.

Il alla s'enquérir des œufs auprès de Keynes.

— Ils vont bien, lui assura le chirurgien. Ils pourraient tenir ainsi pendant un mois sans difficulté.

— Avez-vous une idée plus précise de la date probable de leur éclosion ? demanda Laurence.

— Rien n'a changé, répondit Keynes de sa façon bourrue. Il nous reste toujours entre trois et cinq semaines à attendre, pour ce que j'en sais.

— Très bien, dit Laurence.

Il l'envoya alors examiner Téméraire au cas où ce dernier donnerait des signes de gêne musculaire, fruit d'une fatigue excessive que, dans la chaleur de la bataille ou dans sa détresse actuelle, Laurence aurait pu ne pas remarquer.

— C'est surtout qu'ils nous ont pris par surprise, se lamenta Téméraire tandis que Keynes grimpait sur son dos. Et puis ces maudites formations. Oh ! Laurence, j'aurais dû insister davantage et les forcer à m'écouter.

— Tu n'avais guère d'espoir d'y parvenir étant donné les circonstances, dit Laurence. Ne te fais aucun reproche ; réfléchis plutôt au moyen d'améliorer ces formations au plus vite, sans leur causer de trop grands bouleversements. Nous devrions réussir à faire entendre ta voix, maintenant, et si c'est le cas, nous aurons corrigé un sérieux défaut tactique, au prix d'une maigre défaite. Aussi douloureuse qu'ait été la leçon, nous pouvons nous estimer heureux de nous en tirer à si bon compte.

Ils arrivèrent à Iéna aux petites heures de l'aube ; l'armée se refermait autour de la ville, l'absorbant dans ses rangs. Les Français avaient intercepté un convoi d'approvisionnement très attendu à Gera, et les magasins de la ville étaient quasiment vides. Il ne restait plus qu'un seul mouton pour Téméraire ; Gong Su en tira le meilleur parti en le servant en ragoût avec des herbes aromatiques qu'il avait ramassées, et Téméraire mangea mieux que les hommes, qui durent se contenter d'une sorte de porridge cuit à la hâte et de pain rassis.

De vilains murmures circulaient dans le camp, que Laurence entendit en passant devant les feux de bivouac : des rescapés saxons de retour du champ de bataille grommelaient qu'ils avaient essuyé le plus fort de l'attaque, qu'on les avait sacrifiés pour tenter de retenir les Français. Pire encore, il y avait eu une autre défaite : le général Tauentzein, en se retirant de Hof devant l'avance française, n'avait échappé au maréchal Soult que pour se jeter dans les bras du maréchal Bernadotte, sautant de la poêle dans le feu, et il avait perdu quatre cents hommes avant de réussir à battre en retraite. De quoi inquiéter n'importe qui, surtout ceux qui avaient misé sur une victoire facile et décisive ; ceux-là ne montraient plus aucun signe de l'assurance absolue qu'ils avaient affichée.

Laurence retrouva Dyhern et les autres aviateurs prussiens dans une petite ferme branlante que ses habitants avaient abandonnée en toute hâte en voyant les dragons se poser dans leurs champs.

— Je ne vous propose pas une refonte complète,

plaida Laurence en étalant les diagrammes qu'il avait esquissés selon les indications de Téméraire. Seulement des modifications faciles à mettre en œuvre. Les risques inhérents à ce genre de changement tactique de dernière minute ne devraient guère peser face à la certitude d'un désastre si rien n'est fait.

— Vous êtes assez aimable pour ne pas dire : « Je vous avais prévenus », dit Dyhern. Mais je l'entends néanmoins. Fort bien ; nous laisserons un dragon être notre instructeur, et verrons ce qui peut en ressortir. Ce sera toujours mieux que de rester assis à lécher nos blessures, comme des chiens après une rossée.

À l'entrée de Laurence, les autres capitaines et lui étaient assis autour de la table en train de boire en silence ; Dyhern releva la tête au prix d'un immense effort et, par la seule force de sa personnalité, insuffla aux autres une énergie toute neuve, leur reprochant de s'abandonner aux idées noires et les poussant presque dehors en direction de leurs dragons. Ce regain d'activité fut bénéfique pour les cœurs et les têtes, notamment pour celle de Téméraire : il se redressa et ses yeux brillèrent quand il les vit se regrouper autour de lui. Il se jeta éperdument dans l'exercice pour leur expliquer les nouvelles procédures de vol qu'il avait élaborées.

Si Laurence et Granby n'avaient guère contribué aux procédures en question, ils les avaient grandement simplifiées ; certaines évolutions complexes que Téméraire effectuait sans y penser étaient tout simplement irréalisables par la plupart des dragons occidentaux. Même considérablement ralenties, les nouvelles manœuvres posèrent d'abord quelques difficultés aux Prussiens, conditionnés depuis si longtemps par la routine ; toutefois, le soin qu'ils mettaient à leur entraînement quotidien finit par porter ses fruits et, après une douzaine de passages, ils apparurent las, mais triomphants. D'autres dragons de l'armée s'étaient approchés pour observer, bientôt rejoints par leurs officiers ; lorsque Dyhern et sa formation atterrirent enfin pour souffler, ils furent aussitôt bombardés de questions, et peu après, deux autres formations décollèrent à leur tour pour s'exercer.

L'entraînement fut interrompu dans l'après-midi, cependant, par un nouveau changement de plan : l'armée devait se regrouper aux abords de Weimar, cédant du terrain afin de défendre ses lignes de communication avec Berlin ; et une fois de plus, les dragons ouvriraient la marche. La nouvelle fut accueillie par des grondements de colère. Jusqu'à présent, toutes ces allées et venues, ces ordres et contrordres avaient été acceptés de bon gré, comme les aléas inévitables de la guerre. Mais reculer ainsi pêle-mêle, comme si deux petites victoires françaises suffisaient à les renvoyer dans leurs foyers, voilà qui indignait les hommes ; et la confusion des ordres apparaissait sous la lueur plus inquiétante d'un manque de décision au sein du commandement.

Dans cette atmosphère hostile, la rumeur parvint à leurs oreilles que le malheureux prince Louis-Ferdinand avait pris position de l'autre côté de la Saale en réponse à des ordres peu clairs de Hohenlohe, lesquels impliquaient une progression de l'armée que ni

Brunswick ni le roi n'avait autorisée officiellement ; en fin de compte, l'armée entière n'avait pas esquissé le moindre mouvement vers le sud, Hohenlohe étant de toute évidence revenu sur son idée première.

— Il nous a fait parvenir l'ordre de revenir sur nos pas, raconta un Dyhern amer (il tenait l'information de l'un des aides de camp du prince qui venait tout juste de regagner le camp à pied, son cheval s'étant noyé en traversant la Saale). Mais nous avions déjà engagé le combat à ce moment-là, et notre prince n'avait plus qu'une heure à vivre ; ainsi la Prusse a-t-elle sacrifié l'un de ses meilleurs soldats.

Sans être véritablement au bord de la révolte, ils étaient tous très en colère, et plus que découragés ; le sentiment d'accomplissement qui s'était fait jour peu à peu au cours de l'après-midi se dissipa, et ils regagnèrent leurs clairières en silence afin de superviser la levée du camp.

Le bruit du dragon courrier quittant la base était devenu haïssable, signifiant qu'une autre conférence futile s'annonçait. Tiré du sommeil par ce bruissement d'ailes dans les heures encore noires du matin, Laurence sortit de sa tente, pieds nus et en bras de chemise, pour s'asperger le visage au baquet d'eau, laquelle n'était pas tout à fait gelée, mais déjà bien assez froide pour réveiller un homme. Téméraire dormait toujours, soufflant de petits panaches blancs par les narines ; Salyer se dressa vivement quand Laurence jeta un coup d'œil dans la demi-tente étriquée où Allen – qui ronflait – et lui avaient monté la garde sur les œufs : la plus chaude du camp, grâce à sa toile doublée et aux tisons qui rougeoyaient dans le brasier.

Ils se trouvaient sur une base quelque part au nord d'Iéna, non loin de la lisière est de l'armée prussienne, quasiment réunie : le duc de Brunswick avait rapproché ses propres forces durant la nuit. La campagne entière semblait couverte de feux de bivouac, dont la fumée se mêlait tristement à celle de la ville en train de brûler au loin : une échauffourée, tenant à la fois de la panique et de l'émeute, avait éclaté au sein des forces de Hohenlohe la veille au soir, sous l'effet du manque de nourriture et de l'excès de mauvaises nouvelles. On avait aperçu l'avant-garde française juste au sud, et certains convois d'approvisionnement n'étaient pas arrivés ; c'en était trop, surtout pour les Saxons qui se trouvaient là contraints et forcés et avaient désormais perdu leurs dernières illusions.

La base étant séparée du reste du campement, Laurence n'avait pas vu grand-chose de ce fâcheux événement, mais, avant que le calme fût rétabli, plusieurs incendies s'étaient déclarés parmi les bâtiments et l'air qu'il respirait maintenant était âcre, lourd de cendres et de fumée, rendu humide par le brouillard dense. On était au matin du 13 octobre ; ils se trouvaient en Prusse depuis presque un mois et il n'avait toujours pas reçu le moindre message d'Angleterre, le service postal étant lent et incertain dans cette campagne remplie d'hommes en armes. Sirotant son thé debout à l'orée de la clairière, il fixait le nord d'un œil mélancolique ; il ressentait profondément l'envie de renouer avec les siens, si cruellement proches. Il avait rarement éprouvé un désir aussi vif de se retrouver chez lui, même quand il se trouvait à des milliers de miles, encore plus loin de sa patrie.

Le soleil se mit à briller par endroits mais le brouillard tint bon, épais tapis blanc qui noyait tout le campement. Le son ne portait pas très loin ; il mourait abruptement ou semblait surgir de nulle part, de sorte que l'on voyait des silhouettes fantomatiques passer sans bruit, tandis que des voix désincarnées flottaient dans une autre direction. Les hommes se levaient péniblement et se mettaient au travail sans échanger aucune parole, las et affamés.

Les ordres arrivèrent peu après dix heures du matin : le gros de l'armée se replierait vers le nord par Auerstedt, tandis que les forces de Hohenlohe tiendraient leurs positions pour couvrir la retraite. Laurence les lut en silence, puis les rendit au messager de Dyhern sans faire de commentaire : il ne se serait jamais permis de critiquer son commandement devant un officier prussien. Les Prussiens se montraient moins réticents entre eux, et grommelaient dans leur langue tandis que les instructions circulaient.

— Ils disent que nous devrions affronter les Français ici même, traduisit Téméraire, et je crois qu'ils ont raison. Que sommes-nous venus faire ici, sinon ? Nous aurions aussi bien pu rester à Dresde, en nous épargnant toutes ces marches ; c'est comme si nous prenions la fuite.

— Ce n'est pas à nous d'en juger, lui dit Laurence.

Il y a peut-être des choses que nous ignorons, qui justifient ces manœuvres.

C'était là une bien piètre consolation ; lui-même n'y croyait pas beaucoup.

Comme ils ne prévoyaient pas de faire mouvement dans un avenir proche, et que les dragons mangeaient plutôt chichement depuis trois jours de rang, l'ordre fut donné de ne pas exiger d'eux le moindre exercice, car ils pouvaient à tout moment être appelés pour une marche ou une bataille – quoique ce dernier point au moins parût peu vraisemblable. Téméraire se laissa aller à somnoler en rêvant de moutons, et Laurence dit à Granby :

— John, je vais aller jeter un coup d'œil depuis un endroit plus élevé, au-dessus de ce maudit brouillard.

Lui confiant le commandement, il quitta le camp.

Une montagne au sommet plat, le Landgrafenberg, dominait le plateau et la vallée d'Iéna. Laurence emmena une fois de plus le jeune Badenhaur pour lui servir de guide ; ensemble, ils grimpèrent le long d'une ravine étroite qui escaladait ses pentes boisées, noyée par endroits sous les buissons de mûres. Plus haut, la piste disparaissait dans les hautes herbes : personne ne venait faucher par ici, la pente étant trop raide pour qu'on s'en donnât la peine. Pourtant, les plus hauts arbres étaient taillés et, dans certaines clairières moins pentues, l'herbe était couchée par les moutons : ils en aperçurent deux, qui leur jetèrent un regard indifférent avant de s'enfoncer parmi les fougères.

Ils parvinrent au sommet en sueur, après quasiment une heure d'ascension.

— Et voilà, dit Badenhaur, avec un vague geste de la main vers le splendide panorama.

Laurence hocha la tête. Un cercle de montagnes bleu ardoise barrait le regard dans le lointain mais, depuis leur point de vue privilégié, la vallée entière se déployait en cuvette tout autour d'eux, telle une carte vivante, avec ses collines arrondies coiffées de hêtres jaunissants et de petits bosquets de conifères, parmi lesquels se détachaient quelques bouleaux au tronc blanc. Les champs, presque tous fauchés car le gros de la récolte était rentré, prenaient une couleur brun-jaune ; la pâle lumière automnale faisait paraître la journée plus avancée qu'elle ne l'était et soulignait de manière éclatante les fermes éparses.

Un banc de nuages bas qui progressaient lentement vers l'ouest occultaient le soleil ; leur ombre rampait sur les collines. Plus loin, une portion de la Saale nichée entre deux collines recevait le soleil en plein et brillait comme du métal fondu, au point de faire venir les larmes aux yeux de Laurence. Le vent se leva dans un froissement sourd de feuilles sèches et de branches mortes, sous lequel on pouvait entendre un ronflement caverneux, semblable à celui d'une voile qui se gonfle, mais qui se répétait sans fin. Pour le reste, il régnait un immense silence. L'air avait une saveur, une odeur étrangement pures : aucune odeur d'animal ou de décomposition ne montait du sol déjà durci par le gel.

Du côté de la montagne par lequel ils étaient venus, l'armée prussienne s'étendait en rangs serrés, largement masquée par l'épaisse nappe de brouillard ; ici et là, pourtant, le soleil scintillait vaillamment sur les baïonnettes des légions de Brunswick qui progressaient en direction du nord, vers Auerstedt. Laurence alla jeter un coup d'œil prudent de l'autre côté, où se trouvait la ville ; aucun signe des Français, mais Iéna éteignait ses feux : leurs lueurs orangées, pareilles à des braises, mouraient l'une après l'autre au milieu de cris indistincts ; à peine si Laurence put distinguer les chevaux et les charrettes qui allaient et venaient au bord de la rivière, transportant de l'eau.

Il continua un moment à contempler le terrain, se faisant comprendre de Badenhaur par gestes et recourant à l'occasion au peu de français qu'ils possédaient tous les deux. Puis ils se figèrent simultanément ; un souffle de vent écarta l'épaisse colonne de fumée qui s'élevait de la ville, dévoilant un dragon en approche par l'est : c'était Lien, qui survolait le fleuve et la ville avec la rapidité d'un colibri, en s'arrêtant ici ou là pour faire du surplace. Pendant un court instant de stupeur, Laurence eut l'illusion qu'elle venait droit sur eux : un instant seulement, après quoi il comprit qu'il ne s'agissait pas d'une illusion.

Badenhaur le tira par le bras, et ils se jetèrent à plat ventre tous les deux avant de ramper sous un buisson de mûres. Les longues épines les griffaient, les retenaient par leurs vêtements ; au bout d'une vingtaine de pieds, ils découvrirent une cachette creusée dans le sol et le buisson : l'œuvre des moutons. Les branches continuèrent d'ailleurs à s'agiter après qu'ils se furent tapis dans le renfoncement et, bientôt, un mouton les rejoignit en forçant le passage entre les ronces, laissant de grosses touffes de laine accrochées aux épines – une couverture bienvenue. L'animal se recroquevilla en frissonnant auprès d'eux, trouvant peut-être un peu de réconfort à son tour dans la compagnie des humains, tandis que la dragonne blanche repliait ses grandes ailes et se posait avec grâce au sommet de la montagne.

Laurence se tendit, anxieux ; si elle les avait aperçus, si elle les traquait, un buisson de mûres ne la retiendrait pas longtemps. Mais elle porta son regard plus loin, davantage intéressée par le panorama qu'ils avaient eux-mêmes contemplé. Son apparence avait changé : en Chine, il l'avait vue porter des parures raffinées d'or et de rubis ; à Constantinople, elle n'avait plus le moindre bijou ; mais ici, elle portait une pièce très différente, une sorte de diadème bouclé à la base de la collerette et habilement fixé sous les bords ainsi qu'à la mâchoire ; il n'était pas d'or, mais d'acier étincelant, avec en son centre un énorme diamant de la taille d'un œuf de poule qui scintillait insolemment malgré la faible lumière matinale.

Un homme en habit d'officier français se laissa glisser de son dos et bondit au sol. Laurence fut profondément surpris qu'elle eût toléré un passager, surtout d'allure aussi banale ; l'homme allait tête nue, avec des cheveux courts qui s'éclaircissaient, un lourd manteau de cuir sur son uniforme des *chasseurs*, de hautes bottes noires par-dessus son pantalon, et un sabre réglementaire accroché à la taille.

— Il est bien agréable de voir ainsi tous nos hôtes

réunis pour nous accueillir, déclara-t-il dans un français teinté d'un fort accent indéfinissable. (Il ouvrit sa lunette pour examiner l'armée prussienne, en portant une attention particulière aux détachements qui s'éloignaient sur la route du nord.) Voilà trop longtemps que nous les faisons attendre ; mais c'est presque terminé, désormais. Davout et Bernadotte vont bientôt nous renvoyer ces messieurs. Je ne vois pas la bannière du roi, et toi ?

— Non, et nous ne devrions pas nous attarder ici pour la repérer, sans aucun avant-poste à proximité. Tu es trop exposé, dit Lien sur un ton désapprobateur, balayant le champ d'un regard indifférent : ses yeux rouge sang n'étaient guère très perçants.

— Allons, ne me dis pas que je risque quoi que ce soit en ta compagnie ! se moqua l'officier en riant ; et le sourire qu'il lui adressa illumina brièvement tout son visage.

Badenhaur serra le bras de Laurence avec une force quasi compulsive.

— Bonaparte, siffla le Prussien tandis que Laurence se tournait vers lui.

Abasourdi, Laurence pivota et se rapprocha des ronces pour mieux voir : l'homme n'était pas particulièrement rabougri, contrairement à ce qu'il avait toujours imaginé d'après les représentations du Corse dans les journaux anglais ; plus trapu que petit. En cet instant, vibrant d'énergie, avec ses grands yeux gris qui brillaient et son visage coloré par le vent froid, il ne manquait pas d'allure.

— Rien ne presse, ajouta Bonaparte. Nous pouvons

leur accorder trois quarts d'heure supplémentaires, je pense, et les laisser envoyer une autre division sur la route. Ces petits allers-retours devraient les mettre dans la disposition d'esprit idéale.

Il consacra la majeure partie du temps qu'il s'était alloué à faire les cent pas le long de la crête, fixant d'un air songeur le plateau en contrebas ; il avait tout de l'oiseau de proie. Laurence et Badenhaur, piégés, furent contraints de ravaler leur appréhension concernant leurs compagnons. Un frisson sur son flanc fit tourner la tête à Laurence ; le lieutenant avait porté la main à son pistolet, affichant une expression d'indécision terrible.

Laurence posa la main sur le poignet de Badenhaur, pour le retenir, et le jeune homme baissa les yeux, pâle et honteux, avant de laisser retomber son bras ; Laurence lui pressa l'épaule sans bruit en guise de réconfort. Il pouvait comprendre cette tentation ; comment ne pas s'abandonner aux idées les plus folles, lorsque à moins de trente pieds de distance se tenait le responsable de tous les maux de l'Europe ? S'ils avaient eu le moindre espoir de le capturer, leur devoir aurait été de le tenter, certainement, malgré la probabilité que cela se termine en désastre pour eux ; mais une attaque depuis le buisson n'aurait jamais pu réussir. Leur premier mouvement aurait alerté Lien ; et Laurence connaissait par expérience personnelle la vivacité de réaction d'un Céleste. Leur seule chance résidait dans le pistolet ; un tir d'assassin, depuis leur position embusquée, dans le dos ? Non.

Leur but était clair : ils allaient devoir attendre,

rester cachés, puis regagner le campement aussi vite que possible pour prévenir que Napoléon était en train de refermer sur eux les mâchoires d'un piège ; la proie pouvait encore se changer en chasseur, et remporter une victoire honorable. Mais dans cette affaire, chaque minute comptait et c'était un calvaire que d'être obligé de rester là sans bouger, à contempler l'Empereur dans ses méditations.

— Le brouillard se dissipe, annonça Lien en agitant la queue, mal à l'aise (elle plissait les yeux en direction des positions d'artillerie de Hohenlohe, desquelles le sommet de la montagne était visible). Tu ne devrais pas courir de tels risques. Partons ; tu as tous les renseignements qu'il te faut.

— On croirait entendre ma nourrice, dit Bonaparte d'un air absent, en regardant de nouveau dans sa lunette. Ce n'est pas la même chose de voir le terrain de ses propres yeux. J'ai relevé au moins cinq erreurs d'élévation dans mes cartes, même sans faire les calculs, et ce ne sont pas des pièces de trois, mais de six qui équipent cette artillerie à cheval sur leur gauche.

— Un empereur ne peut aussi être un éclaireur, gronda-t-elle d'une voix sévère. Si tu ne peux te fier à tes subordonnés, remplace-les, ne fais pas leur travail à leur place.

— Je retiendrai la leçon ! dit Bonaparte en feignant l'indignation. Même Berthier n'ose pas me parler sur ce ton.

— Il devrait, quand tu te comportes de manière

aussi stupide, dit-elle. Viens ; il ne s'agirait pas de leur donner l'idée de venir ici occuper le sommet.

— Ah ! Sur ce coup-là, ils ont raté leur chance, dit-il. Mais d'accord, tu as raison ; il est temps de nous mettre au travail de toute façon.

Il replia sa lunette et grimpa dans les pattes en coupe de la dragonne comme s'il avait fait cela toute sa vie.

Badenhaur se fraya un chemin entre les ronces avant même que Lien fût hors de vue. Laurence jaillit dans la clairière sur ses talons et s'arrêta le temps d'un dernier coup d'œil au panorama, à la recherche de l'armée française. Le brouillard s'éclaircissait, perdait de sa substance, et l'on distinguait parfaitement aux abords d'Iéna les troupes du maréchal Lannes qui empilaient des réserves de munitions et de nourriture, récupéraient du bois de chauffage et du matériel dans les ruines des maisons incendiées, ou dressaient des enclos. Mais Laurence eut beau sortir sa lunette et la braquer dans toutes les directions, il ne vit aucun autre signe des Français, pas de ce côté-ci de la Saale, en tout cas ; d'où Bonaparte comptait-il faire venir ses hommes pour lancer une attaque ? Il était incapable de le dire.

— Nous pourrions encore nous assurer de ce sommet, avant qu'il puisse y installer ses hommes, murmura machinalement Laurence, à moitié seulement pour Badenhaur.

Une batterie d'artillerie en cet endroit offrirait un avantage décisif sur le plateau ; rien d'étonnant à ce que Bonaparte veuille s'en emparer. Mais il avait tardé, semblait-il, à établir une tête de pont.

Puis les dragons commencèrent à jaillir des bois dans le lointain, comme des diables de leurs boîtes : non pas les poids légers qu'ils avaient affrontés à Saalfeld, mais les poids moyens qui constituaient le gros de toute force aérienne ; Pêcheurs et Papillons approchaient à vive allure et en formation dispersée. Quand ils se posèrent au milieu des troupes qui encerclaient Iéna, Laurence crut remarquer quelque chose d'étrange dans leur aspect ; en les examinant de plus près à la lunette, il s'aperçut que tous croulaient pratiquement sous les passagers : pas uniquement leurs équipages, mais des compagnies d'infanterie entières, suspendues à des harnais en soie du même type que ceux qu'il avait vu employer en Chine pour le transport des citoyens ordinaires, quoique beaucoup plus chargés.

Chaque homme avait son propre fusil ainsi que son paquetage ; les plus grands dragons pouvaient en emporter une centaine, voire davantage. Et ils n'arrivaient pas les pattes vides : ils transportaient entre leurs griffes, non sans mal, des caissons de munitions, d'énormes sacs de nourriture et, spectacle choquant, des filets remplis de bétail vivant : les pauvres bêtes, une fois déposées et libérées dans les enclos, se mirent à tituber au hasard, en trébuchant et en se cognant dans les barrières, aussi manifestement droguées que les porcs emportés par Téméraire à travers les montagnes, il n'y avait pas si longtemps. Laurence salua malgré lui l'habileté diabolique du stratagème : en convoyant de cette manière leurs propres provisions avec eux, les dragons français pouvaient être aussi nombreux qu'ils le voulaient, sans se limiter aux quelques douzaines qu'une armée en campagne était capable d'entretenir en territoire hostile.

En l'espace de dix minutes, près d'un millier d'hommes furent ainsi descendus à terre, et les dragons repartaient déjà en chercher d'autres ; à peine cinq miles plus loin, estima Laurence, mais cinq miles de forêt, sans la moindre route, et barrés par la rivière. D'ordinaire, une troupe aurait mis plusieurs heures à couvrir cette distance. Au lieu de quoi il leur suffisait de cinq minutes pour rallier leurs nouvelles positions.

Par quel moyen Bonaparte avait-il pu convaincre ses hommes de s'attacher à des dragons pour se laisser emporter dans les airs ? Laurence n'en avait aucune idée et n'avait pas le temps d'y réfléchir : Badenhaur le tirait par la manche en grommelant. Dans le lointain s'élevaient les poids lourds de *l'armée de l'air*, les Grands-Chevaliers et Chansons-de-Guerre dans toute leur splendeur massive et terrible, en route pour le sommet cette fois, transportant non plus de la nourriture ou des munitions, mais des canons de campagne.

Laurence et Badenhaur dévalèrent la montagne, glissant et dérapant sur un lit de cailloux au fond de la ravine abrupte, dans un nuage de poussière et de feuilles mortes, tandis que les dragons atterrissaient sur le sommet. À mi-chemin du plateau, Laurence s'arrêta suffisamment longtemps pour risquer un dernier coup d'œil par-dessus son épaule : les dragons lourds déchargeaient les bataillons par deux ou par trois, les hommes couraient aussitôt faire rouler les canons en place le long de la crête, et déchargeaient à côté les harnais ventraux bourrés de boulets ronds et d'obus.

Il était trop tard pour leur disputer le sommet, comme pour battre en retraite. La bataille se déroulerait ainsi que Napoléon l'avait souhaité, à l'ombre des canons français.

# 14

Les batteries d'artillerie s'étaient mises à tonner avant même que Laurence eût quitté la tente de Hohenlohe ; déjà, les courriers les plus rapides s'envolaient en catastrophe pour rattraper Brunswick et le roi, ainsi qu'à l'ouest, pour rappeler les réserves de Weimar. Il n'y avait plus d'autre option désormais que de se concentrer aussi rapidement que possible et de livrer bataille. Pour sa part, Laurence se sentait presque reconnaissant envers les Français de les acculer ainsi, malgré la soudaineté de l'assaut ; à l'instar de Téméraire, il lui semblait que les commandants avaient passé la semaine précédente à tenter désespérément d'éviter la guerre, qu'ils avaient pourtant provoquée et que tous leurs hommes s'étaient préparés à endurer ; attitude aussi lâche que stupide qui ne pouvait qu'entamer le moral des troupes, réduire leur approvisionnement et laisser les détachements vulnérables, en les exposant à être réduits l'un après l'autre, comme celui du malheureux prince Louis-Ferdinand.

L'imminence de l'action avait plus ou moins balayé le sentiment de malaise qui flottait sur le camp, et la discipline de fer ainsi que l'entraînement penchaient en leur faveur : alors qu'il traversait les rangs d'un pas vif, il entendit des rires et des plaisanteries ; l'ordre du branle-bas provoquait partout une réaction immédiate, et bien que les hommes eux-mêmes fussent en piètre condition, trempés et souffrant de la faim, ils avaient maintenu leurs armes en bon état et leurs couleurs flottaient gaiement au-dessus de leurs têtes, les grandes bannières claquant au vent comme des coups de mousquet.

— Vite, vite, les combats ont déjà commencé sans nous ! le pressa Téméraire, assis haut sur ses pattes arrière et la tête dressée au-dessus de la base, repérant Laurence avant qu'il atteigne la clairière.

— Je te promets que nous aurons notre content de combats aujourd'hui, même si nous arrivons en retard, lui dit Laurence, bondissant dans la patte de Téméraire avec une promptitude qui contredisait ses recommandations de patience.

Attrapant la main tendue de Granby, il se hissa rapidement en place ; tous les membres d'équipage se trouvaient déjà à leurs postes, les Prussiens comme les Britanniques. Badenhaur, qui avait une formation d'officier des signaux, était assis nerveusement derrière Laurence.

— Monsieur Fellowes, monsieur Keynes, je compte sur vous pour faire de la sécurité des œufs votre priorité, lança Laurence.

Il boucla son baudrier sur le harnais juste à temps : Téméraire bondissait déjà dans les airs, et la seule réponse qu'obtint Laurence fut les bras de ses officiers qui s'agitaient, leurs paroles rendues inaudibles par le bruissement des ailes tandis qu'ils filaient vers les premières lignes du champ de bataille à la rencontre de l'avant-garde française.

Quelques heures plus tard, une fois les premières escarmouches du matin terminées, Eroica les emmena se poser dans une petite vallée où les dragons purent s'abreuver et reprendre leur souffle. Téméraire, comme Laurence put le constater avec soulagement, ne semblait ni las ni démoralisé, bien qu'ils eussent pour ainsi dire essuyé un revers. De fait, l'espoir avait été bien mince d'empêcher les Français de progresser, étant donné les canons qu'ils avaient déjà installés dans les hauteurs : au moins avaient-ils chèrement payé le terrain conquis, tandis que les Prussiens gagnaient suffisamment de temps pour déployer leurs propres régiments.

Loin d'être découragés, Téméraire et les autres dragons étaient tout excités de s'être battus, et bouillants d'impatience à l'idée des combats à venir. Ils avaient également bénéficié de leurs efforts : ayant quasiment tous réussi à s'emparer d'un cheval mort pour le dévorer, de sorte qu'ils étaient bien mieux nourris qu'ils ne l'avaient été depuis de nombreux jours, et débordaient d'énergie. En attendant leur tour de boire, ils commencèrent à s'interpeller à travers la vallée pour se raconter leurs exploits, la manière dont ils s'étaient débarrassés de tel dragon, et ainsi de suite. Laurence jugea ces récits quelque peu exagérés, car la plaine n'était tout de même pas jonchée des cadavres de leurs ennemis, mais aucun scrupule ne vint les freiner dans leurs vantardises. Tandis que les équipages restaient à bord, se faisant passer les gourdes et les biscuits, les capitaines se réunirent pour une rapide consultation.

— Laurence, lui dit Téméraire quand il remonta à bord, ce cheval que je suis en train de manger m'a l'air extrêmement curieux ; il porte un chapeau.

La tête de l'animal, qui pendait au bout de son encolure flasque, était en effet recouverte d'une coiffe étrange, attachée au filet et coupée dans une mince étoffe de coton ; très légère, cette coiffe comportait des manchons de bois autour des yeux, ainsi que des sortes de sachets par-dessus les naseaux. Téméraire la lui tendit, et Laurence entailla l'un des sachets avec son couteau : il le trouva bourré d'herbes et de fleurs séchées dont on pouvait encore sentir le parfum, et malgré le sang et la sueur de cheval qui l'imprégnaient.

— Sur le nez, de cette manière, cela doit les empêcher de flairer les dragons et de prendre peur, dit Granby qui s'était approché pour jeter un coup d'œil. Je suppose que c'est ainsi qu'ils parviennent à mêler dragons et cavalerie en Chine.

— C'est mauvais, très mauvais, déclara Dyhern lorsque Laurence l'eut mis au courant. Cela signifie qu'ils pourront déployer leur cavalerie sous le feu des dragons, alors que nous en serons incapables. Schleiz, allez prévenir les généraux, ajouta-t-il à l'intention du capitaine de l'un de ses poids légers, lequel acquiesça et courut à son dragon.

Ils s'étaient posés quinze minutes à peine mais quand ils redécollèrent, le monde avait déjà changé. Une immense bataille se déroulait en dessous d'eux : Laurence n'avait jamais rien vu de tel. Sur cinq bons miles de villages, de champs et de bois, les bataillons se formaient : le fer et l'acier scintillaient sous le soleil dans un océan de couleurs, d'uniformes verts, rouges et bleus par milliers, par dizaines de milliers, tandis que tous les régiments massés se plaçaient en position de combat comme en un ballet monstrueux, accompagnés des hennissements stridents des chevaux, du fracas métallique des roues des chariots d'approvisionnement, du grondement de tonnerre des canons de campagne.

— Laurence, s'écria Téméraire, comme ils sont nombreux !

Devant un tel déploiement de troupes, même les dragons se sentaient petits, chose tout à fait inédite chez Téméraire ; il voleta un moment sur place, hésitant, pour contempler la bataille.

La fumée blanche des canons flottait au-dessus des champs, s'accrochant aux bois de chênes et de sapins. De rudes combats battaient leur plein sur le flanc gauche des Prussiens, autour d'un petit village ; plus de dix mille hommes s'y trouvaient engagés, estima Laurence, pourtant cet effectif ne suffirait pas à changer la donne. Partout ailleurs, les Français s'arrêtaient pour renforcer leurs lignes sur le terrain qu'ils avaient gagné : hommes et chevaux se déversaient par les ponts de la Saale, des aigles dorés brillant au sommet de leurs étendards, tandis que d'autres arrivaient encore à dos de dragons. Sur les lieux des combats du matin, les cadavres gisaient de part et d'autre ; seuls la victoire ou le temps les verraient inhumés.

— J'ignorais qu'une bataille pouvait être aussi vaste, observa Téméraire à voix basse. Où devons-nous aller ? Certains de ces hommes paraissent très loin ; il nous sera impossible de les aider.

— Nous tiendrons notre rôle du mieux que nous pourrons, lui répondit Laurence. Il n'appartient pas à un homme seul ni à un dragon de décider de la victoire ; c'est le travail des généraux. Nous devons rester attentifs aux ordres et aux signaux, et accomplir ce qu'on attend de nous.

Téméraire émit un grognement embarrassé.

— Et si nos généraux n'étaient pas bons ?

La question touchait un point sensible ; une comparaison involontaire lui vint aussitôt à l'esprit, entre cet homme décidé aux yeux brillants qu'il avait vu sur la montagne, si plein d'assurance et d'autorité, et ces vieillards dans leurs pavillons avec leurs conseils de guerre, leurs débats et leurs contrordres incessants. En bas, à l'arrière, il apercevait Hohenlohe sur son cheval, sa perruque poudrée bien en place, au milieu d'un va-et-vient d'aides de camp et d'officiers ; Tauentzein, Holtzendorf et Blücher évoluaient parmi leurs propres hommes ; le duc de Brunswick brillait par son absence, son armée n'étant pas encore revenue de sa retraite interrompue. Ils étaient tous quasiment sexagénaires, et ils affrontaient du côté français les maréchaux qui s'étaient battus et avaient gravi les échelons durant les guerres de la Révolution, et qui, à l'instar de leur chef, auraient pu leur rendre vingt ans chacun.

— Qu'ils soient bons ou mauvais, notre devoir reste inchangé, comme celui de n'importe quel soldat, répondit Laurence, refoulant avec effort ces pensées indignes. La discipline permet parfois de remporter la victoire quand la stratégie fait défaut ; en revanche, l'indiscipline ne garantit que la défaite.

— Je comprends, dit Téméraire en repartant. (Devant eux, les dragons légers français s'élevaient de nouveau afin de harceler les bataillons prussiens, et Eroica et sa formation viraient à leur rencontre.) Avec autant d'hommes, tous doivent obéir, sans quoi ce serait le chaos ; ils ne peuvent même pas se voir comme nous le faisons, ni savoir de quelle manière ils s'insèrent dans l'ensemble.

Il fit une pause puis ajouta anxieusement, à voix basse :

— Laurence, si – seulement si – nous devions perdre cette guerre, et que les Français tentent encore une fois de conquérir l'Angleterre, nous serions en mesure de les arrêter, n'est-ce pas ?

— Mieux vaudrait ne pas perdre, dit Laurence, la mine sombre.

Puis ils plongèrent dans la mêlée, et le tableau de la bataille se brouilla en une centaine de conflits isolés dans leur propre petit coin de guerre.

Au début de l'après-midi, ils purent sentir le sort des armes pencher en leur faveur pour la première fois. L'armée de Brunswick était revenue à marche forcée, beaucoup plus tôt sans doute que ne l'avait escompté Bonaparte, et Hohenlohe avait fait donner tous ses bataillons : une vingtaine d'entre eux déployés comme à la parade se préparaient à lancer l'assaut contre les détachements avancés de l'infanterie française, regroupés dans un petit village près du centre de la bataille.

Néanmoins, les poids lourds français n'avaient toujours pas engagé le combat et les dragons prussiens s'en exaspéraient.

— Cela me gêne de batailler uniquement contre des petits ; où restent donc les gros de leur côté ? Ce n'est pas un combat très équitable, remarqua Téméraire.

À en juger par le grommellement sourd par lequel il répondit, Eroica était tout à fait de son avis, et ses coups de patte à l'encontre des petits dragons français commençaient à manquer de conviction.

Pour finir, un dragon courrier prussien, un Mauer-fuchs, se risqua brièvement à survoler le camp français à haute altitude, tandis que les autres engageaient les poids légers au corps à corps. Il rapporta presque aussitôt avec excitation que les gros dragons français avaient cessé de charrier des hommes et étaient maintenant allongés dans l'herbe, en train de manger tranquillement, certains même en train de faire la sieste.

— Oh ! s'écria Téméraire, indigné. Il faut qu'ils soient bien lâches pour dormir pendant qu'on se bat ; à quoi peuvent-ils bien penser ?

— Réjouissons-nous, dit Granby. Ils ont dû s'épuiser à transporter tous ces canons.

— Oui, et cependant, à ce rythme, ils seront

parfaitement reposés au moment d'entrer en jeu, observa Laurence. (Eux-mêmes volaient depuis des heures, à peine entrecoupées de courtes pauses pour se désaltérer.) Peut-être devrions-nous opérer un roulement ; Téméraire, n'aurais-tu pas envie de te poser un moment ?

— Je ne suis pas fatigué du tout, protesta Téméraire. Et, regarde, ces dragons préparent un mauvais coup là-bas.

Il fila sans attendre de réponse, de sorte qu'ils durent tous se cramponner au harnais pour éviter de se faire désarçonner lorsqu'il entra en collision avec une paire de poids légers français, surpris et glapissants, qui volaient en cercles simplement en observant le champ de bataille et s'enfuirent promptement devant son assaut.

Avant que Laurence pût renouveler sa suggestion, une grande clameur leur parvint d'en bas et détourna leur attention : au mépris du feu terrible et incessant de l'artillerie, la reine Louise en personne galopait le long de la ligne prussienne, escortée en tout et pour tout d'une poignée de cavaliers derrière lesquels la bannière de la Prusse ondoyait brillamment. Elle portait une veste d'uniforme de colonel par-dessus ses vêtements, avec le chapeau à plume à bord raide, sous lequel elle avait soigneusement ramené ses cheveux. Les soldats clamaient son nom : incarnant sans doute l'âme du parti de la guerre en Prusse, elle poussait depuis longtemps à s'opposer à Napoléon et à ses conquêtes européennes. Le spectacle de sa bravoure ne pouvait manquer d'inspirer les hommes. Le roi aussi se trouvait sur le champ de bataille ; sa bannière flottait un peu plus loin sur le flanc gauche et, partout dans les rangs, les officiers supérieurs s'exposaient au feu au côté de leurs soldats.

À peine eut-elle évacué le champ de bataille que l'ordre fut donné ; autre manière d'encouragement, des bouteilles circulèrent parmi les premiers rangs, les hommes buvant l'alcool directement au goulot. Les tambours battirent le signal, et l'infanterie chargea droit devant elle, baïonnette au canon, hurlant d'une voix rauque, puis déferla dans les rues étroites du village.

Les pertes furent épouvantables : derrière le moindre muret de jardin, la moindre fenêtre, les tireurs d'élite français se dressèrent pour lâcher un feu roulant, et chaque balle ou presque trouvait son homme ; tandis que dans l'alignement des rues principales, l'artillerie pilonnait les chemins d'approche, crachant des obus qui explosaient en mitraille mortelle. Pourtant les Prussiens continuèrent à progresser avec une force irrésistible, et les canons furent réduits au silence les uns après les autres à mesure qu'ils envahissaient les fermes, les granges, les jardins, les enclos à cochons, et massacraient les soldats français dans la place.

Voyant le village perdu pour eux, les bataillons français se retirèrent, en bon ordre, mais reculant néanmoins pour la première fois de la journée. Les Prussiens poussèrent un rugissement et s'élancèrent de plus belle : derrière le village, ils reformèrent la ligne sous les cris de leurs sergents et lâchèrent une salve effroyable contre les Français en train de battre en retraite.

— C'est un magnifique succès, n'est-ce pas, Laurence ? jubila Téméraire. Et je suppose que nous allons continuer à les presser ?

— Oui, dit Laurence, empli d'un soulagement indicible, en se penchant pour congratuler Badenhaur d'une poignée de main. Maintenant, nous allons enfin pouvoir faire du bon travail.

Mais ils n'eurent plus l'opportunité d'observer le déroulement des combats au sol ; la main de Badenhaur se crispa brusquement sur celle de Laurence, et le jeune officier prussien pointa le doigt : du sommet du Landgrafenberg s'élevait la masse des forces aériennes françaises. Leurs dragons lourds entraient enfin dans la bataille.

Les dragons prussiens poussèrent un énorme rugissement de plaisir et, gonflés d'une énergie toute neuve, se mirent à railler à grands cris l'intervention tardive des Français en attendant qu'ils se mettent en formation et se rapprochent. Les poids légers français, qui avaient si vaillamment tenu le choc toute la journée, firent un dernier effort héroïque et dressèrent une sorte d'écran devant leurs congénères, voletant devant les Prussiens pour leur masquer la vue, battant des ailes contre leur tête afin de les distraire. Les gros dragons reniflaient impatiemment et leur allongeaient un coup ici ou là, mais sans y prêter grande attention, en se dévissant le cou pour s'efforcer de voir. Ce n'est qu'au tout dernier moment que les poids légers s'écartèrent, et que Laurence s'aperçut que les Français n'arrivaient pas du tout en formation.

Ou presque pas ; ils dessinaient bien une formation, la plus simple que l'on pût imaginer, un coin, mais entièrement composée de dragons lourds : un Grand-Chevalier venait en tête, plus mince, mais plus large d'épaules qu'Eroica, suivi de trois Petits-Chevaliers, tous plus imposants que Téméraire, et derrière eux une rangée de six Chansons-de-Guerre à peine plus petits, auxquels leurs taches orange et jaunes conféraient un aspect d'une gaieté incongrue. Chacun d'eux aurait pu être le chef de la formation ; au lieu de quoi, ils constituaient un seul et unique groupe massif, environné d'une foule informe de poids moyens.

— Ma foi, ce n'est tout de même pas une stratégie chinoise ? dit Granby en écarquillant les yeux. Que diable nous préparent-ils ?

Laurence secoua la tête d'un air perplexe ; ayant assisté à plusieurs parades militaires de dragons chinois, ils les avaient toujours vus évoluer dans les airs avec presque autant de précision que des troupes au sol, en lignes et en colonnes ; jamais d'une manière si confuse.

Eroica tenait le centre de la ligne prussienne avec sa formation ; dénudant les crocs, il s'élança à la rencontre du Grand-Chevalier avec un cri de défi retentissant. Les couleurs prussiennes flottaient de part et d'autre de ses épaules comme une seconde paire d'ailes. Les deux formations accélérèrent l'allure en se rapprochant l'une de l'autre ; les miles se changèrent en yards, en pieds, puis s'envolèrent en fumée. La collision était là – puis l'instant passa, et Eroica se retourna en plein vol, stupéfait et indigné : les gros dragons français l'avaient tous esquivé comme un seul homme pour fondre sur ses ailiers, des poids moyens de taille plus modeste.

— *Feiglingen*[1] ! rugit Eroica à pleins poumons, tandis que l'ennemi lacérait et dispersait ses ailiers.

Il se retrouvait à voler quasiment tout seul, et alors même qu'il virait pour repartir à l'attaque, trois poids moyens français saisirent cette opportunité pour s'approcher de lui. Ils étaient trop petits pour l'inquiéter directement, d'ailleurs ils n'essayèrent même pas, mais ils emportaient des équipages nombreux ; pas moins de trois groupes d'abordage bondirent au-dessus du vide, soit presque une vingtaine d'hommes, épée et pistolet à la main, qui s'agrippèrent au harnais.

L'équipage d'Eroica se précipita pour repousser la menace, tous les fusiliers braquèrent leurs mousquets et une fusillade se mit soudain à crépiter, faisant tinter les lames d'épée avec un son aigu chaque fois qu'une balle en frappait une. D'épaisses volutes de fumée bouillonnèrent autour d'Eroica tandis qu'il se tortillait frénétiquement, dardant la tête de part et d'autre pour tâcher de voir ce qui se passait et protéger son capitaine.

Ses efforts jetèrent bas plusieurs abordeurs qui dégringolèrent dans le vide en agitant les bras, mais d'autres avaient déjà accroché leurs sangles sur le

1. « Lâches ! »

harnais ; et le dragon déséquilibrait également ses propres membres d'équipage. La confusion servit les Français : deux de leurs lieutenants cramponnés l'un à l'autre parvinrent à rester debout après l'une de ces convulsions en plein vol, alors que tout le reste de l'équipage avait glissé, et ils profitèrent de cet avantage momentané pour bondir et trancher les sangles de baudrier d'une huitaine d'hommes, qui roulèrent dans le vide et plongèrent vers une mort certaine.

La suite du combat fut âpre, mais brève, car les groupes d'abordeurs progressaient en force vers la nuque du dragon. Dyhern abattit deux hommes et en tua un troisième d'un coup de sabre, mais sa lame se coinça dans la poitrine de l'autre et refusa d'en sortir ; et la chute du corps la lui arracha des mains. Les Français lui saisirent les bras, lui posèrent une lame en travers de la gorge et lancèrent à Eroica : « *Geben Sie auf*[1] », tandis qu'ils abattaient les couleurs prussiennes pour déployer à la place le drapeau tricolore.

Ce fut un coup terrible, et contre lequel ils ne pouvaient rien : Téméraire lui-même était serré de près par cinq poids moyens, eux aussi chargés d'hommes, et avait besoin de toute sa vitesse et de toute son ingéniosité pour leur échapper. De temps à autre, quelques abordeurs prenaient un risque désespéré et bondissaient sur son dos malgré la distance ; mais ils étaient trop peu nombreux et Téméraire s'en débarrassait aussitôt d'une secousse, ou bien les hommes d'échine les abattaient à coups d'épée ou de pistolet.

1. « Rendez-vous. »

Une Honneur-d'Or, en une manœuvre très audacieuse, se jeta droit à la tête de Téméraire ; celui-ci se pencha instinctivement et, alors que la dragonne le survolait de près, deux de ses hommes d'échine se laissèrent tomber directement sur Téméraire, renversant le jeune Allen avant de se cogner contre Laurence et Badenhaur dans un écheveau inextricable de membres et de sangles. Laurence chercha à tâtons quelque chose à quoi se raccrocher ; Badenhaur, avec un courage inouï, s'efforçait de lui faire un rempart de son corps, l'empêchant de se relever.

Mais son acte était justifié : il s'écroula en arrière dans les bras de Laurence, le souffle court, l'épaule ruisselante de sang ; déjà le Français qui l'avait touché reculait son épée pour frapper de nouveau. Granby poussa un grand cri et se jeta contre les attaquants, qu'il fit reculer de trois pas. Laurence put enfin se redresser et hurla : Granby avait débouclé son baudrier pour cette attaque, et les deux officiers français le saisirent par les bras et le précipitèrent dans le vide.

— Téméraire ! cria Laurence. *Téméraire !*

Ses appuis se dérobèrent brusquement sous lui : Téméraire venait d'effectuer un tour complet et plongeait à la suite de Granby, à tire-d'aile. Laurence, souffle coupé, grisé par la vitesse étourdissante, vit le sol brouillé se ruer vers eux tandis qu'une grêle de balles sifflaient à leurs oreilles avec un bourdonnement d'abeilles. Et puis, Téméraire remonta comme un bouchon, brisant un jeune chêne au passage, du bout de la queue. Laurence se hissa main à main le long du harnais et se pencha par-dessus l'épaule de Téméraire :

le dragon tenait Granby entre ses griffes, pantelant, tâchant d'épancher le sang qui lui coulait du nez.

Laurence roula sur ses pieds et posa la main sur son épée. Les Français revenaient à l'assaut ; il cogna le premier en plein visage, furieusement, et sentit l'os craquer sous son poing ganté ; puis il arracha la lame de son fourreau et frappa le second. C'était la première fois qu'il se servait de son épée chinoise contre un adversaire de chair et d'os : il trancha le cou de son adversaire sans presque rencontrer de résistance.

Frappé de stupeur, Laurence demeura bouche bée devant le corps décapité, sans lâcher son épée. Allen bondit enfin faire son devoir en tranchant les sangles des Français, faisant glisser leurs corps par-dessus bord, et Laurence put reprendre ses esprits. Il s'empressa d'essuyer son épée et de rengainer ; après quoi, il se rassit avec soulagement à la base du cou de Téméraire.

Les Français avaient appliqué la même stratégie gagnante contre les autres formations l'une après l'autre : les dragons lourds se jetaient en masse contre les ailiers, isolant les leaders de manière que les poids moyens puissent entrer en action. Eroica s'éloignait, la tête basse, et il n'était pas le seul ; trois autres dragons lourds prussiens le suivaient de près, volant tous si lentement qu'ils perdaient de l'altitude entre chaque battement d'ailes. Les autres membres de leurs formations tournoyaient sur place, indécis, incapables de saisir ce qui leur arrivait : d'ordinaire, une formation privée de son chef se portait aussitôt au soutien d'une autre, mais ayant toutes été frappées simultanément, elles volaient désormais sans but, se coupant la route les unes aux autres, à la merci de leurs ennemis. Les poids lourds français se massèrent une fois de plus et les dispersèrent brutalement, sans relâche, sous le tir nourri des fusiliers. Les hommes dégringolaient par grappes ; les pertes étaient si effroyables que plusieurs dragons se rendirent à grands cris, sans avoir été abordés, afin d'épargner leur capitaine et ce qui restait de leur équipage.

Les trois dernières formations prussiennes, averties par le sort de leurs camarades, s'étaient regroupées en rangs serrés pour protéger leurs leaders ; mais bien qu'elles parvinssent à repousser les assauts de l'ennemi, c'était au prix de la distance et de la position, et la pression inlassable les entraînait de plus en plus loin du champ de bataille. La situation de Téméraire lui-même devenait de plus en plus désespérée ; il ne cessait de zigzaguer, constamment pris pour cible tandis que ses propres fusiliers ripostaient par salves : le lieutenant Riggs leur beuglait ses ordres comme à l'exercice afin d'assurer une certaine régularité, même s'ils rechargeaient déjà aussi vite que possible.

Les écailles de Téméraire ainsi que la cotte de mailles qui lui couvrait le poitrail renvoyaient la plupart des balles perdues, mais, de temps en temps, l'une d'elles venait transpercer la membrane plus délicate des ailes ou se loger dans les couches externes de l'épiderme. Il ne bronchait pas, trop excité par la fièvre guerrière pour les sentir, mais jetait toutes ses forces dans l'esquive. Même ainsi, Laurence songeait avec angoisse qu'ils seraient bientôt contraints de fuir le champ de bataille s'ils ne voulaient pas se faire prendre, eux aussi ; la fatigue accumulée tout au long de la journée commençait à se faire sentir, et Téméraire virait de moins en moins vivement.

Abandonner le combat, déserter sous le feu sans que l'ordre de retraite fût donné, était inconcevable pour lui ; néanmoins, les Prussiens eux-mêmes cédaient du terrain, et s'il refusait de se replier il risquait non seulement d'entraîner leur capture, mais également de faire tomber les œufs entre les mains de l'ennemi. Il n'entendait pas dédommager ainsi les Français pour leur avoir pris l'œuf de Téméraire. Il était sur le point de rappeler Téméraire, au moins le temps de souffler, quand sa conscience fut épargnée : un rugissement sonore résonna, à la fois musical et terrible, et l'ennemi disparut avec une soudaineté à couper le souffle. Téméraire pivota trois fois sur lui-même avant de se convaincre qu'on le laissait bel et bien tranquille, puis se risqua à voler sur place assez longtemps pour que Laurence puisse découvrir ce qui se tramait.

Le rugissement émanait de Lien : elle qui n'avait pris aucune part directe à la bataille se tenait désormais en plein ciel, derrière les lignes des dragons français. Elle ne portait ni harnais ni équipage mais, sur son front, un énorme diamant miroitait au soleil, jetant des flammes orange qui soulignaient la virulence de ses yeux rouges. Elle rugit de nouveau et Laurence entendit par-dessous un autre grondement de tambours : des signaux s'échangeaient parmi les rangs français, tandis qu'au sommet de la colline, sur un grand cheval gris, Bonaparte en personne apparut au-dessus du champ de bataille ; derrière lui les cuirasses de la redoutable garde impériale brillaient dans la lumière comme de l'or fondu.

Ayant dispersé ou repoussé les formations prussiennes, les dragons français dominaient nettement la zone aérienne. En réponse à l'appel de Lien, ils se formèrent tous en ligne droite. Dessous, la cavalerie française volta et se répartit de part et d'autre du champ de bataille, ventre à terre, tandis que l'infanterie reculait, sans interrompre ses tirs de mousquets et de canons.

Lien s'éleva plus haut et prit une inspiration profonde ; sa collerette se déploya largement sous son diadème en acier, ses flancs se tendirent comme des voiles gonflées par le vent, puis sa gueule s'ouvrit pour libérer la puissance dévastatrice du vent divin. Elle ne le dirigea pas contre une cible ; elle n'abattit aucun ennemi, ne fit aucun dommage direct ; mais la force effroyable du son résonna dans les oreilles comme si tous les canons du monde avaient tonné d'un coup. Lien avait presque trente ans de plus que Téméraire ; un peu plus grande que lui et de loin plus expérimentée, elle s'appuyait non seulement sur sa taille, supérieure, mais également sur une sorte de résonance, une modulation de la voix qui semblait prolonger son rugissement à l'infini. Sur l'ensemble du champ de bataille, les hommes vacillèrent, pris de vertige ; les dragons prussiens se recroquevillèrent ; même Laurence et son équipage, pourtant familiers avec le vent divin, se reculèrent instinctivement, faisant claquer les sangles de leurs baudriers.

Un silence total se fit, à peine brisé çà et là par de petits cris de terreur ou par les râles des blessés ; mais avant que les derniers échos se fussent dissipés, la ligne entière des dragons français releva la tête et, rugissant à pleins poumons, plongea en piqué. Les dragons redressèrent leur course juste avant d'entrer en collision avec le sol ; quelques-uns, d'ailleurs, en furent incapables et roulèrent au milieu des Prussiens, écrasant des grappes d'hommes sous eux tout en hurlant de souffrance. Mais les autres ne ralentirent même pas : laissant traîner leurs griffes et leur queue au ras du sol, ils éventrèrent les rangs abasourdis et totalement pris au dépourvu de l'infanterie prussienne, abandonnant derrière eux de larges sillons de cadavres sanguinolents avant de reprendre de l'altitude.

Ce fut la panique. Avant même que les dragons aient atteint les premiers rangs, l'arrière se dispersait dans la confusion la plus absolue, une folle tentative de fuite où les hommes se piétinaient en s'efforçant de partir dans toutes les directions. Le roi Frédéric se dressait debout sur ses étriers, au milieu de trois hommes qui s'efforçaient de calmer son cheval et de l'empêcher de le désarçonner ; il criait dans un porte-voix tandis que des fanions de signalisation s'agitaient.

— La retraite, dit Badenhaur, en agrippant le bras de Laurence.

Sa voix restait parfaitement calme, mais il avait le visage strié de larmes dont il ne semblait même pas s'apercevoir ; sur le champ de bataille en contrebas, on ramenait le corps inerte et maculé de sang du duc de Brunswick en direction des tentes.

Mais les hommes n'étaient plus en mesure d'entendre ou d'obéir ; quelques bataillons réussirent bien à se former en carrés, les hommes épaule contre épaule dressant un mur de baïonnettes vers l'extérieur, mais les autres s'enfuirent à moitié fous à travers le village et les bois, dont ils venaient à peine de s'emparer au prix de tant d'efforts ; et alors que les dragons français se posaient enfin pour souffler, hors d'haleine et couverts de sang, la cavalerie et l'infanterie françaises dévalèrent la colline et passèrent devant eux dans un concert de rugissements, afin d'aller parachever la ruine et la défaite.

# 15

— Non, je vais bien, protesta Granby d'une voix rauque tandis qu'on l'étendait dans la base. Pour l'amour du ciel, ne vous inquiétez pas pour moi ; même si je commence à me lasser de tous ces coups que je prends sur la tête.

Il était faible et grelottait malgré ses dénégations, et lorsqu'il prétendit boire un peu de soupe, il la vomit aussitôt ; de sorte que ses compagnons se contentèrent de lui donner de l'alcool pour l'assommer, dont il ne but qu'une gorgée ou deux avant de s'endormir.

Laurence voulait prendre à son bord autant d'hommes que possible parmi les équipes au sol des dragons faits prisonniers. Beaucoup faillirent refuser, incrédules ; la base se trouvait très au sud du champ de bataille, et ils n'avaient pu suivre les événements de la journée. Badenhaur dut négocier longuement avec eux ; la discussion devenait de plus en plus animée et tendue.

— Baissez la voix, bon sang ! aboya Keynes tandis que l'équipage rangeait soigneusement les œufs dans le harnais ventral. Ce Kazilik est suffisamment mûr pour comprendre, expliqua-t-il à Laurence un ton plus bas. Il ne s'agirait pas de l'effrayer dans sa coquille ; cela rend souvent la bête craintive.

Laurence acquiesça d'un air maussade, puis Téméraire leva sa tête lasse et fixa le ciel qui commençait à s'assombrir.

— Il y a un Fleur-de-Nuit là-haut, j'entends ses ailes.

— Dites à ces hommes qu'ils peuvent aller au diable s'ils n'embarquent pas de suite, dit Laurence à Badenhaur, en faisant signe à son propre équipage de grimper à bord.

Et ils partirent pour Apolda où ils se posèrent transis de froid, épuisés, engourdis.

La ville n'était plus que ruine : fenêtres brisées, vin et bière qui s'écoulaient dans le caniveau, étables, granges et enclos à bestiaux pillés ; on ne voyait presque plus personne dans les rues hormis des soldats pris de boisson, sanguinolents, dépenaillés et querelleurs. Sur le seuil de la principale auberge, Laurence dut enjamber un homme qui sanglotait comme un enfant, la tête dans la paume de sa main droite ; il avait perdu la gauche, et enveloppé le moignon dans un chiffon.

Ils ne trouvèrent à l'intérieur qu'une poignée de sous-officiers, tous blessés ou à moitié morts d'épuisement ; l'un d'eux réunit suffisamment de français pour leur dire :

— Vous devriez partir ; les Français seront ici demain matin, sinon plus tôt. Le roi s'est replié sur Sömmerda.

Dans la cave du fond, Laurence découvrit quelques

bouteilles de vin encore intactes, ainsi qu'un tonnelet de bière ; Pratt chargea ce dernier sur son épaule tandis que Porter et Winston prenaient des bouteilles à pleins bras, puis ils regagnèrent leur clairière. Téméraire avait fracassé le tronc d'un vieux chêne abattu par la foudre, et les hommes avaient réussi à allumer un feu ; le dragon s'était allongé en s'arrondissant autour du foyer, et les hommes se serraient contre ses flancs.

Ils se partagèrent les bouteilles et débouchèrent le tonnelet à l'intention de Téméraire ; maigre consolation, sachant qu'ils allaient devoir repartir aussitôt. Laurence hésita ; Téméraire était si fatigué qu'il buvait les yeux mi-clos. Néanmoins, cette fatigue représentait en soi un danger ; si une patrouille de dragons français les surprenait maintenant, il semblait douteux que Téméraire pût s'envoler assez vite pour s'échapper.

— Il faut partir, mon cher, lui dit Laurence avec douceur. Tiendras-tu ?

— Oui, Laurence ; je me sens parfaitement bien, répondit Téméraire en se relevant tant bien que mal. Faudra-t-il aller *très* loin ? ajouta-t-il d'une petite voix.

Les quinze miles de vol leur parurent interminables. La ville jaillit brusquement des ténèbres, ses abords éclairés par un grand feu de joie ; une poignée de dragons prussiens levèrent anxieusement la tête quand Téméraire atterrit lourdement à côté d'eux, dans le champ piétiné qui constituait leur bivouac : des poids légers avec quelques courriers, une paire de poids moyens ; pas de formation complète, et aucun dragon lourd parmi eux. Ils se bousculèrent autour de lui pour se rassurer et poussèrent vers lui l'une des carcasses de chevaux dont ils faisaient leur dîner, mais il n'en déchira qu'un petit morceau avant de s'endormir sur place, indifférent au monde qui l'entourait, tandis que les petits dragons venaient se nicher contre lui.

Laurence envoya les hommes chercher ce qu'ils pourraient trouver pour rendre leur camp plus confortable, puis traversa les champs jusqu'à la ville, seul. La nuit était calme et magnifique : le gel précoce faisait briller les étoiles, et son souffle formait de brefs panaches blancs dans l'air. Bien qu'il n'eût pas énormément combattu, il avait mal dans tout le corps ; une douleur cuisante lui mordait la nuque et les épaules, des courbatures raidissaient ses jambes ; il fut heureux de pouvoir se dégourdir un peu. Des chevaux de cavalerie perclus de fatigue dressèrent la tête et poussèrent des hennissements anxieux lorsqu'il passa devant la barrière de leur enclos : ils devaient sentir sur lui l'odeur de Téméraire, supposa-t-il.

Une maigre partie de l'armée avait pu atteindre Sömmerda : la plupart des fugitifs s'étaient échappés à pied, et arriveraient tout au long de la nuit, s'ils connaissaient le point de ralliement. La ville n'avait pas été pillée et il y régnait un semblant d'ordre ; les gémissements des blessés indiquaient l'hôpital de campagne installé dans une petite église, tandis que les hussards du roi s'alignaient en rangs bien ordonnés à l'extérieur d'une imposante bâtisse : pas tout à fait une forteresse, simplement un manoir solide et de taille respectable.

Laurence ne trouva aucun autre aviateur, aucun officier supérieur auquel faire son rapport, le pauvre Dyhern ayant été capturé. Il avait passé sa journée à soutenir le général Tauentzein, puis le maréchal Blücher ; mais à ce qu'on lui répondit, aucun des deux n'était en ville. Il finit par se rendre directement auprès de Hohenlohe ; mais le prince était en conférence, et un jeune aide de camp, avec une brusquerie inexcusable malgré la tension ambiante, le conduisit devant la salle en lui demandant d'attendre dans le couloir. Après avoir patienté une demi-heure debout, sans même qu'on lui proposât une simple chaise, à entendre des bribes de conversations étouffées qui passaient sous la porte, Laurence s'assit par terre, allongea les jambes et s'endormit appuyé contre le mur.

Quelqu'un s'adressait à lui en allemand.

— Non, merci, dit-il, dormant toujours, avant d'ouvrir les yeux.

Une femme le contemplait d'en haut, avec une expression aimable, mais amusée ; soudain, il reconnut la reine, escortée par deux de ses gardes.

— Oh ! grand Dieu, dit Laurence.

Il bondit sur ses pieds, très gêné, et lui demanda pardon en français.

— Ce n'est rien, dit-elle en l'examinant avec curiosité. Mais que faites-vous ici ?

Lorsqu'il le lui eut expliqué, elle ouvrit la porte et passa la tête à l'intérieur, au grand embarras de Laurence ; il aurait préféré patienter toute la nuit plutôt que de donner l'impression de se plaindre.

La voix de Hohenlohe lui répondit en allemand, et

elle fit signe à Laurence de la suivre à l'intérieur. Un bon feu flambait dans la cheminée, et de lourdes tapisseries accrochées aux murs empêchaient la pierre froide d'absorber toute la chaleur. Celle-ci fut la bienvenue ; Laurence s'était encore engourdi dans le couloir. Le roi Frédéric se tenait debout contre le mur près de la cheminée : un homme las, moins séduisant ou énergique que sa femme, avec un long visage pâle et un large front dégarni ; il avait une bouche mince et portait une fine moustache.

Hohenlohe était installé derrière une grande table couverte de cartes ; les généraux Rüchel et Kalkreuth étaient avec lui, ainsi que plusieurs autres officiers d'état-major. Hohenlohe dévisagea Laurence un long moment, sans ciller, puis finit par lui demander :

— Grand Dieu, vous êtes encore ici ?

Laurence ne comprit pas tout de suite ce qu'il voulait dire par là, Hohenlohe étant supposé ignorer qu'il se trouvait en ville ; puis, brusquement, il fut pleinement réveillé et en proie à une vive colère.

— Je regrette bien de vous avoir dérangé, cracha-t-il. Puisque vous vous attendiez à me voir déserter, je vais me faire un plaisir de prendre congé.

— Non, non, je n'insinuais rien de tel, protesta Hohenlohe. Et grand Dieu, qui pourrait vous blâmer ! ajouta-t-il contre toute attente.

Il se passa la main sur le visage ; sa perruque était de travers, d'un gris sale, et Laurence eut une bouffée de compassion : à l'évidence, Hohenlohe n'avait plus tout à fait le contrôle de lui-même.

— Je suis simplement venu vous faire mon rapport,

monsieur, dit Laurence d'un ton plus modéré. Téméraire n'a pas été sérieusement touché ; mes pertes se montent à trois blessés, aucun mort, et j'ai ramené d'Iéna trente-six soldats d'équipes au sol, avec leur équipement.

— Des harnais, des forges ? s'enquit vivement Kalkreuth en levant la tête.

— Oui, monsieur, quoique seulement deux de celles-ci, en plus de la nôtre, dit Laurence. Elles étaient trop lourdes pour qu'on puisse en emporter davantage.

— C'est déjà quelque chose, Dieu soit loué ! soupira Kalkreuth. La moitié de nos harnais sont en train de craquer aux coutures.

Après cela, personne n'ajouta plus rien pendant un long moment. Hohenlohe regardait fixement les cartes, avec une expression qui donnait à penser qu'il ne les voyait pas vraiment ; le général Rüchel s'était enfoncé dans un fauteuil, les traits gris et las ; la reine se tenait au côté de son époux et lui parlait à voix basse en allemand. Laurence se demanda s'il ne devait pas s'en aller : une fatigue presque palpable alourdissait l'atmosphère de la pièce. Soudain, le roi secoua la tête et se tourna face aux autres.

— Savons-nous où il est ?

Inutile de demander de qui il parlait.

— Quelque part au sud de l'Elbe, marmonna un jeune officier d'état-major, qui rougit en réalisant que tout le monde l'avait entendu et le fusillait du regard.

— Sûrement à Iéna ce soir, sire, répondit Rüchel en continuant à fixer le jeune homme d'un œil mauvais.

Le roi était peut-être le seul à ne s'être rendu compte de rien.

— Nous accordera-t-il un armistice ?

— Cet homme-là ? Jamais de la vie ! s'exclama la reine Louise avec mépris. Ni armistice ni termes honorables. Je préférerais encore me jeter dans les bras des Russes plutôt que me prosterner pour le plaisir de ce *parvenu*. (Elle se tourna vers Hohenlohe.) Que peut-on faire ? Il y a certainement quelque chose à faire ?

Il se ranima un peu et parcourut ses cartes, en indiquant différents détachements et garnisons, parlant dans un salmigondis de français et d'allemand de rallier les troupes, de s'appuyer sur les réserves.

— Les hommes de Bonaparte marchent depuis des semaines et se sont battus toute la journée, dit-il. Nous devrions disposer de quelques jours, je l'espère, avant qu'ils puissent organiser une poursuite. Peut-être l'armée est-elle moins entamée que nous ne le redoutons ; les survivants se replieront ici ou à Erfurt : il nous faudra les rassembler, puis reculer vers…

Des bruits de bottes retentirent sur les dalles du couloir, et l'on frappa à la porte d'une main lourde. Le nouveau venu, le maréchal Blücher, entra sans attendre qu'on l'y invitât.

— Les Français sont à Erfurt, annonça-t-il sans cérémonie, dans un allemand brutal que même Laurence parvint à comprendre. Murat s'est posé avec cinq dragons et cinq cents hommes et ils se sont rendus, ces sacrés fils de…

Il s'interrompit, confus, en rougissant furieusement sous ses moustaches : il venait d'apercevoir la reine.

Les autres se souciaient plus de ses renseignements que de son langage ; un brouhaha confus s'éleva, tandis que l'on se bousculait autour des papiers et des cartes en désordre. Laurence ne pouvait suivre la conversation, qui se tenait principalement en allemand, mais il était clair que les officiers d'état-major ne parvenaient pas à se mettre d'accord.

— Assez ! cria brusquement le roi (les querelles faiblirent puis se turent). Combien d'hommes avons-nous ? demanda-t-il à Hohenlohe.

Les papiers furent parcourus de nouveau, plus calmement ; enfin l'on parvint à réunir le détail des différents détachements.

— Dix mille avec Saxe-Weimar, quelque part sur les routes au sud d'Erfurt, dit Hohenlohe en lisant ses papiers. Plus dix-sept mille à Halle, sous les ordres de Württemburg, en réserve ; et jusqu'à présent, nous avons ici huit mille hommes réchappés de la bataille ; d'autres nous rejoindront certainement.

— Si les Français ne les rattrapent pas, intervint d'une voix douce Scharnhorst, chef d'état-major du défunt duc de Brunswick. Ils progressent trop rapidement. Nous ne pouvons pas attendre. Sire, il nous faut emmener tous les hommes dont nous disposons sur l'autre rive de l'Elbe et incendier les ponts sur-le-champ, sans quoi nous perdrons Berlin. Nous devrions envoyer des courriers dès maintenant.

Ces paroles provoquèrent une nouvelle flambée de vociférations ; presque toutes les personnes présentes dans la pièce exprimèrent haut et fort leur désaccord, trouvant dans la dispute un exutoire à la violence brute de leurs sentiments. Ce qui n'avait rien d'étonnant de la part de ces hommes fiers dont l'honneur et celui de leur pays étaient foulés aux pieds, contraints d'apprendre l'humilité et la peur sous la botte d'un ennemi implacable dont ils sentaient dès à présent le souffle sur leur nuque.

Laurence lui aussi éprouvait une répugnance instinctive à l'idée d'une retraite aussi honteuse et du sacrifice d'un si vaste territoire ; cela paraissait folie de céder autant de terrain sans obliger les Français à le conquérir de haute lutte. Bonaparte n'était pas homme à se contenter d'une bouchée, aussi grosse fût-elle, lorsqu'il pouvait dévorer le tout ; et avec les dragons qu'il avait à sa suite, la destruction des ponts semblait une mesure dérisoire autant qu'un aveu de faiblesse.

Dans le tumulte, le roi fit signe à Hohenlohe et le prit à part devant la fenêtre pour s'entretenir avec lui ; lorsque les autres se furent lassés de crier, ils revinrent à la table.

— Le prince Hohenlohe prendra le commandement de l'armée, annonça le roi d'une voix calme, mais irrévocable. Nous nous replierons sur Magdeburg afin de rassembler nos forces, puis nous réfléchirons au meilleur moyen d'organiser la défense du front de l'Elbe.

Des murmures d'obéissance et d'approbation lui répondirent, et il quitta la salle en compagnie de la reine. Hohenlohe se mit à lancer des ordres, envoyant des hommes transmettre des dépêches, tandis que les officiers s'éclipsaient un à un dès qu'ils avaient leurs instructions. Laurence, qui avait désespérément besoin de sommeil, commençait à se lasser d'attendre ; lorsqu'il ne resta plus qu'une poignée d'officiers d'état-major, alors qu'on ne lui avait toujours pas donné ses ordres ni son congé et que Hohenlohe montrait tous les signes de vouloir se replonger dans ses cartes, il perdit patience et s'avança.

— Monsieur, dit-il, interrompant les réflexions du prince. Puis-je vous demander de qui je dois relever ? Ou, à défaut, quels sont vos ordres pour moi ?

Hohenlohe leva la tête et le dévisagea une fois de plus avec ce regard vide.

— Dyhern et Schliemann sont prisonniers, dit-il après un moment. Abend également ; qui reste-t-il ?

Il regarda autour de lui. Ses aides de camp ne savaient visiblement que répondre ; l'un d'eux se risqua finalement à demander :

— Quelqu'un sait-il ce qu'est devenu George ?

S'ensuivit une nouvelle discussion, et l'on envoya plusieurs hommes poser la question ; tous revinrent avec des réponses négatives. Hohenlohe finit par s'écrier :

— Voulez-vous dire qu'il ne nous reste plus un seul foutu dragon lourd sur quatorze ?

Dépourvus de cracheurs d'acide ou de souffleurs de feu, les Prussiens constituaient leurs formations de manière à en optimiser la force – contrairement aux Britanniques qui veillaient plutôt à protéger les dragons dotés de telles capacités offensives. Leurs dragons lourds étaient presque tous des leaders de formation et, à ce titre, ils avaient été la cible d'une attention particulière lors de l'attaque française. Par ailleurs, plus lents et massifs que les poids moyens qui s'étaient lancés à l'abordage, ils s'étaient révélés extrêmement vulnérables à la tactique française, d'autant que leurs forces et le peu d'agilité qu'ils avaient se trouvaient déjà sérieusement entamées après une journée de vol éprouvant. Laurence en avait vu cinq tomber aux mains de l'ennemi sur le champ de bataille ; il ne lui paraissait pas extraordinairement étonnant que les autres eussent été pris également, ou du moins chassés très loin, dans le chaos qui s'était ensuivi.

— Dieu fasse que d'autres nous rejoignent durant la nuit, dit Hohenlohe. Nous allons devoir réorganiser entièrement le commandement.

Il marqua une pause appuyée et dévisagea Laurence. Tous deux se taisaient, brusquement conscients que Téméraire représentait désormais le seul dragon lourd disponible ; devenant du même coup essentiel à la défense, et en même temps impossible à contraindre : Hohenlohe ne pouvait plus les obliger à rester. Laurence ne pouvait s'empêcher d'être déchiré ; en un sens, son premier devoir consistait à protéger les œufs et, au vu du désastre, cela signifiait certainement les rapporter au plus vite en Angleterre ; cependant, abandonner les Prussiens maintenant reviendrait à considérer la guerre comme perdue et à déclarer forfait.

Laurence ne put s'y résoudre.

— Vos instructions, monsieur ? redemanda-t-il abruptement.

Hohenlohe ne manifesta aucune expression de

gratitude, mais son visage se détendit quelque peu et certaines rides s'estompèrent.

— Vous vous rendrez à Halle demain matin. Toutes nos réserves se trouvent là-bas ; dites-leur de se replier, et si vous êtes en mesure de porter quelques-uns de leurs canons, tant mieux. Nous vous trouverons quelque chose à faire ensuite ; Dieu sait que l'ouvrage ne manquera pas.

— Aïe ! s'exclama Téméraire à haute voix.

Laurence ouvrit les yeux en se redressant sur son séant, les muscles du dos et des jambes tout endoloris, la tête lourde et l'esprit embrumé d'avoir si peu dormi : une lumière chiche filtrait à peine. En rampant hors de sa tente, il s'aperçut que l'obscurité incombait plus au brouillard qu'à l'heure matinale : la base grouillait déjà d'animation, et en se levant il vit Roland arriver pour le réveiller, ainsi qu'on le lui avait demandé.

Keynes était installé à califourchon sur Téméraire, en train de lui extraire des balles ; leur départ précipité à l'issue de la bataille l'avait empêché de s'occuper de ses blessures plus tôt. Bien que Téméraire n'y eût guère prêté attention jusqu'ici, et qu'il eût subi sans se plaindre des blessures autrement plus graves, il tressaillait et retenait des petits cris de douleur à chaque projectile qu'extrayait Keynes – sans ménagement excessif, visiblement.

— C'est toujours la même histoire, grommela Keynes avec aigreur. Vous vous faites tailler en pièces allègrement, mais que l'on essaie seulement de vous recoudre et ce sont des gémissements à n'en plus finir.

— Eh bien, c'est beaucoup plus douloureux, protesta Téméraire. Je ne vois vraiment pas pourquoi tu dois les retirer ; elles ne me gênent pas du tout.

— Tu chanteras un autre air quand tu commenceras à développer un empoisonnement du sang. Maintenant, reste tranquille et cesse de geindre.

— Je ne geins pas, bougonna Téméraire. Aïe !

Il flottait dans l'air une odeur riche et savoureuse. On n'avait apporté à la base ce matin-là que trois maigres carcasses de chevaux pour nourrir plus d'une dizaine de dragons affamés ; avant que la bousculade inévitable n'eût lieu, Gong Su s'était approprié le lot. Après avoir fait rôtir les os à la flamme, il les mit à mijoter avec la viande dans les cuirasses des dragons dont il avait fait des chaudrons de fortune, et chargea les cadets de brasser le tout. Puis il envoya l'équipe au sol récupérer, par des moyens sur lesquels mieux valait fermer les yeux, tous les ingrédients supplémentaires qu'ils pourraient dénicher.

Les officiers prussiens virent d'un œil inquiet la nourriture des dragons passer tout entière dans le ragoût, mais les dragons eux-mêmes se prirent au jeu de choisir les ingrédients qui iraient l'agrémenter, poussant du bout du nez tel monceau d'oignons jaunes, escamotant discrètement le riz qui n'était pas à leur goût. Mais Gong Su ne les laissa pas perdre ; une fois les dragons servis, il réserva une certaine quantité de liquide et fit cuire le riz séparément dans le bouillon épais et parfumé, de sorte que les aviateurs prirent un bien meilleur petit déjeuner que le reste du camp ; et cela contribua grandement à les infléchir en faveur de cette étrange façon de procéder.

Les harnais des dragons étaient tous en mauvais état, entaillés, effilés, certains ne tenant plus que par le fil d'acier cousu à l'intérieur du cuir, d'autres tranchés net par endroits ; celui de Téméraire avait particulièrement souffert. Ils n'avaient ni le temps ni les fournitures nécessaires pour les réparations qui convenaient, mais un minimum de rafistolage s'imposait avant qu'ils pussent lever le camp pour Halle.

— Je suis navré, monsieur, mais avec la meilleure volonté du monde nous ne pourrons pas le remettre sous cuir avant midi, vint s'excuser Fellowes après avoir étudié les dégâts et mis ses hommes au travail. C'est sa façon de se contortionner, je crois : cela agrandit les déchirures.

— Faites ce que vous pouvez, dit brièvement Laurence.

Il était inutile de les bousculer ; chaque homme donnait déjà tout ce qu'il pouvait, et ils étaient aussi nombreux qu'ils auraient pu le souhaiter, avec les volontaires des équipes au sol qu'ils avaient sauvés. En attendant, il encouragea Téméraire à dormir afin qu'il reconstitue ses forces.

Téméraire ne se fit pas prier, et s'allongea près des cendres encore chaudes des feux de cuisson.

— Laurence, s'enquit-il après un moment d'une voix douce. Laurence, avons-nous perdu ?

— Seulement une bataille, mon cher ; pas la guerre, lui répondit Laurence.

Cependant l'honnêteté le contraignit à ajouter :

— Mais une bataille bougrement importante, oui ; je suppose qu'il a dû capturer la moitié de l'armée et disperser le reste.

Il s'adossa contre la patte avant de Téméraire, démoralisé ; jusqu'à présent, l'activité l'avait empêché de réfléchir sérieusement à leur situation.

— Nous ne devons pas succomber au défaitisme, dit-il, autant pour lui que pour Téméraire. Il reste encore de l'espoir ; et même s'il n'y en avait plus, rester assis à pleurer sur notre sort ne nous servirait pas à grand-chose.

Téméraire poussa un profond soupir.

— Que va devenir Eroica ? On ne lui fera pas de mal ?

— Non, aucunement, répondit Laurence. On l'enverra dans une ferme de reproduction, j'en suis sûr ; peut-être même sera-t-il libéré, si un accord est trouvé. En attendant, ils se contenteront de garder Dyhern sous les verrous ; le pauvre diable.

Il se représentait fort bien l'horreur de la situation du capitaine prussien ; non seulement se retrouver incapable de servir son pays, mais surtout devenir l'instrument de la détention d'un dragon inestimable. Téméraire partageait manifestement des idées du même ordre en songeant à Eroica ; repliant la patte pour attirer Laurence contre lui, il approcha son museau pour se faire caresser ; seul ce réconfort lui permit enfin de s'endormir.

Les hommes de harnais achevèrent leurs réparations plus tôt qu'ils ne l'avaient promis, et avant onze heures, ils entamaient le laborieux processus consistant à charger à bord l'énorme masse de sangles, de boucles et d'anneaux, avec l'aide précieuse de Téméraire : lui seul avait la force de soulever la grosse sangle d'épaule, épaisse de trois pieds et renforcée par un câble d'acier, sur laquelle s'arrimait l'ensemble.

Ils étaient en plein travail lorsque plusieurs dragons levèrent la tête simultanément vers un bruit qu'ils étaient les seuls à entendre ; une minute plus tard, on vit un petit courrier arriver dans leur direction, sur une trajectoire curieusement instable. Il se laissa tomber au centre du terrain, où ses pattes se dérobèrent sous lui ; de larges plaies sanglantes lui striaient les flancs. Tournant la tête, il réclama à grands cris qu'on s'occupe de son capitaine : un jeune garçon d'une quinzaine d'années tout au plus, affalé dans son baudrier, aux jambes profondément entaillées par les mêmes coups de griffes qui marquaient son dragon.

Ils tranchèrent le harnais sanglant et descendirent le garçon dans l'herbe ; Keynes avait enfoncé un tisonnier dans les braises à l'instant où le dragon s'était posé, et il en pressa la pointe incandescente sur les plaies ouvertes, d'où monta soudain une épouvantable odeur de viande grillée.

— Aucune artère ni aucune veine n'a été touchée ; il s'en sortira, déclara-t-il d'une voix bourrue après avoir inspecté son travail, avant d'aller appliquer le même traitement au dragon.

Le garçon revint à lui grâce à un peu de brandy glissé entre ses lèvres et aux sels qu'on lui agita sous le nez ; et il transmit son message en allemand, en lâchant de brefs hoquets douloureux entre chaque mot pour se retenir d'éclater en sanglots.

— Laurence, nous devions nous rendre à Halle, n'est-ce pas ? demanda Téméraire qui l'avait écouté. Il dit que les Français ont pris la ville ; ils ont attaqué ce matin.

— Nous ne pouvons pas tenir Berlin, dit Hohenlohe.

Le roi n'émit aucune protestation ; il se contenta d'acquiescer.

— Combien de temps avant que les Français n'atteignent la ville ? s'enquit la reine. (Elle était très pâle, mais digne, les mains légèrement crispées dans son giron.) Les enfants sont là-bas.

— Il n'y a pas de temps à perdre, dit Hohenlohe, ce qui constituait une réponse suffisante.

Il fit une pause et ajouta, d'une voix qui se brisait presque :

— Majesté, je vous supplie de me pardonner…

La reine se dressa d'un bond, le saisit par les épaules et déposa un baiser sur sa joue.

— Nous finirons par l'emporter, déclara-t-elle farouchement. Courage ; nous nous reverrons dans l'est.

Recouvrant son sang-froid, Hohenlohe se remit à discourir de plans et de stratégie : il allait rallier d'autres fugitifs, envoyer les batteries d'artillerie à l'ouest, organiser les poids moyens en formations ; ils se replieraient sur la forteresse de Stettin, défendraient la rive de l'Oder. Lui-même ne paraissait guère convaincu.

Laurence restait dans un coin de la pièce, mal à l'aise, aussi loin qu'il le pouvait.

— Voulez-vous emmener Leurs Majestés ? lui avait demandé Hohenlohe, instamment, quand Laurence lui avait apporté la nouvelle.

— Vous aurez sans doute besoin de nous ici, monsieur, avait protesté Laurence. Peut-être qu'un courrier rapide…

Mais Hohenlohe avait secoué la tête.

— Après ce qui est arrivé à celui-ci qui est venu nous porter la nouvelle ? Non ; nous ne pouvons courir un pareil risque. Ils doivent patrouiller en force tout autour de nous.

Le roi souleva la même objection, à laquelle il fut répondu de la même manière.

— Vous ne devez pas être pris, dit Hohenlohe. Ce serait la fin, sire, il pourrait dicter les conditions de son choix ; ou – le ciel nous en préserve – si vous veniez à être tué, et que le prince héritier se trouvât encore à Berlin à son arrivée…

— Oh, Seigneur ! Mes enfants entre les mains de ce monstre ! s'écria la reine. Ne restons pas ici à discuter ; partons immédiatement.

Elle marcha jusqu'à la porte et appela sa suivante, qui attendait dehors, pour lui demander d'aller chercher son manteau.

— Vous n'aurez pas peur ? lui demanda doucement le roi.

— Quoi ? Serais-je une enfant, pour m'effrayer de

si peu ? répondit-elle avec dédain. J'ai déjà volé à bord d'un messager ; cela ne saurait être très différent.

Mais un dragon courrier à peine deux fois plus gros qu'un cheval ne pouvait se comparer à un poids lourd de la taille d'une grange.

— Est-ce votre dragon, là-bas, sur la colline ? demanda-t-elle à Laurence lorsqu'ils parvinrent en vue de la base.

Laurence, qui ne voyait aucune colline, comprit qu'elle indiquait le Berghexe endormi sur le dos de Téméraire.

Avant de rectifier son erreur, Téméraire leva la tête et regarda dans leur direction.

— Oh ! fit-elle d'une petite voix.

Laurence, qui se rappelait l'époque où Téméraire tenait encore dans un hamac à bord du *Reliant*, avait parfois un peu de mal à se représenter à quel point il avait grandi.

— Il est très doux, dit-il, dans une tentative maladroite pour la rassurer.

C'était un mensonge éhonté, après que Téméraire avait consacré la journée de la veille à s'adonner aux pires déchaînements de violence imaginables ; mais cela lui sembla approprié.

Quand le couple royal pénétra sur la base improvisée, tous les équipages bondirent précipitamment sur leurs pieds et se mirent au garde-à-vous ; les aviateurs n'étaient pas accoutumés à une telle faveur, car les petits courriers qui transportaient d'ordinaire les passagers importants allaient les chercher et les déposaient directement devant chez eux. Aucun des deux monarques ne parut très à son aise, en particulier lorsque tous les dragons, intrigués par l'excitation de leurs équipages, tendirent le cou pour les examiner de près ; mais avec beaucoup d'élégance, le roi offrit son bras à la reine et alla parler aux capitaines, en adressant quelques mots d'approbation à chacun.

Laurence saisit cette opportunité pour faire signe à Granby et Fellowes d'approcher.

— Pouvons-nous installer une tente à bord pour le roi et la reine ? demanda-t-il urgemment.

— Je ne sais pas, monsieur ; nous avons abandonné tout ce que nous pouvions derrière nous, en fuyant le champ de bataille, et ce lourdaud de Bell nous a fait jeter les tentes pour embarquer son matériel, comme si nous ne pouvions pas lui confectionner une barrique de tannage n'importe où, répondit Fellowes en se massant la nuque. Mais nous devrions pouvoir arranger quelque chose, si vous m'accordez un tour de sablier ; peut-être pourrons-nous emprunter des chutes à certains de ces gars.

Ils parvinrent effectivement à monter une tente à partir de deux chutes de cuir cousues ensemble ; on prépara des baudriers individuels ; on parvint même à réunir en hâte quelques provisions à moitié convenables, que l'on fourra dans un panier avec une bouteille de vin – comment la déboucheraient-ils en plein vol sans provoquer une catastrophe ? Laurence n'en avait pas la moindre idée.

— Si Votre Majesté est prête… dit Laurence d'une voix hésitante, en offrant son bras à la reine lorsqu'elle fit oui de la tête. Téméraire, voudrais-tu nous hisser ? En douceur, s'il te plaît.

Téméraire leur présenta obligeamment sa patte, paume vers le haut. La reine la contempla en pâlissant ; ses griffes étaient à peu près de la taille de son avant-bras, en corne noire et luisante, dotées d'un bord tranchant et se terminant par une pointe redoutable.

— Voulez-vous que j'embarque en premier ? lui proposa gentiment le roi.

Elle rejeta la tête en arrière et rétorqua :

— Non, bien sûr que non.

Elle grimpa dans la paume, et ne put réprimer un regard anxieux quand les griffes se refermèrent au-dessus de sa tête.

Téméraire la dévisageait avec grand intérêt, et après l'avoir déposée sur son épaule, il chuchota :

— Laurence, j'ai toujours cru que les reines possédaient de nombreux bijoux, mais celle-ci n'en porte aucun ; les lui aurait-on volés ?

Fort heureusement il s'était exprimé en anglais, sinon quoi sa remarque n'aurait rien eu de discret, émise entre des lèvres suffisamment larges pour engloutir un cheval. Laurence s'empressa d'escorter la reine sous sa tente avant que Téméraire eût le temps de passer à l'allemand ou au français pour l'interroger directement sur sa toilette ; laquelle se résumait fort intelligemment à un simple pardessus de laine épaisse, tout juste orné de boutons en argent, avec une pelisse et une toque en fourrure, et convenait parfaitement à un vol.

Le roi jouissait au moins de l'expérience d'un

officier militaire en matière de dragons, et s'il ressentit la moindre hésitation, il n'en montra aucune trace ; en revanche, les gardes et domestiques de sa suite parurent beaucoup plus réticents à s'approcher. En les voyant livides, le roi s'adressa brièvement à eux en allemand ; Laurence devina à leur expression de honte et de soulagement mêlés qu'il leur donnait la permission de rester en arrière.

Téméraire saisit l'occasion pour formuler ses propres observations dans cette langue, s'attirant des regards surpris de tous côtés ; puis il avança la patte vers le petit groupe. Cela n'eut pas tout à fait le résultat qu'il avait sans doute escompté, car quelques instants plus tard, il ne restait plus que quatre des gardes royaux, ainsi qu'une vieille suivante, qui renifla dédaigneusement et grimpa sans cérémonie dans la patte de Téméraire pour se faire hisser à bord.

— Que leur as-tu dit ? voulut savoir Laurence, partagé entre l'amusement et le désespoir.

— Simplement qu'ils se comportaient de manière ridicule, répondit Téméraire sur un ton offensé. Et que si j'avais l'intention de leur faire le moindre mal, ce serait beaucoup plus facile pour moi de les atteindre là où ils se trouvaient que s'ils étaient sur mon dos.

Berlin était saisi de fièvre ; les habitants regardaient sans aménité les soldats en uniforme, et Laurence, traversant la ville au pas de charge pour réunir autant de provisions qu'il pouvait en trouver, entendit pester contre ce « satané parti de la guerre » dans toutes les boutiques et à tous les coins de rue. La nouvelle de l'effroyable défaite leur était déjà parvenue, ainsi que des rumeurs de l'avance française vers la ville, mais sans susciter aucun esprit de résistance ou de révolte, ni même de vrai sentiment d'abattement ; l'atmosphère générale était plutôt à une forme de satisfaction amère à l'idée d'avoir deviné juste.

— Ce sont eux qui ont poussé le pauvre roi, savez-vous, la reine et tous ces jeunes exaltés, confia le banquier à Laurence. Ils voulaient prouver qu'ils pouvaient battre Bonaparte, mais ils se trompaient, et qui va payer pour leur folie, sinon nous, je vous le demande ? Tous ces pauvres jeunes gens tués ! Et que vont devenir nos impôts après une histoire pareille ? Je ne veux même pas y penser.

Une fois libéré de ces critiques, pourtant, il se montra parfaitement disposé à avancer à Laurence la somme en or qu'on lui demandait.

— Je préfère savoir mon argent sur un compte chez Drummonds plutôt qu'ici, à Berlin, avec une armée affamée qui s'approche, avoua-t-il en toute candeur, pendant que ses deux fils remplissaient un coffre – petit, mais néanmoins substantiel.

L'ambassade britannique aussi était en ébullition ; l'ambassadeur était déjà parti, par courrier, et personne ne put, ou ne voulut, lui donner le moindre renseignement ; son habit vert ne suscitait aucun intérêt, sinon celui de lui demander s'il était un courrier apportant des dépêches.

— Il n'y a eu aucune difficulté en Inde ces trois dernières années. Pourquoi posez-vous cette question ? s'impatienta un secrétaire pressé que Laurence avait fini par arrêter de force dans un couloir. J'ignore totalement pourquoi les Corps ont manqué à leurs obligations, mais je ne vois pour ma part aucun inconvénient à ce que nous n'ayons pas pris une part plus active à cette déroute.

Laurence, qui ne souscrivait certainement pas à cette opinion, était encore plus furieux et honteux d'entendre parler des Corps en ces termes. Il retint la réplique qui lui brûlait les lèvres et demanda simplement, d'une voix glaciale :

— Avez-vous tous un moyen de rentrer ?

— Oui, bien entendu, dit le secrétaire. Un bateau nous attend à Stralsund. Vous feriez bien de retourner tout droit en Angleterre, vous aussi. La Navy croise en Baltique et en mer du Nord afin de participer aux opérations de soutien à Dantzig et Königsberg, pour ce que cela servira ; mais au moins devriez-vous trouver une route dégagée une fois en pleine mer.

Pour lâche que fût ce conseil, c'étaient là des nouvelles rassurantes. Mais aucune lettre n'était arrivée pour lui, qui eût pu lui fournir une explication moins douloureuse à envisager et, naturellement, aucune ne leur parviendrait plus désormais.

— Je ne pouvais même pas leur indiquer où nous écrire, dit Laurence à Granby alors qu'ils regagnaient le palais. Dieu sait où nous serons dans deux jours, à plus forte raison dans une semaine. J'aurais aussi bien pu leur dire d'adresser le courrier à William Laurence, Est de la Prusse ; et de le jeter à la mer dans une bouteille, pour les chances qu'il aura de nous trouver.

— Laurence, commença Granby à brûle-pourpoint,

j'espère que vous n'allez pas me prendre pour un foie jaune ; mais ne devrions-nous pas rentrer chez nous, comme il vous l'a conseillé ?

Il fixait la rue droit devant lui, évitant le regard de Laurence tout en parlant ; ses joues passaient alternativement de la rougeur à la pâleur.

Laurence prit subitement conscience, en plus de ses autres soucis, que sa décision de rester pourrait bien apparaître aux yeux de l'Amirauté comme une volonté délibérée de conserver les œufs sur le terrain, en gagnant du temps jusqu'à ce que Granby puisse avoir sa chance.

— Les Prussiens manquent trop de dragons lourds pour nous laisser partir maintenant, dit-il enfin, ce qui ne constituait pas vraiment une réponse.

Granby n'ajouta rien sur le moment, mais attendit de pouvoir rejoindre Laurence dans ses quartiers et de refermer la porte derrière lui. Dans cette intimité, il déclara tout de go :

— Dans ce cas, ils ne peuvent pas nous retenir non plus.

Laurence demeura silencieux par-dessus leurs verres de brandy ; il ne pouvait le nier, ni même protester, étant lui-même parvenu à une conclusion identique.

Granby insista :

— Ils ont perdu, Laurence : la moitié de leur armée, et la moitié de leur pays également ; nous attarder ici n'a plus aucun sens.

— Je ne sonnerai pas le signal de la déroute, riposta vivement Laurence en faisant volte-face. La pire succession de défaites peut encore s'inverser tant qu'il reste des hommes prêts à se battre, et le devoir d'un officier consiste à les empêcher de désespérer ; j'espère ne pas avoir à vous demander de garder ce genre de sentiments pour vous.

Granby devint écarlate et répondit avec chaleur :

— Je ne proposais pas de courir partout en clamant que le ciel est sur le point de s'écrouler. Mais on aura besoin de nous en Angleterre, et plus que jamais ; Bonaparte est sans doute déjà en train de lorgner sur la Manche.

— Nous ne sommes pas restés uniquement pour éviter d'être poursuivis ou arrêtés, dit Laurence, mais parce qu'il semblait préférable de combattre Bonaparte loin de chez nous ; cette raison demeure. Si c'était sans espoir ou que nos efforts ne puissent faire la moindre différence, alors je vous dirais oui ; mais déserter dans ces conditions, alors que notre assistance pourrait revêtir une importance cruciale, je ne saurais le cautionner.

— Pensez-vous honnêtement qu'ils parviendront à redresser la situation ? Il les a dominés, du début à la fin, et ils sont en bien plus triste état maintenant qu'au commencement de la guerre.

C'était incontestable, mais Laurence dit :

— Aussi douloureuse qu'a été la leçon, cette première confrontation nous en a certainement appris beaucoup sur sa façon de penser, sur sa stratégie ; les commandants prussiens ne manqueront pas de réviser leurs plans de bataille, qui jusqu'à présent reposaient largement sur une trop grande assurance, je le crains.

— À mon avis, mieux vaut trop que pas assez, dit Granby. Et je ne vois guère où puiser la moindre assurance désormais.

— Je ne prétendrai pas avoir *l'assurance* de pouvoir rendre à Bonaparte la monnaie de sa pièce, dit Laurence, mais il reste malgré tout des raisons d'espérer. Rappelez-vous qu'avec l'armée russe, les réserves prussiennes de l'Est sont encore deux fois plus nombreuses que les troupes de Bonaparte. Et les Français ne peuvent pas s'enfoncer trop loin avant d'avoir renforcé leurs lignes de communication : il reste une douzaine de forteresses d'une importance stratégique vitale, tenues par des garnisons solides, qu'ils vont devoir assiéger et encercler par un cordon de troupes.

Mais ses paroles sonnaient creux ; il savait parfaitement que le nombre à lui seul ne décidait pas de l'issue d'une bataille. Bonaparte s'était trouvé en infériorité numérique à Iéna.

Il continua à faire les cent pas dans la pièce une bonne heure après le départ de Granby. Son devoir l'obligeait à manifester plus de certitude qu'il n'en éprouvait, à ne pas se laisser aller au découragement, sentiment qui ne manquerait pas de se transmettre aux hommes. Mais il n'était pas totalement persuadé de faire le bon choix, conscient que sa décision découlait en partie de sa répugnance pour l'autre solution : la désertion, même dans une situation qu'on lui avait imposée de force, avait quelque chose de trop laid, de trop déshonorant, et il n'avait pas cette heureuse tournure de caractère qui lui eût permis de l'appeler d'un autre nom en gommant ainsi son aspect odieux.

— Je ne tiens pas à renoncer, moi non plus, même si j'aimerais bien rentrer chez nous, soupira Téméraire. Cela n'a rien d'agréable de perdre des batailles et de voir nos amis se faire capturer. J'espère que cela ne risque pas d'affecter les œufs, ajouta-t-il, inquiet malgré les dénégations de Keynes.

Il se pencha pour effleurer doucement, du bout de son nez, les œufs qui se trouvaient dans leurs nids, actuellement glissés entre deux braseros sous une corniche dans la cour principale du palais, attendant d'être embarqués.

Le roi et la reine étaient en train de faire leurs adieux : ils envoyaient les enfants royaux par dragons courriers vers la puissante forteresse de Königsberg, au cœur de la Prusse orientale.

— Vous devriez les accompagner, dit doucement le roi. Mais la reine secoua la tête et embrassa rapidement ses enfants.

— Je ne veux pas m'en aller, mère ; laissez-moi venir avec vous, dit le second prince, un robuste garçon de neuf ans, qu'on emmena non sans difficulté et en dépit de vigoureuses protestations.

Ils attendirent que les petits dragons aient rapetissé puis disparu à l'horizon, avant de grimper enfin à bord de Téméraire, avec les quelques membres de leur suite suffisamment courageux pour oser s'y risquer : un groupe réduit et faisant grise mine.

Les mauvaises nouvelles s'étaient succédé tout au

long de la nuit en un flux incessant, même si elles étaient largement attendues, quoique peut-être pas si tôt : le détachement de Saxe-Weimar vaincu par le maréchal Davout – ses dix mille hommes tués ou faits prisonniers jusqu'au dernier ; Bernadotte déjà à Magdebourg, coupant la retraite de Hohenlohe ; tous les passages de l'Elbe tombés entre des mains françaises, sans qu'un seul pont ait pu être détruit ; Bonaparte lui-même déjà en chemin pour Berlin et, lorsque Téméraire s'envola, ils purent apercevoir, à quelque distance, la fumée et la poussière de l'armée en marche, qui approchait, approchait, sous une nuée de dragons.

Ils passèrent la nuit dans une forteresse sur la rive de l'Oder ; le commandant et ses officiers n'avaient pas entendu les rumeurs, et furent sérieusement ébranlés par la nouvelle de la défaite. Laurence fut au supplice pendant tout le dîner que le commandant se crut obligé d'offrir, un repas froid et silencieux, assombri par l'humeur des officiers et leur embarras naturel à se trouver à la table du couple royal. L'enceinte de la petite base rattachée à la forteresse était de terre battue, poussiéreuse et inconfortable ; pourtant, Laurence y retrouva Téméraire, son équipage et son pauvre bivouac de paille avec un immense soulagement.

Il fut tiré du sommeil par un grondement léger, comme si quelqu'un tapait du bout des doigts sur un tambour : une pluie régulière frappait les ailes de Téméraire, que le dragon avait étendues au-dessus d'eux afin de les protéger ; il n'y aurait pas de feu ce matin. Laurence avala une tasse de café à l'intérieur, étudiant les cartes en notant les indications de son plan de vol ; ils tentaient de localiser l'armée de réserve de l'Est, sous le commandement du général Lestocq, quelque part dans les territoires polonais récemment acquis par la Prusse.

— Allons à Posen, décida le roi d'une voix lasse (il semblait avoir mal dormi). Nous y trouverons au moins un détachement, si Lestocq n'y est pas lui-même.

La pluie tomba sans relâche toute la journée, tandis que des bancs de brouillard dérivaient lentement dans les vallées en contrebas ; ils volaient à travers une grisaille informe, se repérant à la boussole ainsi qu'aux tours de sablier, comptant les battements d'ailes de Téméraire, consignant sa vitesse. L'obscurité fut presque bienvenue ; le vent de travers qui leur soufflait la pluie au visage mollit enfin et ils purent s'engoncer un peu plus chaudement dans leurs manteaux de cuir. Les paysans dans les champs s'enfuyaient à leur approche ; ils ne virent aucun autre signe de vie jusqu'à ce que, traversant une étroite vallée creusée par une rivière, ils survolassent cinq dragons sauvages, assoupis sur un promontoire abrité, qui levèrent la tête au passage de Téméraire.

Les dragons bondirent du haut de leur perchoir et s'élancèrent à la suite de Téméraire ; Laurence les vit approcher avec nervosité, craignant qu'ils ne provoquent une querelle ou ne décident de les suivre, comme Arkady et les dragons des montagnes ; mais ceux-là étaient de petites créatures grégaires qui se contentèrent d'accompagner Téméraire un moment, le taquinant sans un mot et enchaînant les démonstrations d'agilité, virages sur le dos et autres plongeons en piqué. Une demi-heure plus tard, ils sortirent de la vallée et les dragons sauvages rompirent le contact avec des cris perçants, reprenant le chemin de leur territoire.

— Je ne comprenais pas un mot de ce qu'ils me disaient, avoua Téméraire en les regardant s'éloigner par-dessus son épaule. Je me demande quelle langue ils parlaient ; cela ressemblait au durzagh, par moments, mais trop différent pour que je comprenne, en tout cas à la vitesse où ils parlaient.

Ils n'atteignirent pas Posen ce soir-là. Quelque vingt miles avant la ville, ils aperçurent les maigres feux de l'armée qui dressait le camp pour la nuit sur le sol détrempé. Le général Lestocq se rendit à la base en personne pour accueillir le roi et la reine, accompagné de chaises à bras qu'il fit venir aussi près que les porteurs voulurent bien approcher ; il avait de toute évidence été prévenu de leur arrivée, sans doute par un courrier.

Laurence, naturellement, ne fut pas invité à les accompagner, mais on ne lui offrit pas non plus l'élémentaire courtoisie d'un billet, et l'officier d'état-major chargé de pourvoir à leurs besoins fit montre d'une mesquinerie insultante dans son empressement à se débarrasser d'eux.

— Non, lui dit Laurence avec une impatience croissante. Non, un demi-mouton ne fera *pas* l'affaire ; il a couvert quatre-vingt-dix miles aujourd'hui, par un temps déplorable, et bon sang ! vous allez le nourrir convenablement. Cette armée n'en est pourtant pas à se serrer la ceinture, que je sache !

L'officier dut finalement se résoudre à leur céder une vache, mais le reste de l'équipage connut une nuit humide et frugale, ne recevant qu'une maigre bouillie d'avoine et du biscuit, et pas la moindre ration de viande ; peut-être une basse vengeance.

Lestocq n'avait avec lui qu'une force aérienne réduite : deux formations de dragons mi-lourds, loin d'approcher la taille de Téméraire, comportant chacune quatre ailiers de poids moyen et quelques dragons courriers pour couronner le tout. Leur confort également laissait à désirer : les hommes dormaient pour la plupart sur le dos de leurs dragons, et seules quelques petites tentes avaient été dressées à l'intention des officiers.

Une fois déchargé, Téméraire se mit à fureter autour de lui à la recherche d'un endroit sec où s'allonger, sans succès : la base entière n'était qu'un vaste bourbier de deux pouces d'épaisseur.

— Couche-toi dedans, tout simplement, lui dit Keynes. La boue te tiendra chaud une fois installé.

— Ce n'est sûrement pas très bon pour la santé, dit Laurence sur un ton dubitatif.

— Sornettes, répliqua Keynes. Qu'est-ce qu'un cataplasme à la moutarde, sinon de la boue ? Tant qu'il n'y reste pas vautré une semaine, il ne risque absolument rien.

— Attendre, attendre, intervint inopinément Gong Su.

Il acquérait petit à petit quelques notions d'anglais, faute de quoi il serait demeuré isolé, mais hésitait encore à prendre la parole, sauf en ce qui concernait son domaine – la cuisine. Il fouilla en hâte parmi ses flacons et ses sachets d'épices et en sortit un pot de poivre rouge en poudre, dont Laurence savait que quelques pincées seulement lui suffisaient à pimenter toute une vache. Enfilant un gant, il courut sous le ventre de Téméraire pour en étaler une double poignée sur le sol tandis que le dragon le regardait avec curiosité entre ses jambes.

— Là, avoir chaleur maintenant, dit Gong Su en se redressant, tout en rebouchant son pot.

Téméraire se laissa descendre prudemment dans la boue, qui fit toutes sortes de bruits répugnants en remontant contre ses flancs.

— Pouah ! dit-il. Où sont mes pavillons chinois ? Ceci n'a vraiment rien d'agréable. (Il se tortilla un peu.) J'ai chaud, mais la sensation est assez étrange.

Laurence n'appréciait guère de voir Téméraire mariner ainsi, mais avait peu d'espoir de lui trouver mieux, pour ce soir en tout cas. De fait, il se rappela que même au sein de l'armée autrement plus importante commandée par Hohenlohe, ils n'étaient guère mieux lotis ; seul le temps plus clément avait rendu leurs conditions d'hébergement plus acceptables.

Granby et ses hommes parurent prendre la chose moins à cœur, avec un haussement d'épaules.

— Nous y sommes habitués, je suppose, dit Granby. À l'époque où je servais en Inde avec Laetificat, on nous installa un soir en plein champ de bataille, au milieu des blessés qui râlèrent toute la nuit et des éclats d'épées et de baïonnettes, parce qu'on ne voulait pas se donner la peine de nous dégager une clairière pour y dormir ; le capitaine Portland dut menacer de déserter avant d'obtenir qu'on nous loge autre part le lendemain matin.

Laurence avait jusqu'à présent passé l'intégralité de sa carrière d'aviateur dans la très confortable base d'entraînement de Loch Laggan ou dans les vénérables installations de Douvres qui, sans comporter d'aménagements que les Chinois auraient pu considérer comme appropriés, offraient au moins des clairières dégagées, bordées d'arbres, avec des baraquements à l'intention des hommes et des sous-officiers, et des chambres au quartier général pour les capitaines et les premiers lieutenants. Peut-être était-il irréaliste d'espérer de bonnes conditions sur le terrain, au sein d'une armée en campagne, mais l'on aurait certainement pu en arranger de meilleures : on apercevait des collines non loin de là, à moins d'un quart d'heure de vol, où le sol n'était certainement pas aussi détrempé.

— Que pouvons-nous faire pour les œufs ? s'enquit Laurence auprès de Keynes. (Pour l'instant, les deux gros paquets avaient été posés sur des coffres et recouverts de toile cirée.) Risquent-ils de souffrir du froid ?

— J'essaie de réfléchir, riposta Keynes d'un ton irrité en faisant les cent pas autour de Téméraire. Es-tu certain de ne pas leur rouler dessus pendant la nuit ? demanda-t-il au dragon.

— Bien sûr que non, je ne roulerai pas sur les œufs ! protesta Téméraire, vexé.

— Dans ce cas, le mieux serait de les envelopper de toile cirée et de les enfouir contre son flanc dans la boue, répondit Keynes à Laurence, ignorant les grommellements d'indignation du dragon. Il pleut trop pour espérer allumer un feu qui puisse tenir.

Les hommes étaient déjà aussi trempés qu'on pouvait l'être ; lorsqu'ils eurent fini de creuser leur trou, ils se retrouvèrent également couverts de boue, mais au moins l'exercice les avait-il réchauffés ; Laurence était resté debout sous la pluie tout du long, estimant naturel de partager leur inconfort.

— Distribuez la toile cirée restante, et que chacun dorme à bord, dit-il une fois que les œufs furent soigneusement installés dans leur nid.

Puis il grimpa avec reconnaissance dans son propre abri pour la nuit : la tente du couple royal, désormais vacante, que l'on avait laissée à son intention sur le dos de Téméraire.

Après presque deux cents miles parcourus en deux jours de vol, ce fut une sorte de régression des plus inopportunes que d'être une fois de plus ralenti par l'infanterie et, pire encore, par la file interminable des chariots de provisions qui semblaient s'embourber chaque fois qu'on levait le camp. Les routes non pavées étaient dans un état épouvantable, bouillie de sable et de terre où l'on s'enfonçait à chaque pas avec des bruits de succion, jonchée de feuilles mortes, glissante de pluie. L'armée faisait mouvement vers l'est dans l'espoir d'opérer une jonction avec les Russes ; même dans ces conditions déplorables, en dépit des nouvelles de la défaite, la discipline tenait et la colonne progressait en bon ordre.

Laurence s'aperçut qu'il s'était montré injuste envers l'officier d'intendance : l'armée se serrait bel et bien la ceinture. Bien que les moissons vinssent d'être engrangées, il n'y avait aucun moyen de s'approvisionner dans la campagne ; pour eux, en tout cas. Les Polonais auxquels on proposait d'acheter leurs marchandises montraient leurs mains vides, quel que fût le prix offert. La récolte avait été mauvaise, les bêtes étaient tombées malades, arguaient-ils si l'on insistait, en désignant les greniers et les enclos vides. Mais on n'en voyait pas moins, de temps à autre, briller les yeux noirs des cochons et des vaches parqués dans les sous-bois au fond des champs et, parfois, quelque officier entreprenant exhumait une cache de grains ou de pommes de terre dissimulée dans une cave ou sous une trappe. Il n'y avait aucune exception, même lorsque Laurence offrait de l'or, même dans les maisons très pauvres où les enfants étaient trop maigres et trop chichement vêtus à l'approche de l'hiver ; une fois, dans une masure où, exaspéré, il venait d'ajouter une seconde pièce au creux de sa paume et la tendait avec un regard appuyé vers le nourrisson à peine couvert dans son berceau, la jeune maîtresse de maison lui lança un regard lourd de reproches, puis lui referma les doigts sur son or avant de lui indiquer la porte.

Laurence n'était pas fier de lui en ressortant de la maison ; il s'inquiétait au sujet de Téméraire, qui ne mangeait pas à sa faim, mais ne pouvait blâmer les

Polonais de leur en vouloir pour la partition et l'occupation de leur pays ; ç'avait été une triste affaire, abondamment décriée dans les cercles politiques de son père, et Laurence se dit que son gouvernement avait peut-être émis une forme de protestation officielle ; mais il ne parvenait pas à s'en souvenir précisément. Cela n'aurait pas changé grand-chose de toute façon ; avides de terres, la Russie, l'Autriche et la Prusse auraient fait la sourde oreille. Toutes avaient repoussé leurs frontières morceau par morceau, ignorant les appels à la justice de leur faible voisine, jusqu'à finir par se rencontrer au milieu et s'apercevoir que la Pologne n'existait plus ; rien d'étonnant à ce que les soldats des trois nations phagocytes fussent aussi mal reçus.

Ils mirent deux jours à franchir les vingt miles qui les séparaient de Posen, où l'accueil fut encore plus frais – et plus dangereux. La rumeur les avait précédés : avec l'arrivée de l'armée, le désastre d'Iéna pouvait difficilement être tenu secret, et d'autres nouvelles leur parvinrent. Hohenlohe s'était finalement rendu, avec les débris de son infanterie ; depuis, l'ensemble de la Prusse à l'ouest de l'Oder s'effondrait comme un château de cartes.

Le maréchal français Murat réitérait à travers tout le pays ce qui lui avait si joliment réussi à Erfurt, s'emparant d'une forteresse après l'autre sans autres armes que son culot. Sa méthode consistait simplement à se présenter aux portes, à annoncer qu'il venait recevoir la reddition des troupes, puis à attendre que le gouverneur le fasse entrer. Lorsque le gouverneur de

Stettin, à plusieurs centaines de miles du champ de bataille et totalement ignorant des derniers événements, refusa avec indignation cette charmante requête, l'homme révéla le fer sous le gant de velours : deux jours plus tard débarquèrent devant ses murs trente dragons, trente canons et cinq mille hommes, qui entreprirent aussitôt de creuser des fortifications et d'empiler les bombes de manière bien visible en vue d'un assaut en règle ; après quoi le gouverneur remit d'un air penaud ses clefs et sa garnison.

Laurence entendit cette histoire pas moins de cinq fois en faisant le tour de la place du marché ; il ne comprenait pas la langue, mais les mêmes noms revenaient sans arrêt, sur un ton souvent amusé, voire exultant. Les hommes assis à murmurer dans les auberges levaient leurs verres de vodka au cri de « Vive l'Empereur ! » lorsqu'il n'y avait pas de Prussiens dans les parages, et parfois même lorsqu'il y en avait, selon le niveau d'alcool restant dans la bouteille. Il flottait sur la ville une atmosphère de belligérance et d'espoir mêlés.

Il fouilla tous les étals du marché ; ici au moins les marchands ne pouvaient refuser de vendre ce qu'ils exposaient bien en vue, mais les provisions n'étaient guère abondantes en ville et, pour la plupart, déjà réquisitionnées. Après de longues recherches, Laurence ne parvint à dénicher qu'un pauvre petit porc ; il le paya au quintuple de sa valeur et le fit aussitôt assommer d'un bon coup de gourdin sur la tête puis emporter vers son destin, en brouette, par l'un de ses hommes de harnais. Téméraire saisit la bête et la dévora toute crue, trop affamé pour attendre qu'elle soit cuisinée ; ensuite il se lécha méticuleusement les pattes.

— Monsieur, dit Laurence en se maîtrisant, vous n'avez pas de quoi nourrir un dragon lourd, et la distance que vous parcourez quotidiennement n'atteint pas le dixième de ce qu'il pourrait couvrir.

— Et alors ? se hérissa le général Lestocq. J'ignore à quel genre de discipline on est soumis en Angleterre, mais si vous faites partie de cette armée, vous marchez avec elle ! Grand Dieu, votre dragon a faim ? Tous mes hommes aussi. De quoi aurions-nous l'air si je les laissais courir la campagne pour se nourrir eux-mêmes ?

— Nous serions au camp tous les soirs... commença Laurence.

— Vous y *serez*, oui, l'interrompit Lestocq, ainsi que tous les matins, tous les midis et à chaque seconde, le reste des forces aériennes, sinon je vous dénoncerai comme déserteurs ; maintenant, sortez de ma tente.

— Les choses se sont bien passées, à ce que je vois, dit Granby en remarquant son expression lorsque Laurence revint dans la petite cabane de berger abandonnée qui constituait leur logement du jour (c'était la première fois qu'ils dormaient au sec en une semaine de marche lente et laborieuse depuis Posen).

Laurence jeta violemment ses gants sur sa paillasse et s'assit pour arracher ses bottes, crottées de boue jusqu'aux chevilles.

— J'ai bien envie de prendre Téméraire et de leur

fausser compagnie après tout, avoua Laurence, furieux. Que ce vieil imbécile nous dénonce comme déserteurs si ça lui chante, et que le diable l'emporte.

— Là, dit Granby (il ramassa un peu de paille au sol et empoigna le talon de la botte de Laurence pour l'aider à se déchausser). Nous pourrions toujours aller chasser, et les rejoindre plus tard si une bataille s'annonce, dit-il, s'essuyant les mains avant de retomber sur sa propre paillasse. Je ne pense pas qu'ils refuseraient notre aide.

Laurence faillit y réfléchir, puis secoua la tête.

— Non ; mais si cela continue ainsi…

Cela ne fut pas le cas. En revanche, ils ralentirent davantage l'allure, et la seule chose qui manquât encore plus que la nourriture était les bonnes nouvelles. Des rumeurs circulaient depuis plusieurs jours à travers le camp, selon lesquelles les Français auraient offert un accord de paix ; un soupir de soulagement quasi général était monté des troupes lasses, mais, à mesure que les jours passaient sans autre annonce, l'espoir s'amenuisait. Suivirent alors de nouvelles rumeurs sur les termes dudit accord, particulièrement choquants : il faudrait céder l'intégralité du territoire prussien à l'est de l'Elbe ; verser d'énormes indemnités ; et, par-dessus le marché, envoyer le prince héritier à Paris « aux bons soins de l'Empereur, dans le souci d'améliorer la compréhension et l'amitié entre nos nations, si désirables pour tous », comme le stipulait la sinistre formulation.

— Seigneur ! Il commence vraiment à se donner des airs de potentat oriental, n'est-ce pas ? commenta

Granby. Et que fera-t-il s'ils brisent le traité, il enverra le gamin à la guillotine ?

— Il a fait assassiner d'Enghien pour moins que cela, dit Laurence.

Il songeait avec tristesse à la reine, si charmante et si brave, et à la manière dont cette menace personnelle devait peser sur son moral. Le roi et elle étaient partis à la rencontre du tsar ; cela, au moins, constituait un élément encourageant : Alexandre s'était engagé à poursuivre la guerre, et l'armée russe était déjà en route pour les rejoindre à Varsovie.

— Laurence ! appela Téméraire.

Laurence émergea en frissonnant d'un vieux cauchemar familier : il se retrouvait totalement seul sur le pont du *Belize*, son premier commandement, en pleine tempête ; l'océan était illuminé par les éclairs et il n'y avait pas un visage humain en vue ; mais dans ce rêve-ci, il y avait en plus un œuf de dragon qui roulait pesamment vers l'ouverture béante de l'écoutille avant, trop loin pour qu'il puisse le rattraper à temps. L'œuf n'était pas rouge moucheté de vert comme celui du Kazilik, mais d'un blanc de porcelaine comme celui de Téméraire.

Il se frotta le visage pour chasser ce mauvais songe et prêta l'oreille au grondement lointain ; trop régulier pour être le tonnerre.

— Quand cela a-t-il commencé ? demanda-t-il en tendant la main vers ses bottes.

Le ciel commençait tout juste à s'éclaircir.

— Il y a quelques minutes, répondit Téméraire.

On était à trois jours de Varsovie, le 4 novembre. La veille, ils avaient entendu tonner le canon à l'est tout au long de leur marche et, durant la nuit, la lueur rouge d'un incendie avait flamboyé à l'horizon. Les canons se firent plus discrets le jour venu, pour se taire complètement vers midi. Le vent n'avait pas tourné. L'armée attendit pour lever le camp ; les hommes remuaient à peine, comme s'ils retenaient collectivement leur souffle.

Les courriers, dépêchés ce matin-là, revinrent à tire-d'aile quelques heures plus tard. Mais bien que leurs capitaines se rendissent tout droit au quartier général, la nouvelle se répandait déjà avant même qu'ils en ressortent : les Français les avaient battus de vitesse à Varsovie. Les Russes étaient vaincus.

# 16

Le petit château avait été bâti en briques rouges, voilà bien longtemps ; les guerres l'avaient pilonné, les paysans à la recherche de matériaux de construction l'avaient démantelé, la pluie et la neige avaient érodé ses angles. Il n'était plus désormais qu'une coquille vide dont seul un dernier mur tenait encore debout entre deux tours à demi écroulées, aux fenêtres ouvertes sur les champs des deux côtés. Ils lui furent néanmoins reconnaissants de pouvoir s'y abriter ; Téméraire se lova dans le carré dessiné par les murs en ruine, tandis que l'équipage se pressait sous l'étroite galerie, pleine de poussière de briques rouges et de miettes de plâtre.

— Nous passerons la journée ici, annonça Laurence au matin.

C'était plus une constatation qu'une décision : Téméraire était recru de fatigue, les traits tirés, et le reste de l'équipage ne valait guère mieux. Il demanda des volontaires pour aller chasser et choisit Martin et Dunne.

La campagne grouillait de patrouilles françaises et polonaises, constituées de dragons libérés des fermes de reproduction prussiennes où ils se trouvaient confinés depuis la partition finale du pays dix ans auparavant. Au cours des années suivantes, bon nombre de capitaines étaient morts en captivité, de vieillesse ou de maladie ; leurs dragons en avaient conçu une amertume profonde, que Napoléon avait eu beau jeu d'exploiter à son avantage. Peut-être n'étaient-ils pas suffisamment disciplinés pour servir au combat sans capitaine ni équipage, mais on pouvait les envoyer en éclaireurs ; et s'ils prenaient sur eux d'attaquer des petits groupes de traînards prussiens, c'était toujours cela de gagné.

Car l'armée n'était plus composée que de traînards désormais, s'efforçant tant bien que mal de gagner les dernières places fortes prussiennes dans le nord. Tout espoir de victoire s'était enfui ; les généraux parlaient seulement de consolider leurs positions afin de faire meilleure figure à la table des négociations. Pour Laurence, c'était de la folie ; il doutait qu'il y ait jamais la moindre table de négociations.

Napoléon avait envoyé ses armées à marche forcée sur les routes défoncées de Pologne, sans un chariot pour les ralentir, faisant porter tout l'approvisionnement par ses dragons, pariant qu'il arriverait à trouver et à vaincre les Russes avant que les vivres ne viennent à manquer et que ses hommes et ses dragons ne commencent à mourir de faim. Il avait tout risqué sur un coup de dés, et gagné ; échelonnées sur la route de Varsovie, les armées du tsar n'étaient absolument pas préparées. En trois jours et trois batailles, il les avait vaincues et dispersées. Il avait soigneusement contourné l'armée prussienne en chemin ; elle lui avait servi, comprit-on par la suite, d'appât pour faire sortir les Russes de leurs frontières.

Maintenant, les mâchoires de la Grande Armée se refermaient pour la morsure finale. Les troupes se repliaient désespérément vers le nord, désertant par bataillons entiers ; Laurence avait vu des canons et des munitions abandonnés au bord des routes, des chariots de vivres environnés d'une nuée d'oiseaux festoyant sur les céréales qui s'étaient renversées au cours d'affrontements entre soldats affamés. Lestocq avait donné l'ordre aux dragons d'aller l'attendre à leur prochaine étape, un petit village à une dizaine de miles ; Laurence avait froissé la dépêche au creux de sa main et l'avait laissée tomber par terre pour qu'elle soit piétinée dans la boue ; après quoi il avait fait embarquer ses hommes avec toutes les provisions qu'ils pussent trouver, et ils avaient volé vers le nord aussi longtemps que les forces de Téméraire le leur avaient permis.

Il ne voulait pas songer à ce qu'une déroute aussi complète signifiait pour la Grande-Bretagne. Il n'avait qu'un seul but : ramener Téméraire et ses hommes dans leurs foyers, avec les deux œufs de dragons. Ces derniers semblaient bien pitoyables désormais, alors qu'ils étaient supposés aider à constituer un rempart autour de la Grande-Bretagne et à la défendre contre un empereur d'Europe en quête de nouveaux mondes à conquérir. S'il s'était trouvé de nouveau au sommet du Landgrafenberg, avec Napoléon à portée de main, Laurence ne savait pas ce qu'il aurait fait ; il se demandait parfois, dans les heures sans sommeil de la nuit, si Badenhaur lui en voulait d'avoir retenu son bras.

Il n'éprouvait ni abattement ni colère d'aucune sorte comme il avait pu en ressentir après une défaite ; rien qu'une immense distance. Il s'adressait calmement à ses hommes, ainsi qu'à Téméraire ; au moins était-il parvenu à mettre la main sur une carte de leur trajet jusqu'à la Baltique, et il passait le plus clair de son temps à étudier le moyen de contourner les villes, ou de redresser le cap après qu'une patrouille les avait contraints à se dérouter vers une sécurité temporaire. Téméraire avait beau couvrir beaucoup plus de terrain que l'infanterie, il était également plus repérable, et avec tous leurs détours et manœuvres d'évitement, ils ne prirent guère d'avance sur l'armée dans leur progression vers le nord. Il ne restait plus grand-chose à chasser dans la campagne, et ils commençaient à souffrir de la faim, donnant à Téméraire tout ce qu'ils pouvaient épargner.

Là, dans les ruines du château, les hommes dormaient ou rêvassaient, adossés les yeux ouverts contre le mur, sans bouger. Martin et Dunne revinrent au bout d'une heure avec un unique mouton, abattu proprement d'une balle dans la tête.

— Navré d'avoir dû employer le fusil, monsieur, mais j'avais peur qu'il ne s'enfuie, s'excusa Dunne.

— Nous n'avons aperçu personne, ajouta Martin avec nervosité. Il broutait seul ; je suppose qu'il avait dû s'échapper de son troupeau.

— Vous avez fait ce que vous deviez, messieurs, dit Laurence sans chercher à creuser la question.

Quand bien même ils auraient mal agi, cela n'aurait guère justifié une réprimande.

— Je prendre ça, intervint vivement Gong Su en le retenant par le bras, alors que Laurence s'apprêtait à donner le mouton à Téméraire. Laisser moi, ça faire plus. Je préparer soupe pour tout le monde ; il y a eau.

— Il ne nous reste plus guère de biscuits, observa discrètement Granby d'une voix hésitante à cette remarque. Cela redonnerait du cœur aux hommes d'avaler un peu de viande.

— Pas question d'allumer un feu au grand jour, décréta Laurence sur un ton sans appel.

— Non, non, pas grand jour. (Gong Su indiqua l'une des tours.) Je faire feu là-dedans, fumée sortir lentement, de là. (Il tapota les briques disjointes du mur.) Comme fumée de cheminée.

Les hommes durent sortir de la galerie couverte, et Gong Su ne put y entrer que par intermittence, pas plus de quelques minutes à la fois, pour remuer sa soupe. Il ressortait en toussant, le visage noir de suie, mais la fumée s'échappait en longs filets minces qui collaient à la brique sans constituer une véritable colonne.

Laurence retourna à ses cartes, étalées sur un pan de mur effondré de la dimension d'une table ; selon ses estimations, il leur faudrait plusieurs jours encore avant d'apercevoir la côte, après quoi ils devraient choisir : à l'ouest, vers Dantzig, où les Français les attendaient peut-être, ou à l'est, vers Königsberg, qui était sans doute encore aux mains des Prussiens, mais les éloignerait de l'Angleterre. Maintenant, il se félicitait d'avoir rencontré l'attaché d'ambassade à Berlin, qui lui avait fourni cette précieuse information selon laquelle la Navy croisait en force dans la Baltique. Il suffisait que Téméraire atteignît les navires et ils seraient sauvés ; on ne les poursuivrait pas dans la gueule des canons.

Il calculait les distances pour la troisième fois lorsqu'il leva la tête en fronçant les sourcils ; les hommes s'agitaient à l'autre bout du camp. Le vent s'était mis à souffler dans leur direction, apportant des bribes d'une chanson, un peu fausse mais chantée avec beaucoup d'enthousiasme par une voix claire ; un instant plus tard, une jeune fille apparut derrière le mur. Ce n'était qu'une paysanne, les joues rougies par l'exercice, les cheveux soigneusement tressés sous un fichu, qui portait un panier rempli de noix, de baies d'un noir bleuâtre et de branches chargées de feuilles jaunes et ambrées. Elle tourna le coin et les aperçut : elle interrompit sa chanson à mi-phrase et les dévisagea bouche bée, en écarquillant de grands yeux.

Laurence se redressa ; il avait posé ses pistolets devant lui pour étaler ses cartes ; Dunne, Hackley et Riggs avaient tous le fusil en main, occupés à recharger ; Pratt, le grand armurier, se trouvait adossé au mur à portée de bras de la fille : un mot, et elle serait prise, réduite au silence. Sa main se posa sur un de ses pistolets ; le froid du métal lui causa un choc salutaire, et il se demanda subitement ce qu'il était en train de faire.

Un frisson le parcourut, des épaules à la taille et

inversement ; et soudain il reprit ses esprits, en s'interrogeant sur ce brusque changement de sensation : il se sentait douloureusement, désespérément affamé, tandis que la fille s'enfuyait à toutes jambes vers le bas de la colline, ayant jeté son panier dans une pluie de feuilles dorées.

Il poursuivit son geste et glissa ses pistolets dans sa ceinture, laissant les cartes s'enrouler d'elles-mêmes.

— Ma foi, elle aura bientôt prévenu tout le monde dans un rayon de dix miles, annonça-t-il sèchement. Gong Su, sortez le ragoût ; autant en avaler une bouchée avant de partir, et Téméraire pourra manger pendant que nous levons le camp. Roland, Dyer, allez donc ramasser ces noix et cassez-les.

Les deux cadets bondirent par-dessus le mur et entreprirent de rassembler le contenu épars du panier de la paysanne, tandis que Pratt et son collègue Blythe aidaient à sortir le grand chaudron.

— Monsieur Granby, dit Laurence, activons, s'il vous plaît ; je veux une vigie au sommet de cette tour.

— À vos ordres, monsieur, dit Granby en bondissant sur ses pieds, tandis que de son côté Ferris tirait les hommes de leur léthargie afin de leur faire rouler rochers et briques au pied de la tour en une sorte d'escalier.

Le travail progressait lentement, les hommes étant las et mal réveillés, mais l'effort les ranima bien vite et la tour n'était pas si haute : avant peu, ils purent jeter une corde par-dessus un créneau et Martin l'escalada en criant : « Et n'allez pas dévorer ma part, surtout ! » Cette boutade déclencha plus d'hilarité qu'elle n'en méritait. Les hommes coururent chercher leurs tasses et leurs bols en étain quand on sortit le chaudron avec un grand luxe de précautions, sans en renverser une goutte.

— Je suis désolé que nous devions partir si vite, s'excusa Laurence auprès de Téméraire en lui flattant le museau.

— Ce n'est pas grave, dit Téméraire en le poussant du bout du nez avec entrain. Laurence, tu es sûr que ça va ?

Laurence se sentit honteux d'afficher ses états d'âme de manière aussi manifeste.

— Mais oui ; pardonne-moi si je te parais de mauvaise humeur, répondit-il. C'est toi qui supportes le pire depuis le début ; je n'aurais jamais dû nous engager dans cette entreprise.

— Nous ne savions pas que nous perdrions, rétorqua Téméraire. Je ne regrette pas nos efforts ; je me serais senti très lâche de m'enfuir sans avoir rien tenté.

Gong Su répartit le maigre bouillon en petites portions, une demi-tasse par homme, tandis que Ferris partageait les biscuits ; au moins y avait-il suffisament de thé pour tout le monde, le château étant situé entre deux lacs. Tous mâchaient lentement, tâchant de faire en sorte que chaque bouchée compte pour deux, puis Roland et Dyer apportèrent en dessert les noix fraîches, encore un peu vertes et amères, mais délicieuses ; les prunelles, trop acides pour eux, furent offertes à Téméraire qui avala d'un seul coup de langue le contenu du panier. Lorsque tout le monde eut mangé sa part, Laurence envoya Salyer remplacer Martin et fit descendre l'aspirant afin qu'il s'alimente à son tour ; puis Gong Su entreprit de récupérer un à un les os dans le chaudron pour les glisser directement dans la gueule béante de Téméraire, de manière à ne pas laisser perdre une seule goutte de jus chaud.

Téméraire lui aussi fit durer chaque bouchée, et il avait à peine dévoré la tête et une patte que Salyer se pencha en criant, avant de descendre précipitamment à la corde.

— Une patrouille aérienne, monsieur, cinq poids moyens en approche ! annonça-t-il hors d'haleine. (La menace était plus sérieuse que Laurence ne l'avait craint ; la patrouille devait bivouaquer dans le village voisin, où la fille avait certainement couru tout droit.) À cinq miles de distance, dirais-je…

Le repas derrière eux et le danger imminent leur donnèrent à tous un regain d'énergie ; en l'espace de quelques instants, tout le monde fut à bord et la cotte de mailles légère mise en place : ils avaient abandonné l'armure de plates lors d'un précédent départ précipité. Puis Keynes s'écria :

— Pour l'amour du ciel, ne finis pas la viande !

Téméraire ouvrait la bouche pour que Gong Su y enfourne les dernières bouchées.

— Pourquoi pas ? voulut savoir Téméraire. J'ai encore faim.

— Ce foutu œuf est en train d'éclore, expliqua Keynes. (Il déchirait déjà l'enveloppe de soie, rejetant de larges pans d'étoffe scintillante vert, rouge et ambre.) Ne restez pas plantés là, venez m'aider ! aboya-t-il.

Granby et les autres lieutenants bondirent lui prêter main-forte tandis que Laurence organisait en hâte le transfert du second œuf, toujours emmailloté, dans le harnais ventral de Téméraire ; c'était le dernier de leurs bagages.

— Pas maintenant ! dit Téméraire à l'œuf, lequel se balançait si énergiquement désormais qu'ils devaient le tenir à plusieurs, sinon il aurait roulé dans l'herbe.

— Allez faire préparer le harnais, dit Laurence à Granby en prenant sa place auprès de l'œuf.

La coquille lui parut dure, brillante et étrangement chaude au toucher, si bien qu'il prit même le temps d'enfiler ses gants ; Ferris et Riggs, face à lui, ôtaient alternativement une main, puis l'autre.

— Nous devons partir tout de suite, tu ne peux pas éclore maintenant ; de toute manière il n'y a rien à manger, ajouta Téméraire, sans autre conséquence apparente qu'un grattement furieux à l'intérieur de la coquille. Il ne m'écoute pas, dit-il, affligé, en s'asseyant sur son arrière-train pour contempler d'un air maussade ce qui restait dans le chaudron.

Fellowes avait confectionné depuis longtemps un harnais de naissance à partir de bouts de sangles en cuir tendre, au cas où, mais on l'avait soigneusement serré au fond des bagages avec le reste du cuir. Ils finirent par le sortir, et Granby le déroula d'une main qui tremblait presque, ouvrant une boucle ici, rajustant une sangle là.

— Ça ira monsieur, lui dit doucement Fellowes.

Les autres officiers lui tapèrent dans le dos avec des murmures d'encouragement.

— Laurence, prévint Keynes à mi-voix. J'aurais dû y penser plus tôt, mais vous feriez mieux d'éloigner Téméraire tout de suite, le plus loin possible ; il ne va pas apprécier.

— Quoi donc ? dit Laurence.

C'est alors que Téméraire demanda avec humeur :

— Que manigancez-vous ? Que fait Granby avec ce harnais ?

Laurence crut d'abord, non sans inquiétude, que Téméraire s'insurgeait contre le principe même du harnachement.

— Non, mais Granby fait partie de *mon* équipage, déclara Téméraire d'un air buté.

Or cette objection pouvait s'appliquer à toutes les personnes présentes, à moins qu'il ne se soit pas encore attaché à Badenhaur ou aux quelques autres officiers prussiens qui les accompagnaient.

— Je ne vois pas pourquoi je devrais lui donner ma nourriture *et* Granby, reprit-il.

La coquille commençait à se fendiller, maintenant. Il était temps : les dragons français avaient ralenti l'approche, imaginant peut-être que les Britanniques avaient l'intention de se retrancher derrière les murs puisque à l'évidence ils ne fuyaient pas, mais la prudence ne les retiendrait pas indéfiniment. Bientôt, l'un d'eux risquerait un rapide survol, découvrirait ce qui se passait, et tous attaqueraient aussitôt en force.

— Téméraire, dit Laurence en se reculant pour détourner son attention de l'œuf, songe seulement que le petit dragon se retrouvera tout seul, alors que tu possèdes un équipage complet rien qu'à toi. Tu vois bien que ce n'est pas juste ; il n'y a personne d'autre pour le dragonnet. Et, ajouta-t-il sous le coup d'une inspiration subite, il n'aura pas le moindre joyau, contrairement à toi ; il doit sûrement se sentir très malheureux.

— Oh ! fit Téméraire. (Il baissa la tête tout près de Laurence.) Peut-être pourrait-on lui donner Allen ? suggéra-t-il à voix basse, avec un coup d'œil par-dessus son épaule pour vérifier que le jeune enseigne maladroit, présentement affairé à passer subrepticement le doigt sur le bord du chaudron afin de lécher quelques gouttes de bouillon supplémentaires, ne pouvait pas l'entendre.

— Allons, c'est indigne de toi, lui dit Laurence sur un ton de reproche. De plus, c'est une occasion de promotion unique pour Granby ; tu ne voudrais tout de même pas lui refuser le droit d'avoir de l'avancement.

Téméraire émit un grognement sourd.

— Bon, s'il le faut *vraiment*, concéda-t-il de mauvaise grâce.

Et il prit son pendentif en saphir entre ses pattes avant afin de lui donner un beau lustre en le frottant contre sa joue.

Il avait donné son accord à point nommé : la coquille explosa plus qu'elle ne s'ouvrit, dans un nuage de vapeur, en bombardant l'assistance de minuscules éclats et de blanc d'œuf.

— Je n'avais pas fait autant de saletés, *moi*,

commenta Téméraire d'un air désapprobateur en brossant sa peau maculée de fragments.

Le dragonnet lui-même cracha des morceaux de coquille dans toutes les directions, avec un léger sifflement étranglé. Il ressemblait à une miniature de Kazilik adulte, avec ses épines sur tout le corps et sa couleur écarlate virant au pourpre sur les plaques luisantes qui lui couvraient le ventre ; même les cornes étaient présentes, déjà impressionnantes, quoique à une échelle réduite ; seules manquaient les mouchetures vertes en forme de taches de léopard. Le bébé dragon fixa sur eux deux yeux jaunes flamboyants, brûlant d'indignation, toussa une fois, deux fois, puis prit une inspiration profonde qui lui gonfla les flancs comme un ballon. Soudain, de minces filets de vapeur sortirent de ses piquants en sifflant, et il ouvrit la gueule pour cracher un jet de flammes de plus de trois pieds qui fit reculer d'un bond les hommes au premier rang.

— Ah, *tout de même* ! dit le dragonnet, qui se révéla être une dragonnette, avant de s'asseoir sur son arrière-train. Voilà qui est beaucoup mieux ; apportez-moi la viande maintenant.

Granby, parfaitement livide sous ses coups de soleil, parvint malgré tout à s'exprimer d'une voix ferme en s'avançant d'un pas. Il tenait le harnais drapé sur son bras droit, bien en vue de la dragonnette, sans pour autant le lui jeter à la figure.

— Je m'appelle John Granby, dit-il. Nous serions heureux de…

— Oui, oui, le harnachement, l'interrompit-elle. Téméraire m'en a déjà parlé.

Laurence se retourna vers Téméraire, qui prit un air vaguement coupable et fit semblant d'être occupé à polir une rayure sur sa cuirasse ; Laurence commença à se demander ce qu'il avait pu enseigner d'autre aux œufs qu'il couvait maintenant depuis près de deux mois.

Pendant ce temps, la dragonnette avança le cou afin de renifler Granby ; elle inclina la tête d'un côté, puis de l'autre, en l'étudiant de haut en bas.

— Ainsi, tu étais le premier lieutenant de Téméraire ? s'enquit-elle comme si elle lui demandait ses références.

— En effet, répondit Granby, quelque peu décontenancé. Aimerais-tu recevoir un nom qui t'appartienne ? Il est bon d'avoir un nom ; je serais heureux de t'en donner un.

— Oh ! je m'en suis déjà choisi un, répondit-elle, à la consternation de Granby et de l'ensemble des aviateurs. Je veux m'appeler Iskierka, comme dans la chanson que fredonnait cette fille.

Laurence avait harnaché Téméraire par accident plutôt qu'à dessein et, depuis, il n'avait jamais assisté à un autre harnachement ; il n'avait donc pas une conception très précise de la manière dont la cérémonie devait se dérouler, mais à en juger par l'expression de ses hommes, celle-ci semblait plutôt atypique.

— Cela me plairait de t'avoir comme capitaine, cela dit, et je veux bien me faire harnacher et me battre pour vous aider à défendre l'Angleterre ; mais vite, parce que j'ai *très* faim.

Le pauvre Granby, qui rêvait probablement de ce jour depuis qu'il était un cadet de sept ans, qui en avait sans doute imaginé chaque instant dans les moindres détails et choisi un nom depuis longtemps, parvint à conserver une expression raisonnablement neutre ; et puis, soudain, il éclata de rire.

— Très bien, va pour Iskierka, dit-il, faisant contre mauvaise fortune bon cœur (il lui présenta le collier du harnais). Voudrais-tu passer la tête là-dedans ?

Elle coopéra volontiers, quoique en tendant impatiemment le cou vers le chaudron pendant qu'il se hâtait de boucler les dernières sangles, et dès qu'il la relâcha, elle plongea la tête et les pattes de devant dans le récipient encore brûlant afin de dévorer les restes du repas de Téméraire. Il ne fut pas nécessaire de l'encourager à manger vite ; le contenu disparut à une vitesse éblouissante, tandis que le chaudron oscillait d'avant en arrière pendant qu'elle achevait d'en lécher les parois.

— C'était très bon, dit-elle en ressortant la tête, les cornes ruisselantes de soupe, mais je voudrais bien en avoir plus ; allons chasser.

Elle s'essaya à déployer ses ailes, encore tendres et froissées contre son dos.

— Pas maintenant, c'est impossible, dit Granby en resserrant prudemment sa prise sur le harnais. Nous devons partir d'ici au plus vite.

Un grand bruit d'ailes leur parvint soudain d'en haut, comme l'un des dragons de la patrouille venait enfin passer la tête par-dessus le mur afin de voir ce qui se tramait. Téméraire se redressa et rugit, et l'autre battit précipitamment en retraite, mais le mal était fait ; il appelait déjà ses compagnons à la rescousse.

— Tout le monde à bord, sans cérémonie ! cria Laurence, et l'équipage grimpa en hâte sur le harnais. Téméraire, tu vas devoir porter Iskierka. Veux-tu la hisser sur ton dos ?

— Je peux voler toute seule, protesta-t-elle. Y aura-t-il une bataille ? Tout de suite ? Où ça ?

Elle s'arracha bel et bien du sol, mais Granby parvint à se cramponner au harnais et elle finit par rebondir de haut en bas.

— Non, il n'y aura pas de bataille, rétorqua Téméraire, et de toute manière tu es trop petite pour combattre pour l'instant.

Il pencha la tête et referma ses mâchoires autour de son corps ; le vide entre ses crocs de devant et ceux du fond épousait joliment la forme de la dragonnette, et malgré ses piaillements de protestation, il la souleva et la déposa sur ses épaules. Laurence fit la courte échelle à Granby afin qu'il puisse la rejoindre directement, puis se hissa à son tour. L'équipage au complet était à bord et Téméraire s'envola d'un bond à l'instant même où la patrouille surgissait de l'autre côté du mur : il se jeta dans ses rangs avec un rugissement, renversant les dragons comme des quilles.

— Oh ! Oh ! Ils nous attaquent ! Vite, allons les tuer ! glapit Iskierka avec une joie sanguinaire en essayant de décoller.

— Non ; pour l'amour du ciel, cesse immédiatement !

s'écria Granby, la retenant de toutes ses forces, tandis que, de l'autre main, il s'efforçait d'accrocher solidement son harnais à celui de Téméraire. Nous allons beaucoup trop vite pour toi ; sois patiente ! Nous irons voler un peu plus tard.

— Mais la bataille a lieu maintenant ! dit-elle en se tortillant pour tenter d'apercevoir les dragons ennemis par-dessus son épaule.

Elle était difficile à tenir, avec tous ses piquants, et labourait la nuque et le harnais de Téméraire avec ses griffes – encore tendres, mais manifestement assez acérées à en juger par la manière dont Téméraire renifla et tourna la tête.

— Reste tranquille ! dit-il en regardant autour de lui. Il m'est très difficile de voler quand tu te débats.

Il avait mis à profit la désorganisation temporaire de l'ennemi pour gagner de la vitesse et fonçait vers un épais banc de nuages, au nord, qui pourrait les dissimuler.

— Je ne veux pas rester tranquille ! cria la dragonnette d'une voix aiguë. Demi-tour, demi-tour ! Le combat est par là !

À l'appui de son propos, elle cracha un autre jet de flammes qui faillit roussir les cheveux de Laurence, dansant impatiemment d'un pied sur l'autre tandis que Granby faisait tout son possible pour la retenir.

La patrouille les suivait de près et lorsque les nuages les dissimulèrent à sa vue, les dragons ennemis ne renoncèrent pas mais continuèrent la poursuite en s'interpellant dans la brume afin de conserver leurs distances, quoique en volant plus lentement.

L'humidité froide était pénible pour la petite Kazilik, qui s'enroula frileusement autour du torse et des épaules de Granby, manquant de peu l'étrangler ou le transpercer avec ses piquants, sans cesser de grommeler et de pester contre leur fuite.

— Chut ! sois gentille, lui dit Granby en la caressant. Tu vas trahir notre position ; c'est comme une partie de cache-cache, nous ne devons pas faire de bruit.

— Nous n'aurions pas besoin de nous taire ou de nous cacher dans ce fichu nuage glacial si seulement nous leur flanquions une bonne rossée, maugréa-t-elle avant de se calmer.

Les voix de leurs poursuivants finirent par s'éloigner, et ils se risquèrent à sortir ; mais une nouvelle difficulté se présenta : il fallait nourrir Iskierka.

— Il va nous falloir courir le risque, décida Laurence.

Et ils s'éloignèrent prudemment des forêts et des lacs pour s'approcher des régions cultivées, où ils se mirent à scruter le sol à la lunette.

— Ce serait agréable de pouvoir manger ces vaches, soupira Téméraire à regret un peu plus tard.

Laurence braqua hâtivement sa lunette à l'horizon et les vit : un troupeau de belles vaches en train de paître placidement sur un coteau.

— Merci, mon Dieu ! dit Laurence. Téméraire, pose-toi, s'il te plaît ; ce creux là-bas devrait faire l'affaire, je pense, dit-il en pointant le doigt. Nous attendrons la nuit pour les emporter.

— Quoi donc ? Les vaches ? s'étonna Téméraire,

perplexe, en entamant sa descente. Mais Laurence, n'appartiennent-elles pas à quelqu'un ?

— Eh bien, si, je le suppose, avoua Laurence avec embarras, mais au vu des circonstances, nous devons faire une exception.

— En quoi les circonstances sont-elles différentes de ce qu'elles étaient à Constantinople, quand Arkady et les autres ont volé ces vaches ? voulut savoir Téméraire. Ils avaient faim, nous avons faim ; c'est la même chose.

— Nous arrivions en invités à ce moment-là, dit Laurence, et nous considérions les Turcs comme nos alliés.

— Ainsi, ce n'est pas du vol si l'on n'aime pas la personne qui possède le bien ? dit Téméraire. Mais dans ce cas…

— Non, non, s'empressa de rectifier Laurence, qui anticipait déjà de nombreuses difficultés à venir. Mais dans la situation présente… les nécessités de la guerre…

Il bredouilla quelques explications boiteuses, qu'il n'acheva pas. Bien sûr que cela avait toutes les apparences du vol ; encore que, dans la mesure où ils se trouvaient toujours en territoire prussien, d'après la carte tout au moins, on pût raisonnablement qualifier cela de réquisition. Mais la distinction entre réquisition et vol paraissait délicate à expliquer, et Laurence ne tenait pas du tout à avouer à Téméraire que l'intégralité de leur nourriture de la semaine écoulée avait été volée, ainsi que, vraisemblablement, la quasi-totalité de l'approvisionnement de l'armée.

Qu'on l'appelle vol pur et simple ou qu'on lui donne quelque autre nom plus agréable, la chose demeurait nécessaire ; la dragonnette était trop jeune pour apprendre à dominer sa faim, et son besoin était trop grand : Laurence se rappelait fort bien l'appétit de Téméraire durant ses premières semaines de croissance rapide. Quant à eux, ils avaient surtout besoin qu'elle se taise : convenablement nourrie, elle passerait probablement le plus clair de son temps à dormir entre les repas, au moins pendant la première semaine.

— Seigneur, c'est une vraie terreur, n'est-ce pas ? dit amoureusement Granby en caressant sa peau lustrée. (Malgré les tenaillements de la faim, elle s'était assoupie pendant qu'ils attendaient la nuit.) Cracher du feu à peine sortie de la coquille ; elle ne sera pas facile à gérer.

Cette perspective semblait le réjouir immensément.

— Ma foi, j'espère qu'elle acquerra bientôt un peu de plomb dans la cervelle, dit Téméraire.

Il n'avait pas digéré son mécontentement de tantôt, et qu'Iskierka les accuse de couardise n'avait rien fait pour améliorer son humeur, non plus que son insistance à faire demi-tour et à se battre : chose que son propre instinct l'eût certainement poussé à faire, en dépit des obstacles pratiques. D'une manière plus générale, il semblait que son dévouement envers les œufs ne se fût guère mué en affection spontanée pour la nouveau-née ; à moins qu'il ne fût simplement contrarié d'avoir dû se priver pour la nourrir.

— Elle est extrêmement jeune, dit Laurence en caressant le museau de Téméraire.

— Je suis bien certain de n'avoir jamais été aussi stupide, même aussitôt après mon éclosion, dit Téméraire.

Laurence s'abstint prudemment de tout commentaire.

Une heure après le coucher du soleil, ils gravirent le coteau en prenant soin d'arriver sous le vent et passèrent discrètement à l'attaque ; ou du moins l'auraient-ils fait si Iskierka, en proie à une brusque flambée d'excitation, n'avait tranché d'un coup de griffes les sangles qui la retenaient et bondi pardessus la barrière pour atterrir sur le dos d'une vache assoupie. La pauvre bête mugit de terreur et détala ainsi que le reste du troupeau, avec la dragonnette sur son dos qui crachait des flammes dans toutes les directions sauf la bonne, de sorte que l'affaire prit des allures de cirque plus que de pillage. Une lumière s'alluma dans la maison, et les fermiers se précipitèrent dehors avec des torches et de vieux mousquets, s'attendant peut-être à des renards ou des loups ; ils s'arrêtèrent bouche bée devant la barrière, et pour cause ; la vache s'était mise à ruer frénétiquement, mais Iskierka avait planté profondément ses griffes dans le bourrelet de graisse qui lui ceignait l'encolure et piaillait d'excitation et de frustration mêlées, en la mordillant vainement avec ses mâchoires trop petites.

— Non, mais regardez-moi ce travail, s'indigna vertueusement Téméraire, qui bondit dans les airs pour soulever la dragonnette et sa vache dans une patte, une seconde vache dans l'autre. Je suis désolé si nous vous avons réveillés. Nous prenons vos vaches, mais ce n'est pas du vol car nous sommes en guerre ! lança-t-il au petit groupe d'hommes livides et pétrifiés sur place qui fixaient sa silhouette énorme et effrayante, frappés d'une incompréhension due à la terreur plus qu'à la langue.

Tenaillé par le remords, Laurence fouilla hâtivement dans sa bourse et leur jeta quelques pièces d'or.

— Téméraire, la tiens-tu ? Pour l'amour du ciel, partons sur-le-champ ; ils vont lancer tout le pays à nos trousses.

Téméraire la tenait bel et bien, comme le prouvèrent bientôt les braillements étouffés mais parfaitement audibles qui leur parvinrent d'en dessous :

— C'est ma vache ! Elle est à moi ! Je l'ai prise la première !

Braillements qui n'amélioraient guère leurs chances de se cacher. En regardant derrière eux, Laurence vit le village entier s'allumer comme un immense feu d'alarme dans la nuit, chaque maison s'éclairant l'une après l'autre ; on devait l'apercevoir à des miles à la ronde.

— Nous aurions aussi bien fait d'opérer en plein jour, au son du tambour et des trompettes, geignit Laurence en se disant qu'il était bien puni d'avoir volé.

Ils se posèrent après un court trajet, espérant qu'une fois nourrie, Iskierka se tairait enfin. Dans un premier temps, elle refusa de lâcher sa vache – laquelle était tout à fait morte désormais, transpercée par les griffes de Téméraire –, bien qu'elle fût incapable de mordre dans son cuir pour commencer à la dévorer.

— C'est la *mienne*, répétait-elle en grommelant.

Jusqu'à ce que Téméraire, excédé, la houspille :

— Silence ! Ils veulent simplement la débiter pour toi, alors lâche-la. De toute façon, si je voulais ta vache, je la prendrais.

— J'aimerais voir ça ! s'écria-t-elle, et il avança brusquement sa tête vers elle en grondant, ce qui la fit piailler et bondir dans les bras de Granby, lequel bascula à la renverse dans l'herbe. Oh, ça, ce n'est pas gentil ! s'indigna-t-elle en se lovant autour des épaules de Granby. Tout ça parce que je suis encore petite !

Téméraire eut l'élégance de prendre un air penaud et dit d'un ton plus conciliant :

— Eh bien, je n'allais pas te prendre ta vache, j'en ai une pour moi. Mais tu devrais te montrer plus polie tant que tu es aussi petite.

— Je veux être grande *maintenant*, dit-elle en boudant.

— Tu ne grandiras pas si tu ne nous laisses pas te nourrir correctement, intervint Granby, captant aussitôt toute son attention. Allons, veux-tu venir voir comment on te prépare ta vache ?

— Je veux bien, dit-elle à contrecœur, et elle se laissa porter jusqu'à la carcasse.

Gong Su ouvrit le ventre de l'animal et lui découpa le cœur et le foie, qu'il tendit respectueusement à la dragonnette :

— Meilleur premier repas, pour que petit dragon devienne grand.

— Oh, vraiment ? répondit-elle.

Elle lui arracha les deux organes des mains et les dévora avec délectation, se barbouillant les mâchoires de sang en prenant alternativement une bouchée de l'un puis de l'autre.

Avec la meilleure volonté du monde, elle parvint tout juste à dévorer un cuissot avant de s'écrouler de fatigue, au grand soulagement de tous. Téméraire engloutit sa propre vache pendant que Gong Su débitait rapidement et grossièrement les restes de l'autre, qu'il plaça dans ses pots ; puis ils reprirent l'air après moins de vingt minutes. La dragonnette dormait dans les bras de Granby, parfaitement indifférente au monde.

Mais des dragons volaient en rond maintenant au-dessus du village éclairé dans le lointain, et alors que Téméraire s'envolait, l'un d'eux tourna dans leur direction des yeux qui luisaient dans le noir : un Fleur-de-Nuit, l'une des rares espèces nocturnes.

— Au nord, dit Laurence, la mine sombre. Droit au nord, Téméraire, aussi vite que tu le peux ; jusqu'à la mer.

Ils volèrent toute la nuit. La voix étrange du Fleur-de-Nuit résonnait continuellement derrière eux, comme un gong à la sonorité grave, auquel répondaient les voix plus aiguës des poids moyens qui la suivaient. Téméraire était chargé plus lourdement que ses poursuivants, avec toute son équipe au sol, son équipement et Iskierka par-dessus le marché ; il semblait à Laurence qu'elle avait déjà grossi. Il parvint néanmoins à conserver de l'avance sur eux, mais à grand-peine, et il n'avait pas le moindre espoir de les semer ; la nuit était froide et claire, la lune presque pleine.

Les miles se succédaient. La Vistule filait sous eux, droit vers la mer, noire et ridée par instants de reflets scintillants ; ils amorcèrent tous les fusils, préparèrent la charge de poudre aveuglante, et Fellowes et ses hommes de harnais se hissèrent laborieusement sur le dos de Téméraire avec un carré de mailles qui leur restait, afin d'en protéger Iskierka. Elle grommela sans se réveiller, se recroquevillant autour de Granby tandis qu'on la recouvrait avec la cotte en l'accrochant aux boucles de son petit harnais.

Laurence crut tout d'abord que l'ennemi ouvrait le feu sur eux, mais de trop loin ; puis le bruit retentit de nouveau, et il le reconnut : ce n'était pas une fusillade, mais une canonnade, dans le lointain. Téméraire obliqua aussitôt dans sa direction, vers l'ouest ; devant eux s'étalait la noirceur infinie de la Baltique, et les canons étaient des batteries prussiennes défendant les remparts de Dantzig.

# 17

— Je regrette bien que vous soyez venus vous enfermer dans cette nasse avec nous, dit le général Kalkreuth en lui tendant sa bouteille d'excellent porto, dont Laurence pouvait déjà dire qu'il était gaspillé sous son palais, après un mois à boire du thé léger ou du rhum allongé d'eau.

Ils venaient de passer plusieurs heures à dormir et à dîner, et grand avait été le réconfort de Laurence de voir Téméraire manger à sa faim. Il n'y avait pas de rationnement, du moins pas encore : les entrepôts de la ville étaient pleins, les murs fortifiés, et la garnison était solide et bien entraînée ; ils ne se laisseraient pas facilement affamer ou convaincre de se rendre. Le siège risquait de durer ; d'ailleurs, les Français ne semblaient guère pressés de l'entamer.

— Nous constituons une souricière bien commode, voyez-vous, dit Kalkreuth, qui entraîna Laurence jusqu'aux fenêtres côté sud. (Dans le jour finissant, Laurence pouvait voir le campement français dessiner un cercle vague autour de la ville, hors de portée de l'artillerie, en enjambant le fleuve et les routes.) Chaque jour, je vois des hommes à nous remonter du sud, tout ce qui reste de la division de Lestocq, et tomber entre leurs mains sans coup férir. Ils ont dû faire au moins cinq mille prisonniers jusqu'à présent. En ce qui concerne les hommes, ils se contentent de leurs mousquets et de leur parole avant de les renvoyer chez eux, de sorte qu'ils n'ont pas à les nourrir ; ils ne gardent que les officiers.

— Combien sont-ils ? demanda Laurence en comptant les tentes.

— Vous songez à tenter une sortie ? dit Kalkreuth. J'y ai pensé aussi. Mais ils sont trop loin ; ils auraient beau jeu de nous couper de la ville. Lorsqu'ils se décideront à faire un siège en bonne et due forme et qu'ils approcheront un peu, nous verrons peut-être un peu d'action ; pour ce que cela nous servira, maintenant que les Russes ont demandé la paix.

« Eh oui, ajouta-t-il en voyant la surprise de Laurence, le tsar a décidé de ne pas gaspiller une bonne armée pour rien, en fin de compte. Et peut-être ne tenait-il pas à passer le restant de ses jours en tant que prisonnier des Français ; il y a un armistice, et les deux empereurs sont en train de négocier un traité à Varsovie, comme les meilleurs amis du monde. (Il eut un rire amer.) Peut-être ne se donneront-ils pas la peine d'enlever la place, voyez-vous ; d'ici la fin du mois, il se peut que je sois devenu moi-même un *citoyen* [1].

Il avait réchappé de justesse à l'anéantissement final des troupes du prince Hohenlohe, ayant été envoyé à

1. En français dans le texte. *(N.d.T.)*

Dantzig par courrier pour défendre la forteresse contre le siège.

— Ils se sont présentés à nos portes moins d'une semaine plus tard, sans crier gare, dit-il. Mais depuis j'ai reçu plus de nouvelles que je n'en voudrais : ce maudit maréchal me fait parvenir des copies de ses propres dépêches, vous rendez-vous compte de son impudence ? Et je ne peux même pas les lui jeter à la figure, car mes propres courriers sont incapables de passer.

Téméraire lui-même n'avait atteint les remparts que de justesse ; la plupart des dragons français qui faisaient le blocus se trouvaient à ce moment-là de l'autre côté de la ville, pour la couper de la mer, et l'effet de surprise leur avait épargné les tirs d'artillerie. Toutefois, ils étaient désormais piégés : d'autres canons à poivre avaient fait leur apparition le matin même au milieu des batteries françaises, et l'on était en train d'enfouir des mortiers à longue portée tout autour.

La citadelle fortifiée se dressait à quelque cinq miles du port. Depuis les fenêtres de Kalkreuth, Laurence pouvait contempler la dernière courbe étincelante de la Vistule dont l'embouchure s'élargissait en se jetant dans la mer, et le bleu glacial de la Baltique constellé des voiles blanches de la Royal Navy. Il pouvait même les dénombrer dans sa lunette : deux soixante-quatre, un soixante-quatorze avec une large flamme, deux frégates en guise d'escorte, tous à proximité du rivage ; dans le port lui-même, sous la protection des vaisseaux de guerre, attendaient les gros navires de transport qui devaient convoyer les renforts russes jusqu'à la ville : renforts qui ne viendraient plus. Cinq miles de distance, qui auraient aussi bien pu en faire cinq mille avec l'artillerie et les forces aériennes françaises en travers du chemin.

— Et maintenant, ils doivent savoir que nous sommes là, incapables de les rejoindre, dit Laurence en abaissant sa lunette. Ils n'ont pas pu manquer de nous voir arriver, hier, avec le branle-bas des Français.

— C'est surtout ce Fleur-de-Nuit qui nous a pourchassés jusqu'ici qui pose problème, dit Granby. Sans lui, je dirais : patientons jusqu'à la nuit et tentons notre chance. Mais vous pouvez être certain que ce gaillard-là n'attend pas autre chose ; il rameuterait toute la troupe avant même que nous ayons franchi les remparts.

De fait, cette nuit-là, ils purent voir le grand dragon bleu foncé se découper comme une ombre sur la mer baignée de lune, assis bien droit sur son arrière-train dans la base française, ses énormes yeux pâles fixant les remparts de la ville sans ciller.

— Vous êtes un hôte remarquable, dit gaiement le maréchal Lefebvre.

Il venait d'accepter sans se faire prier un autre pigeon tendre dans son assiette et entreprenait de l'engloutir, ainsi que le monceau de pommes de terre bouillies qui l'accompagnaient, avec un entrain et des manières qui eussent convenu à un sergent de la garde plus qu'à un maréchal de France. Ce qui n'avait rien d'étonnant, puisque ce fils de meunier avait débuté ainsi sa carrière militaire.

— Voilà deux semaines que nous devons nous contenter d'herbe bouillie et de corneilles avec notre biscuit.

Il avait des cheveux frisés grisonnants et non poudrés sur un visage rond de paysan. Il avait envoyé des émissaires proposer d'ouvrir les négociations et accepté en toute bonne foi et sans hésitation la réponse caustique de Kalkreuth : une invitation à dîner en ville afin de discuter de sa reddition. Il s'était présenté aux portes sans autre escorte qu'une poignée de cavaliers.

— J'aurais pu prendre encore plus de risques pour un dîner comme celui-ci ! dit-il avec un rire tonitruant quand un des officiers prussiens le félicita de mauvaise grâce pour son courage. Ce n'est pas comme si vous pouviez espérer grand-chose en me jetant aux oubliettes, après tout, sinon tirer des larmes à ma pauvre femme. L'Empereur a d'autres épées dans sa besace.

Après avoir fait un sort à chaque plat et nettoyé les dernières traces de sauce dans son assiette avec du pain, il se renversa lourdement en arrière dans sa chaise pendant que l'on faisait circuler le porto, et ne se ranima que lorsqu'on apporta le café.

— Ah ! voilà qui vous réveille un homme, déclara-t-il en buvant trois tasses coup sur coup. Et maintenant, enchaîna-t-il en entrant sans préambule dans le vif du sujet, vous m'avez l'air d'un homme intelligent et d'un bon soldat ; allez-vous insister pour faire traîner cette affaire jusqu'au bout ?

Mortifié, Kalkreuth, qui n'avait jamais eu l'intention de se rendre, répondit fraîchement :

— J'espère tenir mon poste avec honneur tant que Sa Majesté ne m'aura pas envoyé d'ordres contraires.

— Sa Majesté n'enverra rien, dit Lefebvre d'un ton prosaïque, car elle est enfermée dans Königsberg tout comme vous ici. Vous n'auriez pas à en rougir ; sans prétendre être Napoléon, je me crois capable de m'emparer d'une ville avec un rapport de forces de deux contre un et tous les canons de siège qu'il me faut. J'aimerais autant épargner les hommes, tant les vôtres que les miens.

— Je ne suis pas le colonel Ingersleben, dit Kalkreuth, faisant allusion au gentilhomme qui avait si rapidement remis la forteresse de Stettin, pour capituler sans avoir tiré un coup de feu ; il se pourrait que nous soyons une noix plus difficile à casser que vous ne l'imaginez.

— Nous vous laisserions sortir avec les honneurs, insista Lefebvre, refusant de mordre à l'hameçon. Vos officiers et vous partiriez librement, contre votre parole de ne plus combattre la France pendant douze mois. Vos hommes aussi, bien sûr, même si nous retiendrions leurs mousquets. C'est le mieux que je puisse faire ; cela me paraît bougrement préférable à se faire tuer ou capturer.

— Je vous remercie pour votre aimable proposition, dit Kalkreuth en se levant. Ma réponse est non.

— Dommage, dit Lefebvre sans se laisser démonter, et il se leva également, en bouclant l'épée qu'il avait négligemment accrochée au dossier de sa chaise. Je ne dis pas qu'elle restera valable indéfiniment, mais j'espère que vous la garderez à l'esprit pendant la suite des opérations.

Il s'interrompit au moment de se retourner, apercevant Laurence assis un peu plus loin à table, et ajouta :

— D'ailleurs, je préfère vous avertir tout de suite qu'elle ne s'appliquera pas aux soldats britanniques. Désolé, s'excusa-t-il auprès de Laurence, l'Empereur a des idées bien arrêtées en ce qui concerne les Anglais, et de toute manière nous avons des ordres spécifiques à votre endroit, si vous êtes bien le capitaine du dragon chinois qui nous est passé juste au-dessus l'autre jour. Ha ! ha ! Vous nous avez surpris le pantalon sur les chevilles, pas d'erreur.

Sur cette dernière boutade à ses dépens, il sortit à grands pas, siffla son escorte et quitta la forteresse à cheval, laissant tout le monde abattu par sa bonne humeur ; tandis que Laurence passa la nuit à s'imaginer le genre d'instructions effroyables que Lien avait pu obtenir de Bonaparte concernant le sort de Téméraire.

— Il va sans dire, capitaine, que je n'envisage pas un seul instant d'accepter son offre, lui dit Kalkreuth le lendemain matin, lors du petit déjeuner auquel il l'avait convié tout exprès.

— Monsieur, dit tranquillement Laurence, j'ai de bonnes raisons de craindre ce qui m'arriverait si je tombais aux mains des Français, mais jamais je ne demanderai que l'on sacrifie la vie de quinze mille hommes pour m'épargner un tel sort, sans oublier la mort de Dieu sait combien de citoyens ordinaires par-dessus le marché. S'ils installent leurs batteries de siège – et je ne vois pas comment vous pourriez l'en empêcher bien longtemps –, la ville devra capituler sous peine d'être réduite en cendres ; et alors, nous serions quand même tués ou capturés.

— Nous n'en sommes pas encore là, le rassura Kalkreuth. Il leur faudra du temps pour mener à bien leurs travaux de siège dans ce sol gelé, et cela leur promet un hiver froid et rigoureux devant nos portes ; vous avez entendu ce qu'il a dit à propos de leur approvisionnement. Ils ne feront guère de progrès avant le mois de mai, je vous le garantis, et beaucoup de choses peuvent se passer d'ici là.

Son estimation parut d'abord se vérifier. Dans la lunette de Laurence, les soldats français piochaient et creusaient le sol sans enthousiasme, avec de vieux outils rouillés qui s'enfonçaient difficilement dans le sol dur, imbibé d'eau si près du fleuve, et déjà gelé en ce début d'hiver. Le vent qui soufflait de la mer apportait des congères et des rafales de neige, et chaque jour, avant l'aube, le givre recouvrait ses carreaux et les parois de la bassine dans laquelle il faisait ses ablutions. Lefebvre lui-même ne semblait guère pressé : on l'apercevait à l'occasion inspectant les tranchées en cours de creusement, suivi de ses aides de camp, les lèvres avancées sur un sifflotement, pas mécontent du tout.

D'autres, en revanche, s'accommodaient moins bien de la lenteur de ces progrès ; cela ne faisait pas quinze jours que Laurence et Téméraire se trouvaient en ville quand Lien fit son apparition.

Elle arriva du sud, en fin d'après-midi ; sans le moindre passager, tout juste escortée de deux poids moyens et d'un courrier, volant à tire-d'aile dans les sombres nuées annonçant une tempête hivernale qui s'abattit sur la ville et le campement moins d'une demi-heure après son atterrissage. Seules les sentinelles l'avaient aperçue de loin, et pendant les deux longues journées que dura la tempête et que la neige leur boucha toute visibilité sur le camp français, Laurence voulut espérer qu'elles avaient pu se tromper ; puis il s'éveilla brutalement le jour suivant, le cœur battant à tout rompre, sous un beau ciel bleu, au milieu des échos de son rugissement terrible.

Il sortit au pas de course, en chemise de nuit et robe de chambre malgré le froid et la neige qui montait jusqu'aux chevilles sur le parapet ; le soleil jaune pâle scintillait sur les champs aveuglants de blancheur ainsi que sur la peau marmoréenne de Lien. Debout à la limite des lignes françaises, elle examinait le sol de près : sous le regard consterné de Laurence et des gardes, elle prit une grande inspiration, s'éleva dans les airs, puis dirigea son rugissement contre la terre gelée.

La neige explosa en tourbillons de blizzard, projetant de la terre dans tous les sens, mais les dégâts les plus sérieux n'apparurent que plus tard, quand des soldats français circonspects se remirent à l'ouvrage avec leurs pelles et leurs pioches. Les efforts de Lien avaient ramolli le sol sur plusieurs pieds de profondeur, sous la ligne de gel, de sorte que les travaux se poursuivirent beaucoup plus rapidement. En une semaine, ils progressèrent deux fois plus vite, grandement encouragés, il est vrai, par la présence de la dragonne blanche qui se promenait souvent le long des lignes, attentive au moindre signe de relâchement, tandis que les hommes creusaient frénétiquement.

Les dragons français lançaient l'assaut presque tous les jours, principalement pour occuper les Prussiens et leurs canons pendant que l'infanterie creusait ses tranchées et enterraient ses batteries. L'artillerie parvenait le plus souvent à les repousser mais, parfois, l'un d'eux tentait un passage aérien en altitude, hors de portée, afin de larguer ses bombes sur les remparts. Lâchées d'aussi haut, elles atteignaient rarement leur cible, mais explosaient dans les rues ou sur les maisons, au grand dam de la population ; déjà les habitants, plus slaves que germaniques et n'éprouvant aucun enthousiasme particulier pour la guerre, commençaient à protester.

Kalkreuth faisait tirer quotidiennement ses canons, plus pour entretenir le moral des hommes que dans l'espoir d'affecter sérieusement les travaux français, encore trop loin pour être atteints. De temps en temps, un coup heureux touchait un canon ou fauchait quelques soldats en train de creuser, et une fois, au ravissement de tous, un de leurs boulets frappa un drapeau et le coucha dans la poussière avec l'aigle qui le surmontait : ce soir-là, Kalkreuth fit distribuer une ration d'alcool supplémentaire et invita ses officiers à sa table.

Lorsque le vent et la marée l'autorisaient, la Navy approchait de la côte et lâchait une bordée sur l'arrière du campement français ; mais Lefebvre n'était pas un imbécile, et aucun de ses piquets ne se trouvait à portée. À l'occasion, Laurence et Téméraire pouvaient voir une petite escarmouche se dérouler au-dessus du port lorsqu'une compagnie de dragons français tentait de bombarder les transports ; mais le tir de barrage aux boulets creux et obus à poivre des vaisseaux de guerre avait tôt fait de la repousser : aucun des deux camps ne parvenait à prendre nettement l'avantage sur l'autre. Les Français, avec le temps, auraient pu enterrer suffisamment de batteries pour tenir les navires britanniques à distance, mais ils n'avaient pas l'intention de se laisser détourner aussi facilement de leur véritable objectif : la prise de la ville.

Téméraire faisait de son mieux pour repousser les attaques aériennes, mais il était le seul dragon dans toute la ville, à l'exception de quelques courriers et d'Iskierka, et sa puissance et sa vitesse avaient leurs limites. Les dragons français consacraient leurs journées à voler tranquillement autour de la ville, encore et encore, en se relayant ; la moindre baisse d'attention de la part de Téméraire, le moindre relâchement de l'artillerie étaient pour eux l'occasion de piquer vers le sol, histoire d'occasionner quelques dégâts, avant de se replier précipitamment ; et pendant ce temps, les tranchées s'élargissaient et s'étendaient lentement, grâce aux efforts des soldats plus actifs qu'une armée de taupes.

Lien ne prenait aucune part à ces escarmouches, sinon en s'asseyant pour les observer, lovée sur elle-même, sans un battement de cils ; ses propres efforts se limitaient à faciliter la progression régulière des travaux de siège. Grâce au vent divin, elle aurait certainement pu faire un véritable carnage parmi les hommes sur les remparts, mais elle ne prit pas le risque de s'aventurer directement sur le champ de bataille.

— C'est une lâche, si vous voulez mon avis, dit Téméraire, heureux de ce prétexte pour la mépriser. Ce n'est pas *moi* qui me cacherais ainsi, alors que mes amis se battent.

— Je ne suis pas une lâche, moi ! lui lança Iskierka, brièvement réveillée le temps de remarquer ce qui se passait autour d'elle.

Personne n'aurait pu contester ce point : il fallait des chaînes de plus en plus solides pour l'empêcher de se jeter dans la mêlée contre des dragons adultes qui faisaient vingt fois sa taille, même si cette proportion diminuait de jour en jour. Sa croissance constituait d'ailleurs une source d'anxiété : aussi prodigieuse soit-elle, elle demeurait insuffisante pour lui permettre de se battre ou de voler efficacement. Pourtant, Iskierka représenterait bientôt un sérieux fardeau pour Téméraire s'ils devaient tenter une évasion.

Elle tira furieusement sur sa dernière chaîne.

— Je veux me battre, moi aussi ! Détachez-moi !

— Tu te battras quand tu auras grandi, comme elle, s'empressa de lui dire Téméraire. Mange ton mouton.

— *J'ai* grandi, beaucoup, protesta-t-elle.

Mais après avoir dévoré le mouton, elle se rendormit aussitôt, ce qui la réduisit temporairement au silence.

Laurence ne tirait pas de conclusions aussi péremptoires ; il savait que Lien ne manquait ni de courage physique ni de compétence, pour l'avoir vue affronter Téméraire en duel dans la Cité interdite. Peut-être subissait-elle encore dans une certaine mesure la prévention chinoise contre l'engagement martial des Célestes ; mais Laurence y discernait plutôt la réserve appropriée à un bon commandant : la position des troupes françaises était solide, et elle-même avait trop de valeur pour s'exposer inutilement.

La démonstration quotidienne de son autorité naturelle sur les autres dragons et sa compréhension intuitive de la meilleure manière de les exploiter confortaient Laurence dans l'idée qu'elle apportait aux Français un avantage décisif en endossant un rôle aussi étonnant. Sous sa direction, les dragons renoncèrent aux exercices de vol en formation en faveur de manœuvres d'escarmouche ; lorsqu'ils n'étaient pas en train de s'entraîner, ils prêtaient main-forte aux terrassiers, accélérant ainsi le creusement des tranchées. Certes, les soldats hésitaient à côtoyer des dragons d'aussi près, mais Lefebvre les rassurait par une splendide désinvolture, passant entre les dragons au travail en leur donnant des claques sur le flanc ou en plaisantant grassement avec leur équipage ; même si Lien lui lança un regard stupéfait le jour où il s'autorisa de telles privautés avec elle, comme une riche duchesse l'eût fait à un fermier qui se fût permis de lui pincer la joue.

Les Français avaient pour eux un moral à toute épreuve, après leurs victoires fulgurantes, et l'excellente motivation de s'emparer de la ville avant les rigueurs de l'hiver.

— Mais le point essentiel, c'est qu'il n'y a pas que les Chinois qui, du fait qu'ils grandissent parmi eux, s'accoutument dès le plus jeune âge à la présence des dragons ; les Français *s'y sont* habitués, dit Laurence à Granby entre deux bouchées de pain beurré, alors que Téméraire était descendu dans la cour pour se reposer brièvement après une nouvelle escarmouche en début de matinée.

— Oui, et ces braves Prussiens également, qui s'accommodent parfaitement de la présence de Téméraire et d'Iskierka dans leurs rangs, dit Granby, flattant le flanc qui se gonflait et se dégonflait comme un soufflet à côté de lui.

La dragonnette entrouvrit un œil sans se réveiller et poussa un ronronnement de plaisir, accompagné de quelques jets de vapeur au bout de ses piquants, avant de refermer les paupières.

— Et pourquoi pas ? demanda Téméraire, en brisant quelques os entre ses crocs comme des coquilles de noix. Ils doivent nous connaître désormais, à moins d'être particulièrement stupides, et savoir que nous ne leur ferons aucun mal ; sauf peut-être Iskierka, par accident, ajouta-t-il sur un ton dubitatif.

La dragonnette avait pris la fâcheuse habitude de calciner sa viande avant de la manger, sans prendre garde à ceux qui pouvaient se trouver dans son voisinage immédiat.

Kalkreuth ne parlait plus de ce qui pourrait arriver, ou de longue attente ; ses hommes s'entraînaient chaque jour à repousser un assaut des Français.

— Lorsqu'ils seront arrivés à portée de nos canons, nous tenterons une sortie nocturne, dit-il d'un air sombre. À défaut de mieux, cela fera au moins diversion pour vous donner une chance de vous échapper.

— Merci, monsieur ; je vous suis profondément obligé, dit Laurence.

Une tentative aussi désespérée, avec tous les risques attenants de se faire blesser ou tuer, n'en paraissait pas moins hautement préférable à la reddition. Laurence ne doutait pas un seul instant que l'arrivée de Lien avait à voir avec leur présence : les Français auraient peut-être pris leur temps, principalement préoccupés qu'ils étaient de la prise de la citadelle ; elle avait d'autres motivations. Quels que fussent les plans de Napoléon et les siens pour la déconfiture de la Grande-Bretagne, assister à leur mise en œuvre en tant que prisonniers impuissants, sous le coup d'une sentence de mort certaine pour Téméraire, était le sort le plus terrible que Laurence pût imaginer, et tout valait mieux que tomber entre ses griffes.

Mais il ajouta :

— J'espère, monsieur, que vous ne prenez pas de risques inconsidérés en nous aidant ainsi ; ils pourraient vous en tenir suffisamment rigueur pour retirer leur offre de capitulation honorable, si leur victoire n'était plus, comme je le crains désormais, qu'une simple question de temps.

Kalkreuth secoua la tête, non pas en signe de dénégation, mais de refus.

— Et quand bien même ? Supposons que nous acceptions la proposition de Lefebvre ; même s'il nous laissait partir, qu'adviendrait-il ? Mes hommes seraient désarmés et dispersés, mes officiers tenus par leur parole de ne plus lever le petit doigt pendant un an. En quoi cette reddition honorable serait-elle préférable à une capitulation sans condition ? Les corps seraient démantelés de toute manière, comme le reste. Ils ont défait l'ensemble de l'armée prussienne – dissoute jusqu'au dernier bataillon, tous ses officiers capturés ; il ne reste même pas de quoi la reconstruire.

Il s'arracha à ses cartes et à son abattement pour adresser à Laurence un sourire amer.

— Vous voyez, il n'y a pas grand-chose d'extraordinaire à proposer de résister pour vous ; notre seule perspective est celle d'un anéantissement total.

Ils entamèrent leurs préparatifs ; aucun d'eux ne parla des batteries d'artillerie qui seraient tournées contre eux, ni de la trentaine de dragons ou plus qui tenteraient de leur barrer la route : après tout, il n'y avait rien à faire contre cela. La date de la sortie fut fixée à deux jours de là, à la nouvelle lune, quand l'obscurité les dissimulerait à tous – sauf au Fleur-de-Nuit. Pratt martelait des plaques d'argent pour en faire des armures ; Calloway préparait des bombes de poudre éclairante. Téméraire, pour éviter de laisser deviner leurs intentions, continuait à survoler la ville comme d'habitude ; jusqu'à ce que, d'un seul coup, tous leurs espoirs et leurs efforts fussent réduits à néant lorsqu'il pointa la mer en annonçant brusquement :

— Laurence, il y a d'autres dragons qui arrivent.

Laurence déploya sa lunette et, plissant les yeux contre le soleil, parvint à distinguer les forces en approche : un groupe informe d'une vingtaine de dragons environ, qui arrivaient à tire-d'aile au ras de l'eau. Il n'y avait rien à dire ; il ramena Téméraire dans la cour pour prévenir la garnison de l'attaque imminente et s'abriter derrière les canons de la forteresse.

Granby se tenait debout auprès d'Iskierka endormie, dans la cour, alerté par le cri de Laurence.

— Cette fois, c'est fichu, dit-il en grimpant sur les remparts avec Laurence et en lui empruntant sa longue-vue. Jamais nous ne passerons s'ils reçoivent deux douzaines de...

Il s'interrompit. La poignée de dragons français qui se trouvait en l'air adoptait précipitamment une position défensive face aux nouveaux arrivants. Téméraire se dressa sur son arrière-train et s'appuya sur le rempart pour mieux voir, au grand dam des soldats sur le chemin de ronde, qui s'écartèrent précipitamment de ses énormes griffes.

— Laurence, ils se battent ! s'écria le dragon tout excité. Seraient-ce nos amis ? Maximus et Lily ?

— Seigneur, ils tomberaient à pic ! s'exclama joyeusement Granby.

— Ce ne sont certainement pas eux, dit Laurence.

Il sentit néanmoins un espoir insensé gonfler sa poitrine en se rappelant les vingt dragons britanniques promis. Mais par quel miracle arriveraient-ils enfin, et à Dantzig qui plus est ?... Pourtant, ils venaient bel et bien de la mer, et ils *attaquaient* les dragons français : sans la moindre formation, dans une sorte de vaste escarmouche confuse, mais ils les attaquaient, incontestablement...

Prise à contre et par surprise, la petite garde de dragons français se repliait petit à petit en désordre vers les remparts ; et avant que d'autres puissent venir lui prêter main-forte, les nouveaux venus avaient effectué leur percée. S'élançant en avant, ils poussèrent de grands hululements joyeux en s'abattant pêle-mêle au milieu de la cour de la forteresse, dans un foisonnement d'ailes et de couleurs vives, tandis qu'un Arkady fier comme un paon venait se poser juste devant Téméraire et rejetait la tête en arrière d'un air bravache.

— Que diable fais-tu ici ? s'exclama Téméraire, avant de lui reposer la question en durzagh.

Arkady se lança aussitôt dans une longue explication décousue, fréquemment interrompue par les interventions d'autres dragons sauvages, qui tenaient visiblement à mettre leur grain de sel dans son récit. La cacophonie était indescriptible, et les dragons l'aggravèrent encore en se mettant à se chicaner à grands renforts de rugissements, de sifflements et de coups ; au point que les aviateurs eux-mêmes se bouchaient les oreilles et que les pauvres soldats prussiens, qui commençaient à peine à s'habituer à la présence dans leurs rangs d'un Téméraire bien éduqué et d'une Iskierka somnolente, parurent positivement éberlués.

— J'espère que nous sommes les bienvenus.

Cette voix plus calme arracha Laurence à ce spectacle confus et il se retourna pour découvrir Tharkay debout devant lui : froissé et poussiéreux, mais avec son perpétuel sourire sardonique, comme s'il avait coutume d'effectuer de telles entrées.

— Tharkay ? Très certainement, vous êtes les bienvenus. Est-ce vous qui êtes responsable de cela ?

— Je le crains. Mais je vous assure que j'ai eu largement l'occasion de m'en mordre les doigts, dit Tharkay en serrant la main à Laurence et Granby. Je trouvais l'idée remarquablement astucieuse, jusqu'à ce que je sois amené à franchir deux continents avec eux ; après le voyage que nous venons de faire, je serais enclin à considérer comme un acte de grâce le simple fait que nous soyons arrivés.

— Je peux l'imaginer, dit Laurence. Est-ce la raison pour laquelle vous étiez parti ? Vous n'en aviez rien dit.

— Je ne pensais pas qu'il en sortirait grand-chose, fit Tharkay avec un haussement d'épaules. Mais puisque les Prussiens réclamaient vingt dragons britanniques, j'ai pensé que je pouvais aussi bien essayer de ramener ceux-là pour les accommoder.

— Et ils sont venus ? s'émerveilla Granby, en fixant les dragons sauvages. Je n'avais encore jamais entendu parler d'une chose pareille, des dragons sauvages adultes acceptant d'endosser le harnais ; qu'est-ce qui les a persuadés ?

— La vanité et l'appât du gain, dit Tharkay. Arkady, je crois, n'était pas fâché de venir *sauver*

Téméraire, lorsque je lui eus présenté la chose en ces termes ; quant aux autres, ils avaient trouvé le bétail du sultan bien plus à leur goût que les chèvres et les porcs efflanqués dont ils devaient se contenter dans les montagnes ; je leur ai promis qu'à votre service, ils recevraient chacun une vache par jour. J'espère ne pas vous avoir trop engagé.

— Pour vingt dragons ? Vous auriez pu leur promettre un troupeau entier, dit Laurence. Mais comment nous avez-vous retrouvés ? J'ai l'impression que nous avons erré à travers la moitié de la Création.

— C'est également l'impression que j'ai eue, avoua Tharkay. Et si je n'ai pas perdu l'ouïe dans l'affaire, ce n'est pas grâce à mes compagnons. Nous avons perdu votre trace à Iéna ; après avoir terrorisé la campagne pendant deux semaines, j'ai déniché à Berlin un banquier qui déclarait vous avoir vus ; il affirmait que si vous n'aviez pas été capturés, vous seriez vraisemblablement ici ou à Königsberg, avec les vestiges de l'armée ; et vous nous voyez devant vous.

Il indiqua d'un geste l'assemblée hétéroclite de dragons, qui se disputaient à présent les meilleures places dans la cour. Iskierka, qui avait miraculeusement réussi à dormir au milieu de ce tapage, se trouvait fort confortablement allongée contre le mur des cuisines ; l'un des lieutenants d'Arkady se penchait pour la pousser du bout du nez.

— Oh, non ! s'alarma Granby, en se ruant dans les escaliers qui descendaient dans la cour.

Tout à fait inutilement, car Iskierka se réveilla juste assez longtemps pour cracher une langue de flammes en travers du nez de l'importun, lequel recula d'un bond avec un hoquet de surprise.

Les autres s'écartèrent promptement à distance respectueuse, malgré la petite taille de la dragonnette, et se répartirent ailleurs comme ils le purent, sur les toits, dans les jardins et sur les terrasses avoisinantes, malgré les gémissements de consternation des habitants.

— Une vingtaine en tout ? dit Kalkreuth, fixant la petite Gherni qui dormait paisiblement sur son balcon (sa longue queue étroite passait la porte et s'avançait jusque dans la chambre, où elle remuait et battait à l'occasion contre le sol). Et ils obéiront ?

— Eh bien, ils écouteront Téméraire, plus ou moins, ainsi que leur propre chef, répondit Laurence sans grande conviction. Je ne m'aventurerais pas à vous garantir davantage ; de toute manière, ils ne comprennent que leur propre langue, et quelques bribes d'un dialecte turc.

Kalkreuth demeura silencieux, jouant avec un coupe-papier posé sur son bureau, dont il faisait tourner la pointe sur la surface de bois poli sans se soucier de l'abîmer.

— Non, dit-il enfin, principalement pour lui-même. Cela ne ferait que retarder l'inévitable.

Laurence acquiesça sans mot dire ; lui-même avait consacré les dernières heures à envisager les manières et les moyens d'un assaut avec ces nouvelles recrues, une sorte d'attaque qui aurait pu repousser les Français loin de la ville. Mais l'ennemi continuait à l'emporter dans les airs dans un rapport de trois à deux, et l'on ne pouvait pas compter sur les dragons sauvages pour mener à bien la moindre manœuvre stratégique. En tant que tirailleurs, ils pouvaient convenir ; en tant que soldats disciplinés, ils constituaient un désastre en puissance.

Kalkreuth ajouta :

— Mais j'espère qu'ils seront assez nombreux, capitaine, pour vous permettre de vous évader sans encombre avec vos hommes : rien que pour cela, je leur suis reconnaissant. Vous avez fait tout ce que vous pouviez pour nous ; partez, et bon vent.

— Monsieur, je regrette seulement que nous ne puissions pas faire plus, et je vous remercie, dit Laurence.

Il laissa Kalkreuth debout à côté de son bureau, la tête basse, et redescendit dans la cour.

— Mettons-lui son armure, monsieur Fellowes, ordonna-t-il au maître de l'équipe au sol, avec un hochement de tête au lieutenant Ferris. Nous partirons dès qu'il fera nuit.

L'équipage se mit au travail en silence ; nul ne se réjouissait de partir dans de telles circonstances. Impossible de ne pas envisager les vingt dragons répartis dans la forteresse comme une force capable de peser en défense ; et la fuite désespérée qu'ils avaient prévu de tenter seuls prenait désormais une tournure égoïste, d'autant qu'ils emmèneraient tous ces dragons avec eux.

— Laurence, dit Téméraire à brûle-pourpoint. Attends ; pourquoi devons-nous les abandonner ainsi ?

— Je le regrette moi aussi, mon cher, dit Laurence d'une voix lugubre, mais leur position est intenable : la forteresse finira par tomber, quoi que nous fassions. Cela ne leur apporterait rien que nous restions pour être capturés avec eux.

— Ce n'est pas à cela que je pensais, dit Téméraire. Nous sommes nombreux, maintenant ; pourquoi ne pas emmener les soldats avec nous ?

— Est-ce faisable ? interrogea Kalkreuth.

Et ils se penchèrent sur les chiffres de ce plan désespéré avec une hâte fiévreuse. Il y avait tout juste assez de navires de transport dans le port pour emporter tous les hommes, jugeait Laurence, à condition de les serrer dans les moindres recoins, de la cale à la cuisine.

— Nous risquons de flanquer une belle frousse aux marins en leur tombant dessus de nulle part, observa un Granby dubitatif. Espérons qu'ils ne nous tireront pas dessus à vue.

— Sauf à perdre la tête, ils devraient comprendre qu'un assaut n'aurait jamais lieu d'aussi bas, dit Laurence. De toute façon, j'irai d'abord les trouver avec Téméraire afin de les avertir. Au moins est-il en mesure de voler sur place et de laisser descendre ses passagers au moyen de cordes ; les autres devront se poser sur les ponts. Grâce au ciel, aucun d'eux n'est trop imposant.

Le moindre rideau de soie, le moindre drap des élégantes demeures patriciennes furent réquisitionnés, au grand dam de leurs propriétaires, et toutes les couturières de la ville furent mises à contribution, rassemblées dans l'immense salle de bal de la résidence du général afin de coudre les harnais de transport sous la direction improvisée de Fellowes.

— Messieurs, je vous demande pardon, mais je ne jurerais pas que ces harnais-là tiendront, prévint-il. Comment on les fabrique en Chine, je l'ignore totalement ; quant à ceux que nous faisons ici, ce sera l'équipement le plus étrange qu'ait jamais porté un dragon ou qui ait jamais porté un homme, je vous le dis tout net.

— Faites de votre mieux, lui rétorqua le général Kalkreuth d'un ton tranchant. Ceux qui préfèrent pourront rester ici pour se faire capturer.

— Nous n'emporterons ni les chevaux ni les canons, bien sûr, prévint Laurence.

— Sauvez les hommes ; chevaux et canons se remplacent, dit Kalkreuth. Combien de voyages seront nécessaires ?

— Je suis sûr de pouvoir emporter trois cents hommes au moins, si je n'ai pas mon armure, dit Téméraire. (Ils se tenaient dans la cour, afin qu'il pût participer à la discussion.) Les petits n'en prendront pas autant, néanmoins.

On apporta les premiers harnais pour procéder à un essai ; Arkady eut d'abord un mouvement de recul, jusqu'à ce que Téméraire lui adresse quelques remarques cinglantes avant de se détourner pour régler une sangle de son propre harnais ; après quoi le chef des dragons sauvages se présenta aussitôt, le torse bombé, sans plus faire de difficulté : sinon qu'il se retourna plusieurs fois pour voir ce qui se passait sur son dos, occasionnant ainsi la chute de plusieurs hommes de harnais. Une fois sanglé, Arkady se mit promptement à parader devant ses camarades ; il avait l'air particulièrement ridicule, car son harnais avait été découpé en partie dans une étoffe de soie brodée provenant vraisemblablement d'un boudoir de dame, mais il se jugeait manifestement splendide, et le reste des dragons sauvages le regardait avec des murmures envieux.

Il fut plus difficile de convaincre les hommes de grimper sur son dos, mais Kalkreuth finit par les traiter de lâches et embarqua en personne ; ses aides de camp se bousculèrent pour l'imiter, allant jusqu'à se disputer pour savoir qui monterait le premier et, face à cet exemple, les soldats réticents furent si honteux qu'eux aussi se mirent à clamer qu'ils voulaient embarquer ; sur quoi Tharkay, qui observait la scène, remarqua un peu sèchement que les hommes et les dragons n'étaient pas si différents sous certains aspects.

Sans être le plus grand des dragons sauvages, Arkady, qui devait son autorité à la force de sa personnalité plus qu'à sa taille, parvint à s'envoler facilement avec une centaine d'hommes, voire un peu plus.

— Ils peuvent en emporter près de deux mille, à eux tous, calcula Laurence une fois l'essai terminé. (Il tendit l'ardoise à Roland et Dyer afin qu'ils refassent les additions et vérifient ses résultats : à leur profond mécontentement ; ils trouvaient injuste de se voir rappelés aux études dans une situation aussi exceptionnelle.) Nous ne pouvons pas courir le risque de les surcharger. Ils doivent être en mesure de s'échapper si nous sommes surpris en pleine opération.

— Si nous ne réglons pas la question de ce Fleur-de-Nuit, ce sera le cas, prédit Granby. Peut-être que si nous l'engagions ce soir… ?

Laurence secoua la tête, non pas en désaccord, mais pour exprimer un doute.

— Ils prennent bien garde de ne pas l'exposer. Pour parvenir jusqu'à lui, il faudrait nous avancer sous le feu de leur artillerie, au beau milieu du camp ; je ne l'ai pas vu quitter la base une seule fois depuis notre arrivée. Il se contente de nous surveiller de loin, en restant soigneusement en arrière.

— Ils n'auront pas besoin du Fleur-de-Nuit pour savoir que nous manigançons quelque chose si nous nous faisons remarquer dès ce soir, fit observer Tharkay. Mieux vaudrait s'occuper de lui au tout dernier moment.

Tout le monde en convint, mais la manière de procéder les divisa longtemps. Ils ne purent trouver mieux qu'une diversion : en se servant des petits dragons pour bombarder les lignes françaises, la lueur des explosions ruinerait la vision du Fleur-de-Nuit, et pendant ce temps, les autres dragons se faufileraient vers le sud en décrivant un large détour jusqu'à la mer.

— Cela ne les distraira pas longtemps, objecta Granby. Et ensuite, nous les aurons tous sur le dos, y compris Lien. Téméraire ne pourra pas l'affronter avec trois cents hommes accrochés à ses flancs.

— Une attaque de ce genre réveillera tout le camp, et quelqu'un finira bien par nous apercevoir, admit

Kalkreuth. Malgré tout, cela devrait nous faire gagner plus de temps que si l'alerte était donnée tout de suite ; j'aime mieux sauver la moitié de mes hommes que pas un seul.

— Mais si nous devons effectuer un grand détour pour atteindre la mer, cela nous prendra trop longtemps, et nous en sauverons beaucoup moins, protesta Téméraire. Peut-être que si nous fondions sur lui pour l'éliminer vite et sans bruit, nous réussirions à nous enfuir avant qu'ils n'aient compris ce qui se passe ; ou du moins à le cogner suffisamment fort pour qu'il ne soit plus en condition de…

— Ce dont nous avons vraiment besoin, l'interrompit Laurence, c'est le mettre hors d'état de nuire. Et si nous le droguions ?

Dans le silence songeur qui s'ensuivit, il ajouta :

— Depuis le début de la campagne, ils donnent de l'opium au bétail qu'ils servent à leurs dragons ; si nous parvenions à lui glisser une bête un peu plus gavée de drogue que les autres, le goût ne devrait pas l'inquiéter ; en tout cas, pas avant qu'il ne soit trop tard.

— Jamais son capitaine ne le laissera manger une vache qui titube, dit Granby.

— Si leurs soldats en sont réduits à se nourrir d'herbe bouillie, les dragons ne doivent pas manger à leur faim non plus, fit valoir Laurence. S'il voit une vache s'aventurer près de lui pendant la nuit, je veux bien parier qu'il n'ira pas demander la permission.

Tharkay prit alors les choses en main.

— Trouvez-moi un pantalon de nankin et une

tunique ample, et donnez-moi un panier-repas à emporter, dit-il. Je suis certain de pouvoir m'introduire dans leur camp au grand jour sans être inquiété ; si l'on m'arrête, je parlerai chinois en répétant le nom d'un officier de haut rang. Et confiez-moi donc également quelques bouteilles de brandy drogué ; il n'y a pas de raison que les sentinelles ne puissent pas avoir leur dose de laudanum, elles aussi.

— Mais serez-vous en mesure de revenir ? s'inquiéta Granby.

— Je n'essaierai même pas, dit Tharkay. Après tout, notre objectif est de sortir ; je pourrai sûrement gagner le port à pied longtemps avant que vous n'ayez achevé d'embarquer, et trouver un pêcheur qui accepte de m'emmener ; il doit y avoir un beau trafic avec tous ces vaisseaux.

Les aides de camp de Kalkreuth rampaient à quatre pattes à travers la cour, traçant avec des craies de couleur une carte immense pour que les dragons sauvages puissent la lire et, trouvaille géniale, suffisamment pimpante et attirante pour qu'elle retienne leur attention. Le ruban bleu du fleuve leur servirait de repère : il franchissait les murailles de la ville puis s'incurvait en direction du port, en traversant au passage le campement français.

— Nous volerons en enfilade, au ras de l'eau, déclara Laurence. Assure-toi s'il te plaît que les autres dragons ont bien compris, ajouta-t-il anxieusement à l'adresse de Téméraire, qu'ils devront évoluer le plus discrètement possible, comme si nous essayions de surprendre un troupeau sur le qui-vive.

— Je le leur répéterai, promit Téméraire, avant de soupirer un peu. Je ne suis pas fâché de les avoir avec nous, confia-t-il à voix basse, et ils font de réels efforts pour m'écouter, si l'on considère qu'ils n'ont jamais suivi aucune formation. Mais ce serait tellement agréable de pouvoir compter sur Maximus et Lily dans un moment pareil, et peut-être sur Excidium ; lui saurait exactement quoi faire, j'en suis sûr.

— Je ne te donne pas tort, reconnut Laurence.

Toute considération d'organisation mise à part, Maximus à lui seul aurait sans doute pu emporter six cents hommes ou plus, étant un Regal Copper particulièrement imposant. Laurence marqua une pause, puis demanda timidement :

— Veux-tu me dire ce qui t'inquiète ? Aurais-tu peur de les voir perdre la tête, le moment venu ?

— Oh ! non, ce n'est pas cela, dit Téméraire, qui baissa la tête et chipota les restes de son dîner. Nous sommes en train de prendre la fuite, n'est-ce pas ? demanda-t-il à brûle-pourpoint.

— Je n'appellerais pas cela ainsi, dit Laurence, surpris.

Il avait cru Téméraire pleinement satisfait de leur plan, maintenant qu'ils avaient l'intention d'emmener la garnison prussienne avec eux ; et pour sa part, il y voyait une manœuvre digne d'éloges – s'ils parvenaient à la mener à bien.

— Il n'y a pas de honte à battre en retraite pour

préserver ses forces en prévision d'une bataille future, avec de meilleures chances de victoire.

— Ce que je veux dire, c'est que notre fuite signifie que Napoléon a vraiment gagné, dit Téméraire, et que l'Angleterre restera en guerre pour longtemps ; parce qu'il a l'intention de nous conquérir. De sorte que nous ne pouvons pas demander au gouvernement de changer quoi que ce soit au sujet des dragons ; nous devons nous contenter de faire ce qu'on nous dit jusqu'à ce qu'il soit vaincu.

Ses épaules s'affaissèrent, et il ajouta :

— Je comprends la situation, Laurence, et je te promets de faire mon devoir sans me plaindre ; j'en suis simplement désolé.

Ce ne fut pas sans quelque embarras devant ce fort beau discours que Laurence dut l'admettre, puis expliquer à Téméraire que son propre point de vue avait changé. Et son embarras était encore accru par la façon dont Téméraire, qui semblait un peu désorienté, avait repris à son compte les arguments que Laurence lui-même lui avait opposés par le passé.

— Je n'ai pas, je l'espère, modifié radicalement ma position, dit-il, s'efforçant de se justifier à ses yeux autant qu'à ceux de son dragon, sinon dans mon approche. Napoléon vient de démontrer au monde entier l'intérêt décisif d'une coopération plus étroite entre les dragons et les hommes. Nous ne rentrons pas chez nous dans le seul dessein de regagner notre poste, mais pour rapporter ce renseignement vital, à la lumière duquel ce n'est plus simplement notre désir, mais notre devoir d'encourager une telle évolution en Angleterre.

Ce raisonnement eut l'heur de satisfaire Téméraire. À la gêne qu'éprouvait Laurence à l'idée de paraître inconstant dans ses opinions se mêla le soulagement devant la réaction positive du dragon. Mais alors une urgente mise en garde s'imposait : toutes les objections antérieures de Laurence demeuraient valables, bien entendu ; et il savait parfaitement qu'ils se heurteraient à une opposition des plus farouches.

— Peu m'importe que l'on ne nous écoute pas, dit Téméraire, ou si cela prend longtemps ; Laurence, je suis si heureux, je voudrais que nous soyons déjà chez nous.

Toute la nuit et la journée du lendemain, ils continuèrent à préparer les harnais ; la sellerie de la cavalerie fut bientôt réquisitionnée et dévalisée, et les boutiques de tailleurs furent pillées. Quand le soir tomba, Fellowes et ses hommes continuaient à s'affairer frénétiquement sur les dragons, cousant d'autres boucles de transport avec tout ce qui leur restait – cuir, corde, soie tressée – jusqu'à ce qu'ils soient festonnés de rubans, d'arceaux et de volants.

— On dirait des robes de cour, commenta Ferris, provoquant une hilarité sourde tandis que l'on distribuait une ration d'alcool. Nous devrions voler droit jusqu'à Londres et les présenter à la reine.

Le Fleur-de-Nuit prit sa position à l'heure habituelle, assis sur son arrière-train pour sa garde nocturne ; à mesure que la nuit s'installait, les contours de sa silhouette bleu foncé se fondirent lentement dans l'obscurité ambiante, jusqu'à ce qu'on ne distinguât plus de lui que ses énormes yeux ronds comme des soucoupes, d'un blanc laiteux, reflétant la lumière des feux de camp. De temps en temps, il remuait, ou se tournait brièvement vers la mer, et ses yeux disparaissaient un moment ; mais ils revenaient toujours.

Tharkay s'était éclipsé quelques heures plus tôt. Ils attendirent, longuement ; une éternité en termes de battements de cœur, deux tours au sablier. Les dragons étaient rangés en lignes, les hommes à bord et parés à partir.

— Si cela ne donne rien… commença Laurence à mi-voix.

Mais alors les yeux pâles et brillants clignèrent, une fois, deux fois ; puis un peu plus longtemps ; puis encore ; enfin, les paupières vinrent graduellement les recouvrir, ils se tournèrent lentement, langoureusement vers le sol, et les dernières fentes se refermèrent complètement.

— Notez l'heure ! lança Laurence aux aides de camp qui se tenaient anxieusement en bas, tenant leurs sabliers prêts.

Puis Téméraire bondit dans les airs, peinant un peu sous le poids. Laurence trouva étrange la présence de si nombreux hommes à bord, la sensation de tant d'inconnus massés près de lui : la nervosité générale exprimée par un souffle court, pareil à un halètement, les jurons étouffés et les cris à mi-voix, aussitôt réprimandés par les voisins, leurs corps et leur chaleur atténuant la morsure du vent.

Téméraire suivit le fleuve de l'autre côté des remparts, restant au-dessus du courant de manière que le bruit de l'eau masquât le froissement de ses ailes. Des barques tirées sur les deux rives faisaient grincer leurs amarres, et la grande masse sombre de la grue du port se dressait comme un vautour au-dessus des eaux. Sous eux le fleuve paraissait lisse et noir, avec quelques scintillements épars – le reflet des feux du campement français sur la crête des vaguelettes.

Le campement s'étendait de part et d'autre sur les deux rives. Ici ou là, une lanterne soulignait le flanc d'un dragon, les plis d'une aile, le fer bleuté d'un canon ; des petits tas signalaient les soldats endormis au bivouac, serrés les uns contre les autres sous des couvertures de grosse laine, des capotes ou de simples tas de paille, les pieds tournés vers les feux. S'il y avait le moindre bruit en provenance du camp, cependant, Laurence ne l'entendit pas ; son pouls battait trop fort à ses oreilles tandis qu'ils passaient en silence, Téméraire battant des ailes presque languissamment.

Ils respirèrent de nouveau quand les feux et les lanternes s'éloignèrent derrière eux ; ils avaient dépassé la lisière du campement et il ne leur restait plus que un mile de terrain marécageux jusqu'à la mer, dont le bruit du ressac leur parvenait : Téméraire accéléra l'allure, et le vent se mit à siffler sous ses ailes ; quelque part dans les boucles de suspension en dessous, Laurence entendit un homme vomir. Ils survolaient déjà la mer ; les lanternes des navires les appelaient, presque trop brillantes par cette nuit sans lune. Comme ils approchaient, Laurence vit un candélabre sur les fenêtres de proue de l'un des navires, un soixante-quatorze, illuminant les lettres dorées de son nom : le *Vanguard*. Laurence se pencha pour faire signe à Téméraire de voler dans sa direction.

Le jeune Turner rampa sur l'épaule de Téméraire et brandit la lanterne de signalisation de façon bien visible, affichant le signal de reconnaissance – une longue lueur bleue, deux brèves rouges –, en plaçant de fines étoffes de couleur devant le trou de la lanterne pour faire les couleurs, puis trois courtes lueurs blanches pour réclamer une réponse silencieuse ; et pendant ce temps, ils ne cessaient d'approcher. Il y eut une attente ; la vigie ne les avait-elle pas vus ? Le code était-il trop vieux ? Presque un an s'était écoulé depuis que Laurence n'avait plus consulté un livret de signalisation.

Mais alors le rapide enchaînement bleu-rouge-bleu-rouge de la réponse scintilla dans la nuit, et d'autres lumières s'allumèrent sur le pont pour les accueillir.

— Ohé, du navire ! lança Laurence en plaçant ses mains en coupe autour de sa bouche.

— Ohé, du dragon ! lui parvint la réponse stupéfaite de l'officier de quart, lointaine et difficile à entendre. Mais qui diable êtes-vous ?

Téméraire fit du surplace au-dessus du navire ; on lança de longues cordes à nœuds, dont les bouts frappèrent le pont avec un bruit sourd, et les hommes s'empressèrent de s'arracher à leurs harnais afin de descendre.

— Téméraire, dis-leur de procéder doucement là-dessous, jeta vivement Laurence. Les sangles ne résisteront pas longtemps à pareil traitement, et nous devons encore retourner chercher leurs camarades.

Téméraire gronda quelque chose en allemand, et la descente se poursuivit avec plus de retenue ; surtout lorsqu'un homme, lâchant prise malencontreusement, glissa et dégringola avec un grand cri, brutalement interrompu par le bruit de sa tête éclatant comme une pastèque sur le pont. Par la suite, les autres descendirent prudemment tandis qu'en dessous, leurs officiers les repoussaient hors du chemin vers la lisse, du plat de la main ou à coups de canne au lieu de leur aboyer des ordres.

— Tout le monde est en bas ? demanda Téméraire à Laurence.

Il ne restait que quelques hommes sur son dos, et au hochement de tête de Laurence, Téméraire se laissa descendre en douceur et se glissa dans l'eau le long du navire en soulevant à peine quelques éclaboussures. Un grand vacarme commençait à s'élever du pont, où marins et soldats s'adressaient vivement et vainement la parole dans leurs langues respectives, tandis que les officiers avaient bien du mal à se rejoindre au milieu de la foule ; l'équipage agitait des lanternes dans toutes les directions.

— Silence ! leur souffla sèchement Téméraire en hissant la tête au-dessus de la lisse, et cachez-moi ces lumières ; ne voyez-vous pas que nous essayons de rester discrets ? Et si l'un d'entre vous ne m'écoute pas ou se met à hurler comme un enfant, simplement parce que je suis un dragon, je l'attrape et le jette par-dessus bord, je vous préviens, ajouta-t-il.

— Où est le capitaine ? lança Laurence dans un silence parfait – la menace de Téméraire avait été prise très au sérieux.

— Will ? Serait-ce Will Laurence ? (Un homme en chemise et bonnet de nuit vint se pencher à la lisse en écarquillant les yeux.) Par le diable, l'ami, la mer vous manquait-elle à ce point que vous ayez dû transformer votre dragon en vaisseau ? Quelle classe lui donnez-vous ?

— Gerry, dit Laurence avec un large sourire, vous m'obligeriez beaucoup en envoyant tous les canots dont vous disposez prévenir les autres navires ; nous vous amenons la garnison, et il s'agit d'embarquer tout le monde avant le matin, sans quoi les Français rendront le pays trop brûlant pour nous.

— Quoi, la garnison entière ? s'exclama le capitaine Stuart. Combien sont-ils donc ?

— Quinze mille hommes, peu ou prou, répondit Laurence. Peu importe, ajouta-t-il en voyant Stuart se mettre à bredouiller, il faut vous débrouiller pour leur trouver une place et les conduire au moins jusqu'en Suède ; ce sont de braves soldats, et il n'est pas question de les abandonner. Je dois retourner en chercher d'autres ; Dieu sait combien de temps il nous reste avant que l'on nous remarque.

En regagnant la ville, ils croisèrent Arkady qui arrivait avec son propre chargement ; le chef des sauvages mordait la queue de deux de ses plus jeunes dragons pour les empêcher de se disperser ; il les salua du bout de la queue tandis que Téméraire passait, tendu de tout son long, volant à tire-d'aile, le plus silencieusement qu'il pouvait. Un désordre contrôlé régnait dans la cour où chaque bataillon défilait à son tour en direction du dragon qu'on lui avait assigné, embarquant aussi discrètement que possible.

L'emplacement de chaque dragon avait été tracé sur les pavés avec de la peinture, déjà brouillée par les griffes et les traces de bottes. Téméraire atterrit sur celui qui lui avait été assigné et les sergents et officiers entreprirent de pousser les hommes vers lui : chacun l'escaladait par le flanc et passait la tête et les épaules dans la boucle la plus haute, en s'agrippant au harnais ou au compagnon accroché au-dessus, en tâchant de caler ses pieds quelque part.

Winston, l'un des hommes de harnais, arriva hors d'haleine.

— Il y a quelque chose à réparer, monsieur ?

Lorsqu'on lui répondit par la négative, il repartit aussitôt en courant vers le dragon suivant ; Fellowes et le reste de son équipe s'affairaient en tous sens avec la même hâte, resserrant les boucles trop lâches ou les sangles rompues.

Téméraire fut paré de nouveau.

— Annonce le temps, ordonna Laurence.

— Une heure et quart, monsieur, lui répondit la voix de soprano de Dyer.

C'était pire que ce que Laurence avait espéré alors que plusieurs autres dragons, comme eux, s'envolaient tout juste pour leur deuxième voyage.

— Nous accélérerons le rythme au fur et à mesure, affirma vaillamment Téméraire.

— Oui ; allons aussi vite que possible maintenant… répondit Laurence.

Et ils redécollèrent.

Tharkay les retrouva alors qu'ils déchargeaient les passagers de leur deuxième voyage sur l'un des transports ; il avait rallié le bord par ses propres moyens, et les rejoignit en grimpant à l'une des cordes à nœuds, en sens inverse des soldats qui descendaient.

— Le Fleur-de-Nuit a pris le mouton, annonça-t-il à voix basse une fois installé à côté de Laurence. Mais il ne l'a pas dévoré entier. Il en a mangé une moitié, et dissimulé le reste ; je ne sais pas si cela suffira pour le faire dormir toute la nuit.

Laurence acquiesça. Il n'y avait rien à faire de plus ; il ne leur restait qu'à poursuivre, aussi longtemps qu'ils le pourraient.

Une suggestion de couleur se dessinait à l'est, désormais, et trop d'hommes grouillaient encore dans les rues de la ville, attendant d'être embarqués. Arkady se révélait précieux en période de crise ; il pressait ses sauvages de redoubler d'efforts, et lui-même avait déjà effectué huit voyages. Il revenait pour le suivant alors que Téméraire s'arrachait enfin au sol avec son septième chargement : emportant davantage d'hommes, il lui fallait plus de temps pour les embarquer et les débarquer. Les autres dragons sauvages tenaient courageusement leur rang : le petit moucheté que Keynes avait soigné à l'issue de l'avalanche, notamment, faisait montre d'un dévouement exemplaire et transportait ses vingt hommes avec beaucoup de détermination et de vitesse.

Dix dragons parmi les plus grands des sauvages se trouvaient sur les ponts des navires, en train de décharger, quand Téméraire les rejoignit ; le prochain voyage achèverait de vider la ville, calcula Laurence, qui jeta un coup d'œil au soleil : ce serait juste.

Et puis subitement, une petite lumière bleue et fumante s'éleva au-dessus de la base française ; Laurence la regarda avec horreur éclater au-dessus du fleuve. Les trois dragons qui se trouvaient en l'air à ce moment-là poussèrent un cri d'alarme, s'écartant en sursaut de la brusque explosion de lumière, et quelques soldats lâchèrent prise et tombèrent dans le fleuve en hurlant.

— Sautez ! Sautez, bon sang ! rugit Laurence aux hommes qui continuaient à descendre du harnais de Téméraire. Téméraire !

Téméraire lança des ordres en allemand, presque inutilement ; les hommes se laissaient dégringoler des dragons, beaucoup plongeant dans l'eau où les équipages des navires les repêchaient en toute hâte. Une poignée d'hommes restaient pris dans les boucles de transport ou accrochés aux cordes, mais Téméraire n'attendit pas plus longtemps ; les autres dragons bondirent dans les airs à sa suite, et ils foncèrent en meute jusqu'à la ville, passant au-dessus des cris et des lanternes qui s'allumaient dans le campement français.

— À embarquer l'équipe au sol ! cria Laurence dans son porte-voix quand Téméraire descendit dans la cour pour la dernière fois, alors qu'au loin les canons français commençaient à toussoter. Pratt arriva au pas de course en tenant le dernier œuf de dragon dans ses bras, soigneusement emmailloté dans des chiffons recouverts de toile cirée, qu'il fourra dans le harnais ventral de Téméraire ; Fellowes et ses hommes abandonnèrent leurs réparations de fortune. L'équipe au sol grimpa à bord avec l'aisance d'une longue pratique aux cordes et s'attacha rapidement au harnais.

— Tout le monde présent et paré, monsieur, beugla Ferris depuis sa place sur le dos de Téméraire.

Il s'était servi de son porte-voix pour se faire entendre. Au-dessus de leurs têtes, l'artillerie tonnait sur les remparts, on entendait le toussotement sec et creux des obusiers, le gémissement sifflant des obus de mortier qui tombaient ; dans la cour, ne se gênant plus pour crier désormais, Kalkreuth et ses aides faisaient embarquer les derniers bataillons.

Téméraire prit Iskierka dans sa gueule et la jeta en travers de ses épaules. Elle bâilla et releva la tête d'un air endormi.

— Où est mon capitaine ? Oh ! Sommes-nous en train de nous battre ?

Le roulement de tonnerre des canons qui retentissaient au-dessus d'eux l'un après l'autre lui fit ouvrir les yeux en grand.

— Je suis là, reste tranquille, lui lança Granby, se hâtant de l'attraper par le harnais, juste à temps pour l'empêcher de s'envoler.

— Général ! cria Laurence.

Kalkreuth leur fit signe de s'en aller sans plus attendre, mais ses aides de camp l'empoignèrent et le soulevèrent malgré lui ; les hommes lâchèrent leur propre prise sur le harnais pour l'empoigner et le hisser à bord, où ils le déposèrent auprès de Laurence, haletant, ses cheveux clairsemés en bataille : il avait perdu sa perruque dans l'ascension. Le tambour battait la retraite ; les hommes quittaient les remparts en courant, abandonnant les canons, certains bondissant des tourelles et des corniches pour atterrir directement sur le dos des dragons, où ils trouvaient une prise à tâtons.

Le soleil effleurait les remparts est, la nuit se disloquait en longues rangées de nuages étroits, pareils à des cigares, bleus et bordés de feu orange par-dessous ; il n'y avait plus un instant à perdre.

— En l'air ! cria Laurence et, avec un rugissement fracassant, Téméraire bondit dans une puissante détente de son arrière-train, laissant les hommes suspendus à son harnais ; certains glissèrent, s'efforçant vainement de se cramponner dans le vide, et furent précipités en hurlant sur les pierres de la cour en contrebas.

Tous les autres dragons prirent l'air derrière Téméraire, dans un concert de rugissements et de froissements d'ailes.

Les dragons français arrivaient de leur base pour se lancer à leur poursuite, leurs équipages se mettant frénétiquement en ordre de bataille ; soudain Téméraire ralentit, afin de laisser les dragons sauvages passer devant, puis lança par-dessus son épaule :

— Là, maintenant, tu peux cracher du feu sur eux !

Avec un petit cri de ravissement, Iskierka se

retourna et, par-dessus le dos de Téméraire, vomit un torrent de flammes à la figure de leurs poursuivants, qui s'écartèrent aussitôt.

— Va, maintenant ! Vite ! cria Laurence.

Ils avaient pris un peu d'avance, mais Lien arrivait, s'élevant au-dessus du camp français et aboyant des ordres. Les dragons français effectuèrent un demi-tour à la grande confusion de leurs capitaines, et se rangèrent immédiatement en ligne derrière elle. Disparue, la réserve prudente qu'elle avait démontrée jusqu'ici : les voyant sur le point de lui échapper, elle se ruait sur eux à toute allure, distançant tous les Français à l'exception des plus petits courriers, qui luttaient désespérément pour se maintenir à sa hauteur.

Téméraire était allongé de tout son long, les membres repliés contre son corps, la collerette plaquée sur le cou, les ailes brassant l'air comme des avirons ; ils dévoraient les miles à la même vitesse que Lien réduisait la distance qui les séparait, dans le tonnerre crachotant des longs canons des vaisseaux de guerre qui les appelaient à se réfugier à l'abri de leur bordée. Les premiers filets de fumée âcre leur arrivaient en pleine face ; Lien tendait les griffes, pas tout à fait assez proche, tandis que les petits courriers les harcelaient sur les flancs, saisissant quelques hommes ici et là ; Iskierka ripostait allègrement par des jets de flammes.

Subitement ils se retrouvèrent aveuglés, s'enfonçant dans un épais nuage de poudre noire ; les yeux de Laurence larmoyaient quand ils émergèrent de l'autre côté, hors des limites du campement, volant toujours à vive allure. La ville et ses lumières s'estompaient derrière eux à chaque battement d'ailes ; ils surgirent au-dessus du port alors que l'on repêchait les derniers hommes autour des transports, puis l'on entendit le roulement de tambour d'une canonnade : une grêle d'obus leur siffla aux oreilles, pour barrer la route aux Français.

Lien jaillit du nuage et fit mine de les poursuivre, malgré la pluie de métal incandescent, mais les petits courriers français poussèrent des glapissements de protestation ; certains se jetèrent sur son dos, se cramponnant à elle, pour tenter de la retenir et de l'entraîner au loin. Elle s'en débarrassa d'une secousse vigoureuse, et aurait continué de l'avant si l'un d'entre eux, dans un grand cri, ne s'était jeté devant elle avec un courage désespéré : son sang noir éclaboussa le poitrail de Lien quand le projectile destiné à la dragonne lui déchira l'épaule, et elle s'arrêta enfin, sa rage meurtrière domptée, pour le rattraper alors qu'il était sur le point de chuter comme une pierre.

Elle battit en retraite avec le reste de son escorte terrorisée ; mais, s'immobilisant au-dessus du rivage enneigé, elle poussa un ultime hurlement de déception, féroce et mélancolique, si fort que le ciel parut se fendre. Ce cri poursuivit Téméraire jusqu'au port et au-delà, en résonnant à ses oreilles comme un écho ; pourtant s'ouvrait devant eux un ciel d'un bleu intense et sans nuages, une route infinie de vent et d'eau.

Un signal monta au mât du *Vanguard*.

— Vent favorable, monsieur ! annonça Turner alors qu'ils dépassaient les navires.

Laurence se redressa dans la froideur du vent marin, clair et cinglant ; l'air s'engouffrait dans les creux des flancs de Téméraire pour en chasser les derniers filaments de fumée, qui dessinaient une traîne grise dans leur sillage. Riggs avait donné l'ordre à ses fusiliers de retenir le feu, et Dunne et Hackley s'échangeaient déjà leurs insultes habituelles en nettoyant le canon de leur arme et en rangeant leur poire à poudre.

Une longue route les attendait encore ; une bonne semaine de vol, avec ce vent de face et tous ces petits dragons qui les ralentiraient ; pour Laurence néanmoins, il lui semblait déjà apercevoir la côte rocheuse de l'Écosse, la bruyère ayant viré au brun et pourpre, et les montagnes tachetées de blanc par-delà les collines verdoyantes. Lui vint un grand désir de ces collines, de ces montagnes austères et impérieuses, des larges carrés jaunissants des champs fauchés et des moutons, gras et laineux à l'approche de l'hiver ; ainsi que des bosquets de pins et de frênes à l'intérieur de la base, autour de la clairière de Téméraire.

En avant d'eux, Arkady entonna une sorte de chanson de marche, chantant des couplets auxquels répondaient les autres dragons sauvages, entrecroisant leurs voix à travers le ciel ; Téméraire joignit sa voix à la leur, et la petite Iskierka lui gratta la nuque en lui demandant :

— Que disent-ils ? Que signifie ce chant ?

— Nous rentrons chez nous, traduisit Téméraire. Nous allons tous rentrer chez nous.

Extraits d'une lettre publiée
dans les *Séances de philosophie
de la Royal Society*, avril 1806

3 mars 1806

Messieurs de la Royal Society,

C'est en tremblant que je prends la plume pour m'adresser à votre auguste institution et l'entretenir du récent discours de sir Edward Howe, au sujet des aptitudes draconiques en sciences mathématiques. Pour un amateur d'aussi peu de distinction que moi-même, répondre à une autorité aussi illustre doit paraître bien présomptueux et je tremble à l'idée d'offenser ce gentilhomme ou ses nombreux et légitimes partisans. Seule la croyance la plus sincère dans le mérite de ma cause et, au-delà, une grave inquiétude devant la voie profondément erronée que l'étude des dragons semble vouloir emprunter peuvent me permettre de surmonter les scrupules que j'éprouve spontanément à m'opposer au jugement d'une personne dont l'expérience surpasse si grandement la mienne, et envers laquelle je témoignerais sans hésiter la plus haute déférence, n'étaient certaines preuves qu'il me faut considérer comme irréfutables ; et que, après beaucoup d'hésitations, je soumets ici à l'approbation de cette institution. Mes qualifications pour ce travail n'ont rien de substantiel, le temps que je puis consacrer à la poursuite de l'histoire naturelle étant tristement limité par les nécessités de ma paroisse, de sorte que si je dois emporter l'adhésion, ce sera par la seule force de mon argumentation, et non grâce à mon influence ni à d'impressionnantes références…

En aucune façon je n'ai l'intention de jeter le moindre discrédit sur les nobles créatures en question, ni de chercher querelle à quiconque les proclamerait admirables ; leurs vertus sont manifestes, dont la moindre n'est pas la bonté fondamentale de leur nature qui se révèle dans leur soumission à l'autorité humaine par simple recherche d'affection, et non pas sous l'effet de quelque contrainte qu'un homme serait, de toute façon, bien en peine d'exercer. En cela ils ressemblent à cette créature plus familière et remarquablement aimable qu'est le chien, qui fuit la fréquentation de ses congénères pour lui préférer celle de son maître, se montrant ainsi – ce qui les distingue des autres animaux – discriminant en faveur de ses supérieurs. Cette même discrimination se retrouve chez les dragons, grandement à leur crédit, et l'on ne saurait nier qu'elle s'accompagne chez eux d'un entendement théoriquement supérieur à celui de l'ensemble du monde animal, qui fait d'eux, sans doute, les plus précieux et les plus utiles de tous nos animaux domestiques.

Et cependant, depuis quelques années, de nombreux gentilshommes éminents, refusant de se satisfaire de ces qualités considérables, ont entrepris de présenter au monde, prudemment et par étapes modestes, un corps de travaux qui, dans leur somme, presque par intention concertée, amène peu à peu l'homme vers la conclusion séduisante et inévitable que les dragons s'élèveraient entièrement hors de la sphère animale : qu'ils posséderaient, dans une mesure égale à l'homme, faculté de raison et intellect. J'ai à peine besoin d'énumérer les implications d'une telle notion…

L'argument principal de ces érudits est à ce jour que les dragons, seuls entre tous les animaux, possèdent un langage et montrent dans leur discours tous les attributs du sentiment et de l'indépendance d'esprit. Et cependant je ne saurais accepter que cet argument soit persuasif, encore moins décisif. Le perroquet également maîtrise toutes les langues de l'homme ; on peut dresser un chien ou un cheval à comprendre quelques mots épars : si ces derniers possédaient la même gorge favorable que le premier, ne parleraient-ils pas, eux aussi, pour solliciter une plus grande attention de notre part ? Quant aux autres arguments, qui donc, ayant jamais entendu gémir un chien abandonné un instant par son maître, irait nier que cet animal connaît l'affection ? Et qui, ayant conduit son cheval devant un obstacle pour le voir se dérober, nierait que celui-ci possède sa propre – et si souvent contrariante – indépendance d'esprit ? En dehors de ces exemples puisés dans le royaume animal, les célèbres travaux du baron von Kempelen et de M. de Vaucanson ont démontré que l'on pouvait fabriquer, avec un peu d'étain et de cuivre, de stupéfiants automates capables de reproduire des phrases par l'opération de quelques leviers, ou même imiter des mouvements conscients et convaincre le spectateur crédule qu'il s'agit d'une animation vivante, bien qu'ils ne soient rien d'autre que des rouages et des pistons. Ne confondons pas ces simulacres d'intelligence dans le comportement bestial ou mécanique avec la véritable raison, propre de l'homme et de lui seul…

Une fois écartées ces preuves insuffisantes de l'intelligence draconique, nous en arrivons à l'essai le plus récent de sir Edward Howe, qui avance un argument moins aisément réfutable : la capacité des dragons à mener à bien des opérations mathématiques complexes, laquelle surclasse celle de nombre d'hommes instruits et dont on ne retrouve aucun autre exemple dans le monde animal, pas plus qu'elle ne saurait être imitée par une quelconque machinerie. Toutefois, une analyse attentive nous révèle que… nous devons considérer ces prouesses sur la base de bien maigres démonstrations – le témoignage d'un seul capitaine et de ses officiers, tendres et affectueux compagnons de l'animal, que sir Edward Howe aurait recueilli personnellement au cours d'un seul et unique examen de quelques heures. Cela suffira peut-être à certains de mes lecteurs, l'essai ayant été rendu plus plausible du seul fait qu'il a été précédé de travaux moins ambitieux dans ce domaine. Toutefois, qu'il me soit permis de souligner qu'un même ensemble de preuves tout aussi fragiles sous-tendait déjà bon nombre de ces travaux antérieurs…

Mes lecteurs pourraient se demander à juste titre pourquoi l'on voudrait soutenir une pareille thèse, intentionnellement ou non ; sans accuser personne, je leur répondrai en spéculant sur les motifs, non pas *réels*, mais *plausibles*, et en me limitant toutefois à ceux que l'on peut considérer comme désintéressés. J'espère écarter ainsi tout soupçon de vouloir suggérer quelque conspiration sordide, car rien ne saurait être plus éloigné de ma pensée. Il est naturel que le chasseur en vienne à aimer ses chiens et à percevoir une affection tout humaine dans leur dévotion de brutes, et qu'il pense déchiffrer dans le son de leurs aboiements et la lueur de leur regard, une forme de communication plus haute ; sa propre sensibilité donne corps à cette illusion, et le rend d'autant plus apte à s'occuper de sa meute. Que les officiers des Aerial Corps entretiennent une relation de ce genre avec leurs dragons, je n'en doute pas ; mais il faut porter cela au crédit de l'homme, et non de la bête, même si l'homme s'en défend en toute sincérité… Par ailleurs, tous ceux qui éprouvent de l'affection pour ces nobles créatures doivent aspirer à une amélioration de leur condition, et la reconnaissance de *leur humanité* devrait nécessairement nous pousser à les traiter avec davantage de bienveillance, ce qui constitue sans conteste un motif des plus généreux…

Jusqu'à présent, je n'ai fait que jeter le doute sur les travaux d'autrui. S'il fallait toutefois des éléments concrets à l'appui de mes dires, il nous suffirait d'envisager la condition des dragons sauvages pour voir cette vérité aussitôt illustrée devant nous. Je me suis longuement entretenu avec les braves bergers qui s'occupent des fermes de reproduction de Pen Y Fan, que leur travail met quotidiennement au contact des dragons sauvages et qui, passablement rustiques eux-mêmes, considèrent ces animaux sans inclination romantique. Livrés à eux-mêmes, libres et sans harnais, ces dragons sauvages font preuve de ruse et d'intelligence animale, mais rien de plus. Ils n'emploient aucun langage, sinon les grognements et sifflements communs parmi les animaux ; ils ne forment pas de société, ne tissent pas de relations civilisées ; ils ne connaissent ni l'art ni l'industrie ; ils ne fabriquent rien, ni abris ni outils. On ne saurait en dire autant du sauvage le plus fruste de la région la plus désolée de la terre ; les seules connaissances qu'ont les dragons des questions plus élevées, ils les tiennent de l'homme, et l'impulsion n'est pas propre à l'espèce. Sûrement, c'est là une preuve suffisante de la distinction entre l'homme et le dragon, si tant est qu'une telle preuve fût nécessaire…

Si je n'ai pas su convaincre malgré tous ces arguments, je terminerai en affirmant qu'une assertion aussi extravagante, qui contredit de si nombreuses autorités scientifiques et s'oppose même aux Saintes Écritures, tout en foulant aux pieds de si nombreuses observations, devrait d'abord être *prouvée* plutôt que *réfutée* ; et quand bien même elle serait prise en considération, il faudrait la passer au crible de critiques autrement plus sévères que celles que mes faibles pouvoirs m'ont permis de soulever ici en dépit de ma bonne volonté, et l'étayer par un ensemble de preuves beaucoup plus concrètes, réunies et validées par des observateurs impartiaux. C'est dans l'espoir d'inciter des hommes plus sages que moi à douter et enquêter que je me suis aventuré à cette tentative de réfutation, et je présente mes excuses les plus sincères à quiconque aurait été offensé par mes opinions ou par mon manque de talent à les développer.

Permettez-moi s'il vous plaît de me déclarer, avec l'expression de mon plus haut respect, votre très humble et obéissant serviteur,

D. Salcombe
Brecon, pays de Galles

# Remerciements

Pour élaborer cette version revisitée de la campagne de 1806, je me suis particulièrement appuyée sur *The Campaigns of Napoleon*, de David G. Chandler, et *A Military History and Atlas of the Napoleonic Wars*, par le brigadier-général Vincent J. Esposito et le colonel John R. Elting, deux ouvrages qui ont en commun cette vertu de mettre des rudiments de compréhension à la portée d'une néophyte. Les erreurs ou invraisemblances commises sont de mon fait ; les éventuelles vérités historiques sont à porter à leur crédit.

Nombreux remerciements à mes bêta-lecteurs pour leur assistance précieuse : Holly Benton, Francesca Coppa, Dana Dupont, Doris Egan, Diana Fox, Vanessa Len, Shelley Mitchell, Georgina Paterson, Sara Rosenbaum, L. Salom, Rebecca Tushnet et Cho We Zen. Enfin, jamais je ne pourrai suffisamment remercier Betsy Mitchell, Emma Coode et Jane Johnson, mes merveilleuses éditrices, ni mon agent, Cynthia Manson.

Et par-dessus tout, Charles.

## Les dragons de la série

**ANGLAIS**

Anglewing (Ailes-d'Angle)
Bright Copper (Cuivre-Brillant)
Chequered Nettles (Orties-Quadrillées)
Grey Copper (Cuivre-Gris)
Grey Widowmaker (Faiseur-de-Veuves gris)
Greyling (Lingue-Grise)
Longwing (Longues-Ailes)
Malachite Reaper (Faucheur-Malachite)
Parnassian (Parnassien)
Pascal's Blue (Bleu-de-Pascal)
Regal Copper (Cuivre-Royal)
Sharpspitter (Cracheur-Tranchant)
Winchester
Yellow Reaper (Faucheur-Jaune)

**FRANÇAIS**

Chanson-de-Guerre
Flamme-de-Gloire
Fleur-de-Nuit
Grand-Chevalier
Honneur-d'Or
Pêcheur-Couronné

Pêcheur-Rayé
Petit-Chevalier
Pou(x)-de-Ciel

**Espagnols**
Flecha-del-Fuego (Flèche-de-Feu)
Cauchador Real (Preneur-Royal)
Conquistador (Conquérant)

**Chinois**
Impérial
Céleste

**Scandinave**
Lindorm

**Inca**
Copacati

**Japonais**
Ka-Riu

**Russe**
Ironwing (Ailes-de-Fer)

**Turc**
Kazilik
Alaman
Akhal-Teke

**Prussiens**
Mauerfuchs
Berghexe

Achevé d'imprimer
à Noyelles sous Lens
pour le compte de France Loisirs,
123, bd de Grenelle
75015 PARIS

*Imprimé en France*
Dépôt légal : juin 2009
N° d'édition : 71986